ZHONGGUO XIAOSHUO

100 QIANG

中国小说100强（1978—2022）

感谢何其大

朱山坡 著

图书在版编目（CIP）数据

感谢何其大 / 朱山坡著. -- 北京 : 北京联合出版公司, 2023.9
（中国小说100强）
ISBN 978-7-5596-7023-6

Ⅰ.①感… Ⅱ.①朱… Ⅲ.①长篇小说－中国－当代 Ⅳ.①I247.5

中国国家版本馆CIP数据核字(2023)第106670号

感谢何其大

作　　者：朱山坡
出 品 人：赵红仕
出版监制：张晓冬　范晓潮
责任编辑：王　巍
特约编辑：和庚方　郭　漫
封面设计：武　一

北京联合出版公司出版
（北京市西城区德外大街83号楼9层　100088）
北京兴星伟业印刷有限公司印刷　新华书店经销
字数285千字　650毫米×920毫米　1/16　26印张
2023年9月第1版　2023年9月第1次印刷
ISBN 978-7-5596-7023-6
定价：88.00元

中国小说 100 强（1978—2022）丛书

编委会

总　序

“中国小说100强”（1978—2022）是资深出版人张明先生和腾讯读书知名记者张英先生共同策划发起的一套大型文学丛书。他们邀请我和宗仁发、谢有顺、顾建平、文欢一起组成编委会，并特邀徐晨亮参与，经过认真研讨和多轮投票最终评定了100人的入选小说家目录。由于编委们大多都是长期在中国文学现场与中国文学一路同行的一线编辑、出版家、评论家和文学记者，可以说都是最专业的文学读者，因此，本套书对专业性的追求是理所当然的，编委们的个人趣味、审美爱好虽有不同，但对作家和文学本身的尊重、对小说艺术的尊重、对文学史和阅读史的尊重，决定了丛书编选的原则、方向和基本逻辑。

从文学史的角度来说，1978年以后开启的新时期文学是中国当代文学的黄金时代，不仅涌现了一批至今享誉世界的优秀作家，而且创造了许多脍炙人口的文学经典，并某种程度上改写了20世纪中国文学史的版图。而在中国新时期文学的经典家族中，小说和小说家无疑是艺术成就最高、影响力最大的部分。“中国小说 100 强”（1978—2022）就是试图将这个时期的具有经典性的小说家和中国小说的经典之作完整、系统地筛选和呈现出来，并以此构成对新时期文学史的某种回顾与重读、观察与评判。呈现在读者面前的这套丛书是对 1978—2022 年间中国当代小说发展历程的一次全面、系统的整体性回顾与检阅，是中国当代文学经典化的重要成果，从特定的角度集中展示了中国新时期文学在小说创作方面的巨大成就。需要说明的是，与 1978—2022 年新时期文学繁荣兴盛的局面相比，100 位作家和 100 本书还远远不能涵盖中国当代小说的全貌，很多堪称经典的小说也许因为各种原因并未能进入。莫言、苏童、余华等作家本来都在编委投票评定的名单里，但因为他们已与某些出版社签下了专有出版合同，不允许其他出版社另出小说集，因而只能因不可抗原因而割爱，遗珠之憾实难避免，而且文学的审美本身也是多元的，我们的判断、评价、选择也许与有些读者的认知和判断是冲突的，但我们绝无把自己的标准强加于别人的意思。我们呈现的只是我们观察中国这个时期当代小说的一个角度、一种标准，我们坚持文学性、学术性、专业性、民间性，注重作家个体的生活体验、叙事能力和艺术功力，我们突破代际局限，老、中、青小说家都平等对待，王蒙、冯骥才、梁晓声、铁凝、阿来等名家名作蔚为大观，徐则臣、阿乙、弋舟、鲁敏、林森等新人新作也是目不暇接，我们特别关注文学的新生力量，尤其是近 10 年作品多次获国家大奖、市场人气爆棚的新生代小说家，我们禀持包容、开放、多元的审美立场，无论是专注用现实题材传达个人迥异驳杂人生经验、用心用情书写和表现时代精神的现实主义作家，还是执着于艺术探索和个体风格的实验性作家，在丛书里都是一视同仁。我们坚信我们是忠实于自己的艺术理想、艺术原则和艺术良心的，但我们并不认为自己的角度和标准是唯一的，我们期待并尊重各种各样的观察角度和文学判断。

当然，编选和出版“中国小说 100 强”（1978—2022）这套大型丛书，除了上述对文学史、小说史成就的整体呈现这一追求之外，我们还有更深远、更宏大的学术目标，那就是全力推进中国当代文学“经典化”的历程和“全民阅读·书香中国”建设。

从 1949 年发端的中国当代文学已经有了 70 多年的发展历程，但对这 70 多年文学的评价一直存在巨大的分歧，“极端的否定”与“极端的肯定”常常让我们看不到当代文学的真相。有人认为中国当代文学达到了前所未有的高度和水平。王蒙先生在法兰克福书展上就说：中国当代文学现在是有史以来最繁荣的时期。余秋雨、刘再复甚至认为中国当代文学的成就远远超过了现代文学。也有人极端否定中国当代文学，认为中国当代文学都是垃圾。他们认为现代文学要远远超过当代文学，中国当代文学连与现代文学比较的资格都没有。比如说，相对于鲁（迅）、郭（沫若）、茅（盾）、巴（金）、老（舍）、曹（禺）这样大师级的人物，中国当代作家都是渺小的侏儒，根本不能相提并论，两者比较就是对大师的亵渎。应该说，与对中国当代文学的肯定之声相比，对当代文学的否定和轻视显然更成气候、更为普遍也更有市场。尽管否定者各自的角度和出发点不同，但中国当代作家、作品与中外文学大师、文学经典之间不可比拟的巨大距离却是唱衰中国当代文学者的主要论据。这种判断通常沿着两个逻辑展开：一是对中外文学大师精神价值、道德价值和人格价值的夸大与拔高，对文学大师的不证自明的宗教化、神性化的崇拜。二是对文学经典的神秘化、神圣化、绝对化、空洞化的理解与阐释。在此，我们看到了一个非常有趣的悖论：当谈论经典作家和文学大师时我们总是仰视而崇拜，他们的局限我们要么视而不见要么宽容原谅，但当我们谈论身边作家和身边作品时，我们总是专注于其弱点和局限，反而对其优点视而不见。问题还不在于这种姿态本身的厚此薄彼与伦理偏见，而是这种姿态背后所蕴含的“当代虚无主义”。这种“虚无主义”的最大后果就是对当代作家作品“经典化”的阻滞，对当代文学经典化历程的阻隔与拖延。一方面，我们视当下作家作品为"无物"，拒绝对其进行"经典化"的工作，另一方面又以早就完全"经典化"了的大师和经典来作为贬低当下泥沙俱下的文学现实的依据。这种不在同一个层面上的比较，不仅毫无意义，而且只能使得文学评价上的不公正以及各种偏激的怪论愈演愈烈。

其实，说中国当代文学如何不堪或如何优秀都没有说服力。关键是要进行"经典化"的工作，只有"经典化"的工作完成了才有可能比较客观地对当代的作家作品形成文学史的判断。对当代的"经典化"不是对过往经典、大师的否定，也不是对当代文学唱赞歌，而是要建立一个既立足文学史又与时俱进并与当代文学发展同步的认识评价体系和筛选体系。当然，我们也要承认，"经典化"问题是一个非常复杂的问题，并不是凭热情和冲动一下子就能完成的，但我们至少应该完成认识论上的"转变"并真正启动这样一个"过程"。

现在媒体上流行一些对于中国当代文学经典化冷嘲热讽的稀奇古怪的言论，其核心一是否定中国当代文学有经典、有大师，其二是否定批评界、学术界有关"经典化"的主张，认为在一个无经典的时代，"经典"是怎么"化"也"化"不出来的，"经典化"是一个实实在在的"伪命题"。其实，对于文学，每个人有不同的判断、不同的理解这很正常，每一种观点也都值得尊重。但是，在"经典"和"经典化"这个问题上，我却不能不说，上述观点存在对"经典"和"经典化"的双重误解，因而具有严重的误导性和危害性。

首先，就"经典"而言，否定中国当代文学早就不是什么新鲜事，对当代文学的虚无主义态度在很多人那里早已根深蒂固。我不想争论这背后的是与非，也不想分析这种观点背后的社会基础与人性基础。我只想指出，这种观点单从学理层面上看就已陷入了三个巨大误区：

第一个误区，是对经典的神圣化和神秘化的误区。很多人把经典想象为一个绝对的、神圣的、遥远的文学存在，觉得文学经典就是一个绝对的、乌托邦化的、十全十美的、所有人都喜欢的东西。这其实是为了阻隔当代文学和“经典”这个词发生关系。因为经典既然是绝对的、神圣的、乌托邦的、十全十美的，那我们今天哪一部作品会有这样的特性呢？如果回顾一下人类文学史，有这样特性的作品好像也没有。事实上，没有一部作品可以十全十美，也没有一部作品能让所有人喜欢。在这个问题上，我们应该明确的是，“经典”不是十全十美、无可挑剔的代名词，在人类文学史上似乎并不存在毫无缺点并能被任何人所认同的“经典”。因此，对每一个时代来说，“经典”并不是指那些高不可攀的神圣的、神秘的存在，只不过是那些比较优秀、能被比较多的人喜爱的作品而已。从这个意义上说，当今中国文坛谈论“经典”时那种神圣化、莫测高深的乌托邦姿态，不过是遮蔽和否定当代文学的一种不自觉的方式，他们假定了一种遥远、神秘、绝对、完美的“经典形象”，并以对此一本正经的信仰、崇拜和无限拔高，建立了一整套关于中国当代文学的伦理话语体系与道德话语体系，从而充满正义感地宣判着中国当代文学的死刑。

第二个误区，是经典会自动呈现的误区。很多人会说，是金子总是会发光的。但对文学来说，文学经典的产生有着特殊性，即，它不是一个“标签”，它一定是在阅读的意义上才会产生意义和价值的，也只有在阅读的意义上才能够实现价值，没有被阅读的作品没有被发现的作品就没有价值，就不会发光。而且经典的价值本身也不是固定不变的。如果一个作品的价值一开始就是固定不变的，那这个作品的价值就一定是有限的。经典一定会在不同的时代面对不同的读者呈现出完全不同的价值。这也是所谓文学永恒性的来源。也就是说，文学的永恒性不是指它的某一个意义、某一个价值的永恒，而是指它具有意义、价值的永恒再生性，它可以不断地延伸价值，可以不断地被创造、不断地被发现，这才是经典价值的根本。所以说，经典不但不会自动呈现，而且一定要在读者的阅读或者阐释、评价中才会呈现其价值。

第三个误区，是经典命名权的误区。很多人把经典的命名视为一种特殊权力。这有两个层面的问题：一，是现代人还是后代人具有命名权；二，是权威还是普通人具有命名权。说一个时代的作品是经典，是当代人说了算还是后代人说了算？从理论上来说当然是后代人说了算。我们宁愿把一切交给时间。但是，时间本身是不可信的，它不是客观的，是意识形态化的。某种意义上，时间确会消除文学的很多污染包括意识形态的污染，时间会让我们更清楚地看清模糊的、被掩盖的真相，但是时间同时也会使文学的现场感和鲜活性受到磨损与侵蚀，甚至时间本身也难逃意识形态的污染。此外，如果把一切交给时间，还有一个前提，那就是对后代的读者要有足够的信任，要相信他们能够完成对我们这个时代文学的经典化使命。但我们对后代的读者，其实是没有信心的。我们今天已经陷入了严重的阅读危机，我们怎么能寄希望后代人有更大的阅读热情呢？幻想后代的人用考古的方式对我们这个时代的文学进行经典命名，这现实吗？我不相信后人对我们身处时代“考古”式的阐释会比我们亲历的“经验”更可靠，也不相信，后人对我们身处时代文学的理解会比我们亲历者更准确。我觉得，一部被后代命名为“经典”的作品，在它所处的时代也一定会是被认可为“经典”的作品，我不相信，在当代默默无闻的作品在后代会被“考古”挖掘为“经典”。也许有人会举张爱玲、钱钟书、沈从文的例子，但我要说的是，他们的文学价值早在他们生活的时代就已被认可了，只不过很长时间由于意识形态的原因我们的文学史不谈及他们罢了。此外，在经典命名的问题上，我们还要回答的是当代作家究竟为谁写作的问题。当代作家是为同代人写作还是为后代人写作？幻想同代人不阅读、不接受的作品后代人会接受，这本身就是非常乌托邦的。更何况，当代作家所表现的经验以及对世界的认识，是当代人更能理解还是后代人更能理解？当然是当代人更能理解当代作家所表达的生活和经验，更能够产生共鸣。因此，从这个角度来说，当代人对一个时代经典的命名显然比后代人更重要。第二个层面，就是普通人、普通读者和权威的关系。理论上，我们都相信文学权威对一个时代文学经典命名的重要性，权威当然更有价值。但我们又不能够迷信文学权威。如果把一个时代文学经典的命名权仅仅交给几个权威，那也是非常危险的。这个危险表现在什么地方呢？就是几个人的错误会放大为整个时代的错误，几个人的偏见会放大为整个时代的偏见。我们有很多这样的文学史教训。在这个问题上，我们既要相信权威又不能迷信权威，我们要追求文学经典评价的民主化、民主性。对一个时代文学的判断应该是全体阅读者共同参与的民主化的过程，各种文学声音都应该能够有效地发出。这个时代的文学阅读，最理想的状态应该是一种互补性的阅读。为什么叫“互补性的阅读”？因为一个批评家再敬业，再劳动模范，一个人也读不过来所有的作品。举个例子：现在我们一年有5000部以上的长篇小说，一个批评家如果很敬业，每天在家读二十四小时，他能读多少部？一天读一部，一年也只能读三百部。但他一个人读不完，不等于我们整个时代的读者都读不完。这就需要互补性阅读。所有的读者互补性地读完所有作品。在所有作品都被阅读过的情况下，所有的声音都能发出来的情况下，各种声音的碰撞、妥协、对话，就会形成对这个时代文学比较客观、科学的判断。因此，文学的经典不是由某一个“权威”命名的，而是由一个时代所有的阅读者共同命名的，可以说，每一个阅读者都是一个命名者，他都有对经典进行命名的使命、责任和“权力”。而作为一个文学研究者或一个文学出版者，参与当代文学的进程，参与当代文学经典的筛选、淘洗和确立过程，更是一种义不容辞的责任和使命。说到底，“经典”是主观的，“经典”的确立是一个持续不断的“过程”，“经典”的价值是逐步呈现的，对于一部经典作品来说，它的当代认可、当代评价是不可或缺的。尽管这种认可和评价也许有偏颇，但是没有这种认可和评价，它就无法从浩如烟海的文本世界中突围而出，它就会永久地被埋没。从这个意义上说，在当代任何一部能够被阅读、谈论的文本都是幸运的，这是它变成“经典”的必要洗礼和必然路径。

总之，我们所提倡的“经典化”不是要简单地呈现一种结果，不是要简单地对一个时代的文学作品排座次，不是要武断地指出某部作品是“经典”，某部作品不是“经典”，不是要颁发一个“谁是经典”的荣誉证书，而是要进入一个发现文学价值、感受文学价值、呈现文学价值的过程。所谓“经典化”的“化”实际上就是文学价值影响人的精神生活的过程，就是通过文学阅读发现和呈现文学价值的过程。可以说，文学的经典化过程，既是一个历史化的过程，更是一个当代化的过程。文学的经典化时时刻刻都在进行着，它需要当代人的积极参与和实践。因此，哪怕你是一个对当代文学的虚无主义者，你可以不承认当代文学有经典，但只要你还承认有文学，你还需要和相信文学，还承认当代文学对人的精神生活具有影响力，你就不应该否定当代文学经典化的重要性。没有这个“经典化”，当代文学就不会进入和影响当代人的生活，就失去了存在的意义。每一个人，哪怕你是权威，你也不能以自己的好恶剥夺他人阅读文学和享受文学的权利。

从这个意义上说，当代文学的经典化当然是一个真命题而不是一个伪命题。在一个资讯泛滥的时代，给读者以经典的指引是文学界、出版界共同的责任，而这也是我们编辑出版这套书的意义所在。

最后，感谢张明和张英先生为本套书付出的辛劳，感谢北京立丰天文化传播有限公司、北京金圣典文化有限公司的资金支持，感谢全体编委和北京联合出版公司各位编辑，感谢所有对本套丛书的出版给予大力支持的作家和他们的家人。

是为序。

吴义勤

2022 年冬于北京

米河水面挂灯笼

一

别人的椒苗像步兵师一样向自己的田地逼近的时候，阙大胖终于孤注一掷，要把水稻全部割掉。阙老董双手穿着木鞋沿着纤细而松软的田埂爬到现场，也许过于激愤或一时要表达的东西太多，他的喉咙竟出现临时性堵塞，张开嘴巴却半个字也吐不上来，便用木鞋拼命地拍打青草蓬勃的地面。阙大胖完全能理解木鞋传达过来的强烈信号，但没有停下手中的镰刀，用高高翘起的屁股对着父亲说，我哪里是割青苗？我是割掉狗尾草改种摇钱树，说得更明白一点就是种钱票——你整天躺在床上不知道天下大势，一亩灯笼椒十亩优质稻，我家种上五亩灯笼椒就等于阙鸿禧养了五个女儿！

受此鼓舞，九凤割得更加坚决，顷刻之间一大片禾苗倒在她的裙子旁边。阙大胖提醒九凤，你慢一点，别伤了自己。九凤装作没有听见，手中的镰刀比刚才更快了，那些无家可归的蝗虫暂时居住在她的脸上，她也满不在乎。水稻尚未吐出谷子，还在向上生长，镰刀在她的瘦腰上发出哗哗沙沙的响声，像割肉时发出的呼喊。

阙老董要爬过去剥夺阙大胖的镰刀，但田里泥泞得进不去，气急之下，双手使劲地抠着泥土，塞进嘴里，硬往肚子里吞，啃一口看一眼阙大胖。九凤的尖叫惊醒了阙大胖。阙大胖不理解阙老董的愚蠢，他说，你这是干什么？快停下，泥土毕竟不是酱油饭，吃多了会撑死你。阙老董以为这里是谈判桌，他已经准确无误地向阙大胖亮出了底牌：你停止割青苗我就停止吃泥巴。但阙大胖根本就没有讨价还价的意思，镰刀像骑兵团那样所向披靡，大把大把的青苗告别故土，禾胎包裹在禾叶里很快就变成了死胎，有些死胎爆裂开来，露出白色的嫩谷，经太阳一照，嫩谷就枯成壳片。阙老董瞪着阙大胖，往嘴里一把一把地塞泥土，像猪油一样肥沃的泥浆咕噜咕噜就滑进了肠胃里去。阙老董的肠胃毕竟比不上年轻的时候，不一会儿就饱满了，泥浆滞留在他的脖子里骑虎难下。父子像一头驴和一头牛狠狠地较着劲，九凤还小，做不了裁判，她慌了，去扯父亲的衣服。阙大胖一巴掌拍掉九凤的手，镰刀又深深嵌入禾苗的身体里。九凤懂得了害怕，走到祖父的面前说，你不能再吃泥土，我怕你死掉，假如你死了我就必须搬到你的破房间里去睡。阙老董的喉咙激烈地咯咯地动了几下，突然嘣出一句：“大的败俗，小的神经！”九凤知道祖父是在骂她和姐姐水莲，她也生气了，转身呼呼地挥着镰刀，勇猛得像战场上的女将军。

泥土下了肚就变成了坚硬的石头，把阙老董的眼珠子逼得快跳了出来。阙老董打喷嚏的频率急剧攀升，喘气成了一种巨大的负担，这时他不得不主动退出这种失去了筹码的对峙，认了输，把最后一把泥土从嘴里抠出来，往阙大胖身上一掷，又沿着田埂爬了回去，坐在粪盆上拉屎，痛得嗷嗷大叫，叫王桂花阻止阙大胖这种荒唐。出乎意料的是阙大胖获得了王桂花的支持，她说还要在屋顶上撒播椒种，把家里的地坪甚至宽阔的床都变成椒地。阙老董爬到属于自己的床上，嘴里一边咀嚼着剩余的泥巴，一边骂王桂花盲目地跟着阙大胖疯狂。王桂花正在为水莲准备嫁妆，水莲躲在屋里不敢出来见人。阙老董骂阙大胖、王桂花骂了一个下午，实在骂够了，便转而骂水莲伤风败俗。水莲嗡嗡地哭。王桂花觉得心烦，丢下手中的活，赶到田头，也操着镰刀，将青苗哗啦哗啦地割掉，扔到米河的边上，稻花的花粉撒落河面，像珍珠泛着银光。阙老董喉咙疼痛得又喊不出话，用木鞋狠狠地敲击着床沿，啪啪啪的声音不绝于耳，连水莲也觉得烦躁，但她依旧不敢出门。

割除了水稻的田地，像拔光了毛的鸡，冒着热气。阙大胖赶快从高州贩子那里要来了椒苗，连夜种上。熬了三天三夜的阙大胖和王桂花眼球红肿得像艳丽的灯笼，但一点也不觉得疲惫。九凤欢快地给父亲递送椒苗，她想，种完椒，就要欢天喜地送水莲出嫁。水莲比熟透了的蜜桃还急，不能再等了。

在米庄成片成片的椒苗开始拔节的时候，阙大胖的地里终于也种满了同他们一样的椒苗。第二天，他还早早起来，从容地给椒苗浇了第一次水。正是从这一天起，他获得了和别人一起憧憬未来的资格，在别人热烈谈论椒价的时候他也拥有了当然的发言权，在他发言的时候连阙鸿禧也得暂且忍气吞声让他把话说完。与此同时，阙大胖也终于能抽出时间来操心水莲的婚事。

虽然无力为水莲举办盛大的婚礼，但程序也得走完，再困难也要摆三两桌。然而令阙大胖感到扫兴的是，至今仍不知道是谁糟蹋了水莲。六个月前的一个夜里，水莲借着月光在地里收割被台风刮伏了的席草，被人从背后敲打了一下，本来就困倦的她乘机昏睡过去，后来便没要过钱买卫生巾。王桂花将水莲打得死去活来，却也得不到确定的答案——连水莲自己也不知道是谁干的，怎么能告诉别人？阙大胖曾经多次到现场像警犬那样去嗅被糟蹋了的席草，企图找到一丝蛛丝马迹，但闻到的全是自己的体臭。九凤和水莲都不是阙大胖的亲生女儿，九凤是捡来的，水莲是王桂花和她的前夫生的。九凤给阙大胖带来了无尽的欣慰，而水莲却带来了意想不到的麻烦，幸好总算给她找到了一个去处，嫁给镇供销社收购站的独臂张九做填房。

吉日良辰磕磕碰碰地到了，张九却借故没有来接水莲，酒席当然没有摆，连起码的简单仪式也没有举行，使一场本应生动、淡淡之中可能闪烁着愉悦的婚礼顿时变得冷冷清清乃至悄然无声。这天中午过后，水莲终于从屋里闪出来，腆着鼓起的肚皮，提着一只装着几件新衣裳的红色尼龙手提袋，低着头孤零零地离开米庄。王桂花躲在屋里，不敢生张九的气，但她敢骂自己："都是自己的B不好，生个女儿还是跟自己一样，嫁人也像做贼一样偷偷摸摸。"阙大胖也感到十分不快，叫王桂花送水莲出大门口，她却不愿出来。阙大胖也有些难为情，但到底还是将水莲送出了大门外。九凤没有为水莲送嫁，机智地埋伏在米河对面的狗尾草丛中，察看米庄的男男女女对水莲冷嘲热讽了几个月后在她出嫁这天是否放过她，让她少带一些泪水多带一些幸福走向张九的怀抱。但在阙七的杂货店前，那些尖酸刻薄的男女的表情冷若冰霜，依旧不依不饶地在水莲的背后指指点点。

"本来她要浸猪笼的，"有人说，"幸好，高州贩子带来了改革开放。"

九凤再也不能忍气吞声，突然从草丛中站起来，气势汹汹地跑过石拱桥，大声质问那些嘴里仍叨着风言风语的女人：你们晚上就不脱光衣服和男人睡觉？睡了觉你们的肚子就不鼓？

你不知道九凤和水莲的感情有多好，所以体会不到这时九凤的心有多痛。水莲在人们的视线消失后，九凤便成了他们取笑的对象。

“九凤，你今年多大啦？”

“多大与你们无关，我是水莲养大的。”

“你也想嫁人了吧？”

“嫁不嫁不关你们的事，是我跟男人的事。”

“你也懂男人啦？你想学水莲变成大肚子才嫁人？”

有人学孕妇腆着肚子，像企鹅一样蹒跚走路。

“你们这帮狗屌男女。”九凤说。

大伙哄堂大笑。“谁说九凤笨？九凤聪明得很，她也会说粗话，水莲有她一半聪明就不会被别人随随便便搞大肚子了。”大伙又把话题拉回到水莲身上，为水莲的预产期争得面红耳赤。九凤愤怒了，愤怒的样子很吓人，她咆哮如雷，对着大伙骂，骂得很臭。九凤这孩子有病，脑子有问题，人又长得像矮瓜，十四五岁了还像七八岁的孩子，因此大伙觉得不必要跟九凤一般见识，便任她骂，她骂得越凶，他们越高兴。

但细心的九凤注意到了一个坚硬的事实，就是唯独阙七一直没有取笑她，似乎也从没鄙视过水莲。因此可以断定，米庄的男人有多坏，阙七就有多好。

“阙七。”

阙七正笑嘻嘻地给一个小孩卖瓜子，小孩说他给少了，阙七说给足了，小孩便和他争吵。有人大声叫，阙七，九凤叫你了。大伙开心地笑。那小孩强行从罐子里多掏一把瓜子就跑，阙七追赶出门口。

“啊，九凤，你叫我？”阙七说，“又要买卫生巾？没货了，高州贩子明天就送来。”

此时阙七的思维还停留在九凤第一次来月经时当众脱裤惊叫的记忆里。他一点也觉察不到九凤已经又长了三岁。

“我要跟你睡觉，”九凤郑重其事说，“你把我的肚皮也搞大让我好嫁给陈四。”

大伙笑得背过气去，杂货店前洋溢着少有的欢乐，要多欢乐就有多欢乐。阙七措手不及，窘迫地站在那里接受别人的祝贺。长满了黑猪毛的手有些不知所措，交叉放在裤裆上，假如抽起他的裤子，还能看到芦柴棒一般经常颤抖的脚。大伙围过来，嘻嘻哈哈地怂恿阙七。九凤就站在他的面前，一点也不像开玩笑，脸还红扑扑的，像只小灯笼。

“我不敢跟你睡觉。”阙七迟疑了一会儿，摇了摇头算是婉言谢绝。

“你必须跟我睡觉。”九凤说话有板有眼，与平时大不一样，甚至带有一点霸气。

“你是弱智病人，派出所说了，跟弱智病人睡觉就是强奸。强奸就得坐牢。我一坐牢，杂货店就要关闭。杂货店一关闭，我爸就会从棺材坑里跳出来抽我两巴掌。”阙七深思熟虑地说，“你还是直接去跟陈四睡吧。”

“那你是想让陈四坐牢。阙七，你真歹毒！”九凤刚才还气势逼人，现在突然沮丧得无所适从。

“陈四也是弱智，弱智强奸弱智不算犯法。”阙七说。

“水莲说过我没有病——弱智不算病。”九凤激愤地大声争辩。

阙七说，那你叫镇卫生院重新开张证明，我就敢跟你睡觉。

杂货店前响起了以下几种形态的声音：嘘叹、尖叫、痛惜、哨声、哄笑……

“总会有人愿意跟我睡觉。我的肚子大了，你们就不会只取笑水莲——一条担子分成两个人挑，肯定轻松得多。”九凤颇有心计地说。人们终于看到一个绝顶聪明和善于为人分忧的九凤；或者说，她不是一个简单的孩子，她懂得策略，简直老谋深算；又或者说你可以低估她的智力，但不能漠视她对水莲的感情。水莲嫁了还会回来，但只要米庄的男女还没死光，他们都会取笑她，弄得她回来难、不回来也难。九凤还是希望水莲经常回来，最好天天回来，如果她能为水莲分担一半压力，水莲就能经常回来了。

然而，九凤对阙七有些失望，原以为他会帮她的忙。

二

水莲嫁出去有好几天后，阙大胖才敢像平常那样，在黄昏中驱赶着一头高大无比的白色公猪从高州乡村凯旋，他屁颠屁颠的走路姿势跟公猪是如此神似和训练有素，像有人拿着指挥棒指挥他们。夕阳把阙大胖和他的公猪的脸涮得像母猪的肚皮一样艳丽。他们像兄弟一样亲密无间、说说笑笑，摇摇欲坠地走过石拱桥。这时有人从凳子上弹跳起来，丢盔弃甲地逃之夭夭。因为他们受不了公猪和阙大胖身上的永远散发不尽的恶臭，一闻到就会翻江倒海地吐，几天也恢复不过来。高州贩子不怕臭，他们大声对着阙大胖喊——

“这次又得几个猪卵？”

阙大胖依旧笑嘻嘻地轻蔑地答，不多，阉了一窝猪只得七八个，不过挺新鲜的，卵蛋还噗噗喘气，像熟睡的小孩。

高州贩子左手捂住鼻子，争先恐后冲上去，右手伸入阙大胖的褪尽绿色的军用背包里掏出一包血淋淋的猪卵蛋，比抢到金蛋还高兴，回头对阙七说，来，趁热打铁，蒸半生熟吃。阙七从杂货店里跳出来，兴奋地从高州贩子手中接过猪卵蛋，端详片刻才走进厨房。

高州贩子自然按惯例，按每个猪卵五毛钱给阙大胖结账。但每次总要扣除一只卵蛋的钱：你看，这个卵蛋太小，还伤了筋骨，漏了卵气。高州贩子总是对猪卵蛋百般挑剔，阙大胖依旧是笑眯眯地默认了他们的苛刻。高州贩子占了便宜，嘻嘻哈哈地往阙七店里钻，再三叮嘱着阙七如何配料和掌握火候。

阙大胖也停下来，把公猪拴到米河边上的一块空地上，让它啃草拉屎，大声呼叫阙七："来一碟猪腰豆芽炒粉，猪腰切丝，加点黄糖，不要味精，手脚麻利一点。"

阙七正忙着帮高州贩子蒸猪卵，等一下，你的卵蛋太腥臊，要加点胡椒粉。阙大胖笑道，阙七你又说荤话了。高州贩子说，阙大胖，什么时候把你的公猪阉了取卵给我们下酒？

阙大胖说，等到母猪全死光了。

高州贩子说，你的包里还有卵蛋。

阙大胖说，没有了。

高州贩子说，有，刚才我们碰到了。

阙大胖说，那是鸡蛋，母猪主人送给我的公猪补身子的，你们休想吃。

阙七炒好了粉，打了包。阙大胖把刚才卖猪卵给高州贩子得来的钱给了阙七立马就走，急着拿粉给九凤吃。高州贩子说："你总是心痛九凤，从不怜惜水莲！"

"水莲嫁了人，你们就不要再笑话她。她都快做母亲了。"阙大胖求饶似的说。

"那孩子还得姓阙。"高州贩子笑道。

"姓张。张九姓张。孩子当然姓张。"阙大胖争辩道。为了说明这个重大问题，他宁愿不急于回家，就坐在石板凳上要和高州贩子纠缠。但高州贩子不会在同一个玩笑上浪费太多的时间，他们很快转移了话题，再次把深圳搬迁到米河的边上，向米庄人讲解深圳身上的每一根汗毛。

这四个高州贩子当中有一个猴腮马面的广东人被称作香港脚。他是第一个来到米庄的高州贩子，人们最早从他身上看到了并由他带到这里的广东流行风尚以及一些米庄人从没见过的小商品。他说话的时候喜欢把脚摆到引人注目的地方，故意露出人们从未见过的丝袜，炫耀与众不同的广东式阔气。他把深圳吹得天花乱坠、遍地黄金。“阙鸿禧一直以来把他的五个女儿当成枯枝败叶，现在她们却成了五朵金花，从深圳寄回硬邦邦的钱票，使他成了米庄的地主。”阙鸿禧扬扬得意地抽着水烟，把烟雾吹得比橡树高。听香港脚吹牛成了一种快慰的消遣，此时阙大胖也舍不得马上离开，便将炒粉挂在杂货店的墙上，等水烟筒轮到他的手中的时候，却看到父亲阙老董躲在角落里似乎在为自己虚度了八十一年光阴而长吁短叹，顿时有些扫兴，便擅自代表满腹狐疑的米庄人质问高州贩子：既然广东撒豆成兵、滴水成金，你为什么到米庄来做个小贩？香港脚说，我这是来赚你们的钱，不过这也没有什么不好，我能把你们吃不完和舍不得吃的东西拉回去变成白花花的银子，然后把一块银子拿到这里变成两块、三块。

令阙大胖迷惑不解的是，没有发现王桂花。从广东带来了“改革开放”的高州贩子一度成了王桂花的亲人。她从这些人的嘴里知道了她家乡可能发生的变化，因此她像追捧戏班一样迷上了高州贩子。王桂花来路不明，操着潮州话，身材高大，脾气火爆。多年前作为戏迷带着八岁的水莲追随一个戏班辗转来到米庄，戏班在米庄唱了半年戏，王桂花就在米庄待了半年，嬉皮笑脸地赖在阙大胖的家里，后来人心涣散的戏班在米庄就地解散，戏员各奔东西，王桂花突然觉得无家可回，就留在米庄，只听她说过自己离过三次婚，不怕男人。她从戏班那里学会了唱粤戏，从高州贩子那里模仿到了大热天穿丝袜，像讨厌阙大胖身上的臭味一样讨厌农活，平时喜欢往阙七杂货店那里跑，净听高州贩子说一些来自发达地区的从未听说过或反复说过的黄段子。阙大胖不能对王桂花有丝毫不满，因为她一不高兴随时会离他而去。“我没牵没挂，又有如此身段，即使到了六十岁，也不愁找不到男人。”这个还不到四十岁、对高州贩子有着天然亲近感的女人肆无忌惮地吹嘘。不过，她一走，这个刚刚起色的家也就要从表面上衰败，阙大胖不想成为这个万物蓬勃生长的季节里的一株枯草，因此他无法与自信的王桂花站在同一平台上大声说话，甚至可以忍受她农忙时节闲坐在杂货店前听高州贩子海阔天空。然而，一辈子都没人将她驯服有点恬不知耻的女人，或许她真的信命，水莲未婚先孕竟然让她也感到了难堪和慌乱，以致水莲出嫁时也不敢面对那些牛鬼蛇神一样的男女，现在她更不敢像平时那样站在杂货店前跟高州贩子俏皮地拌嘴。此时阙大胖才知道，王桂花原来也有自尊心，跟正常人一样，对羞耻的事情感到羞耻。后来好长的一段时间里，王桂花没有出现在杂货店前，而是躲在家里把淘汰了的旧衣裳改作婴儿的尿布。阙大胖想，也许王桂花从此改变了。事实证明，她真的改变了，从水莲出嫁后的第二天起，就像得了自闭症一般几乎足不出户，躲藏在家里哼着粤戏做些零零碎碎的家务，乘机把农活推得一干二净。少了王桂花，高州贩子一样侃侃而谈，杂货店前洋溢着丰收前愉悦的笑声。

倒是阙大胖很快淡忘了水莲出嫁的不快，常常蹲在田埂，目不转睛地盯着椒苗，还侧着耳，仿佛他听到了椒苗拔节发出的动听的声音。看到才冒出地面的杂草，便狠狠地拔掉抛到空中，对椒苗上的虫子，他手到擒来，啪啪地掐成肉浆，很快他的脚底下便堆积了一堆血肉模糊的虫子的尸体。然而，虫子掐不尽，杂草拔又生，为此他废寝忘食，甚至彻夜不眠，远远就能看到他在漆黑的夜里，在雾气缠绕、蚊蛾飞舞的田头不断抽水烟时晃悠的一闪一闪的烟火。

这一天，阙大胖听到有人大声说，我家里快没米啦！一语惊醒米庄人，大家终于对自家渐渐见底的粮仓感到惴惴不安。他们都明白，米庄正在进行着一场赌资巨额的赌博。好在椒苗长势喜人，孩子们还习惯于稀粥充饥，对白花花的米饭还没有太大的依赖，他们和椒苗一起分享着成长的乐趣。人们开始未雨绸缪，奔波着大米的事情。但阙大胖不为所动，就蹲在自家的地里，看着椒苗和米桶赛跑。然而，米桶见底的速度远比椒苗生长的速度快得多。王桂花催促阙大胖赶公猪去赚大米，他还是无动于衷。有人叫得急了，他就说，把你的母猪抬到我的猪栏去，公猪也有尊严，它一辈子也该做一回地主爷。那人好心提醒他，用不了多久，成百上千的公猪成长起来，你的公猪就会无用武之地。阙大胖盯着椒苗，良久才回答，公猪也有老死的一天，我不能靠它养活一辈子。阙大胖并非人们想象那样笨拙，其实他也挺有想法。他扳着指头：我算了一下，按高州贩子的算法，五亩椒应该有七八千元的收入，比我的公猪辛苦十年收入多——听说外面的人发财更离谱，一天的收入比我一年的收入多。

“香港脚说得一点也不错，这个世界越来越离谱了。”阙大胖愉快地说。

三

阙大胖还想知道到底是谁强奸了水莲。最好的办法便是让水莲带着刚出生不久的女儿回来，看长得跟谁相似。水莲第一次回娘家的时候，还得经过阙七的杂货店。那里的闲人还是那样多，人们拦住躲闪不及的水莲，揭开她怀里松松垮垮的包袱，露出了一个孩子的脸。这张春天一样的脸孔看起来像开在米河岸边各式各样的花朵，说像谁就像谁。大伙嘻嘻哈哈又一本正经地争论水莲的孩子，你说像我我说像你，香港脚抱过孩子，举在半空中："她像我多好！"孩子撒尿淋了香港脚一头，众人哈哈大笑。羞怯的水莲也小心谨慎地笑。

水莲白嫩多了，宛若米河里的一朵成熟的红莲，乳房却像两只挂在胸前的灯笼，忽明忽暗，胀得厉害，奶水沿着上衣流下来散发着浓郁的奶味，几只蜜蜂围着她嗡嗡地嗅。九凤挤进人群，从高州贩子手中夺过孩子，紧紧地抱在怀里，用头撞开一条路，招呼着水莲快回家。阙七在她的身后喊：九凤，你要的酱油。

九凤说，油你的头！

水莲母女的到来，让王桂花喜不自禁，又哼起了粤戏。但很快听到了她的叫嚷：阙大胖，米！没有米了！我的女儿、外孙女来了，你的米呢！

阙大胖有些措手不及，支支吾吾，爬上屋棚，打开最后一个谷桶，还剩下半桶谷子，那是为父亲阙老董办丧事准备的。水莲说，爸，没米了吧？阙大胖强装好汉说，还有，还有。水莲慷慨说，明天你到镇上去，张九说了没有米就到他家要。阙大胖说，我哪能要他的米？水莲说，他的不也是我的？你不敢去我叫他送来。王桂花对阙大胖说，现在你看见水莲的好了吧？她是我的女儿，我没有饭吃就到她家去，你们饿死了活该！

九凤抱着水莲的孩子一刻也不愿松手，还逗得孩子咯咯地笑个不停。门外有人要进来看看水莲和孩子，九凤不让，将门啪一声关上了，还用桌子顶住。阙大胖的眼珠子不肯从孩子的脸上移开，他想从她的脸上找到那个困惑已久的答案。但这孩子，你说她像谁真的像谁，你说她像阙新春嘛，她就像，说像香港脚嘛似乎差不到哪里去，甚至与阙七也有几分相仿，不过，等她长大后也就一目了然了。

“镇上的人都说，小宝长得像张九。”水莲说。

“像张九就好。”王桂花说，“张九长得也不差，只是年纪大一点。”

水莲说，张九对我也好，生活水平在镇上也算是好的，每隔三两天便有肉吃，街坊都说了，张九对我比对他以前的死鬼老婆还好，他也快要转干了，他转了干我就能像在米庄一样在镇上大声说话，谁也不怕；小宝比我更有福气，一出生就是非农户口——不过，过两三年我也要办农转非。

王桂花用激动得战栗的语气训导水莲，你也得对张九好，像张九这样的好男人，别人提着灯笼也找不到——你要过得让全米庄的人都眼红。

水莲要喂奶了，九凤有点不舍得把小宝还给水莲，让她的头伸进水莲的胸脯啃奶，她就伏在水莲的臂膀看喂奶，说水莲你的奶子真大。小宝吃饱奶水后，受不了屋里的烟味，呛得哭。九凤就抱着她四处走走，将小宝展示在众人面前，炫耀着小宝的秀气。小宝对着谁都笑，把男人们吓得转身而去，最后剩下一堆女人围着小宝吱吱喳喳。九凤看得出来，她们的心里还在揣测着小宝是谁的孩子。

“告诉你们，水莲家里有数不清的米，还有布票、面条、白糖和海带。她比你们都富有！”九凤要多自豪就有多自豪，“小宝的爸爸很快就要开着汽车来米庄了，到时候，你们都要恨死自己没有嫁给张九。”

四

米庄的人们一早起来，惊喜发现灯笼椒树上开了花，白白的，淡黄的，还有瓦蓝的，那些本来准备休养生息的蝴蝶和蜜蜂意想不到这个季节还有如此盛宴，拖儿携女成群结队地从四面八方赶来，在椒树上热情地唱歌跳舞交配分娩，欢呼这里的春天天长地久。又过了数日，椒树挂出了零星灯笼，这些早亮的“灯笼”还青嫩得像叶子一样，高州贩子就迫不及待地帮忙摘下来，连夜运回高州。人们手里抓着多得出乎意料的钞票手舞足蹈，连夜描绘着楼房的草图和要购买的电器清单。米庄的热烈点燃了阙大胖心中的柴火。他坐立不安，却又激动莫名，徘徊在椒地里，嘴里喃喃不断，用喜悦的自语表达他内心的焦虑。看到自家椒树的叶缝间终于露出了零星花瓣的时候，他小心翼翼地数着田地里的花朵，一朵、两朵……无数朵，数数这家，数数那家，看谁的花开得更欢、更肥厚。当一枝白色的花朵变成第一颗灯笼椒的时候，望眼欲穿的阙大胖终于长舒一口气：我操，你总算从你妈的胯里钻出来了！

米庄椒地里的风光像女人身上鲜艳的嫁妆，不仅招蜂引蝶，还惊动镇长带着记者们蜂拥而来。踌躇满志的镇长站在高高的田头上，对着记者们和米庄人说，米庄土壤特别，雾气充裕，阳光充足，不仅种出的米香，种出来的灯笼椒也比其他地方的甜，你们看，全世界最好的灯笼椒就在米庄。米庄种椒的路子走对了，镇政府正在规划，要把米庄变成南方最大的“椒庄”，你们米庄人从此就要走上了致富的高速公路，很快就像深圳人一样先富起来！

第一次来到米庄的镇长讲话如此生动、富有激情。米庄人从没有看见过这样英俊儒雅的镇长，他的衣袋里整齐插着三支颜色不同的钢笔，戴白色眼镜，重要的是自始至终没有一句脏话从他的嘴里蹦出来。米庄人斩钉截铁地断定，新来的镇长是一个学识渊博的了不起的干部，除了这样的干部还能相信谁！香港脚被镇长邀请站到他的身边，镇长和蔼可亲地将话筒交给他：说几句，鼓励鼓励。香港脚推辞再三，拿起话筒，看着阙大胖，清咳两声说，你们的灯笼椒将从这里源源不断地运到高州，然后由我们贩卖到遥远的北方甚至更遥远的苏联，现在苏联人也吃到你们的灯笼椒了，他们都说好吃好吃！

香港脚啜啜嘴，像正在嚼灯笼椒。众人大笑。他还想说多一些，镇长也许嫌他话长了，把话筒夺了回来，交给笑嘻嘻的衣衫不整露着肥大胸膛的阙大胖。阙大胖受宠若惊，手忙脚乱，躲闪着后退。众人哄笑，用脚踢他上前，忽地掩住口鼻，但笑声仍从五指间混浊地飘扬开去。镇长说，你也讲几句嘛。阙大胖诚惶诚恐，憨笑地摆手："话筒是领导用的。"阙鸿禧说，话筒不是炸弹你怕什么，对着它说几句你以为自己就变成镇长啦？阙大胖依然畏缩不前。但镇长似乎一定要他说几句，否则下不了台。众人起哄着敦促阙大胖，你就当放屁随便说几句嘛，不说镇长可要生气了，镇长一生气，你地里的椒苗都要死光。阙大胖迟疑了一会儿，对着话筒张开了满嘴黄牙的嘴巴，嘴角的涎痕像两条白色的蚯蚓在晃动。

阙大胖居然敢在镇长和那么多的记者面前说话！他满打满算说："发了财后，我不再当猪郎公，要当就让阙鸿禧当去！"

阙鸿禧面红耳赤，羞怯难当，人们笑得前俯后仰，有几个人笑得几乎要躺在地上。阙大胖得意于他的精彩发言，把话筒还给镇长后，笑嘻嘻地搔着胸脯。镇长被幽默击中，也笑逐颜开，笑得挺有涵养。高州贩子看到镇长笑了也跟着赔笑。希望的田野上洋溢着提前预支的幸福，记者们抓住这快乐的瞬间按下快门。米庄人热血沸腾，大家的血管充满了火，他们干得更起劲，地里、山上都种上了新的灯笼椒，郁郁葱葱的椒苗从田里到山坡绵延直上天堂。这时夏天快到结束，米庄的灯笼椒漫山遍野地成熟了，整个米庄就像一个巨大的灯笼，人们在灯笼椒的海洋里快乐地徜徉。浓浓的椒香在空气中弥漫开来，那些对椒香过敏的人幸福地打着喷嚏。灯笼椒像人参果一样可爱，像芭蕉一样肥大，像玉米一样坚挺。米庄人还知道，苏联比中国大得多，一万个米庄种的灯笼椒也不够他们狼吞虎咽。记者们把米庄的新闻播送到全国各地，米庄的名字像春天的玉兰花香起来。名声一响，米庄人突然意识到不能让高州贩子牵着鼻子走，肥水也不能让广东人全占了，于是他们怂恿阙大胖邀请镇供销社的人来参与竞价收购。

“我女婿张九很快就要到米庄来收购灯笼椒了。”阙大胖说，“他出的价肯定比高州贩子的高，而且他不像高州贩子那样眼睛里安装了100瓦的灯泡，鸡蛋里也能挑出一堆骨头。”

高州贩子始料不及，慌作一团，先前的傲慢被嬉皮笑脸代替。他们成天在米庄的椒地里悠转，百般讨好各家各户能当家做主的人，还死缠烂磨，用尽一切办法说服主人把即将成熟的灯笼椒卖给他们。

“谁给的钱多就卖给谁！”阙大胖挺直腰板，理直气壮地说，“父子也罢，认钱不认人。”

“阙大胖，你总有一天会跪着求我们！”高州贩子狠狠地说。

“现在我才是地主，你们怎能这样跟地主说话？”阙大胖有恃无恐说，“大家不要相信高州贩子，他们的亏我们吃多、吃腻了，也该换换鲜了。”大家觉得阙大胖的话并非没有道理，便寄希望于他的女婿。

第二天，张九果然开着崭新的大卡车来到了米庄。

令人颇感意外的是偏偏张九生了一双灯泡眼，像两只灯笼椒，穿着长袖的确良衬衣和凉皮鞋，嘴里的金牙比香港脚还多出了一只，看上去也比香港脚精明一分，但左手臂从肘以下不见了，袖子空荡荡的。张九指挥着卡车停在阙七的杂货店旁的一块空地上。阙大胖迎上去，叫了一声张九。张九紧紧握着阙大胖的手说，你就是水莲她爸吧？阙大胖说是，乡亲们等你等久了。张九的右手给大伙发香烟，熟练地抖动两三下烟盒，一根烟就从小口出来，米庄男人把烟叼到嘴上，吃惊地琢磨着张九的灯泡眼。张九挥挥手说，大家回家摘灯笼椒去，把最肥最嫩的摘来，别把灯笼椒当女儿舍不得嫁人。

人们并非一窝蜂散去摘灯笼椒。阙大胖说，你们为什么不去摘？太阳升高就不好了。

阙鸿禧说，你的女婿也不说价钱，我们摘什么！

张九才明白，歉疚地说：“我忘记说了，一元五角一斤。”

众人这才散去，仅剩下四个高州贩子蹲在杂货店屋檐下的角落里抽水烟。张九大方地走到高州贩子跟前，抖给他们香烟，但他们眼皮也不抬一下，张九把尴尬的香烟放进了自己的嘴里。

“我们是在公平竞争，你们可以出更高的价钱把我赶出米庄。”张九说。

高州贩子依然故我，低着头，一声不哼，脸上全是不屑的神色。

张九自讨没趣，后悔和他们搭讪，转身离开。这时香港脚才怪声怪气说：“我看你张九能得意多久！”

张九听到了，但不愿再搭理他们。

自家地里的灯笼椒还未到大收获的时候，王桂花在家里缝缝补补，张九来了也不见，阙大胖就和九凤帮张九忙碌着。张九掌称，阙大胖计数，九凤给随后而到的水莲带小宝。水莲热情洋溢地招呼着乡亲，帮助她们把椒抬到磅秤上。张九要挑肥拣瘦，水莲便使脸色瞪眼珠子，张九只好放宽了要求。装满了卡车，张九便上车，车发动了，人们拦住张九说，钱呢？我们还未结账！

张九又是歉疚地说，我忘了跟各位亲戚说了，打白条是供销社收购站的惯例，跟吃饭拉屎一样正常，刚才给你们的白条不是白条，是钱票，一个星期后就能兑现，比银行存折还安全，你们只管放心，我们是国家的收购站，不骗人。

阙大胖也说，张九就快转干了，转眼就是国家干部，何况，他还把水莲和小宝留下了，你们总能相信他了嘛。白条兑现不了，你们拿到我家里来，找我兑现！

水莲不断地点头，恳求大伙相信她。张九走了。第二天，他开来了两辆卡车，第三天，开来了三辆、四辆……

人们手中的白条越来越多，心里也就越来越虚。当第七天、第八天甚至第十天到来的时候，张九还不见到来。人们挤到阙大胖家里。阙大胖说，张九快转干了，转了干就是官了，他不会骗人。水莲的口水都说干了，但人们还是不相信张九会回来。水莲没有办法，只好赶回镇上，看看究竟。水莲很快就回来了，站在石拱桥中间，双腿发抖，脸色发青，比被人强奸还惊恐。因此人们断定张九永远不会回来了。

原来张九假公济私，以收购站的名义做自己的生意，本来可以狠狠赚一笔的，但关键时刻，他找不到火车皮，灯笼椒被堵塞在地区火车站里，在高温中灯笼椒点着了火一般燃烧、腐烂。张九消失得无影无踪，住在单位的房间已经被封，开除手续完备后，这两间房将另行安置他人入住。出嫁时的红色尼龙手提袋股又挂在水莲的手上，带着家当回到了米庄。

幸灾乐祸的高州贩子立即打开麻袋，向米庄人展示花花绿绿的现钱，把米庄人的目光重新聚焦到自己的身上。

“你们得和我们签订合同，绝不能反悔！”高州贩子把合同书分发到大家的手里，人们争先恐后地签了字。阙大胖夹在人群中间，也想偷偷地签字。但香港脚发现了他，把他从人群中间揪出来：阙大胖，你还是把椒卖给你的女婿，我们不要你的。

阙大胖笑嘻嘻地说，算了吧，这钱还得由你们来赚。

香港脚说，我以为你会跟张九神气好一阵子，想不到那么经不起折腾，看在你初犯的分上，这次算了，给你宽大处理，但作为惩罚，你的一斤椒得比别人的少五分钱。

阙大胖想来想去，只好同意，承诺把地里的灯笼椒全卖给高州贩子，并发下毒誓：如再卖给他人，天诛地灭！

高州贩子眼睛里的灯泡由100瓦换成了1000瓦，肆无忌惮地吆喝着、挑剔着、克扣着。米庄人断然不敢得罪他们，他们已经成为米庄唯一的皇帝。此时他们比任何时候都要忙碌，连得意的时间也没有。阙七也忙碌起来，小心翼翼应酬手中挥舞着钞票的面孔。透过喜洋洋的人群，细心的人会发现，懒洋洋的、傻头笨脑的阙三兄弟坐在橡树的树杈上，俯瞰着别人数钱和吃炒粉，嘴角流着口水，口水落在米河里，看得出来，他们正为找不到轻易发财的途径而苦恼。但没有人理会他们，因为他们的责任田正生长着草。阙新春由过去每天宰一头猪变成两头、三头。米庄人成了邻村人眼红的对象，米庄人到了镇上赶集，大摇大摆的，个个变成了老爷子，那走路的架势只有过去的地主爷才有。阙大胖对这样激动人心时刻的到来做好了充分准备，他甚至和阙新春商量好，待大伙的钱都涨爆了衣袋，就要筹款修葺好祖屋和祠堂。但是，阙大胖忙着数钱的时候，敏锐的阙鸿禧一把将钱夺了过去："张九的白条，阙大胖的债。"

阙大胖支支吾吾，空荡荡的双手还在机械地重复着数钱的动作。

"你说过的，水莲也说过，你们得把我的白条换成现钱。只要白条还在我的手中，水莲母女就不准离开米庄。"阙鸿禧说。

阙大胖刚才火热的心一下子冷了下去。众人也从口袋里掏出皱巴巴的白条，不怕恶臭向他围了过来。

高州贩子高声说，对，向阙大胖要钱！

阙大胖后退几步，对白条们说：水莲说了，我也说过，我们给你们兑现，按这个好势头，不出三年，我就能把张九开出的所有白条都给你们兑成现钱。

阙鸿禧说，水莲说话不算，说不定她明天就像张九一样人间蒸发了，这事得阙大胖保证，我们的白条都得让阙大胖签上他的名字，签名就是画押，进了棺材也得承认。

于是阙大胖便分别在签有张九名字的白条上也签上了自己的名字。

人们有理由相信豪迈的阙大胖。因为五亩灯笼椒，三年下来便能结出一大堆银子。他要做的事情只不过是把椒送到高州贩子的汽车上，然后把钱从高州贩子的钱袋里取出来转送到他们的手上。

然而凡是好日子都不会持续太久，眼看"椒庄"快要名副其实的时候，确切地说，是阙大胖的灯笼椒到了大收获的时节，一场灾难性的滞销把"椒庄"夭折在萧瑟的秋风里。

五

这天清早，人们把地里的椒摘了满满的箩筐，等待高州贩子开着东风汽车穿过迷雾来到米庄。阙大胖掩饰不住头一次大收获的喜悦，底气十足地和别人开着玩笑。人们看到他挑着闪闪发光的灯笼椒，便不敢小瞧他，反而对他产生了几分敬慕，有人讨好他："大胖，你卖了椒，先给我兑现白条，我快建房子了。"阙大胖说，我先给阙鸿禧兑现，他狗眼看人低，得用钱堵住他的嘴。在阙七的杂货店前，云集了一群充满期待的椒农，他们在争执着谁先到后到，不自觉地排着队列，等到高州贩子一到，他们就可以按先后次序向高州贩子要钱。阙大胖虽然先到了，但他还是排到了最后。时间过得有点慢，是因为高州贩子迟迟不见踪影。太阳出来的时候，有些人赶紧摘些狗尾草遮盖于箩筐之上，有些人在打牌，有些人倚靠着箩筐睡着了。阙七开始调侃，高州贩子昨晚数钱数累了，起不了早。屠户阙新春说，高州贩子的东风汽车可能坏在半路，正修理着，机械这东西跟女人一样，每月总有那么几天不顶用。有人干脆说，高州贩子找小姐睡，睡死过去了，忘记地球上还有个米庄。阙大胖不相信高州贩子能在这个时候忘记米庄，但随着时间飞快流逝，他忍不住有点着急，甚至预感到了可能的不妙。他走到路口举目张望，直到雾气散尽，除了寥寥几辆农用车来往外，仍听不到东风汽车呼噜呼噜的声响。到了中午时分，人们开始躁动不安，阙鸿禧开始带头骂娘："我操高州贩子，你们以为自己是地主爷？你们再不来，我们又卖给张九。"人们哄笑。

阙大胖笑眯眯地张望，远远地避着阙鸿禧，低声地说，你们怎么能不明不白就骂人家呢？骂人的话隔了千山万水也能听到！他踮起脚，往高州方向张望的脖子伸得更高了。

杂货店旁边的橡树上的阙三兄弟突然幸灾乐祸地说："你们完了，高州贩子不来了！"

众人不肯相信：高州贩子只是很久没吃上阙大胖的猪卵蛋，肾亏得厉害，肯定是在高州城抱着小姐睡觉，睡死啦，得派个人去叫醒他们。

阙鸿禧自告奋勇说，我去，待到了高州城，我先朝他们的屁股狠踢一脚，然后对他们说，你们再不来，米庄的灯笼椒从此再也不卖给你们了！

大家同意阙鸿禧的意见。理直气壮的阙鸿禧骑着阙新春的通身都沾满猪油的单车就往高州城跑。

黄昏，早已经横七竖八地坐在地上的米庄人终于远远看到垂头丧气的阙鸿禧匆匆归来。

但他带回来的不是高州贩子从床上跃起马上要开东风汽车赶来米庄的消息，而是噩耗。阙鸿禧心急如焚地告诉大家，狗操的高州贩子变卦了，不来了！

人们惊慌失措，怎么突然就不来了呢？高州贩子也是人，人总得讲信用吧，他们怎能像张九那样坏呢！

阙鸿禧说，我到了高州，在一间下三流的饭店找到了香港脚他们，他们并没有和小姐抱在一起，而是蜷缩在墙角里喝酒，地上吐了一地，比阙大胖还臭。我对他们说，喂，高州佬，你们忘记米庄啦？你们跟我们签订的合同墨迹未干，你们不要把它当大便纸擦屁股！我们米庄的每一棵灯笼椒上都刻上了你们的名字，等着你把它们送到苏联，为你们扬名，我们也等着你们的钱买肉喝酒扮地主爷……

“但他们没有理睬我。他们醉醺醺的。我生气了，往他们的屁股猛踢一脚、二脚、三脚。他们就弹跳起来了——像这些高州贩子，你不踢他们，他们还以为自己真是皇帝呢！”

香港脚睁开眼睛对我说，是你呀阙鸿禧。我说除了我还有谁？我是米庄派来的，我们的灯笼椒像黄花闺女一样，一大早就在石拱桥边上等你们了。香港脚说，我们暂时不去米庄了。我说，为什么？你怕阙大胖杀你呀，你跟王桂花做过的丑事阙大胖栽到我头上了。香港脚说，别提那些没证没据的卵事，说正经的吧，长江、黄河发大水，洪水滔天，北上的交通运输瘫痪了，在高州火车站堆积如山的灯笼椒运不出去，黄了，烂掉，臭气熏天，我们亏大了，我们亏的是现钱，比张九输得更惨，你看，我连走路的力气也没有，就算你们一分钱不要，我也不敢收购灯笼椒，火车站现在正向我们讨要清理费。你找其他老板吧，或许还有冤大头。我一下子急了，我能不急？我三亩灯笼椒，还摘不到一半！

此时我还不忘给阙大胖说情，毕竟大家姓阙。我说，香港脚，阙大胖五亩灯笼椒，现在快熟透了，像一个个小灯笼挂在地里，我还以为他开了一个灯笼超市！他本事不小呀，把灯笼椒养得肥肥嫩嫩的快要流奶水了，今天才第一次摘那么多的椒，摘了一担满满的，九凤欢欢喜喜等着吃猪腰豆芽炒粉。阙大胖的灯笼椒再不及时摘卖，便要变红了，红了就变成了烧坏的灯笼，没人要了，你们不能害死阙大胖。但高州贩子并不为阙大胖想想，他们好像不认识阙大胖似的，我也没办法，只有乞求他们。我是为大家乞求他们的，我快要下跪了。

“你们的办法总比我们多，米庄的死活就靠你们了——米庄一直以来都是靠你们的……”

“我们还有什么办法？过得了长江过不了黄河，过得了黄河过不了松花江，过得了松花江过不了苏联，过了苏联也没用。你们知道吗，苏联现在乱哄哄的，卢布比你们的灯笼椒贱得快，换回他们的卢布也只能当纸烧！”

“那我们怎么办？我们没有办法呀！米庄的灯笼椒熟透烂在地里，连泥土也快要变成了红地毯。”

“赶快把椒苗和灯笼椒铲除，不要污染了泥土，来年还有希望。”

…………

米庄人如梦初醒，又呆若木鸡。有人马上叫停阙新春高高举起的肉刀：高州贩子不来了，我不要吃肉了！

阙七手中的炒铲也戛然而止，把锅里尚未炒熟的猪腰豆芽飞快地倒出来。

阙三兄弟在高高的橡树上嘻嘻贼笑，忽而转过身去沙沙地撒尿。

“早知如此，种草也比种椒强。”人们开始漫无边际地谩骂背信弃义的高州贩子。夜色朦胧，骂声仍不绝于耳。

人们骂累后悄然离去，阙七的店关了门，阙大胖仍然瘫坐在米河边的一块石头上，也不抽烟，千百只蚊蛾和数只蝙蝠在他的头上盘旋。阙七离开前曾劝他回去，但他说，也许高州贩子并没有那么坏，他们会连夜赶来——我宁愿相信高州贩子，也不相信阙鸿禧。

米庄好不容易寂静下来的时候，已经有点夜深。九凤突然出现在阙大胖面前。她很清瘦，黑暗中看不清她豆蔻一般的脸容。九凤是十六年前阙大胖从高州乡下的路边捡回来的。那时九凤的父母似乎知道他将从那里经过，就将女儿装在一个竹箩筐里放在路边，她身上除了有十元钱和一张生辰八字纸外别无他物。这样子是告诉别人：这是弃婴。四下无人，阙大胖像捡了一个金蛋，异常激动，将她暗暗揣在怀里，黄昏中他把鞭子挥得呼哧地响，和还年轻力壮的公猪欢快地奔跑起来。当公猪步入晚年的时候，女儿也长大了，在放学回家的路上唱起广东的流行歌曲，唱得比谁都好听。虽然别人说她弱智，但她是个不错的孩子，现在，她就站在面前，你看，她多么的聪明，懂得把饭和菜分开，分别放在左右两个衣袋里。她用左手从口袋里掏出一把米饭、右手掏出一撮青菜递给阙大胖，爸，我怎么闻不到你身上的臭味？

阙大胖笑嘻嘻的脸上绽放出难以想象的幸福。他托着女儿的小手，啃了一口她掌中散乱的有点发馊的饭菜，觉得比世界上任何东西都要香甜。

“你看，贪睡的阙七早早就关门走了，要不爸爸给你炒猪腰豆芽粉。”阙大胖说。但九凤摇摇头，等我家的灯笼椒都卖完了，你也给妈妈和水莲炒猪腰豆芽粉。

阙大胖想，如果高州贩子来拉走我地里的灯笼椒，就算给我卢布也好，三年后白条便没有了，我要一下子把阙七的杂货店买下来，天天给九凤炒猪腰豆芽粉。

阙大胖的畅想还远没有句号，九凤却很快在他的怀里睡着了，手里还抓着一把米饭，一些蚊蛾围在米饭周围伺机行事。阙大胖为躲避挥之不去的雾水，抱着九凤坐在阙七杂货店的屋檐下。米庄沉浸在死寂之中，阙大胖仔细地聆听，但没有一个人的梦中呼喊高州贩子的名字，连王桂花也没有叫，唯一能听到的是地里的椒树仍在卖力地、不合时宜地生长、开花、分娩发出的声音，还有灯笼椒向着饱满、成熟、衰老、腐烂急速奔跑的喘息。这绝不是振奋精神的乐曲，否则，阙大胖也不会那么快就进入了梦乡。

第二天清晨，当人们再次担着昨天那些灯笼椒来到阙七店前的时候，满脸惺忪的九凤自豪地告诉他们，你们没有我爸早，我爸快到了高州城。

六

此时此刻的阙大胖还没有到达高州城。因为他是赤着脚挑着一担满满的灯笼椒在泥石路上走动，远没有平时和公猪走路那样轻松、愉快。但他走得也不慢。他已经脱掉了上衣，赤膊上阵，虚胖的、稀松的肌肉上下有节奏地晃荡。他依然笑嘻嘻的，嘴唇不断地翕动，仿佛和谁开着玩笑。

令他感到欣慰的是，在这条路上竟然有人要买他的灯笼椒。先是一个瘦的。

“大胖。”

阙大胖欢快地应了一声。

“你的灯笼椒我要了。”

“好呀，我正愁无人要。不过，灯笼椒也是菜，不可能没有人要，差点给阙鸿禧骗了——你给多少钱一斤？”

“两角。”

阙大胖不作声，担子换了肩头，侧身从瘦贩子身边走过，箩筐碰到了瘦贩子的腿。

“你不卖？”

阙大胖说：“我不相信这个世界真的变得那么离谱，前天还是一元一斤，一夜间变成了两角钱一斤，我地里的泥巴也不止这个价，不到高州城我就是心不死。”

一会儿，碰上一个胖贩子。

“一角五分。”

阙大胖吐了一口痰。

后来，阙大胖还陆续遭遇了几个肥瘦不等的贩子。但一个比一个出的价钱少，太阳炽热的时候，他到了高州城外，一个狗操的独眼贩子竟然只给三分钱一斤。

“你进了高州城，三分钱也得不到，环卫工人跟着你，环保局盯死你。”独眼贩子说。

我不相信高州是一座鬼城！阙大胖说。他就径直进了高州城。

高州城里人头攒动，车水马龙，神态各异的贩子在高声吆喝。要在这样的大街上穿行不是一件轻松的事情，何况饥渴交逼的阙大胖还挑着一百来斤的担。他想早点把这担灯笼椒卖掉，换些银两炒一碟猪腰豆芽粉。高州城的猪腰豆芽粉比阙七的好吃。但没有一个人向他询问价钱，别人连看也懒得看他。因为大街上有太多像他这样挑着担走路的人，而且他们身上没有恶臭。

阙大胖知道供销社收购部，就在人民食堂的旁边，他轻易便找到了。收购部里就两个人一把地磅秤。阙大胖心想，收购站怎么那么冷冷清清？是不是刚刚死过人？他迟疑一下，才把担挑进去。

“喂。”收购部的白衣男人不好气地叫，“干什么的？”

阙大胖笑嘻嘻地说：灯笼椒，多少钱一斤？

白衣男人转身走进柜台，用布巾擦台。阙大胖的问话似乎没有进入他的耳朵。阙大胖想，莫非他们都是聋子？但看到他们在窃笑。又问了一次，没有回答，问第三次时，他快忍不住了，准备骂娘。他敢骂。但刚要张嘴骂人时，白衣男人头也不抬，往左侧指了指，对他说：

“垃圾处理站转个弯就到了。”另一个嘴巴缺了半边的黄衣男人突然忍不住笑得前俯后仰。阙大胖却忍住了，没有骂人，因为白衣男人毕竟给他指明了方向。又说，烟瘾发作了，我想抽——用一下你们的水烟筒。白衣男人摆摆手说，吸烟不利于健康，我们不抽烟，没有水烟筒，高州城开始禁烟了，上班时间吸烟要扣钱，你不知道？但阙大胖看到了一根水烟筒就藏在柜台的脚边并正向他致意。抽不上烟他就挑着担走，往与垃圾处理站相反的方向走。收购站的两个男人哄然大笑，白衣男人摸起水烟筒得意扬扬地点烟。阙大胖嘴里的口水像麦芽糖一样黏了，但他仍喋喋不休地说，你们要笑就笑你们老母裤裆下的二两肉，那比我的灯笼椒还贱，生下你们后就成垃圾没人要了——这样的收购站，很快就要变成了太平房！

与垃圾处理站相反的方向便是火车站。阙大胖窜来窜去，越过几块菜地和两排茅草房，破旧的高州火车站便展现在眼前。火车站里依旧像收购部那样冷冷清清，一眼望去，全是堆积如山的灯笼椒，像无数废弃的旧灯笼叠垒在一起，几架推土机把那些灯笼椒推到一边装上垃圾卡车运走。喘着粗气的卡车来来往往忙碌得像搬家的蚂蚁。面对永远也清理不完的灯笼椒，推土机司机好像也不是那么高兴，他们满脸厌倦一副要骂娘的样子，阙大胖生怕引起不必要的误会，只好赶快掉头。

再次经过茅草房的时候，阙大胖终于看到了香港脚他们几个醉醺醺的嘴脸。他们正在房子里兴致勃勃地打牌，一点也看不出他们有什么解不开的烦恼。茅草房的门刚才是关着的，现在敞开了。

阙大胖站在门外，喊了一声：香港脚。

香港脚敏锐地抬头，惊喜地说，大胖，你也有空来高州城？众人放下手中的牌，热情地向阙大胖围过来。

灯笼椒。阙大胖说。

这些不是灯笼椒，是垃圾。香港脚说。你辛辛苦苦挑一担垃圾来高州城干什么？

其他贩子七嘴八舌，有的拿着硕大的灯笼椒啧啧称赞。

阙大胖摆动着担子，不让他们捏弄他的灯笼椒。

灯笼椒，阙大胖说，多少钱一斤？

没有价钱。阙鸿禧没有告诉你长江发大水吗？俄罗斯乱哄哄的，卢布都变成了垃圾。你的灯笼椒总算到了一趟火车站，总比米庄其他人的灯笼椒好，他们的灯笼椒还在地里呢。

我，我有五亩……我得为我女婿张九兑现那么多的白条，你们总得为我想想办法，我的椒比谁的都肥嫩，我可以一担一担地挑到高州城给你们送来，你们可以不给我人民币，给我卢布也成。

呸，现在谁给我们卢布！滚吧，我们打牌去。

于是他们嘻嘻哈哈又回到房子里打牌。阙大胖放下担子，抽出扁担，大声说，你们真的不要我的灯笼椒？他生气的时候也是笑眯眯的。

无人回答。阙大胖冲上前去，高高举起扁担，但不敢打下去，便学着阙鸿禧，先抬腿轻轻蹭一脚香港脚的屁股。香港脚回头一瞪眼，你敢打我？伙计，你们看，阙大胖想打架，他也敢打架！

阙大胖说，我没有……

但他们一拥而上，将阙大胖按倒在地，拳头啪啪地落在他的身上。

阙大胖在地上说了些什么，谁也听不到，拳头把他的声音打压下去了。阙大胖痛得不成，挣脱右手本能地往他们的脸上扫过。香港脚呀一声惨叫，掩面站起来。

原来是阙大胖坚硬而锋利的指甲划破了香港脚的脸。血流如注。

香港脚说，阙大胖的指甲阉过很多猪，有毒，快送我去卫生院。

几个贩子匆匆忙忙打了一顿阙大胖，累了才放手：他妈的，惹得我们一身臭。

香港脚被他们扶着往医院跑。阙大胖看看身上的衣服虽然被他们撕裂，但总算没有伤，觉得自己占了便宜，吃了拳头的地方也不痛了，便愉悦地收拾被他们踢翻撒得满地的灯笼椒，收拾完毕，挑起担慢吞吞地往回走。

此时高州城的行人已经变得稀稀拉拉，摊贩开始收拾摊档。在一间小粉店前，饥渴难耐的阙大胖对老头老板慷慨地说，我这担灯笼椒和你换一碗猪腰豆芽炒粉。

那老头抬眼看了看阙大胖，向他挥挥手。手指是向外挥的，意思是说你滚远点。阙大胖没有马上走，口袋里没有钱。昨晚他没带钱。一担灯笼椒本身就是一担钱，现在忍痛大甩卖，看这个老头顺眼，就把这便宜送给他老人家。但老人家似乎明白无功不受禄的道理，不轻易接受陌生人的馈赠。

“老板，我的意思是说，我等于白送一担灯笼椒给你了，你也不必说太多感谢我的话，只需给我一碗粉。”

但老头仍重复着刚才的动作。

“一担灯笼椒换一碗粉，下辈子你再也碰不到这种便宜了。”

老头的手指仍向外挥动，越挥就越急促，最后变成了青筋突起的拳头。

“那你给水龙头让我喝口水。”阙大胖迅速降低了期望值。

“你的身太臭。”

“我……那你用矿泉水瓶给我装一些扔给我——最好加些盐。”

“你多走一里路就到高州河了，那里的水多得喝都喝不完。”

阙大胖又原谅了这个老头，因为他也给自己指明了方向。阙大胖没有骂老头，也许他张不开嘴巴了。

高州河比米河辽阔。它绕着高州城蜿蜒南去。它的尽头是南海。其实高州河的上游就是米河，高州人喝的水说到底是米河的水。精疲力竭的阙大胖在岸边放下重担，俯身下去，用干净的双手掬水喝。喝了一口，才发现上游的不远处有米黄的粪便从一家养猪场里流出来，向他这边漂浮而下，并已经到了他的脚下，刚才喝的水一下子没有甘甜的口感，甚至有些恶心，想吐。阙大胖想看看这些缺德的高州人是怎样养猪的，便迂回爬上了那家破破烂烂的养猪场。透过墙孔，看到养猪场里几个女人哄着一头母猪，一个男人拿着针筒和一根软管笨拙地在母猪的屁股上蹭来蹭去。阙大胖觉得奇怪，有这样给猪打针的吗？但他的思维还没被饥饿搅乱，马上想到了香港脚说过，高州城里已经推广人工授精了。也许不知廉耻的高州人正在操劳着这个新玩意，和我的公猪争夺饭碗！阙大胖终于支撑不住，眼前一黑，躯体往后一滑，脚下松松垮垮的泥土顿时哗啦地土崩瓦解……

按阙大胖后来的回忆，他是昏倒了。醒来时已经躺在养猪场的一块杀猪用的脏兮兮还沾着血迹的木板上。此时猪场里灯火昏黄，阙大胖爬起来朝猪栏里张望，四下无人，只有猪在打呼噜，便飞快地往猪槽里抓了一把米饭，塞进嘴里。吃饱后，才有了力气，发现自己的那担灯笼椒就在不远处，挑起就走。他不愿和救了他的高州人面对面，因为面对他们，你总得说一声“多谢”，他连这一程序也节省了。猪场没有门，四通八达，但夜色已经深沉，高州城陷于一片无边的黑暗之中。“高州城，我熟悉得很，闭着眼睛也能摸到回米庄的路。”阙大胖后来吹嘘说。他就挑着灯笼椒从高州城摸黑回到了米庄。跨过石拱桥时，公鸡才第一次鸣叫。

第二天一早，阙大胖将那担转了一圈子高州城的灯笼椒倒进米河。

人们正在挑水、洗菜、刷盘子。灯笼椒撞击着她们的脚跟并漂进了她们的水桶和菜篮里。

阙鸿禧匆匆赶来阻止阙大胖："你怎能把椒倒掉？你倒掉了椒，我们的白条怎么办？"

阙大胖说："我说过，迟早我给你们兑现，卖血也得兑现。"

阙鸿禧说："你的血也臭，医院不收。"

阙大胖说："那我卖肾，高州城一只肾五万元，深圳卖到了七八万。"

人们半信半疑，看着阙大胖把灯笼椒往米河里倒，后来他们也纷纷扬扬地跟着阙大胖把地里的椒向河里抛掷。

时光就是一乘巨大的水车，它在米河的下游转呀转呀，高州贩子远在天外，根本看不到它转得多么艰难，一天才能转动一圈，每转一圈，米庄就要倒掉几千斤的灯笼椒。米河看不到了水，只有一河灯笼椒像泥石流一样缓慢地往高州流泻。又像一河艳丽的灯笼，明明灭灭，把漫长的米河照得通体透明。米河离开米庄不久就不叫米河了，到了高州城就叫高州河。千万只灯笼漂流到高州城耗尽灯油便熄灭了，变成了发臭的黑暗的尸体，流离失所地浮游着，堵塞在高州城的河道里，铺满了宽阔的河面，杀死了鱼群和水草。河水见不着阳光，很快就发臭，细腰蚊子和大头苍蝇迅速成长为高州河上剽悍的主人，它们像被压制多年的匪徒突然翻身，便呼朋唤友，聚众闹事，率领臭气铺天盖地横冲直撞，迅速占领了街头巷尾，推开坚硬的门窗潜入千家万户，肆意攻击。很快，高州政府就派出官员到陶城县政府协调，因为高州河变成了椒河，雨季已经到来，暴涨的河水随时能把高州城淹没。

七

当风度儒雅的镇长再次来到夭折的“椒庄”劝阻人们停止向米河倒灯笼椒的时候，从其他地方刮来的米价飞涨的台风已经以迅雷不及掩耳之势袭击了这个区域。米价和椒价刚好逆向而行，几天前还三角五分一斤的议价米闪电间涨到了一元，听说还在涨。如果不是亲历，米庄人断然不会相信平平常常的大米也能掀起巨大波澜。“米庄一减产，全国就缺米！”偏偏是在这个时候大米和米庄开了一个玩笑。米庄陷入了随之而来的“米荒”。人们从镇上回来，提着一袋袋的劣等米，但提的一次比一次少，因为大米的价格一次比一次攀升，突破一元大关后米铺的标价牌仍在一天数变，像一头脱缰的倔牛越走越远。米庄人在镇上不再像地主那样神气，他们躲躲闪闪从米行里出来，用草帽遮掩着脸，夹着尾巴逃之夭夭。回到阙七的杂货店前，他们才恢复尊严，骂骂咧咧，添枝加叶地宣扬说，镇上的米像深圳的股票一样，眨眼之间价钱千变万化，上午能买一袋米的钱，下午只能买一口盅的米。

“大米都变成了金豆。”阙鸿禧说，“不过，我不怕，我还有陈粮。我五个女儿从深圳源源不断寄回钱票，一张钱票千斤米，我怕什么！涨吧，涨得更快一些，或许真的可以饿死一些人！”

阙鸿禧的幸灾乐祸激怒了一些人。但人们终于明白，民以食为天，食以米为本，米庄本来就是以米立村，却折腾什么灯笼椒，遭到了报应，不能怨天尤人。大家只好各显神通，东奔西走借米度日。阙七的炒粉生意已经日渐暗淡，阙新春的屠刀悬在刀架上锈迹斑驳，不久他就往深圳，制作假洗发水。阙大胖同样陷入了恐慌。来请他和公猪的人越来越少了，公猪的肚皮饿得如空囊，在栏里急得团团转，发出尖厉的怒吼。也许性欲旺盛的女人都需要巨大的饭量作为支撑，王桂花一人就把全家人的食物扫荡一空。水莲吃不饱，也不敢吃饱，奶水一下子就枯竭了，小宝把她的奶头咬得红肿红肿的，仿佛要啃肉。九凤常常半夜里醒来，吵着要水喝。阙大胖知道她哪里是要喝水，分明是饿得不成了。与懂事的九凤比起来，阙老董就没有那么体谅了，他也常在半夜起来，爬到厨房，翻箱倒柜，把锅、煲等厨具敲打得啪啪响，还大声嚷：阙大胖，你把米饭藏到哪里了？我就知道你嫌我老不死，想活活饿死老子。

阙大胖一夜间白发满头。米桶空荡荡之后，他无处可借，只好驱赶着公猪漫无目标地往高州乡下听从别人的叫唤。然而岁月的流逝在公猪的身上留下了太多的痕迹，它已经无法忍受漫长的旅行，更无奈的是，在年轻的母猪面前，它露出了力不从心的胆怯，嘴巴老是在母猪的屁股上蹭来蹭去，却连爬上去的意思也没有，任阙大胖怎样吆喝、鞭打乃至威胁利诱也无动于衷。忍无可忍的母猪先于她的主人生气了，呼呼地冲着阙大胖怒吼两声，然后扬长而去。虽然事情没有成功，但母猪的主人却也仁至义尽，鸡蛋是没有的了，还是给了阙大胖两三斤大米。阙大胖尴尬而感恩戴德地把米放进布袋里，一边谩骂、踢打着公猪，一边对主人千恩万谢地离开。在回家的路上，他们再也不像兄弟一般亲密地说笑，而是彼此一言不发。阙大胖越来越觉得这是一种变相乞讨，是丢人格的事情，想中止，但每天都被王桂花推出家门。终于有一天，阙鸿禧知道了这个秘密，并在杂货店前公之于众。

“阙大胖也学会了骗人！可惜苦了他的公猪。”阙鸿禧说，还从阙大胖手里抢过半袋米，“这点米臭是臭了些，喂猪还可以，我没收了，算利息。”

阙大胖僵笑着说，那是我全家的口粮。

阙鸿禧说，欠债还钱，没钱给米，天经地义。

众人说，阙大胖，我们手中的白条快发馊了，像谷种一样发了馊还会发芽，也就是说，你得算利息。

阙大胖不断地点头说“利息是要算的”，别人追问怎样算法，他却没有再说话，也没有叫阙七炒猪腰豆芽粉，这一次他跑到前面拖着公猪回家。在这个艰难时期，米庄没有像阙鸿禧所期待那样饿死人，连阙大胖也能安然度过，只是没有人知道阙大胖是怎样度过那个寒冷的冬天的。米庄人在废弃的椒地上赶种马铃薯，希望度过冬天后，迎来收获的春天。但人们对土地的热情大减，面对肥沃的良田表情麻木，精神疲软，全无当初挑灯夜战的激情，倒是怂恿孩子们逃离学校，去广东打工。于是，米庄出现了另一个宏大的场面。孩子们云集在村公所门口，争先恐后挤上了去广东的班车。九凤也想钻上班车，但被人硬生生拖了下来：“到了深圳，别人会拖你进精神病院的。”九凤提着水莲留给她的尼龙布袋，带着失落回到了阙七的杂货店。

“阙七，你给我十斤大米，等我的病好了就嫁给你。”九凤说。

阙七摇摇头：“你先治好病再说。水莲都不能相信，我怎能相信你呢？”

九凤生气地说：“水莲怎么啦？水莲哪句话不算数了？你竟然还说水莲的不是，要是你强奸了她，你就说她的好话了——可惜小宝一点也不像你这个瘦猴。”

阙七不想跟她争吵，赏给她一只薄薄的糯米糖饼。九凤一把夺过，扔到米河里。

八

科学一日千里，连阙大胖也挡不住。当村里的母猪们发情的时候，镇兽医站的技术员告诉人们："要想猪仔好，必须靠杂交。"意思是说要人工授精，他说尽了兽医站精子的好处，甚至"杂交猪不用喂米饭也能长膘"。母猪的主人相信了神奇的科学，并为难地跟阙大胖说起此事。阙大胖说："那新玩意终于来到了米庄——看来连你们也不需要我们了。"人们试图辩解，但仍不能让阙大胖释怀：你们为什么拒绝免费服务而花钱人工授精呢？当人们像高州养猪场里的男人一样，拿着红色胶管和针筒在母猪的屁股害羞地蹭来蹭去的时候，阙大胖就在旁边默不作声地等待试验的失败。但人们还是奇迹般地成功了，而且这新玩意像瘟疫一样传得飞快，不久，便家喻户晓，几乎人人均可操作。

同样挡不住的还有手持白条的男女。他们每一次来到家里，都大声地质问着把阙大胖逼到墙角，水莲为此羞愧得无地自容。她不断地向债主们解释讨好，但丝毫不能减缓接踵而至的压力，在充满火药味的诘难中水莲几乎没法站立，抱着小宝蜷缩在灶台前。阙鸿禧失去了耐心，阙大胖，你拿什么给我兑现？你的粮仓里没有米了，你有七只未成年的鸡，我不要你的公猪，你的床太破旧……你把你的半个猪栏割让给我算了。阙大胖说，不成，这是祖宗留下的屋地，割不得。阙鸿禧说，由不得你不割。说罢拣三张白条掷给阙大胖：拆了你的半个猪栏，我便能建一幢方方正正的楼房了。

阙鸿禧离开的时候顺手拿走了几张矮凳："还坚固，可以坐着洗澡。”

受到如此羞辱的王桂花越来越看不顺眼水莲，她不仅给家里增加了两张嘴，还带来了拒之不尽的债主和挥之不去的恶名声，“你被别人搞大哪里不好，偏偏搞大了肚子；嫁哪个男人不好，偏偏嫁了废张九。六万多元的白条你也得还，你干脆改嫁算了，你的命跟我一样，都得嫁好几次。不过，我要看哪个男人出的价钱高。”水莲呜呼地哭，怀里的小宝也哭。九凤摇着王桂花的手，恳求她不要逼水莲。

“让我去嫁，水莲不要嫁。”九凤说。

王桂花不耐烦，推一把九凤：“神经病！”

水莲摘下脖子上的金项链，给母亲：“就剩下这点了，先买些米吧。”

但王桂花没有拿金项链去换米，几天后水莲看见张九送给她的项链已经戴在母亲粗黑的脖子上，睡觉时压着项链，在那里留下明显的血痕。

几天后，水莲搬到了米河对岸的山坡上住。那里有一片属于树集体的橙树林，多年前曾承包给化州人，因赚不到钱，好久没有人问津，现在荒芜了。化州人在山坡上留下了两间土屋，把狗屎打扫干净安装上栅栏门还可以住人。阙大胖拦不住水莲。九凤给水莲送去了一套炊具和餐具以及被、蚊帐，后来干脆跟着水莲过夜。然而，水莲依然摆不脱烦人的干扰。那些手持白条的男人越过米河爬上了山坡，笑容可掬地扣开了栅栏门。有一天，水莲寻了一个借口怒斥了一顿九凤并把她赶走。九凤委屈地离开水莲和小宝，在阙七的杂货店前徘徊。别人笑她，她也不知道别人为什么会笑她。倒是王桂花明白了，她终于走出家门口，气冲冲地爬上山坡，推开栅栏，抽住水莲的衣服就打。此时的水莲学会了反抗，她把王桂花踢出了土屋，如果再加上一脚，王桂花也许便要像冬瓜一样滚下山坡去。阙大胖开始也不明白别人为什么笑嘻嘻地对着他，后来有人告诉他，阙大胖，水莲手上回收的白条越来越多，你越来越轻松了，再过二三年，你用不着费多大工夫就能把你女婿张九的屁股擦得一干二净！

阙大胖满腹狐疑地爬上了米河对面的山坡。水莲从席子底下摸出一沓白条给他："爸，这些白条在他们的手上就是绳索，在我的手上便成了废纸，到了你手上点一把火又可以将它变成灰烬。"

水莲的脸色比过去红润了不少，小宝自由自在地爬来爬去，还不时冲着阙大胖呱呱地含糊不清地叫"外公"。阙大胖讪讪地笑，轻轻掩上栅栏门，迎着落日下山。

九

灯笼椒事件过去后，日子过着很平淡，太平淡了。平淡的时候人们总会想一些稀奇古怪的事情，从人工授精到一夫多妻，从南洋地震到周公解梦，反正阙七总要找一些引起争议的话题摆放在杂货店门口，让闲聊的人们去争论，以此维持杂货店好不容易热闹起来的人气。近来，人们在争论一个看上去豁达实质上有些无奈的话题："什么才叫正常死亡？"阙七抛砖引玉说，车祸不算，地震不算，烧死不算，淹死不算，胀死不算，饿死不算，摔死不算，自杀不算，凶杀不算，病死不算，蒸发不算，劳改死不算，闷死不算，疯死不算，不明不白死也不算……那么，只有老得力气去尽，宏愿已遂，了无牵挂，静静地躺在熟悉的床上，缓缓张开双手，两腿慢慢伸直，脸颊偷偷变暗，鼻孔冉冉收缩，内心轻轻平静，眼睛渐渐闭合，灵魂徐徐升腾……这叫无疾而终。阙七开了一个头，人们就沿着他的思路各抒己见。对于这种不痛不痒的议题，不甘寂寞的阙大胖有时也要插上几句嘴，但总是自言自语，没有人听到他在说什么。别人说到精彩处，他也笑眯眯地点头表示赞赏。他不在场时，别人也一样说得热腾腾。这样的日子别人是这样过的，阙大胖也这样过。但别人的儿女从广东寄回来钱票的时候，或别人筹划着建设楼房设计图纸的时候，他只能凑上去看一下，分享别人的乐趣。自由的言论、活跃的思想在这里碰撞，乐趣慢慢又回来了，"椒难"的阴影逐渐远去，人们的元气在乐趣盎然中恢复过来，终于腾出时间和心情思考和讨论温饱、床笫以外的事情。米河上的水车转得越来越快，时间变成轻飘飘的蝉翅，颤动得连人也感觉不到。

或许只过了那么几个月，或许是在一年之后，在阙大胖手中回收的白条越来越多的时候，香港脚率领的高州贩子又嬉皮笑脸地出现在米庄。人们发现香港脚左边的脸上多了一道暗淡的伤疤，以为是给哪个小姐抓的，永久性地留在他的脸面上，由于这一条沟壑的阻挡，他左脸下半脸的笑容总传递不到上半脸去，沟壑变成了天堑。但他们都在歉疚地、试探性地微笑。伸手不打笑面人，米庄人也对他们毫无办法，家里养的鸡、猪、狗和其他能换钱的东西只得又交给高州贩子。高州贩子不再动员米庄种灯笼椒，也不劝导种法国豆，因为吃一堑长一智，他们想发动种什么东西都不可能得到米庄人的响应，哪怕他们免费提供种子。但米庄人对高州贩子爱恨不得，恩怨难清，米庄的命运总是与高州贩子紧密相连。

"这一次你们种巴西香蕉，我不敢保证一定会发财，但你们不妨一试。八个月后我们还来这里收购，把米庄的香蕉出口美国，美元比卢布坚挺。"香港脚说，"不过，你们不要轻易相信我们。"

没有人会轻易相信高州贩子，连阙大胖也不会。但米河总是向前流淌的，他与其他人一样轻易地忘记了过去，他还希望从高州贩子的嘴里听到新的信息。那天，当阙大胖跟王桂花说起香港脚时，正兴味盎然地唱着粤戏的王桂花怒发冲冠，抄起一根烧火棍出其不意地横扫在阙大胖的脚上。他的左脚先于他的惨叫发出了树枝折断般的声响。事后证明，他的小腿断了一条软骨。阙大胖对村卫生室的医生说，幸好断的不是硬骨头，区区一条软骨起不了多大作用，不治也罢。但后果无法逆转，阙大胖的左脚大不如前，也就是说明显瘸了，挑不得重担，走路还得拖着这条腿，显得有些累赘。王桂花恨别人在她面前提起香港脚，别人都知道，唯独阙大胖蒙在鼓里，冒了大不韪，这是咎由自取，怪不得别人。

阙大胖并没有因此而痛恨高州贩子和香港脚。他说，我再相信一次你们，我种芭蕉，我就不相信明年长江又发大水。香港脚似乎早已经忘记脸上伤疤的来历，他宽容而诚恳地对阙大胖说，你想清楚，不过你可以再到高州去看看，有多少田地开始种上了芭蕉，像你这样的家庭，你的脚又瘸了一条，自然去不了深圳，你学不来阙鸿禧，他不用种芭蕉，天天在杂货店前吹牛，只等着用儿女寄回的钱票起高楼；你也学不来阙迎春，他的大儿子现在在陶城县政府当官，将来他迟早要进城当老爷子。你学谁呀？你靠谁呀？改变命运还得靠你自己——你看你一天天地衰老了，他们的手上还捏有你的白条，不靠种田你能做什么，过几年或许连田也种不成了！

阙大胖觉得香港脚的话有理，就平整土地，张罗土肥，开始新的征程。阙老董忧虑地说，你还相信高州贩子？阙大胖说，我不相信他们，我还相信谁呢？阙老董嘴里不断发出“嗟、嗟、嗟”轻蔑的不屑的响声。阙大胖从香港脚手中买进芭蕉苗，毅然种了两三亩芭蕉，像当初种灯笼椒一样寄托了无数希望。芭蕉比灯笼椒长得慢，心急不得，闲着无事的时候，阙大胖又远远地坐橡树底下，笑嘻嘻地听着别人吹牛吹得山响。有时他也自言自语地发表自己的观点，但没有人听得到。听不到也没关系，他本来就不打算让别人听到。只是有时他说着说着，竟倚靠在橡树下呼呼睡着了，九凤和家里的那条老狗来找他的时候，他才双手扶着干滑的橡树，吃力地站起来，抬头一看，原来天色已晚，米河水面漆黑一团，杂货店门前早已人尽散去，阙七也已经走远。

“要是阙七没走，爸给你要一碟猪腰豆芽炒粉。”阙大胖老是这样说，“等爸爸有了钱，就买下阙七的杂货店……”

九凤扶着踉跄的阙大胖沿着与米河前进方向相反的小路回家。大路上也没有来来往往的行人。那棵原生于北美的红色的橡树像一座灯塔发出淡红的光亮，米庄的夜晚才因此而增色。

十

那几天的天气非常好，阳光明媚，没有雾气，能清楚地分得出谁家的鸡鸣狗吠，还有些风，风从南面的高州越过数不清的山峰迂回而至，带着荔枝花的芳香。米庄人的心情普遍很好，彼此可以试探着和对方开些玩笑，调节一下由于猪价下跌带来的不快情绪。但阙大胖最近很烦躁，烦躁得根本不能用玩笑或其他有效的办法来缓解。他与猪价的下跌没有关系，他不养猪，但不期而至的台风就像一个令人厌烦的讨债鬼，三天前它又来了一次，而且来得急遽来得热烈，来得他妈的不是时候。阙大胖的一地芭蕉被横扫后又听到了芭蕉价格急掉的消息，半天一个价，一价更比一价低，最后蕉价比泥土更贱，在高州城的火车站堆积如山，商贩要花钱请推土机清理出去倒到山沟里，还要给环保部门一笔钱消灭堂而皇之占领了整个山沟的老鼠和蝙蝠。与上一次灯笼椒事件不同的是，香港脚说，这次长江黄河没有发大水，但苏联人民不吃香蕉，美国人民也不吃。阙大胖没有理由不烦躁。他对香港脚他们说，你们总得讲讲良心。香港脚略带讽刺说，你地里的芭蕉被台风扫荡过后太难看了，比公猪的屁股难看，喂狗也不吃。阙大胖说，我求你们了，我给你们下跪。于是阙大胖就给香港脚下跪。香港脚完全不记脸上伤疤的仇，反而动了恻隐之心，拍着胸脯送给阙大胖一颗定心丸：明年，明年你种生姜，我们一定全要，亏损多大也要，我们好歹得做一回好人。

阙大胖的左腿瘸了，自然不能挑着芭蕉去高州城。王桂花饿得嗷嗷大叫，根本没有气力唱粤剧，声称要将阙大胖的另一条腿也打瘸了。阙大胖笑嘻嘻地说，不要，不要，两条脚都断了，就得跟我爸一样用手走路。家里卖掉了好几只鸡和那条老狗，换回来一些米，王桂花天天抱着米桶睡觉，不让阙大胖吃饭。阙大胖觉得不要紧，天天吃香蕉——幸好种的是香蕉！

阙大胖没地方出气，并为了减小粮耗，决定把亲密的公猪杀了，因为母猪都已经愿意接受人工授精，它成天待在支离破碎的猪栏里除了嚎啼外毫无用处，反而更招惹米庄人的憎恶，说到底是影响了主人威信的反弹。阙大胖杀公猪肯定像杀死自己的父亲一样痛苦。他先将公猪引诱到一个事先布置好的陷阱，公猪不知道大祸将至，依然和阙大胖说说笑笑，亲密无间，以平日闲悠的步伐向前。它已经衰老啦，眼眶满是眼屎，视网膜衰退得厉害，视线有些模糊，走得有些蹒跚，像一位好久没有人给他敬礼了的老将军，看到众人分列两旁，捂着鼻子，它也许以为人们向它敬礼了，就庄重起来。突然，阙大胖闪到一边，公猪看清了主人长久忧郁的眼神和无奈的表情，意识到它可能要上屠台了，因为有人对它的累赘的肉膘指指点点。它的肉人是不会吃的，但能用来喂狗。全村有一百一十三条饿狗。公猪回头用眼泪询问阙大胖。阙大胖说，阙鸿禧占了你的猪栏，逼得你快没有家了，我们连回家的路也没有了，我要杀了他全家，你先行一步。公猪明白了，大义凛然地向前跨出了一大步，轰一声掉到了用温暖的稻草和冷清的芭蕉叶联合伪造的陷阱里。陷阱里空荡荡的什么也没有，公猪的前脚爬到泥墙上，嗷嗷大叫，从嘴角溢出来的白沫像蜜糖一样富有弹性。阙大胖拿来一条塑料管，打开水龙头，往陷阱里放水。围观的人都说，阙大胖，你不该让公猪这样死法，它毕竟养活了你七八年，让它正常死亡吧。

阙大胖肥厚的肚皮露出半边，内衩的三分之一露在裤头之上，脸颊上长期存在的笑容聚敛，对围观的人说，什么才叫正常死亡？人都不能正常死亡，何况一头猪！我杀了它，再杀阙鸿禧一家。

大家哄堂大笑。

你们真以为我不敢杀？

你看你连猪也不敢杀，还杀人？

我这不是杀猪了？

这叫杀？没有血腥怎么叫杀呢？是猪自己灌饱了水死的，这至多只能叫软杀。

怎么才叫真杀？

你得把它的脖子割了，或白刀子进去红刀子出来。

我杀阙鸿禧一家就用斧头，一斧头一个。

你不敢。

我敢。

要是你敢，芭蕉树上也结菠萝。

你们狗眼看人低……

人们不顾腥臭，用毛巾捂住嘴鼻，看见水慢慢淹没了公猪。公猪没有挣扎，安静地伏地，等待水进入它的鼻孔和肺部。公猪的肺能装很多的水，像大象一样。水龙头的涓涓细流流了一个下午，才将它的肺部填满，到了黄昏，三个等得不耐烦的高州贩子离开后它才慢慢闭上眼睛。它一闭上眼，肚皮突然像气球般爆裂，腥臭的水均匀地向四周寻找目标，结果溅了围观者一身，他们忍不住终于吐了，翻江倒海地吐。阙大胖很快就把公猪就地埋葬了，然后在那里种上了一棵桉树。那是澳大利亚的速丰桉树种，三年后就能长到高不可攀。

此后的日子，阙大胖无所事事，地里的芭蕉就让它烂掉，他已经盘算好，明年改种生姜，即使烂掉也不再卖给高州贩子。当公猪被埋葬后的第二天，便听到高州贩子说，九凤的亲生父母正四处找寻他们的女儿，并且已经知道她的养父是一个猪郎公。

“他们怎么能随便反悔呢？他们也是人，人还得讲点信用吧？扔掉了十几年的东西哪能再收回去——现在我不是猪郎公了，不是了，米庄从此再也没有猪郎公！只要你们不告密，他们就找不到米庄来。”阙大胖对高州贩子说。

“但你身上永远都散发着公猪的气味，哪怕在高州城也能闻到！”高州贩子故作忧心忡忡地说。

于是在还不适合游泳的时节，阙大胖跳进米河下游，用洁白的沙石刮去身上的污垢，用岸边的狗尾草和茱萸还有浓郁的野花往身上擦，从头到脚，把身擦得皮开肉绽，通身红肿，不时渗着血水。高州贩子笑得前俯后仰之余乘机向他推销一种过期的泰国香水。阙大胖每天喷过香水后就在米庄转来转去，希望别人对他体味的幡然改变有所察觉。为了寻找引起轰动的话题，或者说要引起别人的注意，把人们乱七八糟的注意力集中到他的身上，阙大胖逢人便说我要杀了阙鸿禧一家，一个不留。对于这种事先张扬的凶杀，大家本来就不信，听多了，就有些烦，嗅到他身上不伦不类的比原来更难闻的气味就躲避不及。阙大胖心想，他身上不应该还有公猪留给他的恶臭，人们之所以还不愿接近他，对他产生好感，问题不是出在他身上，而是出在身外之物——泰国香水上。因为这种散发着菠萝蜜气味的香水与米庄女人用的不太一样。此时的阙七大概已经积攒了一些钱，变得势利而底气十足，以致连他也敢拿阙大胖开涮。他幸灾乐祸地告诉阙大胖：你身上洒的是泰国人妖表演时用的香水。

阙大胖始料不及，愤怒地把香水瓶砸在地上。高州贩子此时不敢笑他，作为补偿或许为了表达歉疚，高州贩子向阙大胖通报了最新情况：那对寻找女儿的夫妇昨天曾到了黄石坳。

黄石坳离米庄仅有一箭之遥。阙大胖分明感觉到了那对反悔夫妇脚步的逼近。他们就像不断上涨的洪水，快淹到米庄了，快得让阙大胖根本无法躲闪。

纵使再吃更多的亏，阙大胖也不敢轻易得罪高州贩子，一来怕他们告密，二是要他们随时提供情报。这天阙大胖当着众人的面，向高州贩子道歉：“我错怪了你们……芭蕉价贱与你们无关，要怪就怪全国人民不吃香蕉——连一个阙鸿禧也管不了，谁能管得了全国人民呢？明年地里的生姜还是由你们收购，价钱嘛好说。”

高州贩子的面子和权威失而复得，自然恢复了神气。但阙七取笑说，阙大胖，你和高州贩子同流合污，看来你并不想杀人。

阙大胖最怕别人说他言而无信，坚决反驳：杀人与高州贩子有什么关系？我杀的又不是高州贩子。

阙七说，你在吓唬阙鸿禧，也想吓唬全米庄人，让他们不敢向你讨债，但谁把你的话当一回事？你的公猪可能会相信你，它总是相信你，可惜你杀死了它。

这样一说，阙大胖真有点后悔杀了公猪，应当像养自己的父亲一样将它一直养到老死那一天。

十一

中秋节的晚上，阙老董坐在桌前不肯吃饭。他说，你们不能忘记了水莲，我快死了，你们得让水莲跟我吃一顿饭，表明我并不愿把对她的怨恨带到棺材里去。阙大胖突然记得一家人好久没有坐在一起吃饭了，让九凤到米河的对面请水莲回家吃顿晚饭。九凤扔下碗筷就往米河对面飞跑。但直到月亮升得老高，仍不见她带着水莲回来。阙大胖乘着渐渐明亮的月光，涉过米河，在离土屋不远的幽暗的油茶树下发现了九凤。她一声不响地枯坐着，衣衫破烂，目光呆滞，满脸惊恐。

“九凤，快回家吃月饼。”

九凤没有回答。阙大胖仔细看了一眼她的下半身，裸露着正在流血。“不要紧的，那是月经，又叫发洪水，你妈妈有，水莲也有，女人都有。”阙大胖安慰道。

“我痛。”九凤说。

阙大胖这才意识到九凤也被人强奸了。

“是谁干的？”阙大胖说。

“不知道。”九凤的回答跟当初水莲一样，不同的是她手里抓着几张白条。白条被九凤擦过了阴处，染满了饥饿的血。阙大胖抢过白条对着月光分辨，白条主人的名字已经模糊不清，但他和张九的姓名仍旧赫然醒目。

阙大胖把白条撕得粉碎，一张口吞到了肚子里。

“肚子大后我想嫁给陈四。”九凤自豪地说。

水莲闻声跑下来把九凤背到土屋里，给她止血。气急败坏的阙大胖翻过黄石村找到了陈四。陈四正在屋里啃着月饼，阙大胖闯进去将他手中的月饼一脚踢飞。陈四大声哭泣，四下寻找他的月饼。阙大胖对陈四的父亲说，一个钟头前你的儿子去过了哪里？有三四个人证明说，陈四生怕别人哄抢，整个下午都抱着月饼躲藏在房间里不肯出来，连月亮出来了他也没有出来。他没有作案时间。阙大胖想到了阙七。中秋之夜，家家户户都吃团圆饭，唯独阙七没有人跟他团圆，也许他要在九凤身上找到乐趣。阙七还在杂货店，阙大胖怒吼一声“阙七”。

阙七不悦：“吼什么，我又不是你家的狗。”

阙大胖说：“可能……你强奸了九凤！”

阙七受了冤枉，气得暴跳起来，语无伦次：“我，我，我操你阙大胖……”

阙大胖突然想起阙七根本没拥有过张九的白条，而且忙碌了一整天，也顾不上寻欢，但看到阙七死不认账的样子觉得很不顺心：“九凤被强奸我还来不及生气你生什么气？”冲进杂货店揪住阙七就打。二人扭打在一起，把杂货店货架上的东西撞倒一地，阙七心痛不已，主动停战：“我们不打了，明天你去派出所开张证明同意我娶九凤，我就叫你爸。”

阙大胖说，既然如此，即使真的是你强奸了九凤我也不追究了。但你得等九凤到了十八岁，还差两三年，看上去你也不急着娶老婆。

“可是我的身上沾着了你的臭气！”阙七扫兴地说。

此时水莲在山坡上大声呼喊阙大胖。听起来惊惶失措。阙大胖又越过米河，一会儿便背着九凤一瘸一拐地下来。九凤流血的地方依旧流血，再多的白条也堵不住。

阙七说，九凤不会死吧？

阙大胖说，还是你背她到镇上去，她迟早是你的老婆，从现在起你就得疼她。

阙七说，虽然你瘸了，但你的腿比我的有力，跑得比我快。

阙大胖说，那你给我点钱，上医院得花钱。

阙七惊讶说，哎哟，你有什么理由让我现在就为她花钱？她一死就成不了我老婆，就白花了我的钱。我也不能收你的白条，你还有不少白条在别人的手上——即使做了你的女婿，我也不会帮你还债。

阙大胖说，阙七，你向高州贩子学坏了，你爸生前可没有你坏。

阙七生气地说，你怎么能拿我爸与我比较？你以为你是谁？九凤还未嫁给我之前，你什么也不是，你还是阙大胖。

阙大胖背着九凤到镇卫生院时已经夜深。九凤在他的背上睡熟了。

急诊室里有一个小护士和一个年轻医生正在昏暗的灯光下打情骂俏，一阵扑鼻而来的臭气惊动了他们。

阙大胖说，我女儿被人强奸了。

护士说，那你快报案呀，派出所就在前面。

阙大胖说，你们得先治治她。

医生让九凤躺在白色的床上，用一只铁钳夹着棉花蹭了蹭她的下半身，漫不经心地说，挺严重的，得住院，带钱了吗？

阙大胖说，没有。

医生说，镇上有亲戚吗？

阙大胖说，原来有，现在没有了——张九，张九你们认识吧？

医生说，你家里有猪吗？

阙大胖说，原来有一头，现在也没有了。

医生不耐烦了，你家里总有一头牛吧！

阙大胖喜形于色：对，有一头牛——你是怎么知道我家有一头牛的？

医生依然不愠不火说，病人留下止血，你把牛拉来，我们就下药。

阙大胖惊讶说，我家的牛老是老了点但没病。

医生指了指外头左侧的一棵树说，别人的牛都是暂时拴在那里，你的也一样——天亮就拉到牛市卖了，预交医药费。

阙大胖叫醒梦中的老水牛，骑到它的背上飞跑起来，赶到卫生院的时候鸡叫了第二遍。九凤也刚好睡醒。护士一边埋怨阙大胖慢吞吞一边给九凤打点滴，医生在一旁嗑瓜子，红色瓜子壳整齐地放在一只装针管的白色盒子里。阙大胖从没有看见过坐着嗑瓜子的斯文男人，现在终于见到了。后来说到镇卫生院，阙大胖总是首先想起有一个坐着嗑红瓜子的医生。

十二

九凤的精神越来越恍惚，甚至与痴呆相去不远，全无昔日的聪慧和机智，却韧劲不减，有时她要抱着小宝死死不放。水莲不想让日益长大的小宝与世隔绝，便常让九凤抱到米庄上晃动。小宝会说话了，见到男人就叫爸爸。众人喜欢上了幽默无比的小宝。九凤说小宝是她生的，不准别人碰，后来连水莲也不让碰。这天，九凤看到米河岸边的狗尾草开满了淡黄的花，觉得很美，便把小宝端坐在一块石头上，自己摘花。狗尾草的花真多，怎么摘也摘不完，九凤一直摘到黄昏，口袋里装满了花朵，头上插满了花朵，手里也捧满了花朵，欢天喜地地回家。王桂花和阙大胖都以为九凤已经把小宝还给了水莲，但晚饭时候，水莲越过米河，竟向九凤索要小宝。顿时，米河边上亮起了许多慌张的手电筒。阙大胖在石拱桥底找到了小宝。小宝的尸体浮在水面上，嘴角上依然挂着幽默的笑容。

为了纪念小宝，人们自觉地把一些白条扔到米河里，白条像白幔一样在米河水面漂浮着，一直漂泊异乡。人们甚至暂停了与小宝有关的一切议论，即使不可避免地说到他，也自觉地在他名字的前头加上一个“张”字。几天后的中午，阙大胖拐着脚来到阙七的杂货店前，等待高州贩子重新开着东风汽车来到米庄。人们却不关心香蕉问题，大家正在讨论阙鸿禧的新居设计方案。阙鸿禧已经有足够多的钱建一幢漂亮的楼房——其实已经不止他一户在建设楼房。灯笼椒事件没有将米庄人彻底打垮，他们从四面八方带钱回来，对米庄这块土地进行着前所未有的改造。

“阙鸿禧霸占了我的猪栏。”阙大胖想打断别人的兴致，但他的声音太弱，别人并不理睬他，“张九给他的三张白条我可以还给他，等我卖了芭蕉就可以兑现了。即使三张白条也买不下半个猪栏，但他竟全占完了。”

阙大胖笑眯眯地走到阙七跟前。阙七对他客气了许多，说，你又要炒粉？阙大胖说，等九凤放学回来再炒。阙七说，今天是星期天，不用上学，你头昏了。阙大胖想自己可能真的是昏了，可是九凤去了哪里？她一早就离开家里了。

忽然蹲在地上的阙鸿禧从人群中抬起头来，对阙大胖说，我忘记告诉你，刚才有人从高州城回来看见路上出了车祸，死的看上去好像你家的九凤。

阙大胖心一沉，大声骂，阙鸿禧，你好歹毒，多占了我的猪栏我还没空跟你算账，你又想拿事情来吓唬我……

阙鸿禧也懒得理他，低头和人们一定热烈地讨论他的楼房设计。

阙大胖不知该不该相信阙鸿禧，想找他问清楚一点，但又放不下架子。阙七对他说，你还是去看一下为好。

阙大胖拖着瘸腿就走。走路的姿势实在大不如前，他不用拐杖，弓着腰，踉踉跄跄，要借助双手的力量才能走得快一些。

黄昏如期来临，阙大胖也回来了。过石拱桥的时候，他打了一个趔趄，跌倒在地，把大伙吓了一下。阙七去扶他。他说，九凤真的是死了，她在医院的太平间里。我没有钱，但我一点也不担心，政府会把她安排好的。

阙大胖告诉阙七，九凤偷偷从地里摘了两把芭蕉，天未亮就挑往高州城，她要卖个好价钱。才到高州城外，一辆东风汽车就将她的担子撞翻了，撞到公路中间，她就去捡香蕉，另一辆东风汽车又撞过来，将她撞回另一边，连头都撞烂了。

“多好的女人，那么小就懂得为父母分忧了！”阙七惋惜之余给予了九凤高度的评价。

“我再也不怕九凤的父母来找她。”阙大胖说。

阙七说，高州贩子骗你，九凤的亲生父母根本就没到过黄石坳。

好像又过了七八天吧，九凤的事情早已经没有人议论。水莲突然也消失了，山坡上的土屋里一片狼藉，没人知道她去了哪里，有人猜测是不是昨夜被张九偷偷接走了？有迹象表明，王桂花也有离开米庄的预谋。高州贩子昨天带来一条崭新的消息，十年前的那个戏班现在又组建了，班主还是原来的班主，只是那个小花旦死了老婆，还在高州乡下经营着一个养猪场，死活不愿重操旧业。那小花旦正是王桂花当年的梦中情人，也是她追随戏班到米庄的原因。她把挂在床头八九年的小花扇折叠起来，小心翼翼地放进行李包里。小花旦看到这把小花扇，一定能想起多年前的凉快。

“有人逼走了水莲，因为小宝长得像某人。其实水莲知道是谁干的，九凤也知道。”阙大胖说，“强奸犯快要浮出水面了。”

王桂花说：“你不要胡说，乱扣帽子会出大事的。”

阙大胖说：“九凤也是他干的。”

王桂花并未停止收拾行李，心不在焉地问阙大胖说：“是谁？”

阙大胖胸有成竹地说：“很快就会揭晓，你等着——你应该耐心多等一会儿……”

阙鸿禧的楼房正密锣紧鼓地往上攀升。阙大胖无法阻止水泥钢筋的生长，只有一次又一次地要挟要杀了阙鸿禧。但他希望有人阻止他杀人，然而，没有人觉得阙大胖要杀人。

“你信不信？”阙大胖挨家挨户地问。但人们没有闲情逸致思考这个无聊的问题。

阙大胖坐在杂货店门口，抽水烟，有时就站着，衣襟不整，有些猥琐，嘴角流着蜜糖一样有弹性的白沫，一堆苍蝇在他的下巴盘旋，只要他一张口就能捉到苍蝇。

“你可以向政府或村委会告状。”阙七说。

“告了几次了。他们来了也没有用。阙鸿禧有钱，和镇干部拉拉扯扯，刘副镇长的儿子又看上了他的二女。我没有钱，村干部也看不起我——好像你也看不起我，九凤死后，你一见到我就躲，跟张九差不多！”阙大胖说。

阙七说：“你别想不开，说到底阙鸿禧也姓阙，也是你兄弟。不就几寸祖地吗？等你有了钱，到县城里起高楼去。陶城东门的还有一块好大的风水宝地，空荡荡的，长满了狗尾草，等着你呢。要不，高州城也成，有了钱你也能成为广东佬，当广东佬比作广西佬有面子咧，你当了广东佬，大家是老乡，高州贩子也不敢再欺负你。”

阙大胖扑哧一声笑逐颜开：哪怕能在陶城里住上一天，死也值得——当广东佬嘛，只要风调雨顺，也不是没有可能。阙大胖显然陷入了远离现实的幻想，满面春风，很长时间没有这样开心过了。

然而高州贩子果然彻底地背信弃义，最终没有开着东风汽车进驻米庄。阙大胖焦虑不堪地看着硕大的芭蕉就这样烂在树上，干脆天天睡在地里，张开嘴巴大口大口地啃着芭蕉，和芭蕉树比着速度，你的香蕉成熟得越快，我啃得就越起劲。香蕉把阙大胖的肚皮胀鼓了，阙大胖干脆脱掉裤子，一边吃一边拉，像拉肚子一样不停地拉，屎越拉越多，满地都是香蕉屎，脸浮肿得像只冬瓜。但他战胜得了芭蕉树，却战胜不了另一种敌人。你看，不论白昼还是黑夜，蝙蝠和老鼠从四面八方拖儿携女乔迁到这里，定居在芭蕉树上，从头到脚肆无忌惮地糟蹋着他的芭蕉，像别人强奸他的女儿一样使阙大胖痛恨。阙大胖用尽最恶毒的语言痛骂这些乘人之危的鼠辈，到了最后，他又把这些恶骂莫名其妙地泼到阙鸿禧的身上。此时阙鸿禧的楼房已经建到了第二层，民工们像蚂蚁一样来来往往，水泥和砖头从公路外被源源不断地搬弄到阙鸿禧的工地上。

阙大胖对搬弄砖头的民工说，我快要杀阙鸿禧全家了，快及早讨你们的工钱，否则将来要到阎王那里讨，你们要多付一笔车船路费！

民工们开始还和他说说笑笑，后来懒得理他。阙大胖猪屁股一般的脸上没有一点恶意，肚皮还鼓鼓的，笑嘻嘻时还像一尊弥陀佛，无论如何也凶残不起来，说要杀人的时候也是不愠不火、不紧不慢、不痛不痒，跟与高州商贩讨价还价差不多，生怕说话音量太重了把人吓跑似的。在阙七的杂货店前，阙大胖对着一堆聊天、赌牌的人说，我要杀阙鸿禧一家了，你们信不信。阙七答非所问说，你的香蕉和芭蕉树砍了不要扔到米河里，会把米河塞死，洪水一来就要淹没我的杂货店——即使淹了高州城也不要淹了我的杂货店！

阙三兄弟正坐在一张长凳上数着粗黑的脚毛，不时啪地拔一根，放在嘴边一吹，脚毛就飘到米河里，和那些漂浮的垃圾一起，几天后就能漂流到南海。此时高大强壮的阙三兄弟已经成为村霸，除了不欺负米庄人外，邻村的人都吃过他们的苦头。阙大胖从来不愿意和阙三兄弟说话的，这时他跟他们说了。除了跟他们说话外，似乎没有人愿与他说话了。他感到了穷酸和力量单薄的孤独，除了他的公猪，没有谁有耐心听他说完一番话，没有谁说话时和他站在平等、公正、尊严的层面上。他想，阙三兄弟号称村霸，但未必不把他当人，未必不相信他。如果连阙三兄弟都不相信他，也许米庄不论老少男女，不论善类恶种，真的都没有人相信他了。那么，从此以后，他说话就等于放屁，放了屁还必须自己吸回去。

当阙三兄弟的脚毛数到第一百七十九条的时候，阙大胖小心翼翼地移动到了他们的面前。阙三兄弟抬头盯着他，眼珠子像子弹一样随时要飞出来射进他的脑门。显然，阙大胖的靠近破坏了阙三兄弟数脚毛的雅兴，甚至可能打乱了他们的数目。

阙大胖有些后悔如此放肆地站在两只饿虎面前，他估计阙三兄弟会威逼他跳进米河里帮他们捡回那些脚毛，这是一件苦差，但他没有退路，嗫嚅着对阙三兄弟说："可能……你们也不相信？"

"不，我们相信你敢杀人。"阙三兄弟爽快而响亮地回答，像打雷后就下雨那样果断。

阙大胖喜出望外，十分欣慰，对阙三兄弟顿生好感，先前对他们的憎恶和误会顷刻之间烟消云散，和阙三兄弟好像一下子成了知己，笑嘻嘻地靠近他们，慷慨地说：我请你们吃猪腰豆芽炒粉。于是彼此在圆桌前坐下。阙大胖底气十足地对阙七大声吆喝："来两碟猪腰豆芽炒粉，猪腰切丝，加点黄糖，不要味精，手脚麻利一点。"

手脚麻利的阙七很快端上两大碟猪腰豆芽炒粉，阙大胖不吃，看着他的知己吃。吃了猪腰豆芽炒粉，阙三兄弟擦净嘴，对还处于兴奋中的阙大胖说："你还得给我们钱。"

"为什么？"阙大胖始料不及。但他意识到麻烦这东西说到就到。

"因为我们相信你会杀人。既然我们相信了你，给了你面子，你就得给我们钱。这是天经地义的事情。"

"我不是请你们吃了猪腰豆芽炒粉了吗？"

"我们相信你就值两碗炒粉？你当我们兄弟是小孩？呸，我们相信一个人至少也值一千元，看在我们同是米庄人，又吃了你的猪腰豆芽炒粉，你只需给我们三百元！我们已经优惠了。连优惠价也不买账，我们就杀了你。"

"可是，你们也看见了，我的一地芭蕉也不值三百元。我还欠了香港脚的蕉树苗款、供销社的化肥款……"

"我们从不管别人死活——谁叫你让我们相信你？"

"我只是随便问问而已，你们也可以像阙七他们那样不相信我，当我放屁……"

"屁！世界上任何东西都有价钱，我们兄弟拉下来的屎也值三百元钱——不给钱我们就回去磨刀。”

阙大胖这一回害怕了，半笑着说：“我打白条，年底卖了母鸡就优先给你们兑现。”

“王桂花早就卖了你的母鸡买米了，别人手上还有张九的白条——你不是说你要杀人吗？杀了人你还能还债？”

“我，我是要杀人，但你们……”

阙三兄弟厉声说：“你根本就不想杀人！你不想杀人还要我们相信了你，我们兄弟在米庄江湖上还要不要威信？”

阙大胖明知理亏，但就是不愿无端给阙三兄弟三百元钱：“我没有现钱，只能写白条。”

“看来你言而无信，你跟你的公猪一样只想占便宜——你敢欺负我们兄弟？因为你有意糊弄我们，现在不是三百元了，得翻一番，六百元。不给钱我们要杀人了。”阙三兄弟气势汹汹，跳上杀猪台上，从冯屠夫手上夺过一把刀，刀锋闪闪发光。

阙大胖害怕得双脚一软，瘫在地求饶：六百就六百，反正比三百也多不了多少，我这就给你们写两张三百元的白条，签上我的名字后，就和张九的白条一样安全可靠了。

“我们不要白条。”阙三兄弟挥舞着屠刀，气势汹汹，就要往阙大胖身上剁。

众人大惊失色。阙三兄弟是来真的了。平日说话铿锵的四个高州贩子偷偷从杂货店的后门钻出去，消失在法国豆地里，一会儿出现在造纸厂的水车旁回头张望。阙七从店里出来慌忙劝阻阙三兄弟，但被阙三兄弟一脚踹倒。

阙大胖本想硬着头皮向阙七借钱，但阙七倒在地上痛苦不堪、自顾不暇。

阙大胖扑通一声跪在地上求饶。众人一点也不同情他，还取笑他：做不到的事就别老挂在嘴上。阙大胖说，我真的是要杀人的。有人扳着手指说，唷，都说了四年三个月零十四天了，你的刀在哪里？阙大胖说，我用斧头。众人大笑：越说越离谱，你的斧头还在你的卵毛上挂着吧？

阙大胖窘迫得无地从容。这时无恶不作的阙三兄弟突发慈悲：“不给钱也可以，但你得十天内杀一个人给我们看看。我们看你是不是真的比我们还胆大！”

阙大胖终于从阙三兄弟刀下逃过一劫。第二天，阙大胖到了村公所，对村长说，我要杀了阙鸿禧全家，因为他占了我的整个猪栏，还把我回家的路堵死了，我的子孙后代只能弓着腰侧身从他的墙角钻回家，像狗钻洞一样，只要阙鸿禧拿块砖头一塞，我们连洞口也找不着。村长正在应付检查的事情，忙忙碌碌的，听阙大胖这么一说倒也流露出了同情心，自言自语说了一句“鸿禧也太不讲理了嘛，建房子又不是造棺材，要那么方正干什么”，转而奇怪而温和地对阙大胖说：“多占了半边猪栏？比割了你的半边卵子还痛吧——就这点事要杀人？”阙大胖说是。村长说，杀了人你也跑不了。阙大胖说，我不跑，反正现在执行死刑不是枪毙，打一针药水很快就死了，比坐轿舒服。村长瞪了阙大胖一眼，不耐烦地说，既然如此，你就去杀人算了。阙大胖说，村里出了命案你的奖金就要被扣了，扣了奖金你老婆就不能天天买猪腰煲红枣，吃不上猪腰煲红枣，你老婆的面貌就会由红转黑，还要比狗脸皱。村长生气地说，我能有什么奖金？十几年来村里太平盛世，也没得过一分钱奖金，你们都以为我这个村长当得油水很足，其实比不上你的公猪有搞头。阙大胖想，这个时候村长怎么还拿他开玩笑？

阙大胖本来要到镇政府找新来的镇长，但到了半路便返回了，新镇长没有涵养，平日里和村长吃喝玩乐，爱抽烟，爱猜码，爱吃山鸡，爱大声唬人，爱开下流玩笑，既然有那么多的共同爱好，那么在他要杀人的问题上想法也应该一致，口径也不会有太大差别，甚至口吻也会那样生硬和充满嘲讽。阙大胖蹲在阙鸿禧的工地旁，看民工忙碌。工程进度很快，端午节前估计能建到第三层了。虽然楼房还没有建设好，工地乱七八糟，但气势和前景已经使阙大胖的数间破落瓦房相形见绌。

阙鸿禧过来说，你不至于要拆了我的新楼吧。

阙大胖说，我想杀人。

阙鸿禧笑了笑，摇摇头，走开了。

阙大胖嗡嗡说，本来我们还有商量的余地。

阙鸿禧听而不闻，他正在大声指挥工人施工。机械隆隆地响，民工吱吱喳喳，即便多好听的音乐也听不见了。

十三

第九天，王桂花看到阙大胖的斧头从中午磨到黄昏，异常惊讶：砍伐芭蕉树也用不着斧头。阙大胖笑眯眯说，我要杀人。王桂花突然深明大义地说，别闹了，吓唬不了谁，水莲留下了六百元钱，明天拿给阙三兄弟，我们惹不起。

阙大胖说，阙鸿禧现在比我过得好，将来越来越好，他一辈子都过得比我好。

王桂花安慰说，明年地里的生姜卖出去，你的日子也一天天好过，总有一天你也能搬到城里去——明年，明年你可能就要发财了。

阙大胖摇摇头，我不相信明年，我真的要杀人了。

王桂花扑哧一声笑了，一串浓缩的鼻涕从她的鼻孔里喷出来，沾在嘴唇上。她用手抓住鼻涕一甩，正好甩到斧头的锋芒上。阙大胖一点也不介意。

王桂花做好了饭，她竟突然决定让阙大胖吃上一顿热米饭，但不见阙大胖，刚要叫，阙大胖却回来了。

阙大胖满身血迹，手上的斧头也是血。斧头的刃卷了，木柄断了半截。夜色中血光如闪电。

阙大胖若无其事地说，我先洗澡还是先吃饭？

王桂花目瞪口呆。她不知道怎样回答。

阙大胖还是从容地选择了先洗澡。水哗啦地响。阙大胖说，给我香皂。但没有反应。

“你一定是害怕了。”阙大胖说。王桂花瘫软在地上，噤若寒蝉。

从澡房出来，阙大胖坐在桌旁，慢吞吞咀嚼着半生不熟的香蕉，嘴里发出啧啧的声音。

“等一会儿，你去通知阙三兄弟，那六百元钱我就不用兑付了。”阙大胖用权威而不容辩驳的语气对王桂花说。

“其实我跟阙鸿禧从没做过亏心事。你杀错人了。阙鸿禧太冤了。”王桂花的头在无限地膨胀，感觉到双脚快要离开地面了。

“你也不仔细看看小宝长得像谁？像阙鸿禧！”阙大胖有些生气，把碗往桌上一蹭，“不过，并不能怪你，因为除了我谁也看不出来。”

“你要杀的应该是香港脚，高州贩子都该杀。”王桂花战战兢兢，却头脑清醒。

“可是，明年我地里的生姜还得靠高州贩子。”阙大胖高瞻远瞩地说。

十四

阙鸿禧一家九口死在临时搭盖的厨房里。后来阙大胖说，先是杀了阙鸿禧的儿子，在澡房门口一斧头就完事；然后是阙鸿禧的一个孙女，阙大胖用斧头从她的脖子上一抹喉咙就断了，像阉猪一样麻利；再就是阙鸿禧，他听到响声后走进厨房，被斧头砍掉了脑袋。他的五个女儿刚从深圳高高兴兴回来给母亲过六十岁生日的，穿得花花绿绿的，有点像鸡，但很孝顺，看到阙大胖的斧头滴着血，心惊胆战地说，大胖叔，你要干什么？本来我们给你九凤和小宝带了些糖果……阙大胖没有回答，一斧头下去，死了一个，又一斧头，又死了一个，她们都没有反抗；最后死的是阙鸿禧的老婆，其实是吓死的，阙大胖加了一斧头纯属多余。杀死九个人的过程一气呵成，并没有人们想象的那么漫长、曲折、惊心动魄，大约就是平平常常普普通通的十几分钟，这段闪电般转瞬即逝的时间实在是太短暂了，哪怕不厌其烦地相加十万次也抵不上阙鸿禧孙女的年龄长。第二天一早民工来开工时发现了他们九具面目全非的尸体，这群蚂蚁就一哄而散，工程就这样永久性停工了。从县城来的无数的警察和解放军战士以及数十条警犬把周围的十几座山搜遍，七天后才在一条废弃多年的水渠里抓住了阙大胖。此时，他饿得已经奄奄一息了，平常鼓起的肚子已经瘪得像泄气的皮球，头顶上长满了狗毛草，身上依然散发着挥之不去的恶臭。他的脖子上有一道深深的刀痕，肉往处翻，但不见血迹，那是自己用玻璃割的，可能太过于虚弱，血已经不能流动，连自杀也做不到。本来他有机会远走高飞的，沿着山脉，一夜之间就可以到达比高州更远的地方。但阙大胖搭不了班车，一上车就晕头转向呕吐不停，更令他为难的是，他一辈子最远就到过高州城，除此而外，他对哪里都很陌生。阙大胖对陌生地方的害怕胜于死亡。

阙大胖被抓获后，被警察提在手里，一瘸一拐地从山上下来，米庄人远远地围观，不敢靠近，狗对着他狂吠。阙大胖手被反扣在背后，衣衫褴褛，蓬头垢面，脸上全是蚊虫蜇伤的红痕，松松垮垮的裤子快要掉下来了。他可能啃过泥土，牙缝里还夹着沙石。

阙大胖举目四顾。王桂花没有出现在他的面前，她正在家里数着撞死九凤的汽车司机支付的赔偿金。倒是阙老董趴在地上，双手穿着木鞋，从人群的乱脚中探出头来，瞪大眼睛吃力地朝阙大胖身上打量，生怕会认错人。阙大胖说，你不要看我了，我家的田地还在，你看着办，想种什么就种什么，我不愿管了。阙老董没有说话，用木鞋不断拍打着泥土，发出铿锵的声音。警灯在米庄闪烁，遮盖了黄昏的阳光。

警车押着阙大胖经过石拱桥的时候，刮起了一阵风，橡树的叶子哗啦地飘落，像成百上千盏灯笼悬浮在空中。人们远远地站在阙七的杂货店前眺望，阙大胖把他们的目光越拉越长，有人手里还捏着为数不多了的白条，但不愿拿着它向阙大胖招手，因为他们也知道那是徒劳无益的，只会招来别人的哄笑。但一直置之度外看热闹的阙七突然气急败坏地追着警车惊叫："阙大胖还欠我二十六元炒粉钱。"

十五

阙大胖死后，在高州贩子的指引下，王桂花以最短的时间找到了小花旦，并改嫁给这个六十多岁的鳏夫和养猪能手，听说很快就搬到了高州城里住。但半年之后，又有人说看见她披头散发、目光呆滞，在高州城的垃圾堆边捡香蕉吃，吃饱了就给行人唱粤剧。还有人说，她在潮州的乡下租了一间废弃多年的猪栏公开卖淫。这些只是传闻，或许她过得比过去好了。阙老董总算没有受太多的苦，镇政府每月都给他二十斤大米，乡亲们都自觉地照料着他，如果肚子饿了，只要用木鞋敲击床沿，一直敲下去总会有人给他送上香喷喷的米饭，生活得无忧无虑，但他却在一个夜里打倒煤油灯烧着蚊帐，引起火灾，把自己烧成了炭。只是一直没有水莲的消息，连传言也没有，人们干脆把她遗忘了。

高州贩子好久没有出现在米庄，香港脚改行了，听说去了越南，开了一间卖啤酒的小店，常常往返于南宁、河内之间。米庄的楼房越建越多，密密麻麻的，加上一条通往高州的高速公路将从米庄经过，人们自豪地说，米庄很快就要变成“米城”了。阙大胖本来没有什么可以担忧的，但他经常出没在米庄人的梦里。因此，米庄并没有因为他的死去而平静，相反，与他有关的传言一直没有停止过，在一定程度上延续了米庄的喧嚣，还使这个村庄时常保持着愉快的笑声。

有几个胆大的妇女说，她们清晨起来洗菜的时候曾经看见过阙大胖伏在他的田头，头发很长，但脸色红润，穿着体面，宛如一个地主。

她们问，大胖，回来啦？阙大胖回答说，刚回来，不过很快便要返回陶城，因为我在陶城东门买了地，要建楼房了，我不像你们不争气，仍住在米庄，世世代代都住在这里，你们不厌烦呀？米庄住不下去了，你们迟早也得搬。你们不搬，我就一把火，把米庄烧了。

另一个妇女说得更离奇。她说，夜里她听到有人轻轻拍打窗户，她的男人大声问，谁？外面的人答，阙大胖。要干什么？借点米。你在阴间不是有享不尽的荣华富贵吗？外面传来低声的哭泣：你们不知道，阴间的灯笼椒也不值钱，我只能天天啃香蕉，阙鸿禧住着大屋有花不完的钱票，仍然过得比我好。

但在众多的传言中，没有谁说得比阙七更逼真、更可信。阙七是这样说的，昨晚，我在杂货店过夜，正好睡下床，便有人轻轻敲门小声叫唤，阙七，是我。我说，你是谁。我是你岳父阙大胖呀。起来，打开门，果然是阙大胖，他的脑袋穿了三个孔，但没有血浆流出来。我是枪毙的，子弹在我的脑子里，痛得比挑担灯笼椒到高州城还辛苦。那你还记得回米庄？很多人活着的时候都记不起米庄了——你死满三年了吧，你记错啦，你并不是我岳父，因此你迟早得还我的二十六元炒粉钱！我从没有离开过米庄呀，前年种生姜亏了，去年种法国豆又赚不到钱，今年我决定种狗尾草，狗尾草一定能赚钱，赚足了钱我就能兑现所有的白条，还要买下你的杂货店。说罢阙大胖魂魄飞翔，破窗而去。第二天一早，我匆匆走到阙大胖的田头，果然，他田里的狗尾草正蓬勃生长，已经有九凤当年的个头高啦，一群麻雀在草丛中快活游戏，一条公狗正在跷起右腿拉尿，不信你们自己去看。

米庄的水也无法喝了，有一股腥臭味，人们说，阙大胖被枪决后他的公猪就开始报复米庄，把地下水变成了尿水、屎水、腐水，米河也成了一条臭水沟，那些水呀只适合草木生长，不让人喝得舒服。

这一天，人们正在热烈谈论着沿着新开通的坑坑洼洼的公路来到米庄兜售低压电器和新式打火机的温州贩子，忽然有人站在石拱桥上惊恐地尖叫：米河，米河！

米河有什么值得大惊小怪的？众人便凑近看看，果然什么稀奇也没有，只是河面上不知什么时候突然铺盖了密不透风的水葫芦。水葫芦异常肥硕光亮，开始以为是种在水里的灯笼椒，但仔细一看，原来是满河灯笼，一簇一簇的，幽暗地挂在低空中，一个紧挨一个，绵延数十里，直逼高州城。

2005 年 3 月一稿

2005 年 4 月中旬二稿

2005 年 5 月 11 日三稿

2005 年 6 月 9 日四稿

2005 年 7 月 6 日五稿

载《小说界》2006 年第 2 期

感谢何其大

我不喜欢高速公路，除非它通往富贵。

这是何唐山的父亲何其大最后一次从县城回来后反复玩味的一句经典。他就坐在米庄的家门口，在高高的石阶上，孤独地抽着水烟筒，在烟雾中不断地吐着口水，苍蝇盘旋下的地面湿漉漉地散发着腥臭。他似乎在苦思冥想，一声不哼，忍看一条崭新的高速公路从他的裤裆下呼啸而过。

一

何其大回想起来，二十多年前，这还是一条泥石路，何唐山就是从这里戴着大红花跨过风烛残年的石拱桥向法卡山进发，复员回来时就佩戴着一枚比100瓦的电灯泡还要耀眼的一等功勋章。那天是他一生中最幸福最神采飞扬的时刻，湛蓝的天空把黄金一样富贵的阳光当作破棉絮毫无吝惜地全奖赏给他并小心翼翼地照在那温暖的勋章上。二十一岁的何唐山身穿别着雪白衣领的军装，戴着军帽，怀抱鲜花，坐在颠簸摇摆得像走过田垄的母猪的拖拉机里，不知天高地厚地模仿当年毛主席阅兵的姿态向敲锣打鼓的乡亲挥手致意，并肆无忌惮地向着何其大微笑。但就是那一次灿烂而奢侈的微笑后，从此何唐山就没有向他微笑过了。那天，全村的乡亲都来到了他家，镇政府、大队（后来的村公所）的领导也来了。为看热闹而早退的学生围着恋恋不舍地从拖拉机的拖斗里下来的何唐山，幼稚的眼里充满了无穷无尽的疑虑：三年前还是一个天天在河里捉鱼的丑陋的水鬼，今天竟摇身一变成了像岳飞一样的大英雄了？简直就是神奇！

一帮小朋友撒开双腿争先恐后地追逐着寻根问底：水鬼，你打死了多少个越南人？你的枪法准不准？一颗子弹能打死多少敌人？

村里的人都叫何唐山水鬼。

镇政府的人为何唐山挡住蜂拥而至的人们，一个脸皱巴巴的人站在屋檐底的一块大石头上，先吐了一口口水，然后前后侧仰着身，发布规范准确的官方消息："何唐山同志英勇善战，单枪匹马炸毁了越军的工事，为我军占领12345高地立下了赫赫战功，荣获一等英雄勋章。这是我们县在这次自卫反击战争中唯一荣获一等功勋的战士，是我们谷镇的无上光荣。"末了，还奉劝人们："你们今后不能再叫一等功臣'水鬼'，叫了嘴巴会烂到耳朵根的。"

小朋友们哈哈大笑：不叫就不叫呗，反正不叫他也是水鬼，就算穿上龙袍还是水鬼。

何唐山跟这些小朋友太熟悉了，平常在河里玩都互相摸对方的卵。

没有人提起英雄的父亲何其大。他躲在墙角里接二连三地抽着水烟，把烟雾吹到最大，使人仿佛置身于炮火连天的法卡山。但此时人们的眼光总是能穿越浓厚的烟雾，聚焦在一张比烟雾更黑的脸上。何其大生怕别人遗忘他了似的，终于忍不住充满得意地在大伙的身后说：“唐山其实不想当兵，三年前是我逼他去的。”开始人们并不留意他这句话，他就不断找机会重复，重复多了人们就来了兴趣，无所事事的时候坐下来听听他讲述何唐山的一些旧闻逸事。

二

此时何其大所说的三年前，应该是广为人知的 1978 年春天，繁花落尽，满河缤纷，何唐山像一头健硕的水牛躲在清爽得还有点冻的河水里，用泥沙塞住耳朵，平躺在水面上，像一张芭蕉叶铺盖在那里。从泥石路和石拱桥上悠闲而过的征兵宣传车没有注意到他，却吵醒了他。他嘟哝了一声，一个鲤鱼翻腾潜藏入水中，浮出水面时，等待多时的何其大拿着一条长长的竹竿，一竿往何唐山打去。

何唐山像他的水牛一样强壮、水鬼一样油亮，乌鸦般黑的脸孔让何其大在他身上找不到与富贵有关的任何线索，但何其大并不因此而死心，一竿子打在何唐山的肩膀上，把水牛吓得逆水而逃。

何唐山有点生气地说：“老爸，你打我干什么？我说过我不当兵，宁愿做一头牛也不当兵——不当兵也饿不死我，米河的鱼一百年也捉不完。”

何其大说：“你小小年纪就怕死了，注定是条贱命。”

何唐山争辩说："我不是怕死，我怕什么死？我是你何其大的儿子不怕死。"

何其大说："那你为什么不当兵？一人当兵全家光荣，全村的青年都争着去，有人后门走到了县政府。我们家就三个男人，我当过兵了，你和何昆明也要当兵。自古以来，只有饿死种田的没见饿死当兵的。当兵易富贵，不当兵贱如泥。"

何唐山说："谁说的？"

何其大说："林子进。志愿军三师一团八连连长，就是现在的林县长。我的老上级。"

何唐山不耐烦说："你不要再提林子进，他害你。林子进他早就富贵了，但你当了几年中国大兵，富贵在哪里？你还不是跟没当过兵的农民一样，谁把你当回事？"

何其大说："我在朝鲜跟美国佬打过大大小小的仗不下三十次，但像穿着金刚罩一样居然连皮毛也没伤，寸功未立，未能如愿得富贵就退伍了。还是怪林子进，他帮我挡了几次子弹，否则我就立功受奖，就富贵了——说到底是林子进耽误了我。"

何唐山说："你说得有道理，但我还是不想当兵。"

何其大说："你怕死。"

何唐山说："我不是怕死。"

何其大说："那你为什么不当兵？"

何唐山说："我要娶程定贵的女儿程金香做老婆，我要是去当兵，她就要跟张小节睡觉，她像熟透了的桃子要男人摘了，我不摘就被张小节摘了。当兵不能睡女人了的，我咨询了镇政府的人，是他们说的。"

何其大说："不当兵你就找不到老婆，程定贵说了，他的女儿宁愿嫁给讲话结巴的张小节也不嫁给何唐山那个水鬼。因为你没出息，看不到前途，他的女儿可不能天天只吃鱼，还要过上城里的生活，吃完猪脚炖豆腐后还要上影剧院看电影。”

何唐山斗气地说：“那我不要她做老婆。让她被张小节摘去吃腻了再让城里的痴呆吃。”

何其大说：“如果你去当兵，情况就大不一样，我就跟程定贵说，让他把程金香留给你，就像养着过大年夜的猪，谁也不让碰。”

何唐山说：“不关他老爸的事，是程金香自己要男人了。”

何其大说：“那也不成，我帮你守着，哪个男人靠近她，我就跟他拼命。”

何唐山犹豫了一会儿，说：“这样也许苦了她，但这也是没有办法的事情。”

何唐山最终因为他能在水里像青蛙一样潜伏上二十分钟的特殊功能让征兵的头头无法割舍而荣幸入伍，他的弟弟何昆明在镇上体检时因为鸭掌脚被无情地推下开往梦想的吉普车，郁郁寡欢，躲在一棵大榕树上三天不愿下来，骂镇政府，骂征兵的，一直骂得自己口吐泡沫。他说，我又不是去做仪仗队，我是去打仗，凭什么鸭掌脚不能当兵？

何唐山出发前何昆明仍在树上，他刚刚撒了一泡尿，晶莹剔透的尿液从这片叶子滑到另一片叶子像珍珠般调皮地旋转、滚动，然后不小心砸到了从部队来带新兵入伍的一个军人的头上。

那军人怒目圆睁，几乎要拔枪，是村长打了圆场：“他神经出了问题，革命军人不必跟一个神经佬过意不去。”

何其大也说：“你和我的一个儿子也就是他的哥哥何唐山同志已经是战友了，战友的家属就是你的家属……过去有个故事，说一个坐轿的从树下经过，碰上树上有个小孩向他撒尿，他就给了赏钱，对小孩说，下次……”

那军人扫兴地、不屑地说："下次……下次撒尿给骑马佩枪的会得到更多的赏钱，是吗？"

何其大笑道："是，是，他就是被人教坏了，所以才冒犯了你。但你不是过去的旧军阀，你不会……"

那军人抢过何其大的话大声嚷："你难道要我给他更多的赏钱？我呸，我想先崩了他再慰问战友的家属。军人是至高无上的尊严，岂容一个疯子撒尿？等我们请示了领导，再来收拾他。"

何唐山突然觉得很耻辱，向何其大吼叫：我不想当这卵兵，宁愿做一头牛也不当兵。

何其大无言以对，村长凑到何唐山的耳朵轻声说：你不去当兵，昆明马上就要被他崩了，你看他的手都摸到了枪柄。

何其大刚才兴致勃勃的表情突然郁闷起来，对着何唐山欲言又止。那军人气呼呼地找水洗澡去了，村长唯唯诺诺地在前面领着路，径直把他带进了何其大的灶房。何其大迟疑了一会儿，快速跟上去，大声说："同志、村长，让我来，我来，我……"何其大操着一只勺子，从灶房的水缸里舀出一勺清水，那军人低下高傲的头，但何其大不敢往他的头上浇水。

那军人不耐烦了，大声嚷："浇呀，怕死？"

何其大小心翼翼地说："水有点凉。"

那军人伸直腰，瞟了一眼何其大："只有像你这样没卵的人才生了个神经病！"

何其大怔怔地站着，似乎在反复回味那军人刚才所说的话。村长见状，赶忙夺过何其大手中的勺，把水轻轻地浇到那根本没有一点尿味的头上。如此几下，头洗干净了，何其大从麻绳上扯下自己的洗脸面巾帮军人擦头，擦干头发又擦绿军装。那军人推了一把何其大的手：

去，不用擦了，弄脏了我的军装。说罢，大步走开，村长弯着腰尾随而去，像跟随日本人屁股的汉奸。何唐山觉得何其大有点可怜，但他不会去安慰，反而郑重再三地对父亲何其大声明说："我当兵不是为了富贵，是为了程金香。"

何其大点点头说："我会为你守住她，但你一定要立功回来。立了功你就富贵了，富贵了就有人帮你擦头，程金香也会像麦芽糖一样粘住你。"

何唐山说："那你要我立几等功？"

何其大伸出一根坚硬的手指头。那是一根盛开着委屈、愤怒和强烈期待的指头。

何唐山读懂了那根指头的意义，眯着双眼，迎着好得像鲜花一样的阳光说："你也太贪婪了。我能满足你的贪婪，但你必须先给我粉刷新房，养肥两头摆酒席的猪，还有，告诉程定贵，让他为程金香准备好嫁妆，一回来我就要结婚，不能再等了，再等下去新鲜菜也会发馊。"

三

三年后，何唐山迫不及待地回来了。在欢迎的队伍中没有发现扎着牛尾巴辫子、喜欢噘着樱桃嘴说到底就是有点娇媚冷艳的程金香，只发现她的父亲程定贵远远地躲在角落里痛心疾首地长吁短叹。何唐山要质问父亲，但何其大得意忘形地周旋在道喜和妒忌的人们中间，像行走在大年夜前夕的镇圩上忙得无暇顾及杂乱而久远的往事。直到人尽散去，何唐山追到房间门口一把拉住要上床睡觉了的疲惫不堪的父亲。

何其大猛地吐了一口浓痰，忽然想起了当年令何唐山锲而不舍的那件事情，吞吞吐吐地告诉他："程金香嫁到城里去了。简而言之，你离开村里第二年，张小节就使出浑身解数勾引程金香，程金香是水性杨花，与张小节闹出了事，肚皮鼓得比气球还快。张小节却是小公鸡，只管别人肚子大不管她人名声臭，溜之大吉搞野马去了，两年未见踪影，程定贵料到我们不会要他的破鞋女儿了，干脆把她嫁给了县氮肥厂的一个也当过兵的残疾工人。"

何唐山生气地说："何其大，我真想不到你这样的没用，连自己的媳妇都守不住，还吹嘘当年守住了上甘岭，你还口口声声地说要富贵，我呸，你骗我去当兵，我还以为今晚我可以和程金香进洞房了。"

何其大说："唐山，你怎能直呼父亲的姓名呢？我还以为你当了三年士兵，长了见识，觉悟提高了。"

何唐山说："觉悟再高也不能让自己喜欢的程金香给张小节搞，早知这样我就不当兵了。"

从此，何唐山没跟他的父亲笑过，连后来何其大在何唐山的婚礼上连放三个响屁，所有的人都笑了何唐山始终没笑。

但何其大逢人便说，我的儿子立了一等功勋，是血战法卡山的战斗英雄，富贵近在眼前，马上就成农转非了，县城里的单位将会任他选择，我让他选财政局，管钱好，不用懂太多字，会数钱就成，全县的钱都由他管，他就是财神爷，连县长也要向他要钱。我在朝鲜战场上一无所获就回乡了，唐山在中越战争中一战成名，富贵垂手而得，这是他的福分，所以，对儿子不能听之任之，比如说唐山不愿当士兵，是我半逼半骗他参了军，等于老父逼他富贵。你们别看唐山的脸黑，那黑脸里隐藏着“富贵”二字，二十年来我居然看不出来，但一逼就出来了，哈哈。

人们开始有点嫉妒，但仍然恭维说，能把一个水鬼变成一个大英雄，把一株水稻变成牡丹，说明大叔高明呗。

何其大谦逊地摇摇头，披着一件没有纽扣的白衬衣，双手叉着瘦腰，挺着空无一物的小腹，抬头看对面的山。平日满山光秃，一丝不挂，一夜之间突然开遍了万紫千红、雍容华丽、只在梦中见过的牡丹，一团团、一簇簇，从此山绵延到彼山，直与天地连接，花香携着歌声沁人肺腑，灿烂的艳丽炫目得让何其大张不开双眼。何其大伸出一根坚硬的指头，轻盈地点了两下，自信地说：十万牡丹必定是排列成“富贵”二字，并且一直排队到天堂，排到三百里之外的南海……何其大抑制不住愉悦，甜蜜地畅想，仿佛他才是何唐山。

忽然有人喊：喂，水鬼。

何其大嗔怒说，你们不许再叫水鬼，何唐山就要转非农，要吃皇粮了，和我们不一样了，虽然我是他的老子，也不能叫他水鬼了。你们看，满山牡丹，比水稻还多——但牡丹不能叫牡丹，要改叫富贵。

黄昏，程定贵躲躲闪闪地在一条林荫道上拉住了放牛回来的何唐山：“水……水……唐山。”

何唐山昂首挺胸说：“你是不是求我原谅你？”

程定贵说：“唐山，我……”

何唐山不耐烦地说：“我的右耳被炮震聋了听不见，你对我的左耳说。从此以后，你只能跟我的左耳说话。”

程定贵转到何唐山的左边，满怀歉意地说：“其实金香爱的是你，她是被张小节用妖术骗了——张小节算什么东西？他哪能跟你比？你讲一分钟的话他要讲半天才讲得完，人又不老实，他父亲张大权瞒天过海偷过队里的秕谷，母亲吕中竹装聋作哑地偷过别人的红薯，他的姐姐张小惠15岁就跟队长睡觉，比金香还早两岁。反正他们一家人都不是好东西。张小节搞大了金香的肚子就溜之大吉，除非他永远不回来，只要我一见到他，非打死他不可——我可吃不下这个哑巴黄连亏。"

何唐山说："张小节得了便宜，可我连程金香的头发也没碰过，我才吃了哑巴黄连亏。"

程定贵愧疚地说："这个，你叫我怎么补偿呢？好在我还有一个女儿，就是程银香，虽然才十七八岁，嫩是嫩了点，但也得嫁人了，不嫁人又要出事了。如果你喜欢，明天我就叫她搬到你那儿住。"

何唐山厌恶地说："我家的牛栏还有空，打扫干净牛屎，你叫她跟我的牛睡吧。"

程定贵这才转愁为喜，笑嘻嘻地说："好吧，先住牛栏也好，能住上一等功臣的牛栏也是她的福分。"

何其大每天起早第一件事就是把牛从牛栏里放出来，拴到一棵老龙眼树下。这天，何其大在昏暗的晨光中推开牛栏的门，牛习惯地先跪着前脚然后用力爬起来。何其大像平常一样拿着铁铲在清扫牛屎。突然，牛栏的一角传来懒洋洋的一声："大叔，天还早呢，你吵醒我了。"

何其大吓得一跳，铁铲一抖："你是人是鬼？"

此时有一个人从地上爬起来，头发乱七八糟的，是个女人。

那女人说："我是程定贵的二女、金香的妹妹银香，小时候我到过你家玩，你对我可能没有大的印象——不过，我很快就是你的媳妇了。"

何其大说："你……你怎会睡在我的牛栏里？"

程银香一边将席子折起一边拍身上的污泥，底气十足地说："是你家的大功臣何唐山叫我睡这里的。"

何其大说："他怎么会叫你睡这里？这不是人睡的地方，脏不算还挺危险，牛不小心会踩到你的肚皮，肠子会从屁眼、鼻孔流出来。"

程银香一本正经地说："那你叫我到你家唐山的房间里睡吧，反正迟早我是你家的人了。你总不会叫我定居在这里，哦？"

何其大说："要是过去，我还能做主，现在我可不敢做主了，唐山是大功臣了——我不敢肯定唐山会不会要你？"

程银香说："嘀，何唐山昨天亲口告诉我爸，叫我到你家来住，不是我主动来的，我才没那么贱格送货上门。但到你家住就是你家的人了——这个规矩是你们大人一直以来定下来的，大叔你最清楚。"

何其大说："既然是唐山亲口请你到我家住的，我无话可说，他看上你是你的福分，虽然我主张找个城里的媳妇，但我总不能再干预我的功臣儿子的婚姻大事。既然这样，就不要住牛栏了，到我家正屋右侧第三间房间住，能做些家务就帮着做些，你总不能再叫唐山做了吧，他马上就是非农户口了，你跟着他不用种田打柴，能穿鞋穿袜子，有享之不尽的富贵。说到底你比我有福气，我是他的父亲也未必能跟着他到县城里享福。"

程银香被美好生活的感觉包围着，眼前闪烁着城市里的幸福画面，禁不住泪花飞，抽泣着说："大叔，你也知道，我是远近有名的孝顺女，我会孝顺你的。还有，我会经常提醒唐山，他的富贵是你逼出来的，他的功章也有你的一半。他的母亲死得早，他要把孝顺父母两个人应该花的心思全部集中放在你一人的身上，一丝也不能减少。"

这几天来，何其大沉浸在儿子立功受奖的亢奋中，他总是为儿子觉得高兴，但就没有为他自己想想，至少得让唐山深刻认识到他的作用，富贵不能忘父，这才是深层次的问题。然而在巨大的幸福中，谁也没有提及这个问题，倒是程银香提出来了。何其大感到有些欣慰，脸颊上有了红光，显然他对程银香的印象来了一个一百八十度的转弯，觉得她比她的姐姐金香好，好媳妇比儿子顶用，幸而唐山没有娶金香。此时那头母牛终于忍不住哗啦地拉尿，尿液如瀑布一般散发着浓烈的腥臭。何其大对母牛说："你这泡尿总算没有忘本啊。"

何唐山还在梦中，就听到有人叫他："唐山，你可以放心睡懒觉，你不同其他人要出工，你快是非农了，听说要分田到户也与你无关，你睡你的懒觉，等通知来就到县里上班。我跟着你也可以像我的姐姐金香那样，吃了猪脚炖豆腐后到影院看电影。不过，你放心，我不会白白吃你的，我会帮你生孩子，你想要多少个我就生多少个——我没有什么本事，但我腰杆坚实肚皮有弹性，生孩子的本事我不会输给金香，我还要帮你洗衣服做饭孝顺大叔，古言说：富贵不能忘父……"

何唐山梦里依稀听出是程金香的声音，骨碌地爬起来，穿着一条短裤从房里出来，一看是有点陌生的程银香："我还以为是你姐姐呢。声音很像。"

程银香说："金香这个时候应该到县城的东门菜市买猪脚豆腐了，去迟了就不新鲜了。"

何唐山侧着左耳说："你来我家干什么？刚才是你在吵嚷？"

银香说："昨天你让我爸请我到你家的牛栏里住，我想来想去就答应了，你是一等功臣，我不能顶撞你，你叫我住牛栏我就住牛栏，没有什么大不了的，先苦后甜，你的富贵来之不易，我也不能白白占便宜。今天大叔说让我住牛栏怕别人笑话，就叫我搬迁到你家的房间来住，有活就帮你做。但我首先声明，我不能学金香，未进洞房之前我不能跟你睡在同一张床上。”

何唐山哭笑不得，有言难辩，黝黑而清瘦的脸上露出不耐烦的神情。

银香说：“你赶紧穿上衣服，天还早，别人看不顺眼，还以为我和你早早就黏合在一起了，无端拿我跟金香相提并论。”

何唐山说：“你到我的左耳边说话，我的右耳被大炮轰聋了。从此以后，你只能跟我的左耳说话——你是我的什么人？”

银香说：“你是功臣，全县全省全国都出名了，村长、镇长、说不定县长都怕你三分，你爱拿我当什么人就当什么人，反正我从今天起就住你家了。但你不能对我呼之即来挥之即去，我可不是金香。金香有时也不能随便呼喝，连牛都有自尊，何况是人，我还是女人呢，女人都是有自尊的，没有自尊就不是好女人了。”

何唐山说：“你不要老说你比金香好。你有什么比她好？”

银香说：“我就有一条比她好，我十七岁，她二十，她比我老。关键是，我还没跟男人睡过觉。”

何唐山说：“但你的脸皮比金香厚，你的嘴巴比金香的阔。”

程银香说：“嘴阔有什么不好，你不善于说话，我不怕，我就善于说话，什么都敢说，一个嘴巴顶两个，我生来就是帮你说话。今后你的嘴巴只管吃饭，说话就让我代劳，这样你便省去一大笔麻烦事。”

何唐山说：“我还是不会跟你结婚。”

程银香说：“我们石根村所有的人都知道我搬到你家住了，我就是你的人了，没有女人敢与我争。你迟早得和我结婚，迟结不如早结，早结你们米庄就得分我一份田，结迟了我的田就分在石根村我爸那里。”

何唐山说："你真不要脸。我要不是一等功臣，我真想揍人。"

程银香对这种态度始料不及，有点害怕，但仍理直气壮地说："你不要凶嘛，人家也不一定就要嫁给你。红旗村的阉猪佬冯达昌追我半年了，隔天给我爸送猪卵下酒，还说要带我去一次桂林，你逼急了我干脆嫁给冯达昌。"

四

何唐山的弟弟何昆明成了隐形人，他在哪里都引不起别人的注意，没有人当他存在着。他收割着猪菜，跟成群结队的青蛙们斗殴，把一片片的水稻糟蹋得满田狼藉。有时他抓回几条颜色不同的蛇，吊在榕树的树杈上活生生地剥皮，血淋淋地，他还娴熟地抠出蛇胆一口吞了，甚至连蛇眼也吞下去，剩下的蛇肉就放火上烤着吃，吃饱了就爬上树上睡觉。

村长兴致勃勃地来通知何其大："大叔，大功臣呢？县里叫他后天出发，参加县里举办的战斗英雄事迹报告会，要他准备一个小时的报告稿，在县人民大会堂上读，要讲得好一点，因为县里的领导和干部学生两千多人都听他讲，还要录音在县广播上播。"

何其大又被另一个接踵而来的巨大的喜悦冲击得手足无措："村长，你得老实告诉我，该怎么办？"

村长说："大功臣得马上写讲话稿，得准备充分，不可掉以轻心。讲得好，他今后前途无量、富贵无边；讲不好，全县的干部群众笑话，玷污他的一世英名不算，还给我们镇、我们村抹黑。"

何其大更加紧张："可是唐山认得的字少，不爱读书，他写不了60分钟的讲话稿。"

村长觉得也是，但时间紧，又不知找谁帮忙，想来想去，只想到镇文化站的朱秀才，但朱秀才最近抽到县里搞新闻了，平时跟他也没有大的交情，就说："要不让大功臣自己说，让高校长帮他记，把立功的过程讲清楚就成了。"

何其大突然发现了正在烤蛇的何昆明的存在，就叫他找放牛去了的何唐山，昆明说不去，我怕当兵的一枪就崩了我。何其大要亲自出马，刚好程银香干活回来，何其大就说："银香，你得马上叫唐山回来，还放什么牛？县里找他，他很快就是全县英模了，好事将一件接着一件来，像四五月的洪水，挡都挡不住。"

程银香说："昨天我跟他吵架了，我不理他了。大叔，你自己找他去。"

村长惊奇万分地说："哎哟，我的妈呀，你这妇女怎么能跟大功臣吵架呢？你算什么资格？你是大功臣什么人？"

此时何唐山正好也回来。何唐山说："我不去做报告。我不喜欢那么多人看着我讲话。"

村长说："大功臣，这是政治任务，也是你走向富贵的命运转折，讲得好，县政府面上有光，会给你好安排，说不定还能当官。"

何唐山说："我不当官，我想在米庄放一辈子牛捉一辈子鱼，哪里也不去。村里马上分田地了，你得给我一份。"

村长说："不得，村里不准安排你放牛，哪有一等功臣放牛的？这不是天大的笑话吗？我这个村长不当也罢了，县长的乌纱帽恐怕也戴不稳啰。"

何唐山说："我就是不想到县里做报告。越南人被赶回去了，仗打完了，部队散伙了，还做什么报告？”

何其大有些光火，要是平时，他早就骂娘了，甚至要打何唐山，而现在得忍气吞声，他耐心地说：“唐山，立这个一等功不容易，差点连命都搭上了，你不能把到手的富贵扔掉喂狗，这个报告你得做，马上就写报告。”

何唐山说：“我不会写。”

程银香自告奋勇地说：“我会，我帮你写。读书时我的作文就经常得高校长表扬，虽然比不上你的一等功，但村里就我能写，你们不用找其他人了，找别人写人家传出去岂不灭了一等功臣的威风。”

何其大自然高兴：“唐山识字少，银香你就拣好读的字写，写好了还要教唐山念。不念错是不可能，尽最大努力减少差错就成了，村长你说对吧？”

五

程银香很想进县城探她的姐姐程金香。何其大认为银香要为何唐山壮胆，因此应该与唐山一起进城。何唐山一声不吭就离开米庄，何其大本想说些什么却找不到时机，就交代银香：“唐山没见过大场面，你得壮他的胆。”程银香说：“谁说唐山没见过大场面？他在法卡山……”何其大打断银香的话：“他不怕死，但怕人，两千人听他做报告他会手颤脚震。”银香说：“我给他写的报告容易念，我叮嘱他在台上什么人都不看，只低头看稿照读就是了，不会有大问题。实在他不敢上去，我就代他做报告，我谁也不怕。”何其大说：“不成，你不能上主席台，你还不是军嫂。”

程定贵看着何唐山、银香他们走远，对何其大说，等唐山和银香从县城回来就把婚事给办了，免得住在一起不便，反正大家都知道他们已经住在一起了，总不能一定等到肚皮大了再办嘛。何其大更加觉得银香是个不一般的女人，不怪她能攀上唐山，她天生就有这种福分，这婚事应该快办。

到了县城，何唐山找到了县政府招待所报到。正好武装部马部长也在。马部长关切地问何唐山明天的报告稿准备得怎样了，不成的话现在可以马上组织人修改。程银香从何唐山的衣袋里摸出报告稿，递给马部长。马部长就在一旁看。一会儿，说：“不错嘛，你们镇的张部长看过，说写得不错，我也粗略看了，是不错。是你写的吧，功臣？”

程银香忙说：“是他写的。我只是帮他查了一下字典。”

马部长欣赏地说：“好，就这样，今晚好好休息，明天好好做报告。”说完马部长就走了，走远了又回头说：何唐山，把你的讲稿当成12345 高地，给我死死地保管好直到明天大会结束。

程银香帮何唐山应了一声。何唐山走到服务台，拿出镇武装部的证明。女服务员狐疑地问：“她是你爱人？有结婚证吧？”

程银香说：“他是一等功臣。”

女服务员说：“这明写着还用你说？你以为我不认识字？一等功臣怎样？一等功臣也不能乱来，没有结婚证男女不能混住在一起。我的工作就是把关，不让那些狗男女睡在政府招待所的床上——我把关一放松世界就会乱。”

何唐山赔笑脸说：“她不跟我住，她不是我爱人，她只是石根村的未婚农村妇女程银香。”

程银香脸色一沉，拿起自己的行李就走。她是真的生气了，生起气来的样子有点让人生畏，冬瓜圆脸红红的，喘着粗气，头也不回，不容劝慰，走起路来屁股像风摆，似乎要跟谁一刀两断地决绝了。

何唐山首先着了慌，追上去："你要去哪里？"

程银香坚决而气愤地说："我回家去，车站还有最后一趟班车回去。"

何唐山说："你不能到你姐金香家里住？"

程银香说："我不去，我为什么去她家住？我来县城是帮你的，不是专程来探金香的，你得管我吃管我住管我的工钱，否则我就回去。"

何唐山说："你生气了？你不生气就好了。"

程银香说："我不生气，谁敢生你一等功臣的气？我找贱啊？你不缺女人，镇里、说不定全县的女人都排着队等着你拣，我这就回去搬走我的东西回我家里住，我就不相信不嫁你何唐山我就变大年夜的腊肉了！"

何唐山忍不住嘿嘿地贼笑了两声。

程银香停了下来，她万万想不到此时何唐山还敢贼笑，便将行李袋往他身上一掷，大吼：水鬼！

二人边走边离开了县政府招待所，穿过县政府门口，拐过东门菜市，就是热闹的供销社门市部和各类商店。天黑时，县城里的男男女女从不同的方向出来又从不同的方向散去，抱腰揽颈，嬉皮笑脸，有的简直就是放荡。程银香说，你看城里人怎样生活？你要慢慢适应，学习休闲学习放荡，不然人家不把你当城里人。何唐山忽然觉察到程银香的双手已经抱住了自己的胳膊，他几次要丢开却丢不掉。何唐山本要找到传说中的著名的人民饭店，那里有更著名的腊肠砂锅饭，到了县城吃不上砂锅饭就算白来了，但转了几圈仍找不到，便在一条小巷坐下来，每人要了一碗桂林风味的辛辣的瘦肉粉，何唐山辣得满头大汗直咽口水，程银香却津津有味，饱得打了几个喷嗝，满足地说："估计金香姐的日子也不过如此。何况猪脚炖豆腐也未必比得上瘦肉粉……只不过是，今晚我们要睡在哪里？"

何唐山当然不会自己回县政府招待所住而留下程银香，如果能在街上逛逛就能度过一个夜晚多好，但把县城所有的商店都走遍后甚至所有的商店都关门后仍然不太晚，离鸡啼还远着呢。何唐山和程银香觉得确实没其他地方可去了，不知不觉就来到这条叫南流江的河边。

此时月已当空，一座破旧的石拱桥横跨而过。凉风习习，倦意越来越浓。何唐山决定在这座比家里河上的桥长不了多少的石拱桥下的拱上过上一晚。结果程银香也爽脆赞同，说这比牛栏好。其实何唐山此时仍不知道这是一个陷阱。就是这一晚，程银香借口被一只远距离而过的老鼠惊吓，将他死死地抱住，像牛筋一样富有弹性的双乳有节奏地弹在他的背上，纵使他的背多么结实，也将被她弹成松软的棉花失去抵制渗透和挑逗的能力。此时此刻，何唐山想到的是那天南宁市文工团慰问法卡山部队时的那个能歌善舞的圆脸的湖北女演员，她弹着一把吉他站在他的面前，扭着腰，眼光在他的身上绘画一样缠绕，还张口唱一首很好听的歌。那时，如果能抱一下她就算马上叫他去死也干。但她没有让他抱，而是主动去拥抱了他的连长，一个曾立过二等功刚提拔为连长的胖子，尽管那胖子长得不怎么样，平时跑得也不快，打起呼噜来能吵醒对面的越南人，全连队都为此担惊受怕，如果脱光他的衣服，还能看到从心脏到肚脐的狭长地带有一条隐蔽的羊肠小道，那是被越南人的刺刀留下的弯月形伤疤。就是从那一刻起，何唐山才发誓要像董存瑞那样做一个英雄，立功受奖，然后有机会让湖北女演员拥抱一下。那种想法在猫耳洞里传染、弥漫、膨胀，每个男人都焦虑地等待战斗号角的吹响。何唐山看到他们手握钢枪，就像梦中抓住了湖北女演员的奶子，激动而紧张，一刻也不愿放松。何唐山自私而庆幸地占据了有利的位置，确保任何时候他都能第一个冲锋在前，号喊着将越南人杀光、剁烂。现在，程银香就像那湖北女演员一样，大胆而风骚，热烈而温柔。而此时的何唐山像一个被别人拉燃了导火索的炸药包，巨大的炸药包压得他四脚朝天，在寂静得如米庄的田野的桥洞上，他闻到了导火索越烧越急促的声音和炸药包快要爆炸时的焦味。

他双手颤抖，汗流浃背，心里狠狠地说："弟兄们，我快要死了！我要跨过凉山、杀到河内去！"

程银香越来越放肆，舌头如钢铲般活生生地撬开了何唐山的嘴挤进去搅动，并一把抓住了他的鸡巴……轰隆一声，炸药包已经爆炸，整座桥梁可能为此崩塌。

三年前，何唐山就是这样扛着炸药包炸掉了越南人的碉堡，结果，红色的泥土将他埋在地下，起来时嘴里全是他妈的烧黑的泥土。

程银香看着还在犹豫的何唐山，挑衅地、狐妖地说："你不敢！"

何唐山说："你说什么？我的右耳聋了，你对我的左耳说。"

程银香像蛇一样蜿蜒翻越到何唐山的左边大声地说："你怕死！"

何唐山说："我不怕死。我是何其大的儿子，我什么也不怕。怕死不当兵。我真的要学习放荡了。"

程银香就是一条蛇，她的腰像蛇，眼睛像蛇，舌头也像蛇，冰凉冰凉的，水一般缠绵着，何唐山成为一只老鼠，挣扎着被蛇的唾液淹没。

六

完事了，就像一场痛快淋漓的战斗结束了，敌我双方都已精疲力竭。

硝烟散尽，程银香突然发现下半身湿漉漉的，用手一摸，借着淡雅的月光和微不足道的路灯光，她意识到那是血，便惊慌失措地喊：“何唐山，你快活得像头公牛，但我快死了，你要救我！你不要把我扔到河里喂鱼。”

何唐山断然想不到会发生如此大的麻烦，赶忙从裤袋里掏出一沓皱巴巴的纸，为程银香拭擦。那地方像被蚂蟥咬过，血汩汩不止，一张又一张的纸由黑白变成鲜红，散发着淡淡的腥臭，被一张一张地抛到空中，简洁、优雅而隆重地飞舞了几下，然后无声无息地降落在泛着粼光的河面上，随水漂逝。

血终于是止了。像堵住了决口的大堤保住了整个世界，何唐山和程银香都大大地松了口气。程银香毕竟是程银香，她突然看到水中红色的纸是那样亲切，幡然醒悟后不禁大惊失色：“不，何唐山，你不仅糟蹋了我，还把我写的讲稿也糟蹋了！”

何唐山此刻也觉察到自己慌乱中丢掉了武器，竟然要从高高的桥拱上跳到险不可测的河里去抢夺，但发现自己手中仍有半沓，庆幸地说：“这里还有，还够用。”

程银香一把夺过去，一看，笑了：“还好，你的立功过程还在，丢掉的只是你的成长过程，那些东西不说也罢，你的成长过程不值一提，说出去还引起别人的笑话呢。”

何唐山说：“那你为什么还要写？”

程银香说：“写出来让你自己和别人都知道你原来是什么东西。别以为佩上一等功章就是将军了。水鬼还是水鬼，穿上龙袍还是水鬼。”

何唐山说：“听起来你跟我说话的口气好像马上就变了，跟半小时以前不一样了。”

程银香说：“我都已经把最值钱的东西交给你了，我说话的口气变一下都不成？你看河面上的纸，一张接着一张，明天一早就漂流到米河了，大叔、我爸、我妈、张婶、李嫂、狗黑、何刀疤、冯达昌还有其他乡亲到河里洗菜、挑水，看到这些纸会不会认出是我们的？我的妈呀，肯定认得，上面写的是你的成长过程，头页还署了你何唐山的名字，很多人都看过这篇报告，一看就知道是我写的。上面有我的血，还有你的糨糊，别人看到了就知道我们在县城里干了些什么。何唐山，该怎么办你说话呀？”

何唐山悔恨地说：“我就不该把纸扔到河里……我就想不到这条河流经我们米庄，南流江到了米庄就叫米河了——河水能倒流多好。”

七

县武装部的马部长一见到何唐山劈头就骂：“你干什么去了昨晚，我们十几个人找了你一晚了。你小子立了功就没了军纪了不是？林县长都为你着急呢。你这一等功能给你也能撤销。”

何唐山好像无所谓地说：“那还要不要我上去做报告？”

马部长说："会快开了，三等功、二等功的讲完了你就讲，要讲得比他们好。"

何唐山被两个湖北女演员一样温柔的姑娘戴上了大红花，在热烈的掌声和敬佩的目光中随马部长走上主席台，在后排坐下。程银香骗过门卫在会场最后排的角落觅得一个位子。主席台上坐着好多大领导，写着"上级首长"的水牌有好几个，连马部长这样响当当的人物都坐得很靠后。会场庄严肃穆，格调高昂，一股英雄气在燃烧、弥漫。

三等功的说得声情并茂，凄婉动人，下面很快黑压压地哭成一片，只有白色的手帕在飞扬。不知什么原因，何唐山突然觉得便急，瞧瞧没有人注意他，就悄然起身猫着腰去找厕所。

厕所离主席台不太远，出了门转一个弯就到了。厕所坐落在青松翠柏之中，没有可恶的老鼠、烦人的苍蝇和恐怖的粪蛆，没有臭味，甚至还有淡雅的檀香。何唐山觉得此时应该好好地呼吸好好地拉一次屎。何唐山未蹲下之前，他清醒地想到了过去的钥匙和偷到厕所吃的番石榴是如何从口袋掉到黑暗的粪池里的，这种错误不会在此时此地重演！于是，把裤袋里的半沓讲稿拿出来，小心翼翼放在面前的隔墙上，以免灾难性地掉到坑里被水冲走，如果那样一切就完了。然后蹲下，重重地吸了一口气，用力将屎逼出来。

突然，前面站起了一个干部模样的人，回头看到墙上有纸，欣喜地自言自语："正好忘记带手纸，这不是有人帮送来吗？"说着，毫不费劲就拿去。

何唐山连裤也顾不上抽起，立马站起来说："不准拿我的讲稿当手纸。"

那人吃惊地说："不就是半沓纸吗？我急了先用，你说不成也没用，在这儿我说了算。嘿，你是从哪儿混进来的民工？到外面拉去！你这种人用竹篾条刷屁股就成了，还用纸！现在连民工也学会浪费了。”

那人说着蹲下去，把纸撕得沙沙地响。何唐山十分气愤，抽上裤冲出来，打开那人的门，要夺讲稿。那人已经用完并扔到了坑道里随屎水无声无息流逝，还有最后一页，被何唐山一把抢了回来，并大声斥责说：“你坏大事了！我要向马部长告你去，你是谁？你毁了一等功臣的讲稿……”

那人满脸不高兴，慢吞吞地抽起花白的内裤，接着抽上黑色的长裤，把灰色衬衣束进宽阔的裤头里，然后系上银灰色的裤带还重重地吐了口浓痰才推门出来，将无意间为他开了门的何唐山推到一旁：“一等功臣算什么卵！”

何唐山侧着左耳说：“你说什么？我的右耳被炮震聋了听不清楚，你对我的左耳说。从此以后，你只能跟我的左耳说话。”

那人好奇地说：“你是个大功臣，你还戴着大红花呢，你的红花干吗系在裤头上？年轻人，聋了一个耳朵立了一等功，值得，很好嘛。”

那人说完踱到洗手盘洗手，对着一块斑驳得快照不出人像了的镜子抹弄了一下头发，头也不回地走了。何唐山有点恼火，看看四周没有可拿来揍人的棍子，慌忙中对着那人的背影抽出了鸡巴……

重新回到主席台，何唐山才发现刚才那个人竟然是林子进，就是父亲何其大常说的林县长。他还未坐稳，在那里摇动着身子，似乎重新回来感觉座位就不一样了似的。坐稳后，悠闲地喝了一口茶。二等功臣们讲得更加精彩，仿佛把人带到了炮火连天的老山、法卡山，下面的听众不时报以热烈的掌声，不少人热泪盈眶，特别是那些女人不断地拭着泪水。马部长很欣慰，林县长也很满意，二人不时相视而笑，听到精彩处都真诚地鼓掌。何唐山遥望着正襟危坐的程银香镇静自若的脸上洋溢着胸有成竹的谋略，她似乎在告诫主席台上下的听众们先别浪费感情和体力，也先别把手帕弄湿透了，等到一等功臣演讲时会更煽情，至少有十三个精彩处你们将忍不住要不惜气力鼓掌和哗啦流泪。

程银香比谁都期待那一神圣时刻的到来。那与其说是何唐山时刻，倒不如说是她程银香时刻。

马部长从主席台前列走到后排，悄然地对何唐山的左耳说："下一个就到你了，不要紧张，照你的稿子念就成，你的稿子我看了写得不错，符合你的身份，也很有感情，你会讲得比他们还好。讲好了我向林县长推荐安置你去县财政局，像你这种资历的人很快就会当官，当了官就可以经常坐在这里开会了。"

何唐山想说"我的讲稿被糟蹋了"，但马部长不给他说话的机会，马部长说："你人老实，不怕死，有前途，我看这茬兵就你出息。讲完报告后你先不要回家，我请你到我家去坐坐，认识认识我家，今后你还可以常来。"

一阵雷鸣般的掌声过后，主持的林县长说："我们县的一个战士在这次对越自卫反击战中，冒着生命危险手抱炸药包迂到敌后炸毁了敌人的一座工事，为我军夺取12345高地立下了头功，他本人英勇善战，被炸飞的泥土掩埋在地下达一个多小时才获救，死后余生，为此，组织给他记了一等功。这是我县唯一的一个一等功获得者。他就是谷镇米庄的优秀农村青年何唐山同志。下面，请法卡山战斗英雄、一等功臣何唐山同志做报告，大家鼓掌欢迎。"

掌声雷动。热血沸腾。大会堂的空气在燃烧，激动的情绪像爬台阶的蜗牛，终于爬到了最高点一样，蜗牛也会疯狂。

何唐山紧张得全身颤抖，双脚快软得不成了，马部长几乎是提着他站到了发言席。此时站稳脚跟的何唐山恢复了尊严，以示威的姿态冷冷地回头看了一眼林子进。林县长怔了怔，对何唐山职业地笑了笑，像慈祥的父亲，像对着一只勇敢的蜗牛，很温和也很亲切，充满了褒赏和鼓励。

掌声停下，全场死寂。两千多双眼睛看着何唐山。何唐山放眼搜索湮没于黑压压的人群中的程银香，程银香兴奋地站起来向他挥手，红扑扑的脸好像湖北女演员妩媚而多情。

何唐山站了足足三分钟不说话，在猫耳洞里他也是这样站的，一声不响，一动也不能动，有时要站上一整天，比蜗牛还有耐性。会场开始有点骚动了。林县长对着话筒为何唐山打圆场说："唐山同志第一次上主席台讲话，就好比第一次上战场，有点紧张，很正常嘛。同时也允许他思考一会儿嘛，不打无准备的仗，凡是精彩的演讲都要经过认真的思考，思考时间越长也许讲得就越精彩。"

但是又过了五分钟，何唐山仍一言不发，只有挂在他脖子上的勋章挑逗着人们的瞳孔，吸纳着会场里的灯光。他的大红花经林子进提醒，早已从裤头乔迁至峻峭的胸前——在所有人的眼中，那是一朵春天里绽放在悬崖边上的牡丹，绚丽得令人窒息，但不是任何人都能摘到。今天真正的主角仍然不发言，主席台上下再也坐不住，开始有人小声咕嘟，而后有人交头接耳，而后有人开起可恶的玩笑。程银香最着急，坐立不安，浑身燥热，她站起来，跨出了两步，立在人行通道上，恨不得马上上去代替何唐山做报告。但人们惊奇的眼光和工作人员制止了她。她只好重新回到本不属于自己的座位上，用手掌扇着汗水。她歉意地对身边的人说：大家听县长的，再等一会儿，何唐山会说得很好——他立一等功不容易，差点死了——假如死了，现在开的就不是报告会而是追悼会。你们耐心一点，他差点连命都丢了，你们难道多等一会儿都不成吗？

林县长开始轻声而慈爱地催促何唐山。马部长过来对他咕嘟，脸色很不好。何唐山向马部长侧着身小声说：“马部长，你对我的左耳说话，我的右耳聋了听不见。从此以后，你只能跟我的左耳说话。”下面一阵哄笑，这一阵哄笑，把庄严神圣的气氛引向了反面。马部长严肃地说，何唐山，请你马上开始做报告。

何唐山仿佛一下子醒悟了，忙掏出一页稿纸，对着话筒咳了两声，会场马上重新肃静下来，大家再次充满了期待——一个经过了长时间思考的演讲必定异常精彩，至少比前面所做的报告精彩十倍——这是林县长的推断，没有人不相信。

何唐山的紧张期好像过去了，他镇静地回头环顾了主席台上的听众，然后对着台下的听众包括程银香，像站在岸上对着河里的牛群呼喊，铿锵有力地大声说：“感——谢——何——其——大！”

只这一句话，何唐山做完了一个重大报告，深深地松了一口气，末了竟然忘记了说一声“谢谢大家”——这是程银香反复叮嘱的，转身走下讲台和主席台，径直走到台下，从中间人行道匆匆向程银香走去，但程银香竟然不见了，身后传来如炮轰一般、如暴风雨一般的哄笑。这哄笑，何唐山只听到其中的一半，因为他的右耳是聋的，但刺得他的左耳有点痛。

八

何唐山在县汽车站拉住了怒气冲冲又义无反顾的程银香。

“你发什么大火？我是按你的稿子念的，一字没错。最后就剩下那页了，那一页就只有半行字。”

程银香用力一下挣脱何唐山，张开机关枪的嘴，怒火就喷了出来：“何唐山，你为什么不死在法卡山？这样就不会丢人现眼，何其大还能得到一笔安家费过上几天好日子。我也不用被你无端白白糟蹋了……”

何唐山说：“可是，我死了你就没有这次来县城的机会了，虽然金香在县城，但你不敢去她那里，你怕看到金香过得比你好你受不了。”

程银香：“要不是想嫁给你，昨晚我就去了金香家，谁稀罕在蚊鼠众多的桥拱上过夜？这一夜我白搭了，算白送给你了。现在我就去金香家住上一年半载，你回你的米庄去，白天等着别人的笑话，晚上抱着你的母牛睡觉，做你的春秋富贵梦吧。我嘛，不要紧，金香还不是被张小节先睡了，现在不也在城里嫁了个吃皇粮的男人？天天猪脚炖豆腐，夜夜到影院看戏。我们姐妹都是这种命，要和两个男人睡过才能找到幸福。在城里找不到好的，找一个神经病嫁了也比你水鬼好。”

何唐山争辩说，“我没有错呀，我只不过是做的报告太短了，可我还是一等功臣，国家还会安排我农转非，我过几天就来县城上班，我也能吃上猪脚炖豆腐。”

但程银香听不到他的话，她走远了，穿过熙熙攘攘的大街，停在一个小果子摊前，反复掂量着手中的雪梨讨价还价，很快就提着半袋苹果扭着钟摆般的屁股消失在拐弯处，一直没有回头看何唐山。

县氮肥厂就在不远处，穿过人民路往左拐过了跃进饭店就能看到很多很高的烟囱，那就是金香的家。

九

村里的人看到何唐山回来，禁不住开怀大笑。

何唐山讪讪地说："你们都知道了？"

何其大说："都完了。"

在榕树下，何昆明利索地将一条南蛇的皮剥落，几个小孩惊骇地躲闪开去。何昆明抬头看了他哥一眼，微微笑了一下，这是三年来难得一见的笑，尽管笑得不明显也不灿烂，但何唐山还是觉得安慰。

何唐山说："昆明，我还是一等功臣，我没错呀，我只不过是……"

何昆明顾左右而言他地说："程银香呢？"

何唐山说："她要在县城里找男人，不回来了。"

何昆明说："这种女人是势利眼，如果是我的女人我会剥了她的皮。"

何唐山发现昆明目露凶光，不愿跟他说话了，便拉着自己家的大母牛，往河里去。这是米河，河的尽头是南海。

在河边，正好碰上了程定贵在为他的牛刷身，装着没看到何唐山。

何唐山说："定贵，你的牛肥得黑黑的像条大鲸鱼，这条河快装不下你的牛了，看来你下了不少心血。"

程定贵头也不抬，只用鼻子"唔"了一声。这是很不礼貌的一种回应。

何唐山并不计较他的无礼，忐忑不安地说："今天早上你在河里看到什么了吗？"

程定贵猛抬头，冷冷地说：“我看到了一条大草蛇掠过水面飞上天堂，还看到了一只水鬼学狗抓水鼠。”

何唐山羞涩地说：“有纸吗？皱巴巴的纸。”

程定贵大声得有点夸张地说：“我看到了一河的人民币哗啦哗啦流过来，比秋天的落叶还多，我拿着几条蛇皮袋捞、捞、捞，我以为从此下半辈子、子子孙孙都不用种田了，但一觉醒来什么都不见了……等一会儿你回去把银香留在你家的东西送回给我，包括她的旧木屐，我家的女儿高攀不起。”

何唐山说：“可我还是一等功臣咧。我还会农转非……”

程定贵已经赶着他的大鲸鱼走了，把牛鞭子挥得啾啾地响。

何唐山发现米河的水草变老了，老得像稻秆一样，牛不愿吃，拉着何唐山沿河岸走。何唐山终于忍不住了，用力一拖牛绳，牛马上就停了下来。何唐山气愤地大声吼道：“可我还是一等功臣咧。我还会农转非，农转非后，我就到县城里去，你还是牛，牛就是牛，永远办不成农转非，你牛B什么？”

远处，程定贵放慢了脚步，仿佛在侧耳听。

十

一个多月过去了，何唐山仍接不到来自县里的关于他本人的任何消息。听说大部分立过功的退伍兵都安排了，而一直说优先安排的一等功臣还在家里放牛。何唐山天天把牛拉到石拱桥附近，要让石拱桥时刻在他的有效视距之内。原来水草丰美的河滩被同一张嘴日复一日地啃成荒漠，憨厚的母牛终于忍不住，折腾着要生活在别处。但何唐山不答应，也不明确地给母牛一个理由，让它也像别人一样蒙在鼓里。何唐山每天都要看着村长从石拱桥上经过，村长的手里常常抓着一把来自五湖四海的信。何唐山等待着村长的脸春暖花开，站在石拱桥中央远远地向他招手："喂，唐山，县人民政府给你的信，估计是给你安排工作了。"何唐山装作没听见，村长拿起一块石头向水里扔去，水的响声和浪花惊动了何唐山："村长，你说什么？我的右耳聋了，你对我的左耳说，从此以后，你只能跟我的左耳说话。"何唐山谦逊地转过身来，左耳对着村长："你再说一遍。"村长又说了一遍。何唐山说："哦，原来是县政府的信，没有什么稀罕的，我才不管，你交给何其大。"但这一切没有发生，村长每次都是背着手低着头匆匆而过，看也不看何唐山一眼，只有他光亮的额头镜子一样为他照着路。或许村长忘记了手中有何唐山的信，或者村长要将信亲自交给家长何其大……然而，何唐山一次又一次地远远地用他侦察兵犀利的目光准确无误地鉴别着村长手中的信件：我只需看到一只牛皮信封就够了——除了县政府和武装部，谁还有资格用牛皮纸做信封？令人沮丧的是，村长手中的信封都是浑蛋的白色！白色！像河滩上的泥沙，像母牛饥饿的牙齿。

何唐山终于明白，一等功臣的报告做得太短确实不成，不是什么东西都像当兵的头毛越短越好。他开始练习说话，因为在这个世界上你不会说话不成，话说不好立再大的功也没用。但练习说话也不是一件轻松的事，开始有点胆怯，就找个没有旁人的地方对着水牛说，但无论你说得多好，水牛也无动于衷——它不会鼓掌，也不会哄笑。何唐山觉得没趣，就对着一帮吱吱喳喳的小孩说，说他的立功过程和感想，越说越细节，把法卡山上有多少猫耳洞、多少个山头甚至有多少棵树都说得清清楚楚，把他被泥土埋在地下后的害怕心理也虚构得惟妙惟肖，还把胖子连长的趣事说得头头是道。你们知道吗，那次法卡山之战，死了多少人？孩子们摇头。战友们都死光了，越南人也死光了，我是最后的一个活着站在山顶上的。孩子们说，你不是说你被埋在地下吗？怎么又站在山顶上？是埋在地下呀，但一个小时后山下的战友上来清理战场时，将我挖了出来。你的战友怎样知道你埋在地下？我的水壶露出地面，背带连着我的手……听说越南的男人都死得差不多了，女人多得光着身子满地跑，究竟死了多少人呀？我也不知道，总之，很多中国人和越南人死的时候抱在一起，你咬我的耳朵我啃你的鼻子，血肉模糊，分不清谁是谁。孩子们说，我不相信，何其大也讲过打美国人的故事，就没有你说得离谱。何唐山说，他打的仗不够精彩，他也没有挂彩——连挂彩的机会都没有，更不用说立功了，但我立功了，所以我跟他不一样。孩子们说，你是大叔的儿子，你跟他怎么不一样？此时，何唐山才发现，这帮狗仔巴根本不是来向他学习的，而是来设圈套捣乱的。虽然他们既会鼓掌，又会哄笑，但他们总是以哄笑结束——不愿听他重复了N遍的话，然后像终于发现他身上原来空无一物连起码的几颗糖果也没有就一哄而散。他们走远了，还整齐划一地反复地喊："感——谢——何——其——大！"

这喊声传到了何其大耳里。何其大有说不出的感觉，但想想在县城里当着两千多人的面何唐山说出这一句话真的不简单，应当说有很多人知道了他的名字，至少林子进终于在事隔近三十年后又听到了他何其大的名字——三十年来有谁在林县长面前提起过他？没有，还不是靠自己的儿子？他觉得应该去找一找林子进。三十年前，他和林子进在朝鲜战场上毕竟出生入死过。这份情谊他应该还认。但他又扯不下脸皮去走这个后门，他不相信一等功臣安排工作也要走后门，这会闹笑话的。当年林子进只得了一枚不值得炫耀的英雄勋章——这是从朝鲜回来的人很多都得了的，跟何唐山的一等功勋章比起来充其量是半斤八两，甚至还逊色一些，但林子进不是当了县长了吗？何唐山的安排工作问题公事公办就够了，用不着众目睽睽之下走后门，无须争取，耐心等待就成了。何其大依然在村里踩着风火轮走路，轻盈又充满自信。除了格外喜欢到左邻右舍串门外，他还如此热烈地爱上了牡丹，在他的屋前屋后，在通往高山的路旁，甚至在有限的菜地都种满了各式各样的在他看来肯定是牡丹的牡丹。牡丹能长出稻米？牡丹能生出白花花的银两？刚刚能填饱肚皮就有闲情逸致拈花弄草？种花种草是城市人吃饱了撑的事，就像我们农民闲得无聊时数脚毛。而此时，别人种水稻杂粮忙得不亦乐乎，何其大却埋头种牡丹，不是异类就是发神经病。这种神经病从来就没发过，唐山的母亲病死那年，他也没发过神经。银香不敢言，何昆明不屑言，何唐山不想言。后来，连村里的人们也觉得不对劲，说，大叔，气候不同，土壤不合，米庄变不成洛阳城。何其大说，牡丹花比朝鲜的金达莱好看，金达莱可能也是牡丹花——你们不要管我，我要种十万牡丹，一直种到南海，明年春天，别人顺着牡丹花盛开的路就能找到米庄，找到米庄，就能见到一等功臣和他的父亲……田地是你们自己的了，你们种什么不关我屁事，不过，在我的眼里，万物皆牡丹。

于是，人们从此照面就这样说，大叔，你的菜牡丹长高了，你的蕉牡丹吐蕾了，你的禾牡丹熟了，你的豆牡丹好饱满，你的鸡牡丹一天能下多少个蛋，你的猪牡丹肥得比牛大……就是你的真牡丹都变成枯枝败叶了。

何其大听得出他们的言外之意，就伸出一根坚硬的指头，说：你们看，我这根手指头浇上水，明早也能绽开牡丹花。

人们说，大叔，吹牛，唐山又会说你牛皮吹大了。

何其大不服气：不信你们明早来看。

第二天早上，程银香回来了。远远就能看出她穿着一身新潮的米黄色的裙子，十分显眼。走过石拱桥时，正好看到何唐山在河边放牛。他的一等功的勋章就挂在牛角上，左右晃荡，在阳光中像玻璃那样闪烁，把程银香的双眼炫得只能睁开半道缝。她用这道细密的缝去观察专注于牛的一举一动的何唐山。何唐山光着上身，头顶上盘旋着一堆蚊子和数只蝙蝠。他似乎更黑了，像蝙蝠一样，分不清头发、脖子和肌肉，连牛吃草的样子也让他如此着迷，看来他已和牛融为一体也快让人分不清了。

程银香停下来，看上去心情不错，先是干咳了一声，然后对何唐山说："金香说了，欢迎你到她家里去坐。她过得真的很好，每天都有吃不完的猪脚炖豆腐，电影看多了都是看重复，没意思，就在家里织毛衣，叫我帮她照顾小孩。我这身衣服是我姐夫给我买的，在县供销社第一门市部，那里的衣服比镇上所有商店加起来的衣服还要多。我姐夫有很多的布票，金香的衣服多得挂满了客厅、厨房，厕所也挂满了半边，可以开个门市部了。但她的衣服我一件也不合穿，她胖了许多，你见到她可能也没那么喜欢了。"

何唐山好久不见银香，心里倒也挺想她的，一边刷牛一边说："看上去你白净多了。这身衣服也好看。"

程银香说："金香叫我回来找你，跟你重归于好，她辜负了你，我再也不能抛弃你。而且你还是一等功臣，还会农转非……哎哟，你，你的勋章怎能挂在牛角上？弄丢了怎么办？这不是在牛粪上种牡丹？你的母牛能给你富贵？——除了我和金香，没人可怜你！"

何唐山突然有几分激动。这种情形下，程金香、程银香还不嫌弃他，他真的始料不及乃至受宠若惊。他停止给牛刷身，抬头看了看银香，发现她其实很美。

程银香站在桥中央，展示着她的新衣裳。新衣裳在何唐山乌黑的瞳孔里电影一般鲜活，在清澈的河水里木棉花一般慢慢盛开。何唐山想说：你一点也不比金香差。但他说不出口，又低着头给牛刷身。程银香想了想，带着惘惜说："我们结婚吧。"

于是，他们就结了婚。第二年春天，有了第一个孩子，是女孩，取名何又香，很快分到了一份地。程银香果然很孝顺何其大，有好吃的都要留多一点给他。坐月子时，隔天都杀鸡炖汤，程银香总要让何其大吃头一碗，她父母亲来了，就吃第二、三碗，唐山、昆明就吃第四、五碗，自己吃第六碗。但没有人听她这样安排，总是"逼"着她先吃。她就推说我要喂奶，就掀起衣服喂奶，大家就坐着聊天等她喂完奶再吃，还是让她先吃。一家过得和风细雨，竟然忘记了唐山安排工作的事情了。直到程银香那天想到吃猪脚豆腐时，才幡然想起唐山的事情真的不能拖了。

十一

程银香叫何唐山去一趟县城，何唐山不愿去。他说宁愿在家里种田也不愿去求人——这不是上访吗？不是自己找脸丢吗？

程银香说："不是脸皮问题了，是富贵问题，你不去找上门，人家可能忘记你了，或者工作疏忽把你漏了，你真的要去一趟。"

何唐山："我不稀罕。"

程银香："可我稀罕。"

何唐山："谁稀罕谁去。"

程银香第二天一早就背着何又香往县城出发。到了县政府，就找民政局。她把何唐山的一等功章往桌面上一放，说："我来这里为这块功章说话。"

民政局的人说："你是何唐山的爱人吧，何唐山的问题现在还在研究，主要是没有用人指标，他的文化水平又太低，不好安排。现在和平年代，都讲文化了，没文化干什么都受嫌。"

程银香说："你们都讲文化了不是？你们叫他当兵打仗的时候为什么不嫌他文化水平低？"

民政局的人说："你这位女同志话中有话，挺刺耳的。不过，你放心，我不会责怪你，比你尖酸刻薄的人我都见多了。我老实告诉你，何唐山的问题在于他立功后的表现不好，自以为是，比如那天做报告，就搞得很不好，好端端的英雄事迹报告会让他一人搞砸了，那天上级首长很生气，中餐不吃就走了。如果把这件事上报部队，说不定要取消他的一等功荣誉。我们县觉得他是一个农村青年，还为保家卫国受了伤，一只耳朵都聋了，不容易，也就算了。"

程银香说："那他的工作安排问题呢？"

民政局的人说："估计迟早会安排的，因为上有政策嘛。"

程银香哭了。

女同志，你哭什么？

我哭他命不好，你们为什么让他去做报告啊？你们不是捉弄他吗？

这位女同志，不是这样说话的，做报告跟打仗一样重要。谁说做报告不重要？那影响多少人啊？

你们得安排工作，不然我俩母女天天来。

好了好了。你们天天来，可我们并不天天上班呢。我们当干部的不像你们农民，总得过星期天吧。

程银香又到了县武装部。马部长就在办公楼前给二十几个当兵的训导，看上去很威严。程银香就在一旁等，一等功章就挂在脖子上垂在胸脯前。何又香嘻嘻笑了两声后突然在背上撒尿，程银香觉得烫，将她放下来。何又香撒了尿就饿了，饿了就哭，哭了士兵们就忍不住侧目。何银香觉得影响了他们听训导，也影响了马部长的情绪，很过意不去，赶快掉过脸去背对着这些男人，把硕大的奶子堵住何又香的嘴。

马部长迈着很军人的步伐脸色阴沉地走过来。银香虽然背对着他，但仍感觉得到一个雄健男人的靠近。

女同志，这是军事基地，你不应该随便进来。

我不是随便进来的，我对站岗的士兵说我是有事才进来的。

你是谁？有什么事？

我是米庄一等功臣何唐山的爱人程银香，何唐山复员一年多快两年了，你们还不安排工作，我来问问。

士兵们哗啦全围上来了，争睹一等功臣的妻子，大伙盯着她胸前闪耀的勋章，议论纷纷，表示出由衷的关怀。程银香扯下衣服把奶子和肚皮掩藏得严严实实，何又香的小脸也被包围住了，只有小鼻子露出来。

马部长的脸色好看多了，关切地说："你是何唐山家里的？很好，没吃饭吧，小刘，带小程去吃饭。吃完饭后带她到办公室找我。对了，给小孩弄点奶粉，让小程带回去。"

程银香说："我不吃不喝不要紧，要紧的是要解决何唐山的工作问题。"

马部长说："不怕对你说，这件事至今还没解决，我也觉得害羞了。何唐山同志的问题不解决，叫我今后如何面对这些子弟兵，还要不要征兵？我对他们训导他们还听不听？"

程银香觉得马部长是个关心人的人，他的话听起来很温暖，于是就很放心地回到家里，跟何唐山说了。何唐山双手抱着膝头不作声。何其大说，马部长叫你等你就再等一阵。但又过了一个多月，仍不见动静。何其大一气之下跳上了去县城的班车。

十二

林子进在他的办公室接见了好不容易才挤进县政府的何其大。

何其大一进门，林子进吃了一惊："你就是何其大？看上去像个老头了。"

何其大给林子进敬了一个礼，不太标准的军礼，接着就伸手去握林子进的手。林子进的手软绵绵的，像团面粉。何其大的手握着他的手就好比一只钳子钳住了一条黄鳝。

何其大说："连长，你不也变了？你的铁拳都抽骨头了。"

林子进并不打算和何其大叙旧，说："你是为你儿子何唐山的事而来吧？何唐山本是一个优秀的士兵，就是跟你一样，有时不把正事当事，有时把自己太当回事。"

何其大说："我约束不了他，恨铁不成钢。"

林子进说："你要我怎样？"

何其大说："该怎样就怎样呗。"

林子进说："听得出你有点恨我。你可能还觉得，三十年前你在朝鲜战场上为掩护我们撤退而被俘，我欠你一个人情，你以为我不认账了对不对？"

何其大说："不要再扯到三十年前，你不说这件事没人知道，我从俘虏营里出来后我就不再提这件事了，我们村的人都以为我是光荣退伍的，何唐山也以为我真的打过上甘岭。反正，不要提了，你如果一定要提，那我也会提你的一桩旧事，你一样会很难堪，说不定你再也没脸在这里做县长。"

林子进慌乱中有点失态，拉开门对着门外的一个工作人员吼："茶水，你们干什么去了，一杯茶水弄了大半天。"

何其大说："连长，我不喝茶。农民都不喝茶。三十年前，我们喝过金达莱泡的水，但那不叫茶。"

林子进笑了笑："说老实话，当官当久了，有时容易忘记过去，在米城做了几年县官，我竟然记不起你的籍贯就在这里，要不然我早就去探望你了，那天何唐山说到你的名字我才想起你就在这里，你是我连队里的唯一广西兵。我们还是战友嘛，三十年前，是你和王国昌、张大力、罗建国他们掩护我们撤退到安全地带，不然，我也是俘虏了。如果一切可以重来，估计你再也不会拼死为我打掩护。不过，不要提了，你也不要提了，三十年了还提什么！"

何其大说："这样挺好，你当你的县长，我种我的田，你吃你的皇粮，我交我的国税。但是，何唐山的事情要公平对待。"

林子进说："我们是老战友，但也得讲规矩，我是从不徇私的人，后年我也得退休了，退休前你不能让我犯错误嘛。我的儿子也打过越南，也立过功，但他还在湖南老家种地。唐山是个诚实人，还挺孝顺，不错嘛。县氮肥厂正好来了个用人指标，就让他到那里上班，那里不错，比财政局的工资高，一般的人想都不要想进去。”

何其大说：“我怎么能走后门呢？今天来找你，让我羞愧得没脸回村里去见人了，但从此以后，我不会再跨进县政府大门。丢脸哪！比当年被美国人俘虏还丢脸！”

林子进意味深长地说：“我们说过不再提过去的事情，可你还情不自禁。我想想也对不起自己的儿子，我真的应该给他安排工作——当兵永远都是光荣的！你没有错，我们都没有错。何唐山的确要感谢你何其大，但更应感谢战争！战争赠予我的，也同样会赠予你的儿子。”

十三

听说何唐山要到县氮肥厂上班，最兴奋的是程银香。她对人说：“我们姐妹都能过上城里人的生活了。我也会像金香那样有吃不完的猪脚炖豆腐，有天天不同的穿一个月也不会重复的衣服，不过，电影看多了会重复。”

这一晚，也就是何唐山到县氮肥厂上班的第二晚。程金香匆匆忙忙地来到银香的住处要找银香一起去看电影，何唐山刚来，就安排住在厂区东北角的瓦房，还好，有两间，刚修葺好的，不会漏水。何唐山正在砌灶台。程金香进来了，看到何唐山，怔了怔，笑嘻嘻地说：“唐山，终于农转非了，在这里上班比在家里种田强一百倍。”

时隔近五年后何唐山再见到程金香时，她已经变成了一个肥胖的婆娘，像一朵施肥过多开得臃肿的牡丹，但依然可见当年的妩媚和妖艳，她的脸像只鸭蛋无论是煎是炒还是焙都让人爱吃，浑身上下打扮得新潮而鲜艳，与穿土布衣服相比依然有说不出的迷人，只是不喜欢她现在的短头发，因为短头发使她显得更肥胖更不可控制更像别人的老婆。三年本来很快就可以过去的，但她并没有比常人更有耐心，匆匆忙忙地嫁人，还让张小节先睡了。当兵的三年，居然天天想着她过，上战场前还在战友的指点下给她写过一封没有寄出的遗书。但这遗书不知不觉中献给了张小节的猎物、城里一个残疾退伍兵的老婆。早知如此，他宁愿将遗书献给生过六头牛犊的母牛。

这两天来，他一直在想这些问题——见到她后该怎么说，从哪里说起？会不会很尴尬？她会不会对他感到内疚？甚至会不会向他忏悔？但现在看上去，她像只是在一个普通的场合一个普通的时间见到一个普通的老熟人，没有惊讶也没有困窘。唐山对金香也笑了笑："我正想和银香去看你。"对银香喊：金香来了。金香笑笑。唐山说，她正在洗澡。金香说，银香终于也能在城里洗澡了——就算在城里拉尿也比在乡下拉得更有快感。

金香看到何又香躺在木板床上，自个吱吱喳喳，就去抱："你的又香胖胖的，我的小奇志却瘦瘦的，吃了不认账。不过，看你的骨架，就注定生男生女都生龙活虎。我家的正东就比不上你强壮，成天吃药。"

何唐山笑笑。

"不过，他挺勤奋的，家务活几乎全包了，有空就带孩子。我正好要找银香去看电影，一场新片，朝鲜的，保证不重复。"

"银香没看过的都是新片呗。"

"我家离你这儿不远，在西北角，也是瓦房。有空过去坐坐，我家的正东也是当兵出身，又是同事了，你们有话可聊。"

何唐山说好好。银香从浴室里出来，穿着薄薄的肥大的睡衣，像一个城里的贵妇性感而神秘，并带出了一股浓郁的香皂味。金香像欣赏模特一样上下打量着银香。

噢，这套睡衣还合适吧，只不过是宽大了点，再过几个月你就合穿了，到了这里的女人没有不长膘的。我那儿还有睡衣，看中了你就拿去，有一套花花绿绿的，正东买的，我不想穿，太肉感，不敢穿着串门，下次给你穿，你穿着好看，好看了就能拴住何唐山。

嘿。

你的闺女又香笑了。洗了澡给她喂奶好，你看你的奶水都像自来水流出来了，把睡衣都渗湿了。奇怪，我的奶子没见得比你的小多少，但奶水可一直没你足。

嘿。

何唐山听不下去，低着头借口要砖头转身出去了。姐妹恍然大悟，都不禁笑出声来。

何唐山担心的场面、一个别后四年多的重逢就这样简陋而平淡地结束了，一点乐趣也没有，而且先前的所有担心都过于多余——原来很多东西不必要去想的，想多了才没有乐趣。

大约是几天后，晚饭后，厂区里的人们闲情逸致地来来往往，打牌的有，吹牛的有，遛狗的有，打情骂俏的也有，热闹而有序。这是多好的地方啊，宽阔、安全、树多、房子多、人多而且富足。金香自豪地说，在外面一提起氮肥厂，人们的眼睛就放绿光，你说你是氮肥厂的职工甚至家属，人们就要跟你兄弟姐妹相称。银香说，就是要这样，这样好。金香还说，王正东虽然有点残疾，人长得也不好看，但到东门菜市一站，菜贩子就要把他围得水泄不通，卖豆腐的、卖猪脚的没有一个不巴结他，弄得他不太情愿去买菜，后来他们就巴结我了，我才不理那些卖菜卖肉的，巴结我也没用，我只认货不认人，谁家的好就买谁的，货不好就算是县长儿子的我也不买。几天下来金香多次提到王正东的名字，似乎在提醒什么，何唐山便跟程银香到程金香家里串门。

王正东走出门外，热情洋溢地把何唐山迎进屋里。屋里收拾得很整洁，甚至闻不到小孩的尿味。

坐下来何唐山才注意到王正东是一个小个子，精瘦精瘦的没有什么特别，但比他白净，看不出曾当过兵。他的儿子怕生，见到何唐山就跑出去了，从身边走过时，何唐山亲切地拉了他一下，他猛然挣脱，跑了，远远望去，发现他有点像张小节。

王正东对何唐山似乎一见如故，大大方方地说，唐山，你这一等功立得好呀。我们当兵的能在氮肥厂上班好呀，当初我被安排到氮肥厂上班时，有人嫉妒说，氮肥厂快变成武装部了。

何唐山笑了笑，站起来重新坐到王正东的右边。

银香解析说，唐山的右耳被炮震聋了，你要对他的左耳说才好。

王正东说，原来这样，那你应是乙等四级伤残，比我轻了两级，我的腰杆子断了几根骨头，超过三十斤的东西我扛不了，睡觉有时还翻动不了身，厂里安排我做装运清点员，挺舒适的。

程金香打趣地对程银香说，我们姐妹都嫁了残疾人。

王正东的脸色一下变了，重重地跺了一下脚，想踩死一只苍蝇，但苍蝇比谁都狡黠，一会儿扑到了何唐山的脸上，何唐山自个一拍，把脸打得啪一声。他的脸黑黑的，看不到留下的手指痕。苍蝇又把人的目光引诱到桌子上，两个男人对一只苍蝇大动干戈，合力围剿，两个女人看两个男人拍打苍蝇，有点滑稽，但看上去他们又很认真，一定要把那可恶的苍蝇打死、打烂、打成泥浆。折腾了一会儿，苍蝇肯定没打着，两个男人却累了，两个女人也觉得累了，何唐山便要回去。

第一次见到王正东的场面也这样简陋而平淡地结束了，一点乐趣也没有，而且先前的所有担心都过于多余——原来很多东西不必要去想的，想多了才没有乐趣。

原来一切都是如此简单平淡，过去自己所想的东西真的太复杂了。从此以后，还有什么事情值得他何唐山激动的呢？

十四

厂里给何唐山安排做门卫。程银香一点也不高兴：“厂里怎会让一等功臣当狗守门口？这不是污辱人吗？”

何唐山说：“做门卫有什么不好？轻松着呢，比躺在米河河水上舒服，每天都能看到许多的人进进出出，还能命令别人‘出入下车，来访登记’，外面的人想进来还得递我一根烟，抽不抽是我自己的事——就是坐得太多了舒服得心虚。”

程银香骂：“贱！曾把守镇南关的一等功臣要守一个小厂门了，也许人家给你个地方享清福的，但我宁愿他们安置你到寺庙里当和尚也不愿把你放在守门的地方丢脸呀。”

厂里靠生活区的西南角，有一棵大榕树，郁郁葱葱的，上面躲藏着许多鸟，各式各样的鸟；下面罩着许多人，各式各样的人。这些鸟都是吃饱了在树上撑的鸟，这些人都是吃饭了在树下撑的闲人，有退休的、有职工家属和亲戚、也有一些外面进来的，老嫩大小，吱吱喳喳的树上树下都热闹。开始，程银香只听不说，后来是听多说少，再后来是说多听少，几乎是以她为中心了。程银香非同凡响的说话能力在厂里很快家喻户晓，她一家之主的地位似乎因此而确立，何唐山只管上班，家里的事一般不插手，跟王正东正好相反，相映成趣。

何唐山每天上班下班，无所事事也不习惯到程金香家里去，说实在的有点怕见到金香和王正东，或者说，有点别扭。金香倒是来他家来得勤，但总是找银香，也坐不上几分钟就走，然而这几分钟让何唐山浑身不自在，既希望她多待一会儿又希望她离开快一点，这种莫名其妙的心态也是一种折磨，总得有个解脱的办法，况且，清闲舒适的日子总该喝点酒来点缀吧，何唐山有时就和赵家米喝上两口，不多喝，各拿当兵时用的绿色口盅装满一盅，从头到尾只碰一次盅，各喝各的，喝完就算，不再添加。赵家米也是一个退伍军人，1973年的兵，林彪出逃那年参军，部队三年寸功未立，甚至连表扬也未得到，还差点因为跟地方的一个成分不好的女青年恋爱并搞大了别人的肚子而挨处分，与张小节不同的是，他一出生就是非农，所以一退伍就分配到氮肥厂，何唐山觉得非农身份之于人的命运十分重要，人也是有等级的，像米庄里的张三李四们祖祖辈辈都是农民，就别想到城里上班，除非当兵并如他那样立了一等功，就算为此而右耳聋了也不要紧。何唐山打心眼里瞧不起赵家米这种世袭的得来全不费功夫的“非农”，但赵家米健谈，海阔天空，五湖四海，口若悬河，何唐山听得开心，并知道了厂里的许多人和许多事，厂子大了，什么人都有什么事都能发生。

程银香就惹了一件很无聊的事。她在大榕树下居然和赵家米的老婆争吵起来。赵家米的老婆是柳州人，长得可有几分姿色，就是说话的声音像鸭子，还尖酸刻薄，每逢程银香说到精彩处，她都要打岔、泼冷水，常搞得大伙很扫兴。这次，程银香说到自己的丈夫在战场上如何英勇时，她就插嘴了：“何唐山算什么东西，我家的赵家米在部队里连枪都没摸过，一退伍就到厂里做司机，不到一年就是车间主任了，今年年底他就能帮我办非农户口，我也快进车间了。何唐山的一等功是用半边耳朵换来的，拖了两年才安排做个守门的，还有你程银香，你还是一个农村种田的，在这里吃老公的，看你老公的熊样，你一辈子也不用想农转非，我操，就你家的男人风光，你还有脸在这瞎吹，再吹下去这棵榕树的叶子全将给你吹落可要忙坏扫地的老郭。”

程银香火了，骂她是老鼠精，赵家米迟早会被她偷吃光、吃穷、吃病，赵家米受不了总有一天会休了她，不止如此，看她的耳真的像老鼠耳，肯定中年丧子。

赵家米老婆这回蹦跳起来，张牙舞爪，要跟程银香拼命。但众人喜欢程银香，都帮着程银香。赵家米老婆像一只麻雀对着一只刺猬无处下嘴，就气呼呼地走了。

当晚，赵家米的老婆居然拖着赵家米来找程银香。何唐山在屋里剪脚指甲，程银香给又香喂粥，听到骂街就抱着又香出来。何唐山以为是哪里着了火灾，也跟着出来。赵家米老婆一手拖着赵家米，一手指着银香，肥大的胸口如蟾蜍一样剧烈地颤动。赵家米显然不情愿上门吵架，他的脸扭转过去，没眼看以下发生的一切。

姓程的，你今天骂我是老鼠精，吃穷赵家米，赵家米你告诉她我吃穷你没有？我偷偷摸摸给我老家送过东西没有？

没有。

赵家米你告诉她你会不会休了我？你说过一句离婚的话没有？

不会、没有。

我的耳朵像不像老鼠耳？

不像。

好了，姓程的，赵家米都说了，你都听见了，听清楚了，证明今天是你血口喷人，这我可以不追究，但你说我中年丧子就太残毒了，我和赵家米都不肯放过你。

程银香摆开了大吵的架势，何唐山拉起银香向外走。程银香也不想或怯于与赵家米老婆吵闹，她应该是近乎疯了，对疯狗的最好办法就是躲开。但程金香闻声赶来，和赵家米的老婆对骂，程银香怕金香吃亏，挣脱何唐山，回来共同对付同一敌人，一时热闹异常，县氮肥厂自开办以来第一次吵翻了天……

逼于双方老婆的压力，从此，何唐山不会跟赵家米喝酒了，上班时尚且看看人出出进进，下班后就不知做些什么，妇人们说笑的地方不适宜他靠近，其他男人也跟他一样不会说笑，与他们总是话不投机，因此，找个人喝酒说话都成了问题。有一次，他硬着头皮偷偷找回赵家米，躲在一间偏僻的破房子里喝酒，但还是让赵家米老婆发现了。她真的像头发疯的母狮，一把掀翻了桌子，弄得杯盘狼藉，还抄起酒瓶敲破半截，对着赵家米吼，她吼的时候说的是柳州话，何唐山一句也听不懂，但赵家米应该听懂了，从此赵家米碰上何唐山也不敢说上一句话。

银香对何唐山说，你在外面不要乱说话，否则就中了别人的圈套，赵家米老婆就到处要抓我们的痛脚，说错一句话我们就输给她了。那天你对李副厂长说“李副好”，他发火了，你知道为什么？他刚死了老子。有一次，你主动问候张科长，他差点没给你一巴掌，他说你多嘴，当门卫的不准问候领导，给领导添加麻烦，领导向你点一下头也嫌麻烦。还有一次，你对李小花说了一句“你买的菜真多”，人家把状告到厂长那里了，她没偷没抢用自己的钱多买点菜关你什么事？这里是氮肥厂不是法卡山，你还是一个人人可以欺负的门卫，又不知哪些话该说哪些说不得，你一说话别人就发笑，进来的人把你的笑话带进厂里来，出去的人把你的笑话带到外头去，用不了多久，全城的人都知道氮肥厂有条笨牛……谁叫你是门卫？有话就跟我说，我帮你说出去，我说过我就是你的嘴巴生来替你说话的。

何唐山郁闷得像农闲时的牛，看看门内又看看门外，想找个说话的地方和对象也没有，更甚的是，何银香时时揪心地盯着你的嘴，除了吃饭，就让你少张开，不仅如此，她天天睡前都要唐山回想当天跟谁说了什么话，给他分析哪句说错了，哪句只说错了一半，哪句说得虽然一点也不错但说得不够好最好干脆不说。因此何唐山越来越害怕说话，害怕听银香丝丝入扣和不厌其烦的分析，说话越来越少，甚至几天说不上一句话，一个星期说不上一句话，一个月说不上一句话。这样下去会怎样呢？

十五

银香把自己出类拔萃的说话才华发挥得淋漓尽致，一次又一次为唐山挽回了损失。那天，有人说唐山跟别人说做门卫太舒服，想找个地方舒舒筋骨。李副厂长便要调他做装卸工，把一包一包的化肥从仓库搬弄到卡车上，哪辆车打不着火了还要帮着推车，直到出了大门口才呼噜一声点着。这是一等功臣干的吗？银香去质问李副厂长。李副厂长说，唐山力气大，炸药包都能扛，化肥就不能扛？银香在李副厂长的办公室里拍了几下桌子，外面的人能清晰地听到，后来何唐山仍旧舒服地做着门卫。有一次，赵家米老婆大声嚷着不见了几只鸡，把门卫都骂遍了，又是银香把她顶了回去："哪天你的内衩半夜里丢在别的男人床上也赖门卫失职？那让你家赵家米来做门卫好了。"还有一次，不知会计是故意还是疏忽，何唐山的工资少算了8角，银香对会计说……

银香从东门菜市买猪脚豆腐匆匆回来，何唐山叫一声“银香”，竟把她吓得一跳：我以为是谁呢，你的声音怪怪的像牛说话。何唐山仔细一听，自己的声音真的有点像牛叫，他不相信，以为是耳朵出的问题，就借来一台录音机，夜深人静时偷偷在门卫值班室里录下自己的声音，然后放出来仔细听，果然偶然有几句像熟悉的牛叫。第二天，一摸自己的额头，好像长出了两个小肉体，硬邦邦的像牛角，到了自己的菜地里，看到青菜就想吃。

何唐山不敢把内心的恐慌跟银香说，他怕银香骂，而是跟金香说，也许金香更善解人意。金香说，你小时候懒洗手，吃多了牛的鼻涎，便是如此，但也有另一个可能，就是你仍在想我，想多了，就跟牛差不多了，牛就是这样，吃着窝里的看着窝外的，从今往后，你就不要再想我了，其实我跟银香是差不多的，两姐妹能有什么区别？何唐山半信半疑，常常坐在门口发呆，不敢跟人说话，甚至也不敢想金香了。但能不想金香？何唐山做不到，他是为她才去当兵的，若非张小节，她便成了他的老婆了。他偷偷地想，回想从前金香经过他家门口时用眼角瞟他一眼的情景，那是挑逗，是引诱，是暗送秋波。突然，他的狗远远地向金香“哄”一声，把她吓得双手紧紧抱住胸口，惊叫着：何唐山，你跟你的小狗一个样，都想吃腥。何唐山就嘻嘻地笑。想着想着，唐山仿佛回到了从前，就像当时那样嘻嘻地笑。如此一笑，竟让光头厂长看在眼里。

“何唐山，上班时间你笑什么！”

何唐山仍禁不住嘻嘻地笑，好一会儿，才止住了笑，回答光头厂长的提问：“我想起从前金香经过我乡下的家门口时的情形就笑了。”

就这样，第二天何唐山就被安排做了装卸工，连银香也无力回天。何唐山每天下班回来，汗流浃背、臭气冲天，凝固在衣服上一块块的化肥不断抖落到地板上，呛得何又香直冒泪水。来不及吃饭，何唐山就在床上睡着了，打呼噜时从鼻孔里喷出辛辣的碳铵味，恰好从屋后经过的赵家米老婆幸灾乐祸捂着鼻子大声嚷：哎哟，大家快来闻，程银香家也开了个小氮肥厂。

赵家米老婆好不容易过去后，银香沮丧地责骂唐山：我不让你说话你偏要说，说错了话如踩着了雷，能把你掀上天去。你倒霉不说，这回我又输给赵家米老婆了。

金香在路上碰上了唐山，把他叫到一旁，悄然说，你不仅不听银香的话，我的话你也当了耳边风，自讨苦吃了吧，你得向光头厂长保证：以后不会再想起从前金香从我乡下家门前经过的情形。

唐山说，你要我忘记了？

金香说，彻底。

唐山说，有些东西说忘记真的就能忘记？

金香说，你试试看，也许能，你就当我从未从你乡下的家门口经过。

第二天一早，何唐山就在大门口前拦住光头厂长的车。光头厂长探出来的头，像刚从鸡屁股冒出半截的蛋。何唐山说：我保证以后不会再想起从前金香从我乡下家门口前经过的情形。

于是，做了二十多天装卸工的何唐山重新回到门卫的岗位，显得多了几分激动。好像一头走失的牛在主人绝望时竟自己回来了，让银香也觉得一切值得珍惜，而且改变了对门卫的看法：一等功臣能守住一个厂门并不见得比镇守镇南关容易，人要知足，生活过得顺风顺水也就算了。

十六

然而，赵家米老婆不知从哪里弄回来一个消息：县长林子进提前退休了。本来这事与何唐山没有关系，但与何其大有关系。赵家米老婆在榕树下咧开嘴说：我只知道何唐山做了氮肥厂的门卫，就不知道他做个门口狗也要走后门，走后门不算，还给林县长拉下了马。人们靠近赵家米老婆猎奇，赵家米老婆神秘地说：我们的林县长是个逃兵！

这是一个惊雷。

赵家米老婆说：他在打上甘岭时逃跑了，躲进了一个山洞里，战斗结束后他才出来。

大家不相信：不可能，他立过功，还当了县长。

赵家米老婆说：是林县长自己的儿子说出来的，上个月，他儿子从湖南乡下来到米城，要找当年掩护林县长逃跑而被俘的志愿军，结果没找到，还让林县长痛斥一顿。他们父子在县长办公室吵架，很多人都知道。吵完架，林县长就病倒了，听说回了湖南老家。林县长也真是的，连自己的儿子也不安排工作，逼着儿子造反。

大家仍然不明白：那跟何唐山有什么关系？

赵家米老婆说，林县长儿子要找的志愿军就是何唐山的父亲何其大，何其大是个俘虏！何唐山是俘虏的儿子，程银香是俘虏的媳妇。

大家怀疑赵家米老婆消息的准确程度：你只不过是一个农转非才有一点眉目的工人家属，怎么知道这些大事件？

赵家米老婆故弄神秘，说：赵家米的一个朋友的战友跟林县长儿子是战友，喝上了，醉了，全说了。赵家米不让我把这个秘密说出去，你们就不要把它带出氮肥厂，不过，你们也带不出去，何唐山在把守着大门呢！

这一条不知真伪的消息把程银香弄得满脸土灰，恨不得把赵家米老婆塞进锅里炸成一根油条。她第一时间听到这条消息的时候，赵家米老婆已经到了东门菜市。她就追到东门菜市，在一个卖鱼的摊前找到了赵家米老婆。

赵家米老婆正蹲在那里，双手抓住一条鲤鱼，她肥硕的屁股把整条人行道给封堵了。程银香用脚尖蹭了一下她的屁眼，来来往往的人就清晰听到了长长一声的裤裂。赵家米老婆的屁股便露出了粉红的蜡梅盛开的内衩，油水似乎马上要喷薄而出。她手中的鱼忍不住笑弯了腰，用力一挣扎，便从她手中飞翔而去。

赵家米老婆自然要和程银香争吵，然后是动手，先是拉扯，而后是扭打，引来人们疯狂的围观和尖叫。菜市的保安将她们隔开的时候，她们已经精疲力竭。人们看到，县氮肥厂的两个女人一个脸上有条鲜艳的蚯蚓，一个衣服没有了两只纽扣，硕大无比的菠萝探出了半个身子。赵家米老婆没有买菜，一手抓着屁股，一手捂着胸脯，嘴里用柳州话恶毒地骂着，侧身蠕进一辆三轮车走了。程银香不会白来一趟菜市，走到一个猪肉摊前，大声说：蔡三，要两斤半肥瘦。然后又来到牛肉摊前：张老四，三斤。接着，买了四斤番茄、五斤粉丝、六斤红萝卜，满满的一大袋。银香拎着，若无其事地走出菜市，招来一辆出租车。身后也没有人对她指指点点，因为这些菜贩子没有一个想得罪氮肥厂的人。

何唐山知道程银香在菜市闹事，面子上很过不去，和银香吵了一架。银香呜呼地哭，很不服气："我是为你好才跟赵家米老婆打架，在氮肥厂，我不做缩头乌龟。”何唐山实在不想听厂里的蜂窝一样的闲言闲语，更重要的是，他忍不住要回米庄，他要知道三十年前自己的父亲究竟是一个怎样的人。

何其大在生产队的大晒场上晒牛粪，用一个铁爪敲碎成块成堆的牛屎。牛屎散发着草的芬芳。旁边有人在晒旧谷物，有人晒黄豆，有人晒萝卜，在各自的领地里互不影响。何其大看上去少了一些笑容，更少了一些自信，他的一根根坚硬的指头正在委托铁爪子整理着牛粪。晒场的四面，有不少男男女女在闲聊，或在数着脚毛，他们在告诉你，现在是农闲时期，皇帝也羡慕。

何唐山率程银香一一和众人打招呼。众人围过来，跟银香和又香逗笑。何其大抬头，也咧开了嘴，但没有停下手中的活。

何唐山对何其大说：爸。

何其大：唔，回来了？

何唐山：有些事要回来问你。

银香过来，低沉地喝了一声：唐山，有什么事回家里说。

何唐山：我就要他在这里说。

众人莫名其妙，不知道发生了什么或即将发生什么。

何其大：你要知道三十多年前我为什么没有立功。

何唐山：不是，你根本就没有打过上甘岭，你还当过美国人的俘虏。

何其大的脸凝固了，僵尸一般，除了又香，此时每个人都成了僵尸。

程银香拉开似乎比大叔更屈辱的何唐山。何唐山并没有丧失理智，转身要离开，有什么事回家里说。

“唐山。”

何其大叫住何唐山。

“你都知道了？”

“全县的人都知道了，林子进提前退休了。他是逃兵。”

“他不算逃兵。他作战很勇猛，从不怕死。”

“可是他在上甘岭战役前跑了，你们还掩护他逃跑，你们因此成了俘虏。”

“他不是逃跑。他的妻子要生了，就在前线战时医院。我们团长命令他撤退回去陪老婆的。反右倾时有人揭发说他临阵脱逃，文革时又有人诬陷他，反右倾、文化大革命过了那么久了还有人在扯这件事，有的人真是歹毒！说这些话的人为什么不去查查军事档案？当年林子进没有错。但我当过俘虏是事实，我也是奉命投降的。如果我不是当了他妈的三个月俘虏，我早就挂满勋章了，也当官了。你以为我真的没有受过伤？我的伤都在险处、在痛处！”

何其大一把扔掉铁爪子，三下五除二地脱掉裤子，连裤衩也不例外。展示在人们面前的是他已萎缩了的卵子和离卵子只有半公分的三道疤痕，像三条纵横交错的高速公路。

何唐山震惊了，上前猛地为父亲抽起裤子，为他系上裤带。他第一次看到了父亲的阴部，那是隐藏了三十多年秘密的苍凉地带。父亲向自己的乡亲和自己的儿子、媳妇甚至孙女做出了一次不同寻常的坦白。

银香哭道：“大叔，没有打过上甘岭有什么要紧呢？我们一直当你打过，当过俘虏也不要紧，当俘虏也是为国家当俘虏，就算当过十回俘虏你还是英雄！”

何其大老泪纵横，泪水从苍老的脸上滑落在芬芳的牛粪上。

十七

这一趟之后，何唐山十三年间再也没有回过米庄。十三年间，世界发生了许多大事件，没有一件与他有关。但这是一个如此不长记性和善于遗忘的时代，一阵风之后，大事件也成转眼云烟，面对的都是崭新的一页，很多很多的旧事轻易就让它尘封了，连氮肥厂的闲妇也懒得重提。一切风平浪静，一切都有规有矩，氮肥厂的化肥从厂大门源源不断地出去奔赴希望的田野，稻谷熟了，杂粮多了，仓廪实而知礼节，天下的苍生丰衣足食，吃饱喝足后说着氮肥厂的好话。何唐山在这十三年间也并非一事无成，屈指算来，他一共抓获了四个小偷、在东门菜市三次见义勇为、两次拾金不昧、得过一次厂工会颁发的先进个人。但是，烦恼无处不在、无时不有。在这十三年当中，一直缠绕着何唐山让他焦虑不安、无计可施的是“农转非”问题。从米庄回到氮肥厂过了一段夹着尾巴做人的日子之后，一天，程银香从大榕树下气喘吁吁地跑回来，严正地跟何唐山说：“我也要农转非，不仅我要转，我生下的和即将生下的孩子也要转。我不能让赵家米老婆把我活活气死，要死也让她死在我前面。”看来赵家米老婆又惹她生气了。

何唐山说，你农转非后生下的孩子天生就是非农了，到了16岁就安排工作了。

程银香说，那我肚子里的要等到我农转非后再生。

然而，事与愿违，时隔半年，还看不到农转非一丝希望的程银香生下了何再香，一个在银香眼里貌若天仙却依然是农民身份的千金。

再隔一年四个月，程银香又生下了一个男婴，取名何天生，两岁时改名何米庄，五岁时再次改名何非农。此时三个孩子都上了学，开销一下子紧张了许多。程银香开始是跟随金香捡拾煤渣，做些煤饼，先是够自己家用，后就有了出售，倒也赚取一些日用。但后来捡的人多了，就无法赚钱了。因为王正东的原因，程金香生了一个孩子后就没法再生，负担稍轻一些，有时便周济一下银香。电影少看了，因为票价比刚生孩子的妇女的乳房涨得快涨得离谱，涨得他妈的一张票能换八斤大米或两斤猪脚。

程银香沮丧地对何唐山说，我们农转非看来没戏了，这辈子我也不指望了，这都是命，我认了。但三个孩子眼看着长大，要吃，要用钱，而你的工资又掰不成几份用，大叔老了，何昆明又去了广东，家里靠大叔撑不过来，我想回到米庄种些田，解决吃粮问题。我想好了，三个孩子不能回乡下，饿死也不能回，要在这里读书，要有他们的远大前途，就算不是非农，也要像城里人一样体面地生活。

何唐山越来越觉得程银香在这个家中的分量。几年来，是她把这个家治得有条有理，谁对她都称赞有加，金香更是自惭形秽，连早已经是非农并在车间上班的赵家米的老婆也对她刮目相看。可以这样说，因为程银香，何唐山在厂里的地位才比他的岗位高出半截。而当年一直想得到的程金香，现在几乎天天和王正东吵架，外人不知道为什么要吵，吵些什么，要吵到何时。赵家米的老婆还信誓旦旦地说看见程金香操起一把扫帚追打王正东。于是大家都同情王正东，说程金香的不是。程金香看上去是变了，不仅变得更肥了，还变得更不讲理。鬼使神差让何唐山娶到银香而不是金香做老婆，这一切都说不清楚，反正是歪娶正着。

何唐山心里觉得该知足了，就如此如此，天天守门，很少说话。

县城也不常逛，不像银香，有时和金香逛起街来不知回来，弄得王正东常常来他家找人。

十八

程银香自己回了一趟米庄。对何其大说，大叔，我们家转租给别人做的田都不租了，我们要回来种，肥料、种子、农药的投资由我出，农忙时节我就回来帮忙，现在米都超过一元一斤，三个小孩一顿能吃掉一座山，又都上学了，何唐山快扛不起这头家了。我辛苦一点不要紧，关键是这头家能立起来。

对面坐着何其大。

何其大侧身抽着水烟筒，烟雾很大，低着头，不断咳，口水吐得一地。他看上去是老了许多，但还强悍，黝黑的皮肤像氮肥厂里丢掉的煤渣，还能发出余热。

孩子读书都好吧。

好。就是非农调皮一点，不怕老子，老爱爬树，有时还去偷别人菜地里的番茄。

像唐山。

唐山也好，他叫我带了些好烟叶给你，劣质的烟叶就不要抽了，对肺不好。

唔，厂也好?

都好，从厂里往外运化肥的车排队排到了县政府门口，拉化肥还要走后门哩。唐山的工资又提了 7 元 3 角，每月能拿到 396 元了，到手的也有345元，在厂里已经不算低了。他是一等功臣，又是伤残退伍军人，每月另外有20元补助，很多人眼红咧。

啭，眼红什么！谁叫他们不是一等功臣？这是应得的嘛。

说到底还得感谢你，大叔，没有你就没有唐山的今天。唐山心里也明白但他不当面对你说。他越来越不爱说话，现在跟我也不想说话了。

何其大沉吟了一下，又抽了一口烟，总结性地说，今后你教育孩子，要让他们记住一条简单的道理：草木一秋，人活一世，不外就图“富贵”二字，富贵是自己争来的，不是别人给你的。

银香说，我要教育孙子也孝敬你。

何其大抹了一把嘴，又深深地吸了一口，仰面一喷，烟雾一下把房子变成了黑夜。

村里的人都来看看银香，银香很高兴，拿出些糖和瓜子来与大家分享。好多妇女争先恐后伸手捏一把银香的脸：哎哟，城市人就是不一样咧，脸的皮肤都比我们的奶白嫩！她生了三个孩子的奶还比我们的头还坚挺，像上海来的贵妇，唉，下辈子不嫁个城市非农死不瞑目！

大家哄笑。银香觉得挺知足。

程银香脱掉凉鞋下田。田水有点凉，还有点陌生了。何其大一边耙田一边说，银香，你做不了农活，你回厂里带孩子吧。

程银香双腿夹住要滑落的裤脚，双手拿着铲除田埂上的草，生疏而笨拙的动作把路过的妇人们笑得前俯后仰。正好，程定贵来看她，赶紧叫她上来：银香，你是城里人了，这种活不是你干的，你快回城里去，你这样不是闹唐山的笑话令大叔难堪吗？

何其大说，我也叫她不要下田她偏不听。

于是，程银香又回到了县氮肥厂，做饭，洗菜，接送孩子，每天捡一二个钟头的煤渣。但猪脚渐渐少买了，因为买不起吃不起，豆腐倒天天买，尽管变着花样弄，但孩子们仍旧讨厌这种缺少了猪脚的白白嫩嫩的豆腐。

十九

程银香仍旧是榕树下的主角，大家饭后都不约而同地围在树下，说一天来的新鲜事或陈年旧事，或说哪家的孩子考试得了个零蛋，反正有笑声飘扬在氮肥厂的上空，别人听到了这些笑声就能轻易判断出县氮肥厂职工和家属们的幸福程度。

赵家米的老婆也常来，但总是姗姗来迟，叼着一根牙签，夸张地吐着肉屑。她的脸明显地肥了，像洗衣服时的肥皂泡，瞧她的屁股，肥得快变成大庆油田了，走路的姿势和快生猪仔的母猪差不多，没有风的时候也左摇右摆。这都是程银香背着她时说的。

有人故意开玩笑说，赵家太太，又来晚了。

赵家米的老婆说，我当然要来迟了，我是正式工人要上班，不像有的人白天不用上班只管吃闲饭，晚上只管松裤头呱呱叫，还天天头一个到这儿瞎吹，不过，她想上班也没有班上，有力气无处用，像胀黄的母鸡只好在这里发泄。

程银香知道是说她，就不甘示弱：谁叫床也比不上柳州肥婆叫得响，像猫叫，笑死老鼠哩。

我像猫也是非农身份的猫，不像你，吃老鼠也只能吃农田里的老鼠，不准吃城里的老鼠，因为你不配。

程银香窝着气说，好呀，大家今晚就去她家听听非农的猫是怎样叫的，我就不相信非农的猫会唱歌，唱歌还唱《东方红》。

大家哄笑。经常这样哄笑着。日子在哄笑中欢快地滑到了程银香终于有机会农转非的那一天。

二十

晚饭正在吃，程金香过来神神秘秘地把她的妹妹拉进厨房里，悄然地说："厂里有三个农转非的指标，张富贵闹着要一个给他的老婆，他一家七八个人吃饭也挺难的，闹了五六年了，这一次不给他他要杀人了。前年锅炉爆炸梁小惠死了老公，一人带四个孩子养两个老人，这次不能农转非她要跳南流江。"

银香的心啪啪地跳得山响：那还有另一个指标给谁？

金香说，那要看谁的手段狠。

银香的双手捏得紧紧的，像抓住了一只苍蝇绝不放过它，双眼直勾勾地盯着金香，她要从金香的嘴里抠出最出乎意料的答案。何唐山在外面大声说，你吃饱了？银香不耐烦地吼道，饱了，别啰唆，我说过你不要乱说话，你又打岔了。

银香突然以充满求助的眼神小心翼翼地问金香，姐，我有机会吗？

本来没有，不过……

你说呀。

事在人为，现在什么事情都得争取，没有人把好事送上门来。告诉你吧，我帮你争取到了一个，你准备钱吧。

幸福来得太突然反而不好，程银香被一个叫“农转非”的球砸得头晕目眩，激动得手足无措，一向能言善辩的她不知如何说话，就像当年何唐山在主席台上一样双腿发抖，差点要哭了，颤颤地说：感谢金香姐。由于激动，银香的奶子竟突然喷射出白色的奶水，衣服一下子就湿了，屋里奶香弥漫。

接下来的事情就是筹钱。农转非收取的什么费，银香管不了那么多，总之就是 7000 元。这是一笔不小的数目，但很多人再多也愿意，就是轮不到他们。程银香不能指望何唐山能拿出三千元，他的存款不会超出 500 元。银香她也没有钱，但今后会有的，农转非了厂里就安排正式的工作，跟正式的职工一样，跟赵家米的老婆一样，她以后就没有必要去跟一帮老少不等的女人争夺煤渣了，当然，榕树下的论坛要交给陈大元的老婆李小花主持了。她也会去参与，但肯定要晚一点到，因为要上班，下班回来要做饭，要给唐山、又香、再香、非农洗衣服，但保证比赵家米的老婆来得早，并且不会趾高气扬叼着牙签吐着肉屑。

大家暗地里很忌妒程银香，说到借钱，平日里很在好的妇人都三缄其口，推三推四，银香明知道陈大元的老婆李小花有钱，但她就是说没有。银香说，怎么没有？陈大元出勤工伤断了一只胳臂厂里一下就赔了五千，我就借用一年半载，又不是不还。李小花说，哎哟，我是有钱，谁说我一定要借？说不定哪天我也能办农转非，等着用呢。

赵家米的老婆说，我有钱，但我不借，你当着大伙的面学猫唱《东方红》吧，我赏你十块。

银香说，这厂里就你一只花猫，到处乱叫，我可学不来。

赵家米的老婆说，就算我是花猫，也不止我一个，你问问程金香，你的农转非指标是怎样得来的？我呸。

程银香就问金香。金香说，你不管那么多，钱不够我这儿有一点，我帮你再借一点，债嘛，可以节衣缩食慢慢还，但富贵不等人，犹豫不得、迟缓半拍都会烟消云散。

于是，月底，程银香就跑断腿地筹到了七千元。是何其大卖掉了家里的耕牛和三头肉猪还有半地芭蕉。程定贵也借一千。这天一大早，何其大坐三轮车来到县氮肥厂门口，扛下一袋白花花的米，交给门卫何唐山，说，米袋里有四千块钱，把米倒出来就见到了，车上扒手多，上次挨别人割了口袋，钱没丢，衣服却不能穿了。说罢，浑身汗臭的何其大水也顾不上喝一口转身就走了。事后，程银香恶狠狠地骂道，何唐山，你是不是人，大叔走七八十公里路送钱给你，你竟不留他下来住上两天逛逛县城？甚至连饭也不留他下来吃？何唐山说，我留了，但他说要回去放牛，牛拴了大半天饿疯了会把牛绳弄断吃别人的东西的。程银香说，牛都卖了，还放什么牛！他是怕你，怕我们为他加菜浪费钱。我爸到镇上打电话给金香，金香告诉我了。我爸还说，大叔怕人看见他给我们送米会笑话丢你大功臣的面子，天未亮就拿着手电筒出发到镇上等车了，要等三个钟头才发第一趟车，他就在车站的走廊上睡了一觉才到县里，你不看看他的脸上有多少蚊子咬的伤口。

何唐山眼呆呆地说，我们乡下不把蚊子咬的地方叫伤口，那叫红泡。

这天夜里，程银香突然从被窝里蹿起来，弄醒何唐山。

唐山，你想一想，我该不该要这个指标？

要，怎么不要？很多人想发疯了还得不到呢。

我是说该不该留给我自己？

怎么啦?

你的宝贝儿子叫什么名字?何非农呀，给了他他从此就是名副其实的非农业户口的城市人了，就可以吃一角八分钱一斤的米，到了十六岁厂里就给他安排工作，用大叔的话说，他从此就富贵了。

对呀，我就想不到这个，但你舍得?

你说什么话了?他是我的心肝，我的命给他我都十二分愿意，何况是一个指标！不过，除了自己的儿子，其他人杀了我也不给，女儿也舍不得给。

那你就不能成为正式职工，就不能像赵家米的老婆一样天天上班了，你又要输给她。

我这一代不如她，下一代要比她好……

二十一

程银香比过去神气了一点，至少在赵家米老婆的面前底气十足。赵家米老婆在程银香面前看上去似乎客气了一点。程银香说话她不再冷嘲热讽。开学不久，那天是星期一，何又香怒气冲冲地从学校回来，在大榕树下找到了她的母亲程银香。很多人谈天说地，并不注意到又香的异常。

“程银香，你做错事了！”

这是从又香的小嘴巴里说出来的，老成而辛辣，马上引起了很久没有新奇谈资的人们的关注，甚至是震惊。银香更是莫名其妙：又香已经十一岁，小学四年级了，从没有过对她直呼其名，从没见过她冲她发火，她根本就不敢对自己的母亲不敬！但又香现在就站在她的面前，而且站得很近，几乎可以闻到她的小心脏里的狂风暴雨。

“又香，你怎么了？中邪了？”

“你为什么把农转非的指标让给在我们家姐弟中排行第三的何非农？而我是你的头大的孩子，我更应该得到这个指标。”

“你，你反了……”

“我受够了，每次填表的时候成分总是写农民，我恨填表！我恨农民！妈，我要农转非！”

“年纪小小的，从哪来那么多的恨？你是发疯了吧！”

又香的眼眶里泪花如石头般挤不出来，在里面打转，痛并委屈着。所有的人都被惊呆了，被震撼了。大家的心里此刻不是在笑话程银香或者她的女儿又香，而是想到了各自的孩子。是啊，我家的孩子！大家先是待了一会儿，突然一哄而散，径直回家呼喊自己的孩子。

这天晚上，何又香没有吃晚饭，躲在澡房里不肯出来。何唐山觉察到了不对劲，叫了一声：又香。

又香不应。

何唐山又叫了一声：又香。

又香不应。

何唐山再叫了一声：又香。

又香还是不应。

程银香对何再香说，叫你姐姐出来。

再香说，我不敢叫她。

程银香说，为什么不敢？

再香好像笑了两下，神秘地说，姐姐要喝农药死，我不敢叫。

何唐山猛地从饭桌上弹起来，一脚踢开澡房的门。何又香拿着一只近乎黑色的农药瓶，用充满挑衅的眼光看着何唐山。

何唐山一脸惊恐，喘着气地说，你喝了吗？

喝了。

喝了多少？

大半瓶。

银香，快，送又香去医院。又香快要死了。

程银香手脚冰冷，瞠目结舌。

何非农扯住再香的衣角，不断地问：姐姐会不会死？再香说，她的嘴巴喷泡沫了，可能要死了。何非农说，姐姐是农村户口，死后要不要回农村埋葬？

程银香对非农吼了一声：别吵，吵什么！又香要是死了，就是你害死的。

非农委屈地争辩说，我对她很好，我没有害她，再香姐姐也没有害她，是你们害死又香姐姐。

何唐山背起又香，像听到了冲锋号，飞翔在往市人民医院的路上。银香跟在后面，蚊虫不断掠过脸庞。她突然觉察到何唐山负重走路时与平时不一样，发出响亮的啪啪声，像砍树时发出的声音，其实他也是个鸭掌脚，只是平时看不出来，而何昆明就太明显了。何昆明现在不知怎样了，他和其父其兄几乎没话可说，总是低着头，脸色阴暗，似乎不让别人看清他的内心。但他与大嫂程银香几乎无话不说，曾多次给银香打电话，一说就是半个小时。这几年来，他“谈”了三次恋爱，一次是和一个贵州六盘水的只有一米四身高的姑娘，在东莞，临近论婚谈嫁时，她死了，死在工厂的机器旁，头发绊在机器里，头变成了一块血饼；第二次，昆明看上了邻村陈一朝的谈了几次恋爱都因为她的乳房严重不对称而失败的第二个女儿，陈一朝的老婆要价一万，少一分不得。昆明说，我就只有一万，但我不能给你，那是我的血汗钱，是我在东莞拼了六年才积蓄起来的，给了你，我连底气也没有了，又要重新开始，一个人有几个六年？陈一朝老婆说，那我白白送个女儿给你做老婆你不白捡了个便宜？昆明说，不能这样看问题，上次我爸何其大卖掉了一头母牛，却连小牛犊也贴上了，那牛犊有问题，是母的却没有乳房，不要钱卖主还不愿带走，带走会倒霉的呀。陈一朝老婆咬牙切齿地说，何昆明你总有一天被人割了卵巴！

几天前听说何昆明快要结婚了，与一个有点痴呆的女人结婚，是另一个镇的。这是他的第三次恋爱。

"唐山，昆明今天打电话来说，过两天来县城探望我们。"

"什么时候你还想到了他？又香在我背上又吐了，如果她死了，我也死给你看，你不该把指标让给何非农，你……"

"我有什么不对？非农是儿子，你能给他什么？你难道要让他永远没有城市户口？那你生他做什么！"

"我，我希望三个孩子都农转非。"

"你做梦都梦不到。给你三个指标你也没钱来换。"

突然，又香说话了：爸，你放我下来。

怎么？

我没喝农药，只喝了一些肥皂水。我学校里的胡小洁为了农转非也吃过肥皂水。

你太放肆了！

我还不想死，要死也等到农转非。

程银香说，你呀，我被你气死了，下次你真吃农药算了……就算厂里再给一个指标，我家也没钱了。

又香说，你刚才想到昆明叔叔了，他有钱。他有一个存折，上次来我家时给我看过，足足一万元。

程银香说，你休想，那是他的命。

何唐山突然摔倒在地，又香被甩到一边。程银香关切地问，唐山，怎么啦。

没事，头晕，晕得很。

要不要去医院?

不要。

爸，是我害你吗?

不是。

不是我就放心了，我只不过是要个非农身份而已。

银香，我想到了金香，她的事你听说了吧?

听说了，不就是为我争来一个农转非指标的事吗?

妈，听说金香姨跟光头厂长睡了，姨丈气得起不了床了。

你再说我揍你。

妈，爸说话的声音有点像牛叫，要不要去医院看看?

何唐山摆摆手。

又香往路边的草丛吐了一大口痰。何唐山长长地吁了一口气，举目望去，县人民医院灯火闪烁。四周出奇地静。黑夜就像无数的大山重叠起来的巨人，没有谁能摧毁她的权威，甚至不让你看清她的脸。

似乎是第三天，何非农办理农转非的表格便领回来了。是银香亲自到光头厂长办公室去领的。她不让何唐山去领，因为他笨拙得会忘记向光头厂长说声起码的“谢谢”；也不让金香去领，因为说到底是她自己一家的事情，到了这一步可以与金香划清界限了。她自己亲自出马，而且选择在将近下班的时候走进光头厂长的办公室，是为让更多的人看在眼里，她是光明正大地来领表格的，是农转非的表格，而不是普通的计划生育调查表格。从光头厂长办公室里出来时，银香绕道拐到第三车间门口，看到趾高气扬的赵家米老婆正好下班往家里走。银香快步跟上去，将表格递给赵家米老婆旁边的女工——她竟不认识这个女工，厂里几百个职工，她哪能全叫得出名字？何况她只不过是一个职工家属。

那女工吃了一惊：我现在又不拉屎，你给我纸干什么！我告诉你，我早就不用这种纸擦屁股了。

银香对那女工凶巴巴的反应始料不及：我……我儿子办农转非了。

女工：这有什么新奇？我以为你家的猫办农转非了才值得开新闻发布会呢。

银香：也是……你的儿子也办农转非了吧？

女工：我还未结婚，我不想结婚，我一看到氮肥厂的男人就恶心。

银香：噢……这表格，我不太会填，原来指望你教我填，估计你也没有经验就算了。我是何唐山的家属。何唐山是立过一等功的。

女工：就是那个守门的？他挺木讷的，说话像牛叫，那天吓了我一跳，我还以为我们的厂变成了谁家的牛栏了呢。

银香：你这人说话怎么不给人面子？下次等我也农转非了，我就成了职工，我告诉厂长我不想跟你这种人同一车间——只有赵家米的老婆适合跟你共事，你们是同一路货色。

赵家米老婆幸灾乐祸而又自鸣得意地笑了，笑得前俯后仰，几乎快站不住脚。

银香：你笑什么？我儿子农转非了，说明我的儿子比你儿子强。假若有一天我和何唐山都死了，我的儿子还能在城里工作生活；如果你和赵家米都死了，你的儿子就只好回乡下种田做乡巴佬。如果你想通了，就不敢笑我了。

赵家米老婆在这个问题上似乎不愿跟银香争吵，说：我什么都不懂就填这种表，我有经验，今晚你到我家来，帮我洗了文胸内裤，或者在大榕树下学猫唱《东方红》，哄我开心了我就教你。

银香：呸！你以为我真的不会填表？我写一等功臣英雄事迹报告的时候，你还在乡下数着猪B毛！

…………

那女工莫名其妙，留下这两个女人在那里唇枪舌剑，自己走了。看上去她很忙。

二十二

程银香拿着一张闪耀着无数红大印的批文，激动莫名，从光头厂长办公室一路狂奔出来，穿过三个车间的门口，抄最近的小道到达何唐山的面前。

“非农终于农转非了！”

何唐山正在上班，眼盯着进进出出的人和车辆。涨红了脸的银香喘着气，大汗淋漓，胸膛在剧烈地颤抖，手中紧紧地抓住一张胜诉的判决书。

何唐山要看，银香双手抓住，递给他看，但并不给唐山，担心这张纸一到他的手上会马上变成一根青菜。

“看，何非农。看到了吧，是你儿子的名字，不是赵家米儿子的名字。有了这张纸，何非农就脱胎换骨，到了十六岁，他和你就是同事关系，开职工大会的时候，他能坐在你的前排。”

何唐山也高兴：“你应该告诉爸。”

银香转身，站在大门口中间，向进出的每一个人晃荡着手中的喜讯。

人们惊奇地停下来问：“什么事？”

银香愿意和任何人分享来之不易的甜蜜：“我儿子农转非了。这是他的批文，假不了。”

或许人们不能完全体会她心中的快乐，对她的喜悦并不表示出应有的热情，总是淡漠地一笑就与她擦肩而去。

“世间上的人和赵家米老婆差不多，总要嫉妒别人，好像我儿子抢劫了他们的指标一样——我就是要抢劫，抢到手便是本事。”银香说，“用不着多久，我们一家人都将成为氮肥厂的职工，到了那时，开职工大会又会有人说，瞧，现在是何唐山开家庭会，我们都是陪衬的。”

何唐山一点也不希望银香在门口前停留更长时间，因为用不着多久，会有人说，氮肥厂的大门成了他何唐山的家门。

银香离去时对唐山说：“现在怎么办？”

何唐山莫名其妙，想了想，不知头绪，却担心银香痛斥他的笨拙，自言自语：“该怎么办？”

银香笑道：“傻瓜，想什么？什么也不用想，只需等待，到了十六岁，我们的儿子就有了新生活。”

何唐山一天至少能三次见到光头厂长。他坐在小车里，一到厂门口就拉下车窗对着何唐山笑笑，有时还扔一根红梅牌香烟过来，唐山双手接住，他不抽烟，就放在抽屉里，留给下一班的老杨抽。老杨抽烟时嘴里常发出啪啪的响声，唐山走出很远仍能听见。有时老杨忍不住问，这又是厂长给的烟吧。唐山说，有些外面的人要进来也给我塞烟，这你也知道。老杨欲言又止，但唐山知道他想说什么。有一天，何唐山从光头厂长摇下的车窗看到车里面坐着一个人，很像金香。他要追上去看明白，但车很快就跑了。唐山愣在那里，老杨过来说，你家银香叫你回去，王正东在你家哭。

王正东很沮丧地对唐山说，我的绿帽越戴越高了，比法卡山还要高……我真想一枪崩了两个奸夫淫妇，可惜没有枪——他妈的退伍了什么都没有了。

唐山看了一眼银香。银香说，正东，金香是糊里糊涂上了光头的当，等到我劝阻她，她不会扔下你不管。你身体不好，就别伤气了。

王正东说，我后悔当初没死在法卡山，唐山呀，我们当兵的死在战场比活着好。

唐山说，正东，你别这样，能活着多好，你的儿子都十几岁了，也办了农转非，很好嘛。

王正东说，我呸，小奇志是何小节的儿子，我亏大了……我辞职不做了，我要回乡下种田——我还有脸在这里混下？我要离婚！

唐山说，你总得想清楚，能到今天不容易，辞职了，你的伤不就白挨了？

王正东又哭了。哭完撑着拐杖走出唐山的家门口。银香要扶他，他用力一挣，说不用。

王正东走远，回头对何唐山说，你得去医院看看，你的声音有时真的像牛叫。

何唐山麻木地坐在门口的石头上。银香说，昆明打电话来说，他不来了，大叔不准他有事无事往我这儿钻。大叔爱面子，在村里跟人说，我们过得挺好，吃穿不愁，孩子都快全办农转非了，到时家里的责任田都要割让出去，割也要割最差的，好的留给自己。他给我们送米都是偷偷摸摸的，不让人知道，还说他每次到我们这里，我们都给他很多钱带回去，唐山老是劝他不要种田了，种田不值钱，干脆来县城跟我们住。他又说，他舍不得，有时想到县城享清福去，但住不惯县城，人太多，在唐山那里天天吃肉会肥，人老了还是精瘦点好，农村就不同了，空气清新不说，还能抽水烟筒，爱吃什么就吃什么屎拉得多臭也没人管——大叔真爱面子。

唐山说，他一辈子都在撒谎。

银香生气地说，你怎么能这样说你父亲！

二十三

一个人要死真的不难。几天后，王正东死了。他自己摔了一跤，正好倒在电风扇用的破排插上，被电烧死，样子很难看。他应是下午三点左右死的，下午五点他的儿子王奇志回来惊恐得不会叫人。程金香六点左右回来，先是很吃惊，后来就异常平静，熟练地处理着后事。后事处理完后的第三天，厂里给她分了一套两房一厅，她和儿子就搬了过去。她没有动手，是程银香招呼几个人帮她搬的。王正东的旧居后来一直没有人搬进去，银香在那儿堆放一些杂物，后来就干脆成了她的鸡舍。

金香无聊的时候常叫银香到她家陪她看电视，那是台旧黑白电视机，天线竖得高高的，左侧的壳上漆着一个绿色的“莫”字。光头厂长姓莫。金香熟练地嗑着红瓜子，一集电视剧下来，瓜子壳便堆满了茶几桌面。看到激动时，她会对剧中的人物破口大骂，有时也莫名其妙骂光头厂长，只是银香在的时候，从未见光头厂长来过。银香常常从金香那里拿回一些好吃的，苹果呀、红枣呀、腊味呀、香菇呀、米粉呀，又香喜欢板栗，再香喜欢葡萄干，非农喜欢腌海鲜煲的粥，他一吃就是三大碗，银香夺他的碗不准他多吃怕撑坏。何唐山什么都不喜欢，只要是从金香那儿带回的。

银香说，你清高咧，你看不惯咧，金香攀附着光头这棵树，她的儿子就有着落，光头说了，小奇志读大学的钱都准备好了，北京、上海，哪儿读都成。

银香接着又低声说：光头表态了，下次有农转非的指标，可优先考虑给我们。

何唐山默不作声，转身走出房间，到门口值班去。

二十四

何昆明中午时突然到了厂门口。何唐山说，银香在家做饭。何昆明就径直去吃饭。吃完饭，何昆明就走了。唐山还没下班，从抽屉里拿出十几根红梅香烟用纸包好给昆明：带回去给爸抽。

何昆明说，我不结婚了，我的存折给了银香，又香农转非的事赶紧办，有机会再香也要办，全家非农了就好。我要到云南去跟人杀猪，几年才回来。我这就去车站，这烟你就送给我抽算了。

大约是何昆明去云南的第二年秋天，县氮肥厂突然就发不出工资。好端端的一个厂说烂就烂，比菜地里的菜烂得更没道理。

此时程银香刚办完自己的农转非，月底就可以办又香、再香的了。她们的名字排在许多人的前面，指标一到，马上交钱，一切就办妥。值得一提的是，现在的效率快多了，流水线一样，快得让人放心。

农转非批文到手的第二天，银香又一次来到光头厂长的办公室：“厂长，明天我就要上班，我不能再等了。但我不想跟赵家米老婆同一个车间，她的狐臭我受不了。”

光头厂长为难地说：“你能不能多等一会儿？你看，厂的效益不好，不少转了非农的职工家属也在待业。”

银香说：“我跟她们不一样，金香是我的姐姐，你占了她的便宜。”

于是，与众不同的程银香在氮肥厂第一车间当了清洁工。她终于可以昂首挺胸地从赵家米老婆面前大步走过，心安理得地在张贴着职工出勤考核情况的墙壁前驻足良久、指指点点，如果把她的出勤情况搞错了，她就冲到车间主任跟前大声质问。每天的榕树下，依然有不少人在聊天，但银香已经不是头名到场的，她也学着赵家米老婆，姗姗来迟，与赵家米老婆不同的是，她没有叼着牙签吐着肉屑。

时间在幸福的边缘缓缓滑行。到了月末，时间就会停顿一下，让劳作了一个月的工人们到财务科弯下腰签上自己的姓名，领走他们该得的工资。然而，程银香发现，辛苦了一个月，却没有一分钱可领。财务科的人无所事事地看着报纸，似乎不知道今天是什么日子。

银香说：“我要签名。”

财务科的一个女人说：“你是新上岗的吧。”

银香说：“当然是，我第一次来你们这里签名。有了第一次便有第二次、第三次，今后每月我都会来。”

那女人说：“没有钱发工资，谁也不用签名。要签回家里签去。”

“这是什么世道？工人没有工资领！几十年了，我才头次看到。”

银香说。

工友说："也许光头厂长帮我们把工资存起来了，到了年底一下子发给我们。"

银香说："这样也好，能省下钱还债。"

但事情并非想象那样，工人的工资并不在银行里存着，也不在光头厂长的口袋里，谁也弄不懂究竟在哪里，也许根本就没有。因为成堆的化肥卖不出去，卖出去的亏了本。这里曾是人人向往的天堂，现在天堂里却发生了饥荒。此时，工人们才注意到厂里的头头们平日里过着花天酒地的生活，但癌症到了晚期，发现已经太迟。

光头厂长被检察院的人带走时，正好唐山值班。光头厂长在警车里看了他一眼，但没有如平时那样扔给他一根红梅香烟。

所有车间一下子全停工了。工人们从天堂回到人间到处游荡，等待车间的门再次打开。全厂几乎只有一个岗位必须有人上岗，那就是门卫。但连门卫也精简，只要一个。何唐山可怜老杨年老体弱干不了别的，下岗了会活活饿死，就主动把岗位让给他。老杨感动得老泪纵横，泣不成声。

程银香成了榕树下的众矢之的。因为她是程金香的妹妹。因为程金香是光头厂长的情妇。因为光头厂长搞垮了这个厂，因为他养二奶。银香当然有口难辩。她只能选择躲避，尤其要躲避赵家米老婆。幸好，那天赵家米十三岁的儿子在学校里练跑步，5000 米，第一个冲到终点的时候，突然倒地，像一只割断了脖子的小鸡抽噎几下就死了——一个人要死真的不难。赵家米的老婆把学校闹得鸡犬不宁，差点学校要停课。在大家的注意力集中在赵家米老婆的身上时，程金香谁也不惊动地悄然作别了氮肥厂，不知所终。银香猜测她们母子可能回到了乡下。但她的父亲告诉她，没有。半年后，银香突然接到金香打来的电话，金香告诉银香，她现在在广东顺德的一个鞋厂打工，小奇志在那里上小学，她和张小节又好上了，该死的张小节迷上了赌博，她的一点老本全让他糟蹋殆尽了，希望不要告诉其他人，包括何唐山。她还向银香打听光头的消息。银香说，光头被判了八年。金香说，原来我从光头那里借了2000元给你何非农办指标，就不用还给他了。

银香说，农转非的价钱比乡下的芭蕉贱得快，现在2000元可以办5个农转非了，要个指标比到东门菜市买菜容易，但谁也不稀罕那破指标，厂里有人回乡下种田了，只是大叔死活不让我们回乡下。厂都垮了，大家都下了岗，唐山也不做门卫了，先是帮别人的工地挖地基，后来替砖厂搬运砖头，还做了一段守坟墓的，现在他停职出来帮水泥厂炸石头，一天也能赚上二三十元，总比别人天天到县政府上访好。不过劳动局说了，像唐山这种立过功的退伍军人将优先安排好，就是不知要等到什么时候。现在我就怕债，办农转非欠下的一屁股债。

金香在电话一头叹气，一会儿就哭起来：其实我没得光头什么钱。

二十五

老杨坚守大门，每月厂里发他200元，已是厂里的最高了。何唐山往往很晚才回来。因为天黑后行人少，炸石头对行人的威胁就减少了许多，就常常利用夜晚点燃炸药。安放、点燃炸药当然是何唐山的拿手活、老本行，当兵时他拿炸药包当枕头睡，平常得很。

石山就在城郊，到处都是，光秃秃地耸立。炸药响一次，就够山下的汽车、拖拉机拉上半天。但炸一次要做很多的准备工作，要凿很多的眼。钻眼时人要爬上峻峭的绝壁上，有人帮用绳索在山顶上吊着，差不多像凿红旗渠那样了，悬得很。放炮前有人用高音喇叭喊“放炮啦”，于是人们就纷纷躲避。一会儿，连环炮就啪啪地响了。乱石从山上飞溅下来，尘烟滚滚，地动山摇。

民工们尊重何唐山，因为他比他们内行。何唐山就教他们规范用炸药，时常提醒他们注意安全生产，这是拿命换钱的活，比起打仗来差不多。有人问，这怎么跟打仗搭上钩了呢？何唐山就说，我打过仗。你真打过仗？真打过，打过越南。呃，太久远了。无所事事的时候，黄段子讲腻了的时候，他们就问唐山打越南时的情形。因为时间长了，当事人对战争也越来越模糊了，何唐山不愿往事重提，人们就“嘘”一声散去。

连何唐山自己也突然觉得那年代真的很遥远了，是该彻底忘记的时候了。但感觉到总有一点东西挂在心里，挥之不去，又无所用处，反而成了心头之痒。于是，回家翻箱倒柜找那枚勋章，但找了很久都找不到，他也忘记那小东西搁在哪里了。好得一阵风吹来，饭桌上空传来叮叮当当的铃声，不是很清脆，带有几分混沌。抬头一看，是一只白色的风铃，那是多年前又香从收破烂的老头那里捡回来的，当时风铃支离破碎，唐山就花了大半天时间帮她修理好，又香高兴得把它悬挂在饭桌上，天天听，听着听着就幸福地睡过去。唐山幡然想起，风铃的中心是由那枚勋章组成。当时找不到合适的金属，就把勋章代替了。取下来，勋章除了积聚了厚厚的灰尘和油烟外，一切没有变，铜质、圆形、重一两八钱、双面有军旗国旗图案、敲击能发出叮当的响声。趁银香不在，何唐山走到东门菜市，不曾讨价还价，以 300 元的价钱把勋章卖给了一个来历不明的文物收藏者。将钱放进口袋，一转身，他就神奇地彻底忘记了他的战争，忘记了他的 1978—1980 年。

这三年就像一页陈年旧账，被彻底撕毁，从他的大脑永久删除并从他的生命历程中一笔勾销，无迹可寻。像被别人一下子免除了他的所有债务，何唐山感到有些痛快。那三百元，他打算不让银香知道，等到明年又香生日时，买一只像样的风铃送给她；到再香生日时，给她买一双好一点的花白皮鞋，因为那时已经变冷了；到非农生日的时候，给他买点什么呢？给他买一辆学生自行车，不过太贵了，钱不够——如果有两枚勋章多好！有两枚的话现在口袋里就是六百元而不是区区三百元，就可以从容地满足孩子们多年的梦想。何唐山便想多弄一枚勋章，但竟然不知到哪儿弄，不仅如此，连第一枚是怎样得来的也想不起来了。他拍着脑袋想了半天，在菜市踱来踱去，把小菜贩都给弄糊涂了，最后还是想不起来。从此真的全忘了。后来编县志的人找到他问起某某事，他说不出来，因为他实在是记不起来了，一点印象也没有。县武装部的人要编本县的武装史、英雄谱什么的，一定要何唐山回忆起光辉的往事，但何唐山又想了大半天就是想不出来，再逼他想，他就叫头痛，只好作罢。因此，后来的一些有关何唐山的记载，大都注明了“据其家属所述”。

二十六

这天，何唐山照常很晚才回来，银香和孩子们都睡了。洗了澡，刚要上床，有人敲门。开门，是赵家米。

赵家米苍老了许多，嘴里喷着酒气。

老何。

老赵。

老何呀。

有什么事吗?

你今年几岁了?

问这个干什么?

我四十一了，你呢，近四十了吧?

三十七啦。

不对，是四十。1978—1980年你没算。不过，我也没算。

你家的老婆还能扛得住吧，真可惜，好端端的一个孩子。

别提了，你家银香说的，她的耳朵太尖像老鼠耳，中年丧子，我要休了她。你家的老婆，能!

她不是故意的，是胡说。你不要放在心上，有空我请你喝酒。

我没钱喝酒了，你带我去炸石头，我也扛过炸药包，能干。

你就不要干这个。

我非要干。

不要。

要!

…………

赵家米这一固执，就送了命。这天收工后，大家围着大菜盘吃饭，赵家米说一些黄段子，弄得大家笑得很开心。想不到悲剧总是在最快乐的时候出现，一块两天前被炸松动的石头像一只雄健的大红鹰从山顶上展开巨翅俯冲下来。何唐山大叫一声“老赵，石头!”，赵家米低着头喝酒，愉快地抹了一把嘴，摆摆手说:“子弹都不怕，石头有什么可怕的，我就当这里是法卡山。”何唐山本想奋不顾身去推他，但一听到“法卡山”三个字竟犯毛病了，愣在那里，用力去想什么“法卡山”？临死前的赵家米竟然说到一个他从未听说过的地名，法卡山是什么山？何唐山这一迟疑，尖叫而下的大红鹰往赵家米的头一啄，那头连叫也来不及叫一声就变成了红白相间的肉浆，血肉溅到菜盘里跟猪肉混在一起分不清楚，弄得大家没法下筷箸，谁也没有吃饱，真是扫兴极了。还是那句话：一个人要死真的不难。赵家米老婆又大闹石场，几天才恢复生产。石场赔偿了三万元。赵家米老婆怀揣着学校、石场赔的一些银两、带着对何唐山无穷无尽的埋怨和对程银香的新仇旧恨，带着她的另一个孩子匆忙离开县氮肥厂，回柳州娘家。从此，县氮肥厂更加冷清，榕树下好长时间没有人围着谈笑了，不久，有人在杂草丛生的大榕树下搭了鸡棚，养了一些鸡，每天清晨，都能听到嘹亮的鸡鸣。

二十七

程银香坐在氮肥厂自己的家门口，也能听到城北郊外传来的爆破声。每次听到一声爆破，她的心就揪一下，就像被铁钩钩着，不定时地被人揪一揪。她忘记不了赵家米老婆拖着不情愿离开县城的女儿离开氮肥厂时的眼神。那眼神使银香一下子没有了恨，甚至没有了爱。她只有害怕。

但害怕终于结束了。县环保、旅游部门阻止了石山的开采。那天，何唐山背着一个黑黑的包回来，银香终于松了一口气，抱住他嗡嗡直哭。

何唐山大声说，别哭啦，没活干了！

银香说，你吼什么？我宁愿饿死，也不让你再干这种活。赵家米老婆一看到石头双腿就要发软，我一看到石头就想到了赵家米……

何唐山一头钻进床里，呜呜大睡，鼾声震得屋顶的瓦片在松动。银香用湿毛巾为他拭擦身子，就像当年唐山为牛刷身那样小心翼翼。

何唐山一睡竟睡了三天三夜。第三天夜里近天亮时才突然醒来，骨碌一声坐起，拿起枕头一扔：这是炸药包！

程银香说，不是的，只不过是只绣花枕头。

你怎么知道它不是炸药包？它就有可能变成炸药包！

银香不想跟他争论：你已经睡了三天三夜了。

何唐山说，我梦见了一个地方，我从未到过的地方，那里有很多洞、树和青草，看到青草我就想吃。

银香说，大概梦中你到了法卡山。

何唐山惊恐地问银香：什么法卡山？法卡山是什么山？

银香说不清楚，因为她没有去过法卡山。

二十八

这几天何唐山就不断重复着一句话：我要工作。

没有工作即意味着自己的田地里没有播种和阳光没有洒在正抽穗的水稻上；没有工作，三个孩子就将吃不上饭、上不了学，这是比种瓜得瓜种豆得豆还要简单的道理。想到孩子，何唐山心里有很多愧疚，他想给他们富贵，是“给”而不是像何其大那样“逼”，一字之差，意义大不一样，努力的主角完全相反。有一次，他听到赵家米的孩子大声责备他的母亲时是这样说的：你没有把握给我富贵，当初你为什么要生下我！这是一句什么话呀？从一个十三四岁的孩子嘴里蹦出来的，现在到了什么年代了？如果在这个年龄对父母说出这样的话，何其大会将他淹死在河里。何唐山困惑之际，何又香鬼鬼祟祟地找到他：爸，我找你商量点小事。

唐山和蔼地说：说吧。

又香说：爸，我想要你的一只肾。

唐山大吃一惊：你要我的肾做什么？

又香说：卖了，我要钱整容。

唐山说：你不是长得好好的，为什么要整容？

又香说：我长得像妈一样丑。

唐山说：你妈长得并不丑呀。

又香说：我要更漂亮，女人漂亮什么事情都好办了。我想通了，不要什么农转非，也不图读大学，我就要漂亮，漂亮了什么都有了。

唐山说：一只肾值多少钱呀？爸有两只肾呢，全给你拿去算了。又香说：爸，听得出来，你没有诚意，我们谈不来。不过，不要紧，你不要告诉妈妈就是了。

何唐山被银香拖着来到一家新开张的宾馆应聘保安。这宾馆的老板喜欢当过兵的人。做他宾馆的保安就必须是军人出身，月薪还不错。

西装革履的中年老板在办公室接见了何唐山。

银香说，老板，他叫何唐山，是当过兵的。

什么时候的兵？

1978 年春天入伍的兵，刚插完一半的田他就走了。

我是问他，他的嘴巴长在你的脸上了？

他记不起来了。

他失忆了？

不是，只是记不起过去的三年时间。

哪三年？当兵的三年？

是。他打过越南。

开玩笑，你不说他打过第一次世界大战？

他爸何其大打过朝鲜，他爸说那是第三次世界大战。老板，是真的，我家唐山立过一等功勋，曾在县人民大会堂做过英雄事迹报告。

一等功？怎么会是一等功！你以为一等功是那么容易得来的吗？你一点也不懂，就算你在战场上死了一百次也未必能得到！

可他是真得了。

……拿他的勋章来，我就信，我只认勋章。

卖了，300 元就卖了，今天我找不着了才知道卖了。

300 元就卖了他的命？

没用了就卖掉了，县氮肥厂都能卖，一个勋章怎么就不能卖？

你叫他说说他打越南时的经历总可以吧？说实在了我就录用他。说不沾边就当你们是想来混饭的。

银香自言自语说，很久已经没人提起那些旧事了。看看唐山，唐山摇摇头。

老板说，真的记不起了？老兄，我问你，1977 年你在哪里？

何唐山说，你是问哪一天、几点？

老板随口说，就农历 7 月 4 日下午 3 点。

何唐山肯定地说，我在河里给牛刷身，正好刷到了牛屁股，程金香从石拱桥上走过，穿着花格衬衫，拿着一串锁匙，还扭着腰哼着《东方红》，我叫她，叫了三声，第一次问“吃饭啦”，她不搭理我，第二次问“从哪里回来了”，她还不搭理我，第三次我说“金香，我哪一点比不上张小节”，她仍不搭理我，我要再问的时候，她已经拐过田垄，看不见了。

你记忆力不错嘛，怎么会偏偏就不记得那一段最重要的经历了呢？

我真的忘记了。前段时间说忘就忘了。

你骗人。

我从不骗人。

你是冒充退伍军人混饭吃。

我不是。

你说不出你的一等功怎样来的就是骗人。这年头的骗子我见多了，就没见过你这么不讲技巧、不看对象的。

何唐山生气了：你等着，我会证明给你看。我水鬼一辈子宁愿被人骗也从不骗别人，我最恨别人说我混饭吃。

二十九

何唐山回到家里拿了两件衣服就走。银香问到底去哪里？他不说。银香拉他。但他像牛一样有力，拉不住。三个孩子倚在土墙上晒太阳，一言不发。

银香第一次捉摸不透何唐山要做什么。他走出氮肥厂大门口时头也不抬一下，老杨叫了一声，他一点反应也不给，很快消失在人来人往的马路上。

何唐山走后的第三天，也就是中秋节前的一天。银香接到了公安局的一个通知：何昆明被捕了。银香匆匆赶到公安局，人家告诉她：

何昆明在云南抢银行未遂，打死了一个武警，逃到幼儿园劫持并杀了几个小孩，在逃跑的途中被抓住了。

银香说，他怎么会杀人呢？他怎么能杀人呢！他神经有问题，一直恨军人、警察。

公安局的说，是不是神经病要看他的运气。

银香说，我能不能见他？快三年没见过他了。

公安局的人说，不能，他犯的是死罪，法院判了才能见他，而且他现在在云南。

银香说，大叔知道吗？

公安局的人问，谁是大叔？他说程银香是他的唯一亲人。

昆明打过多次电话给银香，向她倾诉在云南的挫折和痛苦。他说只要能做的他都做过了，还打过数不清的架，打伤过拖欠他工钱的老板，打过警察，进过几个月的监牢，就差贩毒、杀人，现在仍然一无所有。银香劝过他，安慰过他，叫他在外头混不下去就回来，帮大叔种地。但他固执，一定要出人头地才回来。银香口袋里揣着一张存折，是何昆明的，她用了他的一万元，把他的底气全抽光了，现在只有6元8角5分的利息空荡荡地占据着整个存折。钱都花在她和孩子农转非上，其他开支从没动过这存折的一分钱。这一万块钱，为她一家解决了天大的问题，使得又香、再香还有她本人都先后办了农转非。一家人全变成非农，让大叔兴奋地一次又一次地将家里的责任田从他的户头上割让出去，像将折磨了大半辈子的背脊上的疥疮一个一个地割掉，虽然也是自己身上的肉，但割了痛快。在县城，银香也能感觉得到大叔的幸福贴近了梦想，在共同的幸福降临时，她也不能置之度外，将自己的幸福告诉了亲人、朋友和一切认识的人。何昆明是她第一个要汇报的，因为钱从他那里来，他的钱是从他的血汗里来，血汗从他的身体里来，身体是从大叔里来——因此，现在银香不知道该怎样做，但不能将这个大事件告诉大叔，这是她想到了的。

银香在家里哭，何再香问，妈，你为什么哭得那么难看？

银香照了一下镜子，发现再香说得一点也没有错，但难看是因为老了，而并非哭了。

再香说，妈，你难道没发现又香不见了吗？

银香大惊失色：又香什么时候不见了？

已经一个星期了。再香说。

非农说，又香跟一个有钱人走了，一个四川的老头。

再香纠正说，不是老头，年纪跟我爸差不多——我爸还不是老头。

银香大声喝：你们为什么不报告！又香才十五岁！她被人拐卖了你们知不知道？

二人说，不知道。

银香说，你们什么时候看见又香被人拐走的？在哪里？

再香说，好几天了，就在厂大门口。那男的过去常到厂来贩运化肥。

银香说，又香跟你们说什么了？

再香说，又香说她走了我和非农的学费就轻松多了，我就能买一双花白皮鞋了……她还说要过上好日子，学金香姨。

银香吼道，金香姨现在过得很不好，你们知不知道！

再香摇摇头说，不知道。

三十

近来，程银香右边的乳房莫名其妙地痛，有时痛得要用手抓，一抓便溢出一些米黄色的汁，经验告诉她，那不是奶水。她忍不住去医院，医师说，你得了乳腺癌，必须切除右乳房，否则会危及生命，你最好现在就做手术，做手术还不一定百分百成功。银香在犹豫。医生责备说，你呀，女人老是想着漂亮，你就不要担心切除后的美观问题，生命比美观更重要。然而她担心的是费用，费用比美观重要，但医生不明白，她也不敢打听。

不知道是什么时候，大约是银香快要崩溃的时候，何唐山垂头丧气地回来了。回来就睡，一睡又是三天三夜。第三天下半夜他醒来时，听到银香在哭。

你哭多久了？

你睡了多久我就哭了多久。

为什么要哭？

昆明要枪毙了，又香被人拐走了。

原来是这样——有饭吗，我饿了，饿了五天没吃饭。

这十几天你究竟去了哪里？我担心你呢。

我去了一趟越南与中国的边境，那里有座山叫法卡山，是一座有好多青草、坟墓的山，但我找不到路上去，在那里转呀转呀……那里有点熟悉，但我记不起我是不是在那里做过些什么？没有人认识我，也没有人给我饭吃，吃了几天的草我就回来了。我证明不到自己，也证明不了给宾馆的老板看——原来我什么也不是的！我不敢去见那老板。

你真的几天不吃饭了？

不吃……口袋里没钱了……我不知道车费涨过了头。

你把你的勋章带去就好了——可惜你卖了。昨天我看了一张报纸，说沈阳有一个孤苦的老乞丐在大街上乞食，没有人理会他，后来一家饭店的老板无意间认出了老乞丐盛饭的破盅，印着模糊了的"志愿军"三个字，那老板扔掉手上的东西，搂着那老乞丐泪流满面，对老乞丐说，从此以后，你再也不用乞讨，你天天就来我这里吃，只要我的饭店不倒闭，我就给你吃最好的……

银香说着说着就哽咽了。

何唐山愣了好一会儿，自言自语地说："如果……再来一场战争多好啊！"

三十一

银香的麻烦事接踵而来，先是非农在学校打破了学校的电视机班主任上门索赔，然后是再香第一次来月经染红了裤子被同学取笑不敢上学，然后是厂里要她搬空鸡舍让别人住，然后是自己的老父摔了一跤卧床不起，她就寄了些钱回去。更大的麻烦是，有一天早上，十几个妇人气冲冲地向她投诉："何唐山一夜之间生生吃光了我们菜地里的青菜！"

这种事情应该只发生在乡下遥远的过去，拴不住的牛到田里偷吃别人的水稻，然后泼妇们上门大吵大闹或把状告到村公所。

银香说，这怎么可能呢？你们不要欺负人，厂倒闭了，大家都彼此彼此谁也别想欺负谁。

妇人们说，守门的老杨亲眼看到了，他看见你家的何唐山夜里变成一头水牛，到菜地里见菜就吃。

银香说，也许是外面来的牛……

妇人们说，不可能，四面围墙，鸟都飞不进来，老杨还看见何唐山吃饱了又变成人，若无其事、大摇大摆地回家睡觉。

银香心里想，也许他真的饿坏了。

妇人们毕竟不像乡下的村妇，她们心怀慈善地说，你家的男人可能得了疯牛病，英国那边正闹这种病，兴许他也闹上了，至少闹上类似的。听说这种病像狂犬病，发作了就没法治了，但没有狂犬病死得快，至少能延长他的寿命，也许十年八年也死不了。他属牛命，要延年益寿就不能让他闲着，他得工作，没有工作就像一头牛的生命快到了尽头。不信，你去问医生，医生也会这么说。

何银香现在最疲于奔命的就是阻止何唐山变成牛，尽可能地延长他的寿命。延长他的寿命就得工作，不能让他闲着，闲着他就睡死过去，睡死过去就发出奇怪的声音，就会变成牛，半夜偷吃别人的青菜。况且，他不干活一家人就面临断炊之虞。

程银香天天带着何唐山在城区到处求职，一家企业一家企业地问，一个商店一个商店地求，甚至恳求一个兼职清洗十几个公厕的小老头让他把一半公厕转包给唐山洗刷，或让唐山帮他打工也成，但没有人愿意聘请一个说话声音越来越像牛一样的人干活，连那个小老头也不答应。那小老头说，我只有一碗粥，分给你一半我就挨饿了。何唐山自然很扫兴，不愿再出来找活。银香也终于发起了火说，你不愿找活干就每天接送再香、非农上学，不能让人把这两个孩子也拐走了，赚钱的活我来找。但只一次，何唐山到了学校，跟学校的门卫说了一句话，就把人家吓得屎滚尿流。再香、非农几乎要跪下恳求他不要再去他们的学校。那只好由银香接送孩子，何唐山闷在屋里，一言不发，似乎在怀想什么。

银香无可奈何地对唐山说，你得了一种怪病，可能叫疯牛病，也可能是类似于疯牛病的病，你知不知道？

唐山说，我早知道了。老杨还说，农忙时节看见我变成一头牛帮乡下的农民犁田赚了不少钱。

银香说，我努力了，我真的无法帮你延年益寿。你该去医院看看，也许只有医生才能救你。

唐山说，这次我在云南边境要回来时，碰到了一个瞎子巫师，他说，何唐山，你给我站住。我奇怪地想，他怎么会认识我呢？瞎子巫师说，1979年冬天我见过你，按理说本来你已经死了的，不知什么原因你还来到了今天。人有十二生肖，你属于什么，死后就变成什么，你属牛。你的右耳不是被炮震聋的，是被子弹击穿了，你的脑子里残留的那块小弹片，一直躲藏在你的脑海深处，任何仪器发现不了也取不出来，现在是它发言的时候了，所以你说话的声音像牛，那不是你在说话，那是子弹片在以你最熟悉的声音发言，也可以说，是你的灵魂在叫喊。子弹片像电脑的芯片，主宰着你的生死病老贫富贵贱，你的一生已经交给了子弹片。将来你的归宿不在你的法卡山，也不在你的氮肥厂，而在你的米河。

银香说，巫师的话跟乡下的算卦佬、神婆巫汉一样不可信，什么年代了你还相信那些东西！亏你还是国家工人，你最好去医院看看。

何唐山说，不用看了，中医上说治病不治命，我的命就是牛，我就做牛。

何非农闯进来迷惑不解地问：爸爸，你会不会变成牛魔王？

再香的学识显然更多一点，当即做了反驳：不是牛魔王，是异形。

二人竟为此争论不休。银香大声地把他们轰出去。

再香真会添麻烦。那天晚上，她一个人从学校里回来，经过离氮肥厂不远的池塘边的时候，被几个小流氓拖到烈士纪念碑的青松翠柏中蹂躏了一番，然后被扔到冰冷的臭池塘里，她爬上来时就认不清回家的方向了，是一个厂里的工友无意中发现了她，把瑟缩了半夜的她带回来了。

何唐山拿着菜刀在烈士纪念碑前像侦察兵一样蛰伏了九天九夜，眼睛熬得像灯泡一样红，但一直没有等到几个小流氓的出现，就抡起菜刀把那里的树木砍成狼藉一片。城管的人赶来要制止他的时候，他又在四周光荡荡的更加引人注目的纪念碑前睡死过去了，没有人敢碰他，连银香也不敢。银香就在他的头顶上搭了一个棚，挡风遮雨。从此何再香不再上学，天天坐在大榕树下发呆，终于有一天，自己突然消失了，没有一个人知道她的去向。银香背着何非农哭着问守门的老杨。老杨说，我看见你家的何再香张开翅膀飞走了。如此说来，何再香与氮肥厂、与家人不辞而别了，甚至去向不明、生死未卜。又香虽然也是不辞而别，但银香还知道她可能活在湖南，又香的命运比再香好多了。

老杨真的老了，看东西都看不清楚，往往把一个人说成两个甚至说成三个，把一个人影硬说是一头猪甚至一头牛。那天夜里，买下这个厂的老板和他的小情人走进厂门时，老杨竟惊慌失措、大喊大叫："七匹狼来了！"闹得很多人来观。孤独的老杨就这样被赶出了氮肥厂。妇人们估计，先前老杨看到的一些东西也许是他的错觉，说的一些话也许是他的胡言乱语。人老了，往往反而不可信了。于是何唐山被重新起用做门卫，月薪也比老杨翻了一番。何唐山像过去那样干得兢兢业业。不久，银香突然发现，何唐山的声音变了，似乎接近了正常的人声。

银香激动地拖着何唐山站在榕树下让他当着许多人面前大声说话。何唐山莫名其妙地乱说一通。程银香欣慰地哭："你们听哪，我家的唐山正常了！正常了！"人们轻轻地点头：奇怪，他说话竟然没带牛声了。银香而且相信，何唐山得的并非是不治之症，那些妇人们先前所说的跟老杨所说的一样，简直是一派胡言！

然而好景不长。氮肥厂在数天之间转来转去，几度易手，一时热闹一时冷清。听说最新买下氮肥厂的老板准备不生产化肥了，要卖掉氮肥厂的土地，让人搞房地产开发，建几幢工人们从未见过那么漂亮的楼房，把这里变成莺歌燕舞的别墅式小区，并给这个小区起了一个绚丽而温暖的名字——"牡丹花园"。原来的职工住户将面临拆迁的无奈，天天能听到骂声，天天有人到县政府静坐。当传言变成真实时，氮肥厂的大门首先被推掉，厂区很快变成了宏大的工场。

门之不存，门卫自然消失。这天黄昏，何唐山突然不见了。银香和她的两个孩子四处寻找，并大声呼喊着他的名字。好心的妇人们也加入了寻找何唐山的队列。顿时，"何唐山"的喊叫响彻在县城的上空，并随着南流江轻盈的河水一直漂流，于是全城的人们一下子知道了"何唐山"这个陌生的名字，人们议论纷纷："何唐山是谁？为什么要对他如此大呼小叫？"氮肥厂的人告诉人们，他是打越南的一等功臣。

一城惊愕：我们的小城里竟然曾经有过这样的英雄？

于是，有人内疚，有人躁动不安，有人加入寻找，有人拥到氮肥厂，有人努力从记忆里搜索尘封多年的历史……

三十二

何其大很久没到县城了，他四处瞧瞧何唐山远跟不上时宜的甚至比以前更寥落的家，除了一声叹息什么也没说。他摇了几下沉睡的何唐山，俯下身对他的左耳说，一条高速公路将要从村庄中间穿过，要征地拆屋，你最好回一趟，你在城里吃了亏，在自己的老家就不要让别人占便宜了。

何唐山猛然醒了。

醒了的何唐山却不会说话，连一句简简单单的问候语也已不会讲，他努力地向银香张大嘴巴，试图跟她说上一句话，但喉咙里除了发出只有牛才能发出的“哞哞哞哞”声外，就没有别的音符。

银香早料到会有这么的一天，所以没有太大的惊恐，只是何其大异常担心，不断在问怎么会这样?

何唐山焦急地指着自己的喉咙和脑子向银香比画着，他想告诉银香他为什么说不出话了。

银香温柔地说，我知道了，你饿了。

何唐山狠狠地摇头，瞪了一眼银香，双手更形象地比画着。

银香笑了笑说：这次我终于明白了，你想起了你的一等功勋章，原来这三天你是去想找回你卖掉了的勋章。

何唐山愤懑地将一只空盒子摔到地上，眼里突然溢满了泪水，很快泪水冲破围堰啪啦地倾泻而下。银香觉得那是委屈的泪水，她不明白，唐山从哪里来了那么大的委屈，一枚破勋章不见就不见了，反正不见也有好长时间了，还有什么可惋惜的呢？连银香都已经理解不了他，何唐山忽然觉得孤独得可怕，茫然四顾，要找何非农。何非农穿着一身橄榄绿，像个勇敢的小军人站在门口。何唐山突然觉得有许多话要对自己的儿子说。但何非农不愿进来，迟缓了一下。何其大弯曲着腰靠近他的孙子，用坚硬的指头狡黠、隐蔽而飞快地擢了一下他的小肚。何非农像听到了远方的召唤，向何唐山敬了一个像模像样的军礼，然后转身像一匹小战马撒开双腿飞奔而去。何唐山目瞪口呆，不明白非农从哪儿弄来这一身衣服，这衣服现在很少小孩爱穿了。何其大要跟唐山说话，唐山又不愿搭理。好久，唐山用尽平生气力终于嚷出了一声：我要去云南见瞎子巫师！尽管声音很模糊，但银香还是听懂了，她赶忙暗示了一下唐山说：昆明在云南过得不错呢，前几天打电话来说，他和一个松脂厂的女子好上了，那女子离过了一次婚，年龄比他大五岁，长得也很一般，不过是非农。唐山煞有其事地点点头。何其大欣慰说："是非农就好——他到底也等到了福气……只是昆明是个没主张的人，家里的大事还是由你们定夺。"于是何唐山从床上爬起来，就跟随银香一起回到属于自己的却一转眼阔别了十三年的家乡去。

程银香本想和政府据理力争，但她发现，没有什么好争的，别人的新楼都让拆除了，她还有什么话可说呢？何况在此之前，大叔已经说了不少。大叔叫唐山和她回来只不过是让他们看看"谁也无能为力"。唐山似乎有许多的话要说，但一句也说不出来，看看银香没有意见便签了字。字迹未干，无坚不摧的推土机马上就开过来把他们的房子推掉了前面竖排的一边，只剩下横亘在上方的一排正屋悬挂着，没有了地坪和围墙，就不成一座屋了。

银香说，大叔，你就用补偿的钱请人砌一座石阶——这些钱差不多够砌一座石阶了，等到有钱我们到城里买房，你也进城过日子享清福。

何其大真诚地露出了不知比阳光灿烂多少倍的笑脸：等高速公路开通了，去县城倒也就快多了。

是的，今后，大叔每天要从隧道穿过高速公路去挑水，然后将爬上一段陡峭的石阶，把水送到水缸里。如果要去县城，还得抄旧路到十几公里外的镇上搭车，高速公路是不能随便上下车的，这些道理村里的人现在已经明白。

这一次回来，村里没有人来看银香，也许人们不知道她回来。但一打听，才知道村里的人越来越少，不是老病死，就是不知搬到哪里去了，年轻人宁愿在外面流窜也不愿意回到农村来。稀稀拉拉的一些新旧不一高矮不一的房子散布在几个山坡上，房子比人还多。本来山清水秀的村庄，由于一条高速公路从它的中间和一大片最好的良田中间穿过，四面的地杂草丛生，更加显露出它的简陋、破落和衰败来。

“如果我们回到农村，也许再也生存或生活不下去了。”银香多了这样的担心。她还担心氮肥厂里下岗后回到乡下的男女，比如赵家米老婆、李小花、梁小惠、张必贵，还有守过大门的老杨，不知他们能否挺得过来。或许，这担心是多么的多余。人各有各的活法，况且人的生存能力比起其他动物来不知要强盛多少倍。

银香还发现，米河上的石拱桥不见了，河被新开的高速公路填占了半边，几乎再也容不下一头牛的通行，而且一河混浊，不见半条活鱼。何唐山坐在石拱桥的残垣一头，双目发呆，一动也不想动，满脸向上生长的胡须像冬天里的河草。银香觉得应该再亲一亲这条河，否则，下次回来河的另一半也许也看不见了。于是就弯下腰，洗洗手，水毕竟还凉爽，比氮肥厂的水要洁净许多。在混浊的水中，只有模糊的影子，看不清是谁的。专注和恍惚中，突然有十几张皱巴巴的稿纸漂流而下。程银香觉得有点熟悉，用手去捞却够不着，便沿着河岸追逐，睁着眼从不同角度侧着身看。

程银香依稀看清了第一页，不禁大为惊讶：似乎是她写的《一等功臣事迹报告》，题目下署名是何唐山。这是十八年前在县城抛弃的讲稿，它竟然漂泊了十八年才流到家乡。字迹虽然有点模糊，但娟秀得一点也没变！

十八年了。一转眼就是十八年。但这一切似乎又是在昨天，对，就是昨天，她和何唐山还在县城，今天刚回来。

不太相信自己双眼的银香本想跳下河去捞起那几页讲稿，想了想，便放弃了。十八年前不慎放弃的，十八年后也该放弃。况且，何唐山已经不记得这回事了，给他看，他也想不起仿如史前的往事。就让它寄居在水里，继续漂流，从这里经西江到珠江，一直到达烟波浩渺的南海。就算有人看到它，也不会勾起任何联想。连自己都淡忘了，人们早也应该忘记。

突然，河的远处传来一阵热烈的令人激动的掌声，如波涛汹涌，又如暴风骤雨，坐在桥墩上的何唐山侧着左耳慢慢地站起来……

惊讶间猛一抬头，银香看见河的对面何其大正在吃力地搬弄着石头——他要在家门前砌一座高高的石阶，还要赶在高速公路通车之前把它砌好。不仅如此，他还将在石阶的两旁种上各式各样的牡丹，到了那时，展现在熙来攘往的人们眼前的将是一座多么好看的石阶！

2004年8月17日—11月2日
2005年多次修改
刊《江南》杂志2006年第3期

跟范宏大告别

过了八十岁的人都能隐隐约约地预知到自己行将来临的死期。这种说法不知对不对，反正阙天津老人相信了。这一天，他说他听到了死神渐渐逼近的脚步声，像广播里天气预报的声音一样清晰、从容和真实可信。那天他醒得比狗还早，他嫌村子太安静了，便在院子里大声嚷起来，这一次我真的要死了。他的四个儿子分别住在院子的四个方向，天气冷，他们还在捂被窝，先是他们的媳妇听到了老人的吵闹，摇醒了各自的男人。儿子们迟迟不搭理，老人觉得被怠慢了，很生气，用拐杖使劲地敲打儿子们的房门。从老大开始，敲到老四的时候，老大才从窗口里探头问，爸，你犯病了？

谁说一定要有病才死？你们的祖父祖母都来叫我了，你们母亲要带我走了，我真的要跟他们走了。老人一本正经地说，不像开玩笑，也不像在赌气。儿子们率领媳妇都跑出来，互相询问到底是谁因何得罪了老人。大家仔细想了想，没有做什么令老人不高兴的事情呀，这几天，谁家杀鸡宰鸭蒸鱼都请老头子一起吃，老头子吃得也开心，还跟孙子们说说笑笑的，媳妇们也处处让着他，从不敢跟他闹尴尬，顶撞的事情更没有。儿子们想，老头子可能真的要出事了。

问题出在一个梦上。老人昨晚做了一个梦，早年去世的亲人都在梦里一一出现了，他们围坐在一张大桌子前吃饭，但还有一张椅子空着。老人说，那是留给我的椅子，你们的母亲就坐在空椅子旁边，不断用衣袖拂拭椅子上的灰尘，催我去坐了，坐下来，就刚好满满一桌子人。

儿子们百般劝导他，爸，那只是梦，连牛都会做梦，何况是人，我们都梦见你能活到九十九。到了春节，老人便八十六了，上个月检查，除了纠缠了三十多年的老腰疾，什么病也没有。但自己的梦只有自己知道，老人只相信自己，才不相信儿子做了什么梦："当年你们祖父也是这样，也做了一个类似的梦，他大叫大嚷说还不想死，他没得什么绝症，一顿能吃掉一锅子红薯，我也不相信他真的会死，但第三天他真死了。"儿子们说不出更有力的道理，只能用零零碎碎的话劝导老人，或干脆罔顾左右而言他。老人并不接受儿子们的劝导，我告诉你们，我的寿命快结束了，今天不走明天走，明天不走后天走，反正快了——人要走就像刮一阵风，眨眼间便要没了。媳妇们不知所措，要扶老人回到房子里暖和暖和。老人却执意要到堂屋上去，我要看看我的棺材。

棺材悬放在堂屋的横梁上已经五年了吧，鲜红的油漆变成暗红色了，棺材的尾部上写了一个大大的"寿"字，那是当教师的侄子写的，写得苍劲有力，入木三分，老人很喜欢这个"寿"字。五年前镇派出所来到村上为民服务，上门为老人办身份证。老人开始坚决不要，我一辈子就在米庄哪儿也不去，要身份证干什么！但老大劝他还是办一张身份证，人活一世，好歹也要图个身份吧。老人觉得有道理，没有身份证阎王爷的名册上找不着自己的名字，那就办个身份证吧。可是照相的时候老人突然惊倒，老人说他的魂魄被闪电掠走了，人也得死了。然后老人大病了一场，大家都以为老人要走了，但他一个月后又能走动并奇迹般地活到了今天，像一棵风烛残年的老树顽强地蔑视死神的召唤。棺木就是那年大儿子从柳州买回来的，花掉了他大半年的工钱，还请高州城里最好的棺材匠把木材造成了棺材，雕刻了龙凤呈祥和五谷杂粮，做工精细，打磨得像银器一样光滑，村里很多人都慕名而来看过，都啧啧称赞。棺材做好，老人的病却也好了。老人一辈子最满意的东西就是这副棺材，恨不得早一点躺到里面去。老人让儿子们把棺材放下来，他要亲自擦拭，查看边上的铁钉是不是松动了，有没有虫蛀。儿子们要帮他擦拭，但老人不同意，自己的东西要亲自擦拭。能亲自擦拭自己的棺材被看作是一种福分。他擦拭得异常认真、仔细和专注，比擦拭自己的身体还要用心。这一次，他知道自己真的要走了。

对于死，老人看起来很豁达、从容，但儿子们能看得出他内心还是有点舍不得，棺材已经从头至尾、从里到外擦拭很多遍了，被擦得油光可鉴、光彩照人，实在没有哪个部位需要重新擦拭，再擦拭也许棺材便要散架了，老人才放下擦布，到处走走，随便看看，像一个要离家远行的人最后看一眼与自己血肉相融的草草木木。儿子们不敢远离他半步，一直跟着他到了松岗山下。老人知道他将会埋在靠近山顶的半坡上，那也是他自己选的穴地，都已经立有坟头了，就差一块墓碑。

“你们要砍掉坟前的那两棵松树，不能让它们挡住我的眼睛，我要天天看着高州城。”

儿子们答应，明天就跟阙大伟商量。因为山头和树都是阙大伟的。

老人说得马上找阙大伟，顺便跟村里的人说一声，人都要走了总得跟乡亲们说一声。儿子们知道老人古怪和固执，容不得反驳，便依他。老人蹒跚蹒跚地来到阙大伟家里。阙大伟正在刷牙。老人说，我要走了，你得同意把我坟头前的两棵松树砍掉，不要让树根拱坏我的棺材。阙大伟连呸了三下，大叔你长命百岁的怎么乱说荤话！老人觉得阙大伟是在拒绝他，很不高兴，死不死我自己比你清楚！阙大伟连赔笑脸，连嘴巴上的一堆牙膏泡沫也笑破了。阙大伟说，那两棵树我早便想砍了做柴火，你放心，待会我便磨斧子。老人走了三两户，觉得累，便坐在路中间的土坯上喘息，忽然醒悟似的，对老大说，村子里数我最老，我是长辈，我要走了，应该是他们来向我告别的，我怎么会上门跟他们告别呢？祖上没这个规矩！儿子们觉得老人说得并非没有道理，米庄的传统就是这样，年轻人要出远门了须向长辈通报，年长的人要去世无须向比其小的人告别，但近年来风气不同了，亲情乡情日渐淡薄了、麻木了，有老人病得快不成了除了亲人也鲜有人登门问候的，甚至亲人也不一定来，死便死了告什么别呀，是时候谁不要走？就像要去一趟高州城一样，懒得跟谁告别，反正到了阎王那里又得见面。但老人一定要向乡亲们说一声，活了近百年了，乡里乡亲的，没有亲情也有感情，没有感情也有人情呀，不说人，即使是牲畜也讲情义吧，阙海军家的那条老狗经常吃我扔掉的骨头，去年它临死前还来到我床前吠了几声，流了眼泪，那也算是告别。于是四个儿子便分头向乡亲们通气，恳请他们抽空来见见老人，帮帮忙，就见一下，大活人的没有什么吉利不吉利。

小年刚过，离大年近了，村里的人忙忙碌碌的，但再忙也得见老人最后一面吧，一来这也算是人情，二来嘛，谁愿意让一个行将死亡的人惦记？到了中午，来向老人告别的人越来越多，说是来告别，实际上是在安慰开导老人，根本不把他当成一个要永久离开这个世界的人。连村医阙山海也来了，给老人把了把脉说没病，无缘无故怎么会走呢？但老人倔，说真要死了，死不死我自己最清楚。那人们便不敢怀疑老人的预感，表面上都把这次当作最后的见面。村里的人谁死了谁没有死，老人都记得很清楚，哪些来见了他哪些人没有来，他心里有底。

老大告诉老人，阙明秀、阙富强在深圳打工打算不回来过年了，阙兴隆的儿子在上海读大学……在家的都来了。老人瞪了一眼大儿子，你骗不了我，还有一个人没有来。

大家一家一户地给老人数人数，村里就六十三户老老少少二百来人，都数了三遍了，没漏谁。树活一茬，人活一世，谁没有撒手人寰的时候？老人在村里即使算不上德高望重，也没跟谁结过冤家，即使早年结下的冤仇，早该化解或淡化了吧，何况老人在米庄的人缘真的不错，平日人们对他也挺尊敬的，现在到了他弥留之际，要跟乡亲们见见面，这点面子谁都会给。因此大家都来，时间宽裕一点的就跟老人叨唠一会儿，忙不过来的就匆匆忙忙跟老人打个招呼便走，老人也不见怪，还挺高兴的，觉得脸上有光。

可是，还有谁没有来跟老人告别呢？

范宏大没有来。老人胸有成竹地说。

范宏大？年纪大一点的突然想起，是有一个孤寡老人范宏大，他也许还活着，因为从没听说过他的死讯。年纪轻一点的面面相觑，不知道世间谁是范宏大。只有老人的儿子们不约而同地“啊呀”一声，像不小心突然跟谁的头撞到了一起。

知道范宏大的人都知道他十八年前便搬到县城里跟他的表侄了，

前几年被表侄送到了养老院，再没有回过米庄，连信也没写过一封，荒草已经占领了他家的屋顶，与米庄似乎已经没有什么关系，老人怎么突然糊涂了呢？怎么说起令人尴尬的范宏大来呢？

“我知道他在县城，在米庄好好的去县城干什么，他不去县城就不会瘸，米庄的空气好，地方开阔，不应该去县城。”老人说，“人老了不留在米庄去县城干什么！”

老大说，范宏大他回不来，也不一定愿意……

老人若有所思地说，其他人也就罢了，但宏大年纪比我大一岁，是米庄唯一一个比我活得老的人，说到底也是我的长辈，我应该主动去跟他告别，这是规矩。

老人说得在理，但儿子们认为这样大大不妥，此去县城好几十公里，老人乘不了车，连自行车也搭不了，一上车便晕头转向，走路吧，他哪能走远路？走出米庄也要停歇几回。

有人出主意说，那给范宏大打个电话吧，养老院有电话，现在拜年都靠电话了，电话能打到美国去。

老人断然否决了这个建议，范宏大又聋又哑的，连阎王叫他也闻不到了……写信也不成，写信总不如见面，不见面算什么告别，我得亲自去一趟县城，告诉范宏大，我要比他先走了。

老人把要做的每一件事都当作是一生中最后的一件大事，比如老四还没有儿子的时候，他把老四有后当成最后的心愿，老四有了两个儿子后，他又要兄弟合资建了二层楼的院子……有了一切，老人还想要一口柳州棺材，儿子们都满足了他。现在老人又必须向一个比他年长的老头告别，不去不成，死不瞑目。大家都知道固执是跟年龄成正比的，看来除了去一趟县城别无选择，于是便给老人的儿子出谋划策，最后一致认为用担架把老人抬到县城的方案最合适。担架好，安全、舒适、省力，去年阙老关到县城治病也是儿子用担架抬到县城去的，不过回来的时候担架是空的，只带回来一个装骨灰的盒子，小小的盒子把庞大的阙老关全装进去了。虽然阙老关变了个样子回来，免不了让人伤感，但他的两个儿子因此赢得了孝顺的美名，成了村里的楷模，老人们言必“看看人家阙老关的儿子”。然而他们没有注意到，从县城回来后阙老关的两个儿子身体垮了，看看他们的肩膀，一边高一边矮，身子都歪曲了，平日能一担子挑的谷子现在要分成两担，还要停下来喘气。媳妇们都暗地里警告自己的丈夫，不要贪图孝顺的虚名搞垮了身体，此去县城得翻多少道山梁过多少条河流跳多少个坎，你们都不比年轻时候了，万一身体垮掉了怎么办？老人嘛，一辈子大多数愿望都实现了，留下一丁儿遗憾也算不了什么。但老人的儿子们觉得反正这应该是老人最后一个愿望和要求了，也要效仿阙老关的儿子，把老人抬到县城去，不是治病，只是向一个人告别。老人开始有点担心自己也会像阙老关一样，如果真是那样，就只剩下一撮骨灰，堂屋上的那口棺材也用不着了。但阙老关得的是癌症，而自己没有病，不会走他那条路的。老大从阙老关的儿子那里借来担架。老人轻轻地摸了摸，担架上似乎还有阙老关的体温，挺烫手的，老人的心不禁战栗了一下。

一切都准备好了，但在出发的时间上出现了分歧。老大说今天，快去快回，还得准备年货呢。老二说今天出发不了，已经跟王屠户说好了，下午把栏里的两头肉猪卖给他，如果今天不卖，那得等到春节后才轮到宰他的猪，但春节后猪肉肯定落价。那就明天吧。老三说明天高州贩子要来收购地里的菜椒，今年的菜椒像牛卵子一样肥大，要好好地跟高州贩子讨价还价，何况也要摘了，不摘椒便老了，老了便不值钱。老四说最好过了后天再出发，因为后天是岳母八十一寿宴，人家远在北京的儿子都坐飞机回来向她祝寿，要搞得挺隆重的。老人开始还能听他们的解释，但到最后听不下去了，心里有点窝火，因为按照他们的日程，过了春节也不一定有空！他们是不是觉得什么事都比他向范宏大告别重要，只要他不是马上死，去县城的事都可以往后推，甚至他们表面上答应带他去县城，心里却盘算着怎样才能取消，或者拖到最后不了了之？也许在儿子们的眼里，根本就不必要舟车劳顿去跟范宏大告别。儿子们还在为出发时间争论不休，老人生气了。

得啦，你们都不要去，我爬着去。老人摔掉拐杖，俯下身子，做出爬行的姿态。儿子们赶紧去扶老人，旁人议论纷纷，他们终于迅速达成一致，明早便出发，家里的一切事务全权交给媳妇处置。

第二天一早，老人便躺在担架上。老大和老二抬着他上路。老三和老四一前一后在跟随着，随时准备轮换。出了米庄，一路上的人都关切地问，天津爷，去镇上看病呀？开始是老人回答，不是看病，我没有病，我是去县城，向范宏大告别。后来问的人多了，老人回答的力气也没有了，便由儿子解答。担架有点晃动，原来已经走在了山路上。老人不满担架停下来的次数不断多了起来，原来儿子们在不断地轮换，不断地停下来喝水、喘气。老人突然发现，自己的儿子也老了，他们都是五十上下的人了，老大五十三。

儿子们平日的关系并非很好，虽然表面上没有大的矛盾，但暗地里都互相攻讦，说谁谁多占了祖上的东西，反正东拉西扯的，拢不到一块，如果不是老人坚持，他们早就四分五裂，各建各的房子去了。现在多好，四兄弟建了一座房子，结结实实的，看起来比哪一户都强大。即使老人死了，他们还拢在一起，还像一家子兄弟。但儿子们从出门到现在都不说什么话，只顾埋头赶路。老人觉得闷，便要给他们说说范宏大，但又不知道从哪里说起，范宏大都是上百岁的人了，厚厚的一部历史，怎么说呢？老人想了想，对走在前面的大儿子说：

“范宏大呀差点做了你的父亲。”

老大身子有点热，把衣服脱了绑着担架的抬杠，减轻了压力，但他还是给担架压弯了腰。他知道范宏大差点做了他的父亲这个传闻，但那是多么遥远的事了。但听老人说出来还是第一次。因此，在洗澡溪到红桉岭这一段漫长的路上，儿子们都在听老人说范宏大，他越说越入神，抬担架的人轮换了多少次、停下来多少次他也不知道。儿子们既不插话，也不议论。

老人说，你们母亲来到米庄的那天下午，村子几乎是空的。后来才知道，陈村正在办婚宴，大地主庞四娶第三个老婆，连佃户都收到了请柬，可想而知这个喜宴需要多少帮工。米庄能干活的人都跑过去帮忙了。范宏大炒得一手好菜，一大早就在庞四家的厨房里杀鸡剁肉，左手一把菜刀，右手一把菜刀，上下翻飞，兴奋得像是自己娶姨太太，竟然忘记了一件大事。

要是我的牙不痛，那天也会给庞四干活，我做饭做得好，能一锅煮几十斤米的饭，火候掌握得好，不粘不煳，米庄只有我才有这本事。可惜，我牙疾发作，痛得蜷缩在龙眼树下，胡抓乱刨，整地茂盛的狗尾草都被我拔光了，朝着陈村的方向长吁短叹。我是痛恨自己，牙疾早不发作迟不发作，偏偏在我要大显身手的时候发作了。我还为婚宴的饭不是我做的而放心不下，我担心别人做不好，把饭烧煳了怎么办？一想到此，我的牙更痛了，像断裂了一般，痛得哭了。我一辈子就只哭了这一次，因为我知道米庄的人走光了，哭得再难看也没有人看见。

但天底下就有如此凑巧的事，偏偏有人看见了我的丑态。

“一个大老爷的哭什么呀？”

我听到了女人的声音，猛一抬头，站在我面前的是一个又黑又高大的女人。女人左手提着一只花格布包，右手拉着一个个头只有她腰高的男孩。

范宏大家往哪儿走？这个黑乎乎的女人问。这女人真黑，脸、脖子、手脚以及看不透的身子，都是黑的，火炭一般，只有说话的时候才能看到牙齿的白。

“范宏大到陈村去了。”我往米河对岸指指，茂盛的竹林和混乱的石榴树挡住了黑女人的视线。

“张七婶你认得吧，她把我介绍给范宏大了，”黑女人说，原来她就是黑寡妇，“叫我今天来，我就来了。”

我已经听说这回事。上月，媒婆张七婶来到米庄说，高州有一个寡妇，我要把她介绍到你们米庄，可怜你们米庄光棍太多。米庄的光棍确实很多，我和范宏大是其中年纪最大的两个，人家带姑娘到村相亲都把我们排除在外啦。张七婶自然也没有考虑我和范宏大，开始是要介绍给阙老关的，但阙老关死活不要，他宁愿打一辈子光棍也不要，他不是嫌别人黑，而是不愿帮别人养儿子。范宏大的父亲范老晫要张七婶把黑寡妇带给范宏大。范宏大有个兄弟在李宗仁部队当兵，每年都寄回好些铜板，家境不太差，他们父子又能干，种几亩地收成好，除了交租还有不少余粮。范老晫说了，谁给范宏大介绍媳妇，送十石谷做报酬。当时十石谷是不小的数目啊，我家一年粮也不够这个数！张七婶心动了。于是黑寡妇便来到了米庄。但张七婶没有来。

我一开始没有坏心眼，唤来家里的大黑狗，拍拍它的头，你去庞老爷家叫范宏大回来，他媳妇来啦。

我家大黑狗是有灵性的，米庄其他的狗早已经跑到庞四那边捡骨头了，就它留下来陪我。它明白了我的旨意，摆摆尾巴，猛一掉头，越过矮墙，穿过竹林，跃过米河，直奔陈村而去。

黑寡妇对男人的体贴超出了我的想象。她放下手中的包，甩掉男孩的手，俯下身来，关切地看我的嘴。从没有一个女人如此近距离地看我，不禁惊慌失措。

“我看看你的牙齿。”黑寡妇要掰开我的嘴，但我死死地咬紧牙关，左躲右闪。

“我又不脱你的裤子你怕什么！”黑寡妇骂道，“我只想看看你的牙是不是虫痛。”

那男孩救了我一驾，他说要拉屎，一大早从高州来到这里，连屎也忘记拉了。我便带他去粪坑，从粪坑回来的时候，我家的大黑狗也回来了。

我问狗，范宏大回来了吗？

狗没有摆尾，意味着范宏大没有回来。

“狗日的，自己的媳妇来了他也不回来！”我骂范宏大。

黑寡妇说，算了，我到他家等，天黑他总得回来。

黑寡妇拉起孩子便走。我突然觉得不能就此让她走了。这一念头产生于刚才她凑近自己的嘴的时候，我感觉到黑寡妇漆黑漆黑的皮肤下面蕴藏着无穷无尽的女人味，够我一辈子享用。我的坏心眼开始睁开，雪亮雪亮的。我追上去，在半路上截住了黑寡妇。

黑寡妇要从我的侧边挤过去，但我不让，无赖地把路给堵死了。黑寡妇惶惑地说，你拦我干什么，你又不是范宏大。我一本正经地说，范宏大不好，他耳朵快聋了，阎王叫他他也听不到。黑寡妇早有心理准备似的，平静地说，嫁给聋子也不要紧，关键能把我的儿子养大。我说，你不能嫁给聋子，因为你的儿子叫他他也听不见。黑寡妇果然有点迟疑。我便拉住她的儿子对她说，你嫁给我，我不仅能把你儿子养大，将来还能把他送到李宗仁的部队去当军官，指挥士兵打仗。我当时是在说谎，我哪有这个本事啊？我连李宗仁的兵都没见过。但黑寡妇是一个老实巴交的女人，竟信以为真，果然跟着我回家，成了你们的母亲。那个男孩，也就是老大，那时他才五岁，离当兵的年龄还差很远呢。

后来，我问过你们母亲，你怎么那么傻，非要嫁到米庄来，谁都知道，米庄的女人都不长命，你看，我的母亲、范宏大的母亲都活不到四十岁。你们母亲说，我不管那么多，能把儿子养大就成。因此，我明白你们兄弟在你们母亲心目中的位置。那你就相信我，不假思索就嫁给我了？我逗你们母亲。你们母亲说，我当时也知道你说的不是实话，但看得出你爱孩子，我就跟你回家，反正嫁给谁都一样，一堆黑粪有什么好挑拣的？你们母亲把自己看作了一堆黑粪。因为黑。但我从不把她这样一来看，我把你们母亲看作了一尊神。如果天庭里有一位打呼噜比男人还响的黑女神，那么她已经来到我家了。

天下没有不散的宴席，庞老爷的婚宴迟早也得散。人们油光满面地回到米庄的时候，发现米庄多了两个人，我阙天津眨眼之间当了一个孩子的父亲。他们在我家院子里看见了你们母亲，以为是一只黑猩猩，异常惊讶，阙天津，你捡一堆火炭回家干什么？是不是怕天寒地冻过不了冬？他们还说，黑咕隆咚的，用三盏煤油灯也照不清楚你老婆。我被他们取笑得多了，竟然怀疑起自己来。但祖父对我说，天津，你不要怕黑，我看她是一个好女人。祖父这样说呀，我就放心了，再多的笑话我也不怕。后来的事实已经证明，你们母亲真是一块宝，一口气生下了老二、老三、老四，把一个死气沉沉的家变得生机勃勃。我不能不佩服你们祖父的眼光。我到哪里都说，我捡到了一块宝。

懊悔不迭的是范宏大。那天他从陈村回来，听说高州来的黑寡妇成了我的媳妇，才幡然想起，张七婶去县城之前曾经交代过，黑寡妇这两天要来，一来就不走了，就是他的媳妇了，要他在家等。范宏大竟然把这事忘记了。那天他炒了很多菜，一辈子也没炒过那么多的菜，炒得很好，客人都说厨师手艺好，菜好，炒得更好。庞老爷也罕见地表扬了这个佃户的儿子，如果他还娶第四房太太，还会请范宏大帮忙。回来的时候，庞老爷给了他一吊赏钱，刚进门的三太太还额外地给了他一摞花格子布，对他说，范厨师，这是洋布，给你老婆做一套像样的衣服，让她穿起来也像一个姨太太。范宏大接过布匹，他聪明地想，他不能告诉三太太他没有结婚，否则她会把布收回去（后来范宏大把布送给了你们母亲，她去世那天穿的就是那块布做的衣服）。然而，这个时候他还没有想起黑寡妇今天来米庄的事情，或许他的注意力还在庞老爷的厨房里，甚至在年轻貌美的三太太上。范宏大觉得自己在庞老爷的婚宴上出了风头，长了脸面，还得到了别人得不到的实惠，从陈村回米庄的路上，他醉醺醺的，哼着小调，连我叫他，他也没听见。第二天一觉醒来，范宏大突然想起，昨天应该是黑寡妇来米庄的日子。范宏大跑到村口，正好看见你们母亲从米河里挑水回来，满满的一担水在她宽阔的肩膀上仿佛什么负担也没有。范宏大狐疑地想，米庄什么时候多了一个女人？你们母亲黑熊一样的躯体提醒了他，可能她就是传说中的黑寡妇，他张开长长的双手，拦住了你们母亲的去路。

范宏大忐忑不安地说，你是不是高州来的黑寡妇？

你们母亲迟缓地点点头。

你在替谁干活呢？

我给自家挑水，我家的水缸见底了。

张七婶没告诉你，我们的家在村尾，门前有三棵枇杷树？

你们母亲指指前面的院子说，这里才是我的家。

范宏大捶胸顿足：那是阙天津的家！

你们母亲平静地问，你是谁？

我才是范宏大。

你们母亲顿时明白了。范宏大很快也明白了。我刚起床，从院子里出来，对他笑了笑。范宏大狠狠地拍打自己的脑袋，脑袋拍累了，又狠狠地跺脚，把干旱的地面跺得阵阵颤动，米庄很多人都取笑他“捡了芝麻丢了西瓜”。

范老晫觉得丢脸，把范宏大骂得狗血喷头。范宏大从庞老爷那里带回来的一大包剩菜被范老晫狠狠地摔出门外。范老晫还想将三太太送给范宏大的布匹一把火烧掉，但范宏大机智地将布挂到了屋架上，任凭范老晫用棍子怎么捅也捅不下来。看到范老晫气得快不成的样子，米庄的婆娘劝慰他说，黑寡妇有什么好，像一堆牛粪，配不上你的范宏大。范老晫明白她们是在讽刺他，把她们也骂了，黑寡妇比你们都好，你们跟范宏大睡我还不同意呢——她比你们都强壮。强壮是我们米庄判断一个人好与不好的第一条标准。范老晫怎么能把黑寡妇跟她们比呢？妇人们觉得好心被当作了狗肺，干脆来一次真的嘲讽，黑寡妇才跟阙天津同居一宿，你还可以帮范宏大抢回来呀。本来就是范宏大的，怎么说是抢回来呢，应该说是叫阙天津还给范宏大。范老晫果然上门来，站在我家门外要跟你们祖父说理，但说什么理呢？你们母亲是自愿跟我的，是范宏大自己忘记了黑寡妇上门寻亲这件事，怠慢她在先，怪得谁呢？范老晫不是善于说理的人，结果跟你们祖父一句话也没说上，又把范宏大恶骂了一番，骂得很凶，你们祖父知道范老晫是骂给他听的，想劝劝他，但他不停地骂，根本不给机会，你们母亲从地里回来，范老晫看到她，才停止了骂。你们母亲以为范老晫要跟她说点什么，但他双目圆睁，浑浊的眼珠子像上了膛的子弹，一句话说不上来竟轰然倒在地上，你们祖父跑过来一探鼻孔，说，死了。

此后的很长一段时间，范宏大都处于懊悔和自责之中，逢人便说，我不该去给庞老爷做厨活的，他娶姨太太关我什么事啊，我怎么就忘记自己的大事了啊！

范宏大也不能全怪我，刚才我已经说了，我已经派出我家的大黑狗去叫他。范宏大也承认，我家的大黑狗确实从后门混进了庞四家的厨房。那天在那里钻来钻去的狗也很多呀，怎么知道你家的大黑狗不是来觅食的？可是，大黑狗用嘴巴咬住范宏大的裤脚，使劲地拉扯他，意思是说让他马上回来。范宏大正在做一大锅扣肉，还有堆积如山的肉等着他指挥那些笨拙的女人配料，客人们也许饿了，远没到吃饭时间便来到厨房里催厨师。范宏大自信地说，你们都玩去，这里有我们，保证时间一到，庞老爷一声令下，便上菜开饭。范宏大挣脱了大黑狗，大黑狗吼叫了几声，但范宏大还不明白，忙呀，你进来添什么乱！老郭，把这个畜生赶出去，它都跑进厨房里面来了。范宏大还突然踹了一脚大黑狗，大黑狗很生气，嗡的一声，转身跑了。跑到门外，还回头朝范宏大吠了几下，那是骂人。狗会骂人。后来，范宏大长吁短叹地说，我怎么知道它是来叫我回去的？我知道它的意思就好了。我家的大黑狗每看到范宏大，还要凶巴巴地吠两三下，那还是骂他，谁让他无端踹它一脚啊。它记仇了。

老人说，当时我撒了一个弥天大谎。你们母亲第一次跟范宏大说上话的那天，知道范宏大原来没有耳聋，只是听她说话的时候侧着左耳。我以为你们母亲知道真相后会暴跳如雷，我已经做好了最坏的打算。但你们母亲没有多少惊愕，当然也没有上当受骗后的愤激。她只是平静地对我说，范宏大也能听到我说话。我窘迫地要解释，但你们母亲制止了我，你什么都不要说，我跟了你就是你的人了，但范宏大确实比你强壮。我承认，如果说范宏大是头水牛的话，我就是一条病猫。你们母亲说，这些都不要紧，这个家，有我就成了。我被你们母亲的大度所感动，并从你们母亲壮实的身体找到了安全感，感觉到自己的心比谁都要踏实。

范宏大耳聋是后来的事情。他是挑盐到县城卖被炮弹炸聋的。1948 年秋后，庄稼刚刚收割完毕，有人从外头回来说，国共在县城打仗，听说县城盐缺得厉害，村里便有人到高州城贩盐到县城去卖。我本来也要挑盐去县城的，但你们母亲死活不让去，说不要赚打仗的钱，那些都是鬼钱。我跟你们母亲发火了，我说战争一结束，钱就不好赚了，你可以阻止我到高州城逛窑子，但不要阻止我发财。你们母亲并不跟我吵，而是把我骗进房间里，突然把门反锁，然后便去干活了，你们祖父和老大都不敢帮我打开房门。我大吵大闹，骂你们母亲是黑蜘蛛、黑狐狸、黑妖精，骂得很恶毒，米庄所有的人都听到了我骂人的声音，我想发财想得发疯了。那时候的门比牢门还牢固，我拼命地踢呀但踢不烂，只是把脚踢得皮开肉绽、血淋淋的，连脚指甲都踢没了。范宏大挑着盐从我房间的窗口经过的时候，我让他帮把门打开，但他不敢，他说你媳妇不让你去你就不要去，你这个人怎么连媳妇的话也不听？范宏大自己却去了。结果，炮弹不仅炸死了他的兄长范成功，还把他彻底炸聋了。他从县城一直哭着回来，从我家门口经过的时候哭得更惨烈，估计就是那次把嗓子哭坏的。那时你们母亲正用滚烫的热水给我洗脚，她心痛地说，天津，你怎么忍心把自己的脚踢伤成这样？你以为自己的脚比门板还硬？真像一头发情的公牛。我的脚被她搔到痒处刚想笑，便听到了范宏大的哭声。

我说，范宏大你怎么啦，一个大男人哭什么？是不是被人阉卵啦？还是发财了高兴得哭啦？

但我很快便发现范宏大的耳朵有血，血从他的耳朵边流下来，腮帮血淋淋的。你们母亲啪地扔掉我的脚，惊恐地站起来，跑过去，要用我的干毛巾给范宏大包扎耳朵。但范宏大挣脱你们母亲的手，哭天抹泪的，对着我大声说："阙天津，你的命比我好，上天要让我耳聋，上天不让我娶上胡桂兰——这辈子我就只缺一个好女人。"

胡桂兰是你们母亲的名字。我很少对她直呼其名，范宏大叫了。范宏大说这句话动用了全部力气，声音不是靠嗓门和舌头发出来的，而是从心底里经过千挤万压喷出来的，说完后他竟然哑了，再也说不出话来。从此再也没听他说过一句话。他真的又聋又哑了。我暗自庆幸，如果那次我也去了县城，可能被炸死了，至少炸成个聋子、瞎子。那天夜里，我翻来覆去睡不着觉，你们母亲问我为什么睡不着呀？我说，我对不起范宏大。你们母亲又问为什么，我没有说。

我觉得自己是一个贼，偷走了范宏大的福气。如果你们母亲嫁给范宏大，兵荒马乱的她不会让范宏大到县城去，而我就管不了那么多，肯定要去。如果那样，聋哑的是我，倒霉的是我，我哪有你们四个儿子？我说，我一辈子就只做了这一回贼。这回贼做得不光彩呀，改变了一个人的命运。那时候我曾经想过，等到八十岁后，我再把福气还给范宏大，让他也能沾沾福气。但你们母亲早早便死了，如果她还在，范宏大就用不着待在养老院里等死。

我说说你们母亲，老四才三岁你们母亲便去世了，老四记不清楚你母亲的模样了吧，她也没留下相片，她说自己长得丑，不愿照相。其实你们母亲除了长得黑什么都好，她真能干，像一头母牛，把里里外外收拾得整整齐齐的，一个人能干三个人的活。她从没有跟我吵架，也没有骂过你们，没有跟村里的人红过脸，疼丈夫，疼孩子，更难得的是，你们母亲特别孝敬老人，你们祖父不到六十岁便瘫痪在床了，你们祖母死得早，都是你们母亲照顾，端屎端尿，喂饭更衣，都是她，她像服侍一个孩子一样服侍你们的祖父，村里的人都羡慕我找到了一个好媳妇，这是一个多好的媳妇啊，谁给我十斗黄金我也不换。你们祖父临死的时候说，天津呀，这一辈子我满足啦，你也应该满足啦，有一个那么好的媳妇，你要知足，你要像对待你的母亲一样好好对待她，从今往后，你每年给我烧香的时候，你都得告诉我，你是怎样对待你的媳妇的。我答应你们祖父，一定要好好对待你们母亲，不让她受那么多的苦了。但想不到我的腰断了。1958年在旺镇白头岭大炼钢铁，大家知道我做饭做得好，烧锅炉也肯定烧得好，就让我烧锅炉，这个锅炉质量差，才烧上两天便散架了，我被倒塌下来的锅炉埋住，大家以为我肯定死了，那么重那么烫的石块会把我焐熟，但当人们把我扒出来后，发现我只是腰断了。范宏大把我从白头岭一路背回米庄，你们母亲伤心地哭呀，她从没这样哭过。腰断了，等于身子截成了两半。你们母亲为我的腰寻遍了方圆百里的名医，治了多年，一直好不彻底，干不了重活。男人干不了重活，这个家怎么办？你们母亲虽然能干，但终是女人呀。我担心你们母亲担不起这个家，其实你们母亲比我还要担心。你们母亲这一辈子真苦，这个家就靠她撑着，我没有好好对待过你们母亲，让她累死了，实际上是饿死了。她干那么多的活，但吃那么少，省下的米饭都给你们吃了。1961年，眼看苦日子就要过去，你们母亲却没有挺过来，她没有让你们饿着，也没有让自己的丈夫饿着，她还偷偷给过范宏大粮食。我知道她对范宏大好，可怜他。有一次她又偷偷给范宏大送去两根烤红薯，被我看见了。我骂了她。我说你怎么能对范宏大那么好？他又不是你丈夫。你们母亲生气了，虽然她不跟我争吵，但我知道她生气了。她呜呜地哭着说，范宏大得了水肿，脚肿得像芭蕉树大，快要饿死了。我说我饿得很，还能吃十碗米饭，你为什么不给我吃？我一把抢过她手中的红薯，狼吞虎咽吃掉了。你们母亲为此伤心了好几天，不断说范宏大可怜，他肚子里只剩下几根空肠子，像麻绳一样打结了，十几天没见他上过厕所，天下间再也没有像他那样可怜的人，都快饿死了却说不出口。后来你们母亲还是偷偷省下口粮给范宏大送去。那年年底，她在米河桥边上洗衣服，比现在的天气还冷，河面都冒烟了。那是中午，老三去河边叫她吃饭，但叫了好几声没有回答。老三看到河面上漂浮着自己的衣服，知道母亲不见了，我赶到的时候，你们母亲已经被河水送到碾米房的拱桥底了，像一头黑水牛躺在河床里，一条饿狗正在伸长脖子试探着啃她……

忽然，老四哎哟地惊叫了一声。老人回头问抬担架的老四，怎么回事？老四说脚崴了一下，好像要断了。老三帮忙把担架放下来，老四痛得呀呀直叫，卷起裤脚，右脚踝暗红，迅速肿成了馒头状。此时刚好到了冷水沟，还没有出镇境，离县城远着呢。老人叹惜道，老四回去吧，你是应该参加你岳父的寿宴的。老四看看兄弟，兄弟们没有表态。老人说，老四的脚都瘸了，连自己走路都成了问题，抬不了担架啦，你们三个辛苦一点，县城总会到的。

老四满脸歉意，抓住自己的右脚不断在吸冷气，好像要把所有的冷气都吸到肚子里去。老大问，你究竟还成不成？老四说，看来不成了，你看我的脚。老大随便地看了一下他的右脚，不作声。老人说，老四回去吧，去一趟县城也要不了四兄弟。老四获得解救似的，穿好鞋掉头便跑。老三对他说，你得帮着秀珠跟高州贩子讨价还价，高州贩子坏得很，我地里的菜菽是村里最好的，价钱要比别人的高两毛。老二也说到了他猪圈里的猪，一定要过称，以称为准，不能跟王屠户估肉，我们永远估不过他。老四一边应诺一边从原路返回。老三回头看他，他走得挺急挺快的，一点也不像瘸了脚。

老人还在回忆，滔滔不绝，记忆似乎越来越清晰，数十年前的一些细节突然全想起来了，但他说得越多，就越显得去县城的路漫长。三兄弟不断地轮换着，每个人都满头大汗。大冷天的流汗不好呀，一流汗便容易着凉。果然到了一个山口中，风一吹过来老三便连续狠狠地打了几个喷嚏。老大说，老三擦把汗吧，便递毛巾给他。老三抬担架便擦汗。老大和老三平时的关系僵得很，现在倒看不出有什么不对。老人觉得很欣慰，自认为是他们母亲的往事感染了他们，因此他把他们母亲的往事讲得更起劲。但不知道什么原因，老人讲他们的母亲的时候总是要把范宏大扯在一起。父亲的腰一直不好，干不了重活。母亲死后，他们还经常看到范宏大到他们家帮着干活。范宏大干活的动作虽然很慢，但他能干很多粗活重活，像一头水牛，农忙时节，砍柴犁地，挑粪担米，上山下水……他总是一声不响地帮着干活，父亲也一声不响，两个男人似乎有一种心照不宣的密契。按照村里的说法，他们母亲弥留之际已经把范宏大今后的生活都安排好了，范宏大从此帮她家干活，她的四个儿子给他养老送终。当时村里有一种传言，说他们的母亲生前跟范宏大好上了，一妇侍二夫，有好几次他们母亲和范宏大在一起亲热的时候被他们的父亲碰上了。但一直没有得到印证，因为只有一个人可以印证，那就是他们的父亲。然而他从来没有提过这个事情，仿佛根本就没有发生过。现在老人有意说到了那段尘封了多年的往事，儿子们都想知道真相。但他们都不愿问。他们都不知道老人与范宏大究竟有多少恩恩怨怨，老人是不是要把准备带进棺材里去的秘密部分曝光呢？

老人似乎看清了儿子们的心思，说，范宏大是一个好人，其实我们心里都把对方看作了兄弟，他老啦，我想让你们把他养起来的，但他不愿意，到县城跟他的表侄，表侄却把他送到了养老院，跟一帮素不相识的老家伙在一起，岂不等于坐牢？

事实上，老人的说法不准确，范宏大并非不想待在米庄养老，是冷言风语把他逼走了。儿子们都知道，范宏大离开米庄之前，老人跟他吵了一架，还是跟他们的母亲有关。老人整个脖子粗壮成一个大喇叭，吵架声音很大，像利剑一样刺破了冬天的纸窗帘。而范宏大一言不发，只是用手拼命地比画着，像茫茫大海里的溺水者。第二天天未亮，范宏大就走了。他的远房表侄在县城开了一间收购废旧物资的店铺，正需要他的帮忙。他虽然年纪大了，但力气也很大，甚至还能干重活，诸如搬运旧货物、看守店铺。半年后米庄的人们才知道他不在米庄了，他已经把那块宅基地送给了阙天津。那块地在米庄左翼的山坡上，地势平缓，视野开阔，是一块上好的宅基地，别人曾出了高价索买，但他不卖。那是范宏大唯一值钱的财产。听说他们母亲对那块地有过遗嘱——他们也不知道母亲究竟有多少遗嘱，也有一种说法是老人软硬兼施把那块地抢过来的，其中秘密不得而知，时间已经尘封了一切。现在那块地还好好地躺在那里，是他们唯一没有分割的财产，他们四兄弟明争暗斗，一直想让老人明确那块地究竟留给谁。老人心里一直想留给老二，因为老二有四个儿子，是四兄弟中儿子最多的，理应得到这块地。但每个儿子的理由都很充分，老大是长兄，他更有优先权，况且听说范宏大是要留给老大的，因为老大差点儿成了他的儿子。但老人断然否认，现在地是我的，得由我支配，我想给谁便给谁。然而，老三、老四知道，老人一直在老大和老二之间权衡，根本不会考虑他们。范宏大离开米庄多少年，老人便考虑了多少年。范宏大已经离开米庄十八年了。四五年前的一个夜里，他起来轰赶小偷，却一脚踩进废品堆，被一根钢筋刺穿了右小腿，筋骨断了一截，瘸了，干不了重活了，他的表侄把他送到了养老院。养老院好呀，吃住不愁，用不着干活，连洗澡拉屎也有姑娘服侍，省得久病床前无孝子，在家里受子女讨厌。米庄的老人们对范宏大羡慕不已，唯独阙天津老人不以为然，哪里是享福？养老院是供人待着等死的地方。

到胜利水渠的时候，老三便不成了，牙齿突然钻心地痛，痛得快喘不过气来。老大说，老三，你身体一直都不好，你不要去县城了，回去吧。老三说，我还能坚持……老大不准他坚持，要是连你也病倒了，我们还要照顾你呢，你还是回去。老人同意老大的意见。老三一边呻吟一边往回走，走得很远了还能听到他的凄惨的呻吟声，仿佛挨了刀子似的。

老二是生气走的。他生了两个人的气。老二觉得是摊牌的时候了，便跟老大说起了宅基地的问题，他要老大主动放弃宅基地，老大只有一个儿子犯不着另起房子。老大说他儿子早就想另建房子了，宅基地归属问题得由父亲说了算。老二觉得自己胜券在握，因为连乡亲们都认为老人之所以考虑那么久，就是等老大主动放弃让给他。老二就等老人立遗嘱了，但一路上老人只说范宏大，却跟宅基地一点也不沾边。老二不耐烦了，主动提出，不想竟与老大争吵起来。老二说了很多理由，老大也说了很多理由。老二以为老人会帮他，顺便把事情确定下来，但老人却帮着老大，说老大不容易，长兄为父，老二你得尊重老大。老二说，我最有资格得到宅基地，谁让我有了四个儿子！

老人想了想说，宅基地是范宏大早年送给我们的，得征求他的意见。

老二突然感到了失望，因为范宏大肯定会站在老大一边。老二本来对去县城跟范宏大告别就持不同意的态度，只是不愿说出来而已。现在他终于把不满情绪爆发出来。他一把将担架放下来，老人一下子坐到了地上。

“我不去县城了。你们去。”老二气呼呼地说，“只有傻子才大老远地跑去县城跟一个人告别，说不定还等不到到县城便……”

老大说，你怎么这样跟父亲说话！

老二说，他在折磨我们，快死了还要折磨我们！

老大愤怒地骂，你是不是想气死父亲？

老二冷笑说，你父亲？你的父亲早就死了，他是我和老三、老四的父亲，范宏大才是你的父亲，跟我们没多大关系。

老大觉得自己受了侮辱，很生气，不断跺脚。

老人对老二的变卦始料不及，脸被气得扭曲，大声斥道，你，你滚回去！

老二就是这样跑掉的。老人让他把担架带回去，他就拖着担架头也不回地跑了，担架刮起路上的尘土随风飘扬，遮蔽了他气呼呼的身影。

老大要一个人背着瘦瘪的父亲去县城。

老人说，你能背？老人担心老大的哮喘病。老大早年是得过哮喘的，虽然近年来没见复发，但老人还是担心。老大说能。老大骨架好，他说他的亲生父亲的骨架也很好，能从龙川码头挑两百斤的盐一天回到高州城。老大弯腰，老人爬在老大的背上，觉得老大真的很结实，像传说中他的亲生父亲一样结实。重新起程了。老人说，你母亲从没跟我说起过你父亲，一直到临死前也没说过。老大便跟老人说他的父亲。老人好奇而专注地听老大说话。老大说了好多关于他父亲的故事，从佝偻山说到七步溪，那么长的一段路都说同一个人，老人竟然不觉得腻烦，老人还时不时问问老大父亲的情况，老大很自豪地告诉老人他亲生父亲一些鲜为人知的细节。他是一个宽宏大度的人，跟我母亲一样，从来不跟别人吵架，如果他不死，我也宁愿天天背着他上高州城，他一辈子最喜欢的地方便是高州城。老人说，其实我也喜欢高州城，到处都是店铺和汽车。

父子二人早已经忘却了老二引起的不爽。他们愉快得像去赴看乡戏。

老大说，“你知道我母亲为什么从不跟你说起我父亲吗？”

老人说不知道。他根本没有考虑过这个问题。他有点讳忌甚至自卑。

老大说，因为她觉得我父亲是世界上最完美的男人，你和范宏大加起来也比不上我父亲完美。

老人突然觉得不悦。他觉得老大忘本了。你的亲生父亲有多好？即使他真的像你说的那样好，他也只养了你六年；我不好吗，我容易吗？你们母亲死得早，谁把你们拉扯大的？谁撑起了这个家？即使我再不好，我也养大了你们兄弟四人！但老人没有把不快表露出来。他不说话。他不知道怎样掩饰他的不快。

然而，老大对老人的不快浑然不觉，还在滔滔不绝地说他的亲生父亲，说他和父亲小时候的事情，比老人说范宏大说得还多。老人又突然觉得老大说的趣事很能吸引人，让他不仅知道了老大父亲更多的情况，还让他明白他确实没有给老大美好的童年。老大美好的童年是由他父亲给的，正如那块宅基地是范宏大给的一样。因此，老人不能怪老大，他怎么能怪老大呢？更不能怪老大的亲生父亲，因为正是他把福气送给他的。在老大的心中，他父亲多么完美！看，老大完全沉浸在甜蜜的满足和幸福之中，一点也不觉得背着一个人有多沉重。老人听着听着，不知不觉也充满了满足和幸福。

老大对老人说，我父亲临死前对母亲说，他死后一定要再嫁人，要嫁一个像他一样强壮的人，把儿子养大，让他成家立业，但母亲嫁给了你，你不符合我父亲的标准，母亲违背了父亲的遗嘱——母亲曾经对我说过，连范宏大都比你强壮……

老人很生气。他有理由生气。一股火气从肚子里喷薄欲出，却被他成功地压住了。虽然是寒冬，山野还是绿得养眼。来来往往的人都给他投来了羡慕的目光，真诚地跟老人打着招呼，关切地问老人得了什么病，要不要帮忙。老人突然觉得自己的心胸开阔了许多，一辈子改不了的暴躁性格好像一下子转变了。老大叫了一声：爸，真生气啦？

老人喃喃道：“死后，我怕见到你的亲生父亲。”

“不要担心，我母亲也能让你们像兄弟一样亲密相处。”老大说，“我父亲是一个宽宏大量的人。”

老人突然有点感动，又充满了期待。老大突然打了一个趔趄，狠狠地晃动了几下，差点摔倒。原来他踢到了一块隐藏在枯草中的石头。老大站稳，深深地倒吸了一口气，那声呻吟在喉咙里咕噜打转但始终没有迸发出来。

“不要紧吧？”老人惊吓出了一身冷汗。

“不要紧……绊了一下而已。”老大笑笑说。

老人大大地松了一口气：“幸好……你要小心，县城还远着呢，天黑前得赶到黑木镇，先住上一个晚上再说，我都三十年没住旅馆了，要好好地睡一睡旅馆。”

老大轻声地表示同意。但他听到了自己痛苦的呻吟。喉咙里的呻吟声从嘴巴出不去，便从耳朵找到了出口。

老大的右脚拇指踢破了一道口子，痛得钻心，血把袜子浸透，鞋子里面湿漉漉黏糊糊的，一会儿便变成了冰冷。老大以为到了双头岭血便会自己止住，但过了寒竹坳，血还在渗，鞋子里像注满了冰水。

老大想，一定要坚持到黑木镇。到了黑木镇，要用开水狠狠地烫洗一下这双脚，把血泡和疲劳都洗去。对了，要喝上几两黄酒，壮壮筋骨，毕竟岁月不饶人呀。老大后悔出门没随身携带酒。他咬紧牙关，挺起胸膛，步伐还是那样轻快，跟刚出发时一样，不让老人察觉到他的异常。

“你哪来那么多的力气啊？”

老大似乎听到老人在他的耳边说话，是在夸奖他。老人从来不夸奖儿子，即使老大从柳州千里迢迢地给他买回来一口上等棺材，他也没开口夸奖过。

老大自豪而欣慰地回答说：“谁叫我有三个父亲呀。”

老大是调侃着说的，说完便等老人的反应。但老人很久也没有吱声。老大以为老人生气了，回头看看，却发现老人伏在他的背上睡着了，还发出轻微而富有节奏的鼾声。

这一睡，老人便得了风寒，鼻涕禁不住往下掉，把老大的脖子弄湿了，黏糊糊的。老大并不在乎，只有冷风灌进脖子的时候才感觉到冰凉。

老大的哮喘是到了黑木镇才复发的。老大把老人背进旅馆不久病便复发了。他出去买饭，饭买回来，老人却不忙着吃饭。他说不饿，他担心自己万一到不了县城，万一今晚便死了，先得把遗嘱立好。遗嘱果然就写那块宅基地的归属问题。老大以为毫无疑问是留给他。但老人说，还是给老二吧，他有四个儿子。老大暗吃一惊，痊愈了十八年的哮喘马上竟复发了。喘得厉害，实在受不了了，便撇下老人进了卫生院。

老人在旅馆睡不着，老是惦记着老大。他甚至开始后悔，在旅馆门外坐了一个通宵，鼻涕把地板弄湿了一大片。天亮的时候，老人终于决定修改遗嘱，把那块本来就应该给老大的宅基地还给老大。

遗嘱修改完毕，老大便从卫生院回来。他疲惫不堪，似乎连喘气的力气也凑不足了。

“没有大碍吧？”老人问。

“还成。”老大说。

老人知道老大是在硬扛：“要不，我们不去县城了。”

老大说，县城我们一定要去。

老人心里也是这么想的。都快到县城了，不应该半途而废。

老人要告诉老大遗嘱改了。但老大还未等他开口便说，我昨晚在卫生院想了一宿，帮老二的宅基地设计了一张图纸，他有四个儿子，房子得这样建，钱可能要多一点，但我们都可以给他凑。

老大的设计图画在一张皱巴巴的壮阳药广告纸的背面。画得很具体，也很新颖，四个侄儿分别住哪一间都按传统规矩做了安排，甚至连卫生间、排水沟都考虑到了。

老人从没见过如此精美的设计图，图纸上面还有老大咳嗽掉落的唾沫的痕迹。

老大颇有成就感地说，老二应该满意这种设计，如果不满意我还可以修改——说到建筑设计，我比他强，他得服我。

老人赞赏地点点头，转身把遗嘱撕掉了。

老大请来了一个粗壮的民工，让他背老人到县城，一百块钱，比他干三天活好。如果老大身体允许，他是舍不得这一百块钱的。

那民工跑得飞快，老大跟在后面，差点跟不上节奏。他们到达县城的时候已是下午，正下起毛毛雨，寒风把蚊帐布一样细密的雨水吹斜了，沾在他们的身上。老人说直去养老院。到了养老院，背老人的民工放下老人收起钱便走了。养老院坐落在县城的西北角城乡接合部。树木多得出奇，冬天也不枯黄，鸟语花香的像春天一样的景致。四面围墙包起来的养老院宽阔而平坦，一排排砖瓦结构的房子错落有致。守门的是一个老头。老人颤巍巍地走上去向守门老头致意。

守门老头正要拉开铁栅栏：“你们让开点，运尸车要出来了。”

老大赶紧扶老人往外站，闪到一边不断地咳嗽。果然从斜角里冒出一辆白色面包车，看上去有点像急救车。车厢关得严严实实的，如果别人不告诉你，永远也不知道里面装着谁的尸体。

“唉，眼看着就要过年了。”守门老头惋惜地说，“隔天便要死一个。”

福尔马林的气味呛得老人重重地打了一个喷嚏，鼻涕流得更多。守门老头打量了一下老人，问老大，你也要送父亲到养老院享福？

老大赔笑说，不是，哪能？我们要找一个人……范宏大，你认识吗？

守门老头不屑地“哟”了一声，范宏大？不就是那个又聋又哑的老瘸子吗？三年前就离开这里了。

老人吃惊地说，他不是一直在养老院享福？

守门老头对老人说，你是他什么人？

老人说，兄弟。

守门老头说，他交不起费用，帮他交费用的表侄，失火烧光了废品站，破产了，养老院跟旅馆一样，交不起钱就得退房……范宏大都退了三年了，他走的时候写了一张字给我，说自己快要死了，得回乡下跟乡亲告别，人活一世，走前总得跟谁说一声。

老人被电击了似的，重重地打了一个寒战，远远地盯着养老院里在走廊上坐着发呆的几个老头。

守门老头随手翻翻桌面说，范宏大的字条在哪儿啦？找不着啦，都三年了。

老大说，你知道他……他还在县城吗？

守门老头说，他不是说要回乡下告别的吗？他没跟你们告别？

老大抹了一把鼻涕。

守门老头说，老瘸子又骗人了，他还吹嘘说他在乡下有四个儿子，幸好他没说他有四个老婆！老东西！

老人想进养老院看看，守门老头说，没什么好看的，刚死了人，那些老头老太太心情不好，不知道什么时候轮到他们，你进去他们会觉得你烦着他们，别进去了，养老院又不是录像厅，有什么看头！

老大劝老人回去，不看了，反正我们也犯不着住养老院。老人还是不舍得，喃喃说，范宏大没在啊？

守门老头不满地说，你不相信我啊？刚才运尸车运走的老头睡的就是范宏大原来睡的床，二号平房七室六号床位，不信你可以进去问问——不过，我干吗让你进去？

老人突然觉得没有必要进去了，对守门老头摇摇头。守门老头把门栅栏啪一声拉上了。

老大背着老人走出了好几十米，忽然听到守门老头在后面喊，老大只听到自己的咳嗽，听不清楚守门老头喊什么，老人倒听明白了。那老头说，两年前，他在东门菜市北门口看见过范宏大，吃别人的剩饭剩菜，好像还做起了乞丐……

东门菜市此时已经萧条，寒风冷雨中只有稀拉的几个顾客在偌大的菜市场里挑剔地逛荡。北门是通往氮肥厂的，道路洼洼坑坑。粉店的老板热情地招呼着老大，来，来，进来吃碗米粉暖暖身，你不饿老头子也饿了。老大笑笑，算是拒绝。菜市场门口有一道弯弯曲曲的铁栏杆，只准人进不许车进。但此时铁栏杆的左侧开了一个缺口，允许自行车通行，因此这道缺口进出的人最多。老大看见了一个人，一个老头，半躺在栏杆缺口的内侧，穿着破烂的黄色雨衣，但狭小的雨衣并不足以保护他的全身，或者是他故意露出了他光秃秃的右腿。这条褐色的腿最醒目的不是涂抹了一层红药水的膝盖骨上的黑洞——一个令人恶心和震撼的黑洞，仔细看也许还能看到里面的骨头，而是写在小腿正面上的两个大大的蓝字：骨癌。这两个用正楷写成的端正得像印刷体的大字虽然久经风雨但未见褪色，使来来往往的人一眼便看见了，并足以让他们一阵战栗。现在那两个字被雨水淋湿了，显得更加清晰；顺着大腿而下的雨水灌进了膝盖上的黑洞，就像海纳百川……

虽然进进出出的人对此熟视无睹，但老大的眼睛被这个老头的腿灼痛了，吃力地往腰包里掏钱，摸出来的却是五角钱的纸币，老大有些歉意地把钱扔进了老头手中的锡碗里。好像是由于太重了，那只碗夸张地颤抖着，其实碗里面只是躺着一张一角钱的纸币，紧紧地贴在碗底。那老头并不抬头，他的头被一顶破蓑笠遮掩住了，一动不动，像一个正在晒太阳的懒汉。

老大本想就这样从那条大腿旁跨过去，但老人大声地喝止了他。

老人从老大的背上滑落，走近，慢慢地蹲下来，仔细地端详那条腿，甚至小心翼翼地用手去摸了一下。

“这是范宏大的腿！”

老人突然激动地说。老大惊愕地重新打量这个老头，并试图看清他的脸。

“我认得这条腿，它干过很多重活，曾撑起过我们的家！它也该有这么老了！”老人紧紧地抱着那条腿，涕泪纵横。

那老头抬起头来，一阵风把他的蓑笠刮歪，老大看清了他的脸。沟壑纵横，满目沧桑，像一张刚从油锅里捞起来的腐竹。老大无论如何也认不出这是范宏大的脸。

老人对那张脸说，兄弟，这十几年，你苦啊！

那张脸抽噎了一下，突然把腿缩回。老人要抓那条腿，但抓不着。

老大对那张脸说，我们专程从米庄来县城找你，走了整整两天的路……

老人还是抓住了另外一条腿，比画着说，兄弟，我们回去，我们回去好好过，我没那么快死，我才不相信我快要死了，我们都要活到一百岁——我们有四个儿子，四个媳妇，十个孙子，让他们都好好孝敬我们，我们兄弟得一起享享清福！

那张脸突然扭曲起来，两行泪水在千沟万壑中激烈地奔腾……

“你们不要相信这个老瘸子，他在这里乞讨三年了，哪有骨癌能挨三年的？我从来不可怜骗子。”忽然一个老妇凑过来对老人说，“他原来待在养老院的，菜市场的人都认得他，都没人给他钱了，也不换个地方试试。”

老人瞪了一眼那个善意提醒他的老妇。老妇觉得好心被无端糟蹋，悻悻地走了。

老人对老大说，你请人把我们都背回家去，我不相信大年夜前我们还不能回到米庄！

老人要扶起范宏大。“范宏大”突然甩掉老人的手，猛站起来，挣扎着往菜市场里跑。老人大声地喊，兄弟！兄弟……

老头跑得很急，几乎是拖着右腿跑的，但跑得很快，菜贩子们都被他的敏捷震惊了。

老人厉声地命令老大，快，快……你得把你大伯拉回来，你宁愿把我扔在这里，也要把他带回米庄去！

然而让老人吃惊和失望的是，那老头突然回头嚷嚷地蹦了一句：

他妈的什么米庄？五毛钱竟把老子的美梦吵醒了！

菜市一下子变得琐碎而有趣，人和噪声也似乎突然多了起来。春节快到了，菜市也真该热闹了。

2007 年 3 月改定
原载《天涯》杂志 2007 年第 3 期
《小说选刊》2007 年第 5 期转载
入选《2007 中国年度中篇小说》

论人类不平等的起源

我赶写剧本，需要一个安静的地方。好朋友宋仁建议到他的老家菊溪镇上去。他在镇上有一幢小楼，父母都跟随他的长兄到省城里去住了，那幢小楼也就空着。小楼就坐落在河的边上，在竹荫树影之中，只有流水和鸟的声音，还有晚风送来的薄暮，以及山和云朵在河里清晰的倒影，没有喧嚣，没有干扰，甚至没有互联网，你可以坐在向河的窗台下自由地遐想、心无旁骛地写作。于是，我带着电脑来到了菊溪，一个离京城一千六百公里的小镇。

这里果然偏僻，狭小，封闭，楼房大都依山傍水，虽然常常有人来来往往，有汽车穿梭其中，但从早晨到夜晚，从夜晚到白天，都显得从容而恬静。那些来了又去的人，那些发生在外头的热闹，都与小镇无关。镇上虽然商贾穿梭，店铺林立，但都是小商小贩，小本生意，去往者皆为农民，与其说这是一个小镇，不如说是一个乡村，偏远得像是世界的尽头。宋仁说，如果你写累了，又觉得无聊，需要找个人说说话，那就到拱桥对面修表店找李瑞士。整个菊溪镇，只有他配得上跟你聊天，“他是当年全省的文科高考状元，上过中国著名的K大学，整个八十年代我们县就他一个考上K大学，曾经是全县的宝贝，在县城里戴大红花在锣鼓喧天中游过大街的。”宋仁以为我瞧不起乡下人，特别强调了李瑞士不是普通的乡下人。我出身贫困山区，哪有瞧不起乡下人的意思？

“对了，我差点忘记了，他曾经是洪流的学生！洪流！”宋仁惊呼道，“他竟然是洪流的学生——洪流，你不会不关注洪流吧？”

先前我并不太关注洪流。因为我并不关心哲学和学术。洪流突然闯进我的眼球是因为他的抄袭事件。现在只要打开报纸或登录互联网都会看到铺天盖地的有关他赖以成名的代表作《论〈论人类不平等的起源〉》涉嫌抄袭的新闻。在此之前，我知道他是一个著名的学者，以研究卢梭闻名，是具有国际声望的卢梭研究专家，剑桥、哈佛等大学的兼职教授，他的《论〈论人类不平等的起源〉》早已经成为经典和大学哲学系学生的必读。然而，正是这部“经典”著作被我在新闻界混迹多年的朋友宋仁发现竟然存在着大量的抄袭，尽管抄袭手段隐蔽高明，但还是被明察秋毫、目光锐利的宋仁以极高的学养找到了抄袭的蛛丝马迹，顺藤摸瓜，抽丝剥茧，最后暴露在读者和学界面前的事实触目惊心。宋仁以春秋笔法归纳了洪先生抄袭的手腕：搅拌式抄袭、组装式抄袭、改头换面式抄袭、移花接木式抄袭、张冠李戴式抄袭、赤膊上阵式抄袭……洋洋洒洒，汹涌澎湃，刀刀封喉，字字穿心。这是我看到的宋仁写得最好的一篇文章。这篇文章在南方一家著名的报纸发表后，国内外数百家报刊、几乎所有的网络媒介都给予全文或摘要转载，美国、欧洲的各大媒体也以醒目的位置报道和评论这个丑闻，一时间沸沸扬扬，产生了轰动效应，其影响远远超出了学术界和文化界。抄袭的证据确凿，面对媒体和学术界的穷追猛打，洪流先生三缄其口，躲在国外避而不谈。其实他的不回应、不理睬、不露面、不接受采访已经证明一切。可怜的洪教授洪先生，大半辈子都享受着学术泰斗、德高望重之誉，到了风烛残年竟落得身败名裂的下场。一座大厦建起来没有人喝彩，但一旦轰然倒塌全世界都跟着起哄。近年来，人心浮躁，急功近利，学术文章粗制滥造，学人不像学人，道德沦丧，唯利是图，学术界的诟病已经积重难返，有良知者痛心疾首，恨不得引沧浪之水一举涤清学术界的污泥浊水。然而，学术打假多年，雷声大雨点小，抓到的只是无名小卒或二三流的浪得虚名之徒，洪先生是第一个被披露出来的重量级、大师级人物。虽然是学界的丑闻，本应该遮遮掩掩，大事化小，小事化无，家丑不外扬，以免给早已经声名狼藉的学界雪上加霜，然而首先欢呼雀跃的恰恰也是学界，他们以痛打落水狗的凶狠声讨洪先生，把“小丑”“学霸”“学匪”“败类”“毒瘤”“盗窃犯”甚至“国耻”等等骂名扣到了昔日他们奉承、巴结的对象身上。令人心寒的是，洪先生的一些学生竟然也站出来与洪先生划清界限，揭露洪先生的种种陋习和不轨，良心泯灭，沽名钓誉，面目可憎，误人子弟，流毒难以肃清。树倒猢狲散，墙倒众人推。“什么人类不平等的起源？他才是学术界不平等的起源！”他们道貌岸然地痛斥道，“这种人应该被绑在道德的审判席上，由良知、正义和公平宣判他死刑！”“对他的伪著进行鞭尸！”而宋仁因此在新闻界、学术界一夜成名，其知名度直逼洪先生，有人迫不及待地为他申请见义勇为基金奖励，还有人张罗为他申报普利策新闻奖……

作为一个声名显赫的学者和德高望重的社会贤达，洪流先生看到国内声嘶力竭不留余地的声讨（估计应该看到），肯定羞愧难当无地自容。如果洪先生是日本人，会选择剖腹；如果是韩国人，可能会声明永远退出学术界；如果是欧洲人，会虔诚地忏悔乞求宽恕。但洪先生是中国人，做错了事的中国人往往以三种方式应对：一是死猪不怕开水烫；二是厚颜无耻，百般抵赖，发动亲信死党帮忙狡辩到底；三是良知未泯，无面目见人，一死以谢天下。洪先生傲骨铮铮，疾恶如仇，曾公开抨击社会不平等不公平现象，被称为“公共知识分子”和“时代的良心”，这种人断然不会摆出一副死猪相，更不会抵赖、狡辩。因此，他只会选择后一种方式。在我来到菊溪镇之前便看到的网上最新八卦新闻称，巴黎警方已经证实，有一名年老的亚洲男子一头撞死在巴黎的卢梭墓前，血肉横飞，惨不忍睹，他身上没有任何身份证明，面容全毁，一时无法辨认。但据知情人透露，死者正是在法国出席第十五届国际卢梭学术研讨会的洪流。传闻是否真实，后事又如何，我无从得知，因为镇上没有互联网，也没有报纸，况且，我哪有那么多精力浪费在这些百无聊赖的八卦新闻上？再说了，我与洪流素昧平生，没必要对此寻根问底。

然而，说与洪流素昧平生是不符合事实的。准确地说，我跟洪流有过一面之缘。多年前我还是记者的时候在北京举办的第五届国际卢梭学术研讨会上见过洪流先生，会议正是由他主持。洪先生身材魁梧，西装革履，温文尔雅，神采飞扬，声音洪亮，颇具鸿儒之风。他对会议的把握松弛有度，应对自如，说话引经据典，信手拈来。令人印象深刻的是，他能用流利纯正的法语大段大段地背诵《论人类不平等的起源》，抑扬顿挫，声情并茂，引发阵阵喝彩。说实话，我对洪先生还是佩服的，像佩服卢梭一样。我远远地待着，为洪先生那口散发着特殊魅力的法兰西语着迷。我是临时替代同事宋仁采访会议的。宋仁对这种学术会议不感兴趣，我相信，我们报纸的读者对此也不会感兴趣。虽然我对哲学兴趣不大，但我对《论人类不平等的起源》感兴趣，因为大学时代我研读过此书，并有一次偶然的机会与一个哲学系女生激辩过其中的一些观点，后来，这个女生成了我的女友，后来还成了我的妻子，在很长的一段时间里，《论人类不平等的起源》成了维系我们爱情的纽带。本来，我想趁此机会请教洪流先生几个问题，是关于卢梭和《论人类不平等的起源》。但洪流先生正忙于决定话筒的去向，那些来自不同国度、不同肤色、满腹经纶的学者兴致勃勃踌躇满志，在会上争相发言，急于证明自己并非不学无术。在学术大厅的后排，端坐着清华、北大哲学系的学生，他们神情肃穆，全神贯注，也有跃跃欲试奢望发言者。屈指算来，那时候李瑞士已经离开 K 大学多年，如果还在 K 大学，这些旁听者中肯定有他。

应该是在这次会议的八九年前李瑞士便已经告别了 K 大学。宋仁对李瑞士似乎知根知底。后来我才知道，菊溪镇上几乎所有的人都知道李瑞士的根底。李瑞士被勒令退学，实际上是被开除了，那时候他已经念到大四第一个学期第三周。校方开除他的理由是他得了一种病，据说还可能传染。实际上，谁都知道，他被开除的原因是谈恋爱。那时候，大学生谈恋爱是违反校规的，是要被开除的。更深层次的原因是，李瑞士跟洪流先生的太太好上了。洪太太只比李瑞士年长五岁，是他的同门师姐。当然，这是洪先生的第三任太太。洪太太年轻漂亮，风华正茂，而且才华横溢，性情温和，落落大方。洪先生慈爱如父，对学生均有护犊之情，学生们也经常参加在他家里举行的卢梭学术沙龙。因此，洪先生家常常高朋满座，一屋朝气，弥漫着浓郁的学术气息，卢梭学术沙龙也逐渐声名远播，京城的或出差到京城的一些卢梭研究专家也常常慕名而来。举办沙龙的时候，洪太太总是热情周到地给每一个学生和客人倒茶、削水果，或站在洪先生的身后为洪先生揉背，并时机恰当地给洪先生递上茶杯或痰盂。她总是面带微笑地看着发言的学生，仿佛是在欣赏，在赞扬，在鼓励，这时候，她给学生们的勇气和激情要比洪先生多得多。三年多时间里，生性怯懦但聪明过人的李瑞士从一个连普通话都说不流畅的乡下娃成长为能用流利纯正的法语背诵《论人类不平等的起源》的青年才俊，而且成为一个狂热的“卢梭迷”。他不仅将自己的名字李大富改为李瑞士以此纪念卢梭的祖国瑞士，还常常在沙龙上就卢梭的一些观点与同学们争得面红耳赤，甚至敢与洪先生针锋相对。相传被流传甚广的一个经典场面是，洪先生与他的一个学生就《论人类不平等的起源》争辩，互不相让，双方都不顾身份，开始是说汉语，后来双方都说法语，引经据典，言辞激烈，场面惊心动魄，最后谁也不知道谁是谁非谁胜谁负，是洪太太适时出手把这场争辩体面地轻轻平息了。洪先生毕竟是洪先生，他对学生锋芒毕露咄咄逼人的莽撞并不在意，还为自己有这样的学生而欣慰，事毕，他当场真诚地表扬了这个学生的不人云亦云敢于争辩的学术态度，并向学生们宣布，今后如果他不在家，卢梭学术沙龙就由这个学生主持——这是一个莫大的荣耀。在许多的关于洪先生的传记或逸事中都写到了这件学界逸事，成了洪先生学术雅量和高尚品格的最好佐证。但没有哪一个版本提到这个学生是谁，只有在场者知道，这个学生便是李瑞士。他们之所以一直秘而不宣或刻意隐匿，跟李瑞士只是一介乡村野夫的低微身份有关，写出来玷辱了洪先生，但更主要的原因是后来发生了让同门中人羞于启齿的事情。

刚才说到了洪太太。这个在家里和公众场合永远穿着旗袍戴着珍珠项链，有着江南烟雨一般气质的女子让李瑞士深深迷恋了。李瑞士不止一次在同学面前说，洪太太简直就是华伦夫人再世！如果熟悉卢梭生平的话，肯定知道华伦夫人以及她对卢梭的影响。洪太太不仅有华伦夫人的高贵典雅气度，还有华伦夫人对人体贴入微、温柔善良的母性。跟华伦夫人一样，洪太太能歌善舞，还能弹一手好钢琴。李瑞士有事没事都要往洪先生家里跑，要跟洪太太学弹钢琴。然而，他的音乐悟性先天不足，他的手砍过太多的柴扒过太多的地，钢琴无法承受他手指的粗大和僵硬。他并不气馁，弹琴不成，要写钢琴曲，让洪太太弹奏。但他写出的钢琴曲乐理不通，即使最高明的钢琴家也无法演奏，当然也把洪太太难住了。洪太太并没有因此瞧不起李瑞士，安慰李瑞士说，你的才华不在钢琴，也不在作曲，而在《论人类不平等的起源》——这是一部足够你消化一辈子的著作，是打开卢梭宝藏和世界密室的钥匙，你是悟性最接近洪先生的人，洪先生靠它成名成家，你一样可以。洪太太的话如醍醐灌顶，让李瑞士彻底弄懂了自己的价值和努力方向。于是，李瑞士对《论人类不平等的起源》更加如痴如醉，无论见到谁，都必谈之，慷慨激昂，手舞足蹈，犹如耶稣描述天堂。法语是一种优美的语言，卢梭用法语写就《论人类不平等的起源》，也只有用法语朗读它才最有韵味。近乎狂热的李瑞士凭其罕见的天赋在短时间里掌握了法语，对此，连号称法语奇才的洪先生也大为惊讶并刮目相看。在洪先生的家里，如果只有洪太太在家，洪太太便坐到钢琴边，优雅地演奏贝多芬的《命运交响曲》，李瑞士则站在洪太太的对面，用法语深情而激昂地朗诵着《论人类不平等的起源》。此刻，李瑞士是卢梭，洪太太便是华伦夫人。

关于李瑞士与洪太太有悖师道的传闻被封锁得严严实实，只有少数学生和校方领导知道。实际上他们也并不知道真相，真相只有洪太太、李瑞士和洪先生知道，但他们没有告诉任何人。只有一次洪先生跟别人痛心疾首地说道“红颜祸水，祸起萧墙”。李瑞士也没有过多申辩，只是说“发乎情，止乎礼”。洪太太则对此一言不发，出入穿着依旧雍容华贵，举止得体优雅，学生们非但没有鄙视她，还对她给予了足够的同情，私下不再称她师母而亲切地称她师姐。洪先生五十多岁了，洪太太才二十七八，多别扭呀，“这才是婚姻不平等的起源”，他们说。但学生们觉得李瑞士配不上洪太太，李瑞士算什么东西？一个乡巴佬！除了卢梭，除了会几句法语，他还懂什么？他们瞧不起李瑞士，断言他和洪太太的爱情也不会有结果，“身份差异是这场爱情不平等的起源”。他们的判断是有逻辑的，也是准确的。校方以快刀斩乱麻的方式迅速平息了这起在他们看来是丑闻的感情纠纷。李瑞士被勒令退学，实质上是开除。按照校规，这个处分一点也不冤枉。李瑞士没有抗诉，收拾东西，头也不回地离开京城，回到了乡下。从此，洪先生家里再也不举办卢梭学术沙龙，也不再允许学生踏入。洪先生闭门搞学术研究，声望越来越大，由于他的存在，成为学子们报考哲学系的最重要理由。但校园里逐渐罕见洪太太的身影，三年后，也就是李瑞士搬到镇上修理钟表那一年，洪太太跟洪先生离婚，远走瑞士，再也没有回来。洪先生也再没有续娶，经常奔波于国内外各种学术会议，卢梭成为他在国际上行走自如的通行证，如果不是抄袭丑闻，《论〈论人类不平等的起源〉》将无可争议地写进他的墓志铭。

李瑞士被开除回乡，成为当年轰动一时的新闻。原先借过钱给李瑞士读书的亲戚，纷纷上门讨债。他的母亲无法接受现实，一气之下从山崖上跳下去摔死了。他的父亲是一个目不识丁的村夫，为了此事竟独自上京讨个说法，但一去再也没有回来，有两种猜测，一是到了北京，无法为儿子讨回公道，没有脸面回来，成为京城乞丐或流浪汉；二是死在路上，不是饿死，便是病死。据宋仁说，本来，李瑞士是可以重返大学校园的，只要他肯向学校忏悔，向校方写保证书。如果不愿意向校方屈服，他还可以重新参加高考，考取别的大学。当年省师范大学从惜才爱才的角度出发，愿意接收他继续读完最后一学期大学，而且给予他正规生的一切待遇，但都被他拒绝了，县长三番四次出面力劝也没有用，就死心塌地待在老家种地，砍柴，喂猪，结婚，生男育女，过着与普通农夫一样的生活。三年后才卖掉了家里的耕牛，在镇上修理钟表，一待就是二十年。这二十年来，李瑞士从没离开过菊溪镇。他似乎早已经忘记外面的世界，像当年卢梭那样隐居于乡野。镇中学曾礼请他当教员，甚至县政府曾邀他担任秘书等等，都被他一一拒绝。

在李瑞士搬到镇上的第一年，有一天，一个从菜市场回来的人告诉那些坐在钟表修理店前闲聊的人："菜市场那边来了一个美妇人，穿着打扮不像我们乡下人，她穿着藏青色旗袍，胸佩珍珠项链，手戴玉镯，拎着一个黑色坤包，穿高跟鞋，皮肤很白，走路很好看，她说找李瑞士。我告诉她，我们镇没有李瑞士，只有李大富。"自从李瑞士从K大学回来后，大伙便不叫他李瑞士了，叫他的原名李大富——你都不在K大学了，还配用那么文雅的名字吗？

李瑞士修理钟表的手只是轻轻颤抖了一下，双眼依然很专注地盯着手里的表，镇静得像刚从K大学回来时的样子。因为镇上很多人都拿洪太太来取笑他，说洪太太到了县城啦，请他去县城见面啦；在路上碰到李瑞士，便说洪太太已经在他家里守候多时啦……每一次捉弄，李瑞士都一笑了之，从不相信。那人继续说，那妇人说了，我从北京来的，我叫苏玉兰，麻烦你转告一声李瑞士，请他来见见我……傻子也看得出来，她是传说中的洪太太。

"我都说了，这里没有李瑞士，只有李大富。"

"那就请转告李大富……"

那人继续眉飞色舞地说，一个美妇恳请我办点事情，我总不能无动于衷吧，我便装模作样地去叫李大富，实际上我是拐进了文化站的厕所里，放了一泡屎出来，又装作气吁吁的样子跑到洪太太的跟前说，李大富说现在是日内瓦时间十二点整，是修理钟表的时间，谁也没空见，也不想见你。洪太太说，你带我去见见李瑞士——你们的李大富吧，我倒了七八趟车，走了一千多公里，路上晕头转向的，差点找不着地方了，到了菊溪镇，我就彻底迷路了。她说话的声音倒是好听，像钢琴发出来的（有人插话，你听过钢琴弹奏吗？那人争辩说，钢琴的声音估计就像洪太太说话的声音。众人哄笑。那人继续说），洪太太说话的时候总是满面笑容地看着你，眼睛亮晶晶的，小嘴唇湿漉漉的，露出整齐洁白的牙齿，让人心里酥麻得难受。我说，怕路上的牛粪弄脏了你的鞋，又怕乱飞的尘埃沾满了你的衣服，还怕乡下人的目光吓破了你的胆，我不带路——我给一个妖精带什么路啊，即使要带，我也得先征得李大富同意吧，李大富，你说我做得对不对？

那人的话才说完，一个穿旗袍的女人已经站到了修表店的门外。众人皆惊，手足无措，纷纷散开，躲到马路对面的槐树荫下远眺。不一会儿，那边密密麻麻地挤满了从四面八方赶来看究竟的人。

洪太太仰望着修表店牌匾上的七个字：瑞士钟表修理店，似乎对这几个字饶有兴趣。她应该认得出来，是李瑞士的手笔。李瑞士的毛笔字写得很差，镇上的人说顶多是小学五年级的水平，但他们都得承认李瑞士有很高深的学问，比如钟表，无论什么样的坏钟表，到了他手上都能修理得好，电饭煲、电视机等电器他也精通，用他的话说，给他足够时间，从天上掉下来的飞机、卫星也能修好。修表店门前有一棵树，玉兰树，才长到三五米高，洪太太手抚着玉兰树，竟无故流泪。镇上的人原先并不知道，洪太太的名字叫苏玉兰，洪先生家的阳台上就有三棵玉兰树，全是李瑞士栽的，后来被洪先生拔掉毁弃了。这种玉兰树，是苏州品种，开花的时候，香气四溢，像巴黎香水一样醉人。修表店前这棵玉兰由于疏于修理，长得粗犷臃肿，但已经算是好看的了，只是还没到开花的年龄，不过，事后有人说闻到玉兰花的香味了，是从洪太太的身上散发出来的，像一万朵野菊花的香气扑面而来，冲得他人仰马翻，差点掉到臭水沟里去。

李瑞士猫着腰从里面出来，摘下残存半块镜片的眼镜，抬头便看到了洪太太。据那些闲人后来描述说，当时李瑞士窘迫得像骑在母猪的身上下不来。李瑞士的头发乱蓬蓬的，胡子像鸟巢，穿着上世纪农民才穿的土布衫，没扣子，露出鸡胸般瘦削的胸脯，那一双破损得不成样子的拖鞋无法掩藏脏黑的双脚。

“你怎么真来了？”李瑞士用责怪的语气说。

洪太太看着简陋的房屋和更简陋的家具，看着寒酸不堪的李瑞士，禁不住掩面哭泣。据镇上的人说，洪太太连哭泣的样子都是那么优雅、高贵，令人着迷。他们说，宁愿看洪太太哭，也不愿看镇上的女人笑。

李瑞士显然是手足无措，这时候，他的老婆回来了。一个看上去粗鄙庸俗的又矮又胖的女人回来得不是时候，她上下打量着洪太太，斜着眼矜持地问：“你就是……”

洪太太点点头，止住了哭泣，轻轻擦去脸颊上的泪痕。李瑞士老婆放下背上的孩子，迫不及待地坐在门前喂奶。肥大的乳房以摧枯拉朽的气势把李瑞士和洪太太都镇住了。充足的奶水湿透了大块衣服，一股快要馊了的奶水的味道迎面扑来。镇上的人隔着马路远远地嘲讽李瑞士的老婆：“就算你的乳房比水缸大，奶水比屠猪场的水沟充足，也不可能跟人家洪太太平起平坐——什么叫不平等，这就叫不平等！”

此时已是黄昏，夕阳的倒影落在河里，山上涌来的薄暮悄悄蚕食着亮色，空荡荡的马路显得多余，小镇恬静得宛如天堂里的梦境。

李瑞士说，我们到河边去走走。他说话的时候看了妻子一眼，妻子不置可否，一手抱着孩子，另一只手托着乳房，像卢浮宫里的一幅圣母油画。洪太太微笑着向她致意，镇上的人点评说，那是向她的乳房致意。

李瑞士领着洪太太越过马路，绕过牌楼、电影院，拐过旧磨坊，走过码头，然后淹没在竹影里。有人看见他们沿着河畔一直往南走。这条河就叫菊溪，有着塞纳河的幽静、绵长和哀愁，这时候，青草蓬勃，菊花盛开，渐浓的暮色也遮挡不了它们的奔放。

镇上的人们并不知道李瑞士和洪太太到底走了多远，走了多久。后来人们向李瑞士的老婆探听情况，她说她睡着了，不知道李瑞士什么时候回来的。有人说，那天晚上，李瑞士并没有回来，他们也没有走多远，他们就在菊溪的银石滩坐到了天明。还有人说在梦里听到钢琴的弹奏和熟悉的《论人类不平等的起源》朗诵。人们反驳说，哪里来的钢琴弹奏？整个菊溪镇都没有钢琴，洪太太来的时候几乎两手空空，她的坤包里怎么可能藏着一架钢琴呢？梦中听到钢琴声的人坚称听到了，非常清晰，就像在她的窗前弹奏一样，而且整夜都闻到了钢琴声，还有李大富用法语的喊叫。

"我以为你们都听到了，那琴声像风又像雨敲打着玻璃窗，断断续续，虚无缥缈，李大富又哭又笑，又喊又唱，如果不知道真相，我还以为是狼嚎狗嗨……"

第二天，镇上的人们再也没有看到洪太太。有人说亲眼看见洪太太撑着一只小船离开——其实，出了菊溪镇，菊溪河面便长满了水草，已经很久没有船行走。也有人说，洪太太就在镇上某个地方藏起来了，李大富每天夜里都去跟她住在一起。有好事者夜里居然埋伏在李瑞士的家门口，试图跟踪他弄清楚洪太太究竟藏在哪里，但李瑞士除了每夜上一趟厕所外哪里也不去。偶尔，跟踪者还能听到修表店里李瑞士老婆交配时发出的杀猪般的尖叫。白天，李瑞士若无其事地修理他的钟表，他的老婆依然当众敞开乳房喂养孩子，脸上洋溢着性满足后的傲慢和惬意，别人问她，洪太太怎么样？她坚决地说，我从没看见过什么洪太太，谁是洪太太？

没有人知道那天晚上洪太太和李瑞士究竟说了什么。有人猜测，是洪太太要搬到菊溪镇居住了，要挤掉李瑞士现在的老婆嫁给他；也有人认为，洪太太要带李瑞士远走高飞，不再让李瑞士窝在这个小镇浪费青春；还有人说，洪太太生下了李瑞士的孩子，跟洪先生离婚了，恳请李瑞士跟她回北京……平常闲不住的时候，人们向李瑞士求证。李瑞士说，等你们理解了《论人类不平等的起源》，就知道那天晚上洪太太跟我说了些什么。可是，除了李瑞士镇上有谁真正读过《论人类不平等的起源》？也许是他们要知道洪太太究竟和李瑞士说了什么，从那时候起，他们带着嘲弄和取乐的姿态跟李瑞士讨论人类不平等的起源，一方是虚情假意，胡搅蛮缠；一方是郑重其事，真枪实弹。

“人类在猴子时代就不平等了，一些猴子变成了人，另一些猴子的后代到现在还是猴子……”他们说，“因此，人类不平等的起源应该深挖到猴子时代，挖到猴子的祖宗上去……”

李瑞士启蒙说，人类不平等的起源跟猴子没有关系，是人类自身造成的不平等。

“比如说，你和洪先生不平等的起源就与猴子无关……”他们说。

“我和洪先生……你们懂个屁！”李瑞士愤愤地说。

“那不说洪先生。有人生活在京城的高楼大厦，有人只能待在菊溪镇的瓦房里；有人吃香喝辣的，有人做梦才能吃上一顿肉；有人享尽荣华富贵，有人一辈子贫贱如狗……这也是人类的不平等吧？它的起源在哪里？它有起源吗？”

“世界上富有的和有权势的人欺骗了贫困和低微的大多数人，这是人类不平等的起源之一。你们都被欺骗了，所以你们一辈子待在小镇上，过着贫贱如狗的生活，为吃上一顿肉必须流尽汗水，付出一百倍的艰辛。”李瑞士满腹经纶，要对愚昧无知的小市侩进行必要的启蒙，让他们从小富即安的低级幸福感中解救出来，却经常被他们打岔，钻牛角尖，让他哭笑不得。

“那是谁欺骗了我们？你那么聪明，难道也被欺骗了吗？如果你不被欺骗，为什么过得比我们还窝囊？”他们咄咄逼人，在哄笑中让李瑞士无法施展他的雄辩口才。

“没有谁能欺骗我……”李瑞士说，“我是见过大世面的人，博古通今，胸有雄兵百万，只是你们不知道而已。”

“那只能是你自己欺骗了自己。”他们鄙夷地说。

“我没有欺骗自己，我只是怀疑自己——我从怀疑世界开始，怀疑一切，最后怀疑自己——天才总是把自己放到最后一个作为怀疑对象的。”

“你怀疑自己什么？”他们追问。

“我怀疑……人类不平等的起源就在每个人的身上。我的不平等，源于我自己。”李瑞士沉吟道。

“我们还是不明白人类不平等的起源到底是什么……”他们摇摇头。

李瑞士说，总之，人类不平等的起源跟人类的起源一样复杂，我的祖师卢梭先生已经做了天才的论述，但他没活到现在，很多不平等的东西他没见过，因此，我继续替他寻找真理。如果你们有兴趣，可以读读我的著作。

李瑞士从箱底里搬出一堆稿纸，每页稿纸上密密麻麻地写满了字，只见首页上写着《续〈论人类不平等的起源〉》。众人一哄而散："李大富，你还寻找什么真理，你本身就代表了人类不平等的起源！你就是真理！"

李瑞士打量着自己，无奈地笑笑，是吗？

虽然他们跟李瑞士讨论人类不平等的起源大多是牛头不对马嘴，且总是不欢而散，但他们仍喜欢跟他争论不休，因为这是小镇打发无聊为数不多的途径之一。他们坐在钟表修理店前，如果不谈论人类不平等的起源，李瑞士从不搭腔，专心致志地修理钟表——无论多残损的钟表在他的手上都能修好，只有无话题可说了，又没到散去的时间，他们就会扯到人类不平等的起源，纯粹是为了逗乐，比如说，今天的猪肉涨价了，户口可以放开买卖了，农民的性命和非农相差三倍价钱，哪里的飞机坠毁了火车追尾了，北京的房价飙升得比火箭还快，哪个官吏贪污被抓了，哪个富人包养了十一个情妇，谁去北京上访被抓进了精神病院，哪里拆迁的推土机半夜推倒房子一家五口被活埋了，谁家的孩子在深圳的外资企业跳楼自杀了等等。"这是人类不平等的起源！"他们理直气壮地嚷道，"李大富，你说说，是不是？"李瑞士笑笑道，你们只看到皮毛而已。而他们甚至把男盗女娼、夫妻房事、牲畜交配等最后都扯到人类不平等的起源上去，自然能带来无穷乐趣。但遇到李瑞士心情不痛快时，他会对他们吼叫："一群村夫愚民，一堆酒囊饭袋，不配跟我谈论人类不平等的起源！去，滚远点！"他们对李瑞士粗鲁的不留情面的逐客令早已经习以为常，第二天如果不刮风下雨，或者菜市场那边没有更热闹的事情，他们依然还会来，还会谈论到老生常谈的话题。

关于李瑞士的逸事趣事可以将菊溪堵塞得水泄不通。比如说，他从不关心北京时间，别人问他几点了，他说的时间比北京时间晚六个小时，明白人知道他所说的是日内瓦时间；被他修理过的钟表，时间总是被调整为日内瓦时间，顾客如果有意见，他就调整为巴黎时间——巴黎是卢梭生活过的最重要的城市——这是最后的妥协了；他每天起来的第一件事便是高声胡喊着穿街过巷，到菜市场买菜，镇上的人知道他是用法语朗诵着《论人类不平等的起源》；人们说，那些来历不明的疯子口里喃喃有词，别以为他们胡言乱语，走近仔细一听，发现念的也是《论人类不平等的起源》。反正，在菊溪镇，要是不知道卢梭、洪太太和《论人类不平等的起源》，那肯定是外来不到三天的陌生人，要被怀疑是流窜作案的小偷的。有一次，镇上的一个药商从广州捡回来一条又老又丑的哈巴狗，颇为自得地炫耀说："这是法国良种狗，比我们中国的狗要高贵，不住中国的狗窝，不吃中国产的狗粮，不跟中国的狗交配，关键是，它从不吃人的粪便，它跟人是平等的，谁让它是法国的血统呢——这是狗不平等的起源。"这条狗在菊溪镇引起了热烈的围观，骨瘦如柴，浑身长满了癞疮，腥臭熏天，人们不知道它究竟高贵在哪里？最讨人烦的是它嘎嘎哄哄不停地吠了一整天，对谁都吠，样子凶恶，似乎要吃人，"它嚷什么呀？好像有话要说似的。在广州有美国狗、德国狗，还轮不到它说话，到了菊溪镇它就是狗中皇后了，发号施令了，发表演说了，你们听明白了吗？"有人问大伙。大伙不明白，问狗主人。狗主人也觉得纳闷，抱到李瑞士跟前一本正经对他说，我弄不明白它说什么，我想到了你，因为我想它说的肯定是法语，你给我们翻译翻译。李瑞士已经喝得半醉，突然向那只哈巴狗当头吐了一口脏物，骂道：妈的，什么狗东西，你也配朗诵《论人类不平等的起源》？那条狗当晚羞愧而亡。

宋仁说，洪流先生的很多学生都功成名就了，单李瑞士混得最不景气，一个本来可以功成名就的人，结果一辈子贫困潦倒，碌碌无为，沦为与贩夫走卒、山野村夫为伍的庸人。洪先生身败名裂之前，他不敢说自己是洪先生的弟子，现在，洪先生身败名裂了，他更不会说自己是洪先生的弟子，都丢人哪。

“研究了一辈子《论人类不平等的起源》，不知道他到底找到了答案没有？”宋仁惋惜地说，“他被误了大半辈子——看起来是被洪流所误，实际上是卢梭误了他。”

我的剧本写得出奇地顺利，时间和进度都在自己的掌握中，因此心情也很舒畅。为了防止身心俱疲生出倦怠来，每到临近黄昏，我总要离开那幢小楼，沿着河畔到镇上去走走，看看居民的生活状态，看看流水，看看河边种菜浇水的妇女，什么都看过了，便想去看看李瑞士。宋仁说，李瑞士是怪杰，见到他的时候不要摆架子，不要有城里人高人一等的优越感，跟他说话的时候要认真，要坦诚。

这天黄昏，我来到了瑞士钟表修理店。这是一间普通的瓦房，低矮，狭窄，昏暗，灯光早早就从瓦片间穿透出来。房间的墙上挂满了形形色色的钟表，每个钟表整齐划一地显示着日内瓦时间。玻璃柜台里堆满了乱七八糟的钟表零件，那些已经被镗开了肚皮的钟表正痛苦地等待着骨肉团聚。门前这棵玉兰树已经长到大碗口那么粗了，枝繁叶茂，还散发着浓郁的花香。忽然想起，这是玉兰飘香的时节。

首先见到的是李瑞士的妻子。像宋仁描述过的一样，果然像乡下屠户的女儿。穿着宽大的衬衣，胸前的纽扣显然无法或无暇扣上，奶子露出了大半。

李先生在家吗？我问。

她没有多看我一眼，朝屋里面嚷了一声，李大富，有人找你修理钟表。

我不是修理钟表的，我说。我手上的瑞士表戴了七八年了，从没出过毛病。

那你找李大富干什么？她狐疑地看着。

我说，如果他有空，我想向他请教人类不平等的起源。

“神经病！”她低声地嘟囔，不知道是骂我还是骂李瑞士。

李瑞士从屋里出来了。满脸油光，满嘴酒气，暴露于唇外的牙缝里塞满了菜叶，整个人的样子跟当年洪太太到菊溪镇见到时的差不多，也许比那时候更猥琐，至少比那时候更衰老，头发乱而斑白，腰也微驼，还不到五十岁，便像一个小老头。

我是宋仁的朋友，我自我介绍说，我就住在他的阁楼里，已经住了好几天了，早想来拜望你，向你请教。

“请教个鸟。”李瑞士爱理不理地边说边清扫着地面上的垃圾，如果不是躲闪得快，那把脏扫帚便扫到了我的皮鞋。

吃了个闭门羹，我不知道如何跟他继续下去。他突然停下来看我。

“听说宋仁是一个不错的狗仔队分子，哪个明星和谁关起门睡觉也能被他拍到。”李瑞士鄙夷地说，“什么狗东西，他在外面败坏了菊溪镇的声誉——今天我还收到了他给我寄的一堆剪报，是关于洪流抄袭事件的。你知道洪流吗？”

我点点头，有所保留地说，略有所闻。

“他是我的先生，”李瑞士坦然道，“一个最有资格和我争论人类不平等起源的人。”

我说，我早就听宋仁说起你，你是一个学识渊博的乡贤，对人类不平等的起源和人类的生存困境思考很深……

“一派胡言！”李瑞士一扔扫帚，“宋某在外面说我模仿卢梭却像尼采，尼采是什么狗东西！尼采一辈子也没有弄懂自己，更不用说整个人类！他怎么拿我跟尼采相提并论呢？他宋仁算什么东西！”

在宋仁眼里尼采是一个疯子。但宋仁不是狗仔队员。他是有道义有担当的新闻记者，写过很多有分量的文章，还因为卧底黑煤矿被识破挨过痛揍，差点丢了性命，但他在新闻界一直默默无闻，直到最近第一个站出来揭露洪流抄袭内幕才声名大振，大快人心，一夜之间成为名记。虽然我早已经不当记者，但我对记者这个职业非常尊重，即使是狗仔队，他们的劳动也是有价值的。

"在我面前，你不要提宋仁，他声称自己是一个记者，不去追问人类不平等的起源，却对追问人类不平等起源的人说三道四，胡搅蛮缠，他不是左派的走狗就是右派的帮凶。狗仔队，狗东西！"李瑞士痛骂宋仁。宋仁曾说过他跟李瑞士关系不错，每次回到菊溪镇总要跟李瑞士喝上几杯，但情况并不像他所说的那样。

"《论人类不平等的起源》值得一辈子去研究。人类社会有太多的不平等，国与国之间，地区与地区之间，阶层与阶层之间，领域与领域之间，人与人之间，不平等无处不在，无时不有，没有人弄得明白为什么，它的起源在哪里？"我扳着指头说，"比如说，美国与伊拉克，波斯湾与索马里，房地产商和砖瓦匠，高尔夫和过劳死，权贵和底层、专制和民主，真和假，黑和白……"

"你太肤浅了。你只不过是一个愤世嫉俗的人——跟宋某人一样，你比他强不到哪里去。我不愤世嫉俗，从不认为自己怀才不遇，你看看，我对世界、对社会没有什么不满，即使昨天有人往我店门口扔粪便、今早张屠户少卖给了一块腐肉我也不生气；我不关心世事，不惹是生非，不干扰政务，不争权夺利，不与人结怨，我只娶一个女人，只住一间草庐，粗茶淡饭，苟避盛世，但我从来不觉得不平等——平等是什么狗东西！"

"我们不都一直强调和追求平等吗？权利的平等，机会的平等，法律的平等，尊严的平等，生死的平等，可是平等离我们还是那么遥远，你是对平等感到失望，对世界感到无奈，你选择逃避，独善其身，看起来你什么也不在乎，但实际上你内心波涛汹涌……”我说的是实话。

“你认为我在逃避吗？”李瑞士抬头质问我，“卢梭并没有让我们逃避。”

“当年卢梭在像菊溪一样清静的乡下隐居6年，写下了《民约论》《爱弥儿》，康德终生未离开小镇葛底斯堡，他们虽然隐居，但并非逃避，而是用思想和文字改变世界……”我侃侃而谈，“听说你一直坚持写作，写了许多书稿……”

“我无力改变世界。我才没有这个雄心。”李瑞士冷笑着指了指他的妻子。她正从椅子上拿一把皱巴巴的纸给孩子擦拭屁股。李瑞士说：“这是我的小孙子，我的三个儿子都在深圳建设资本主义，为这个平等的世界添砖加瓦。”我赶紧看椅子上剩下的那些纸，上面写满了密密麻麻的蝇头小楷，与卢梭及人类不平等的起源有关，字迹工整，连引用、注释也十分严谨规范，可见他写得极其认真。

“你怎么能毁了自己的手稿？”我惊讶且惋惜。

“一堆废纸。”李瑞士若无其事地说，“稿子写完成了，我的思考也就完成了，还留下它干什么？就像你吃下的东西，消化了，你为什么要阻止它变成粪便呢？”

“这是《续〈论人类不平等的起源〉》吧？”我问。

李瑞士吃惊地说：“看来宋仁告诉了你不少——宋某真不愧是狗仔队的，千里之外也知道我在干什么！”

“我们去河边走走？”我诚意地邀请说。

“我没空，我得把这棵树砍掉。”李瑞士平静地说，然后从门角里拿一把生锈了的斧头，径直去砍门前的那棵玉兰树。

“先生，砍了可惜。”我做出劝阻的姿势，李瑞士的斧朝我一挥：“你不要管，你什么都不知道。”

我不敢阻拦。李瑞士猛砍，气喘吁吁。

“李大富，木屑都落到我的奶子里去了！”李瑞士的老婆愤激地抖动她的衣襟，果然几块木屑从她的胸前掉下。

玉兰花的香慢慢淡下去，花香里散发着淡淡的哀伤。

很快，一棵树轰然倒下。花香四向逃逸，受到惊吓的尘埃一哄而起。

“从此菊溪镇再也没有玉兰树。”李瑞士如释重负地说，“世间再也没有苏玉兰！”

李瑞士的老婆鄙夷地冷笑着，从椅子上拿一把稿纸擦拭身上被木屑飞溅到的地方，然后把稿纸扔到门外的水沟里。

我想说点什么，李瑞士摆摆手对我说，我累了，要睡觉了。他确实累了，是从心里觉得疲惫。

我只好离去。身后，李瑞士的老婆正在用刀狠狠地砍树枝。那棵树枝繁叶茂的，够她砍一个晚上了。

此后过了两三天。我再也提不起兴趣去找李瑞士。因为我似乎听到了前妻赶来菊溪镇的脚步声，我害怕在拱桥上与她不期而遇。当然，这只是幻觉，但足以影响了我的情绪。我只好闭门不出。其实，我到菊溪镇，一方面是为了赶写剧本，另一方面是借机摆脱前妻的追剿。

顺便说说我前妻。

我的前妻不是一个简单的人，主要是指她显赫的身世。她的祖父打过淮海战役，跟傅作义谈判过北平和平解放，去世前是中将军衔；她的父亲是南方某市的市长，能呼风唤雨，兄长在商界叱咤风云。我虽然出身于革命老区，但我的祖辈、父辈寸功未立，因此从没沾过革命的光，也没有得到政府的特殊照顾，那时候我家一贫如洗。我跟前妻是大学同窗，她是哲学系，我是戏剧系，前面我说过了，我们缘起《论人类不平等的起源》。那时候，我们抹掉了诸如阶级、出身、身份、贫富、贵贱等等世俗强加到我们身上的不平等的符号，开始了爱情。我们的爱情超越了一切，甜蜜而浪漫。在一起的时候，不是她给我讲西方哲学史，讲柏拉图，讲黑格尔，讲尼采、荣格，就是我给她讲荷马史书，讲易卜生，讲莎士比亚，讲荒诞派戏剧。我们很少吵架，但一谈到卢梭的时候，我们的情绪就有些不对，往往故意找对方的碴，为了反驳而反驳，特别是说到人类不平等的起源，表现与原因，理论与现实，比如具体说到我们客观存在的差别悬殊的身份时，甚至吵起架来。或许我们都没有理解卢梭，又或许我们坦然接受卢梭。但不容回避的现实是，我的大学生涯是靠前妻暗中资助完成的。毕业后，我们理所当然结婚了。借助岳父的帮忙，我们留在了京城，她进入了一家效益奇好的公司，我在一所普通中学里当教师，虽然职业索然无味，但我还是在灯红酒绿、遍地奢华的世界里开始了婚姻生活。爱情能掩盖一切，但泡沫无法掩盖坚硬的石头。结婚以后，出身、身份、背景的不对称的矛盾像暗藏在深海中的冰山开始显露出来，严重威胁着爱情和婚姻这艘航船的和谐安全。结婚后，我们才发现，我们的生活理念、生活习惯甚至价值观、爱情观差异巨大，为此，我们小心翼翼地磨合再磨合，千方百计向对方靠拢，或忍气吞声地迁就对方，但事情并没那么简单，有太多的东西是骨子里血肉里永远也无法弥合的，比如，她的享乐主义和崇拜丛林生存法则我无法认同；我谨小慎微、瞻前顾后，她颐指气使，独断专行；她先天具有高人一等的心理优势，俯视、悍然、漠视一切；在她显赫的家族面前我无法克服自卑感、压抑感——实际上她无时无处不给我造就这种自卑感、压抑感；她的出手阔绰、寅吃卯粮和我的精打细算、斤斤计较格格不入……差异本来是正常的，差异是一种美，但我们都体会到了差异带来的冲突和痛苦。孩子出生后，我们的差异也就更多更明显。差异变成了裂痕和鸿沟，差异变得丑陋而尖锐。随着小矛盾、小摩擦越来越多，像乱麻一样无法解开时，争吵和掐架频率越来越高，言辞越来越尖刻，越来越像阶级敌人，此时，爱情和婚姻危机出现了。我相信，我和她之间的爱情已经荡然无存。我们试图挽救，像拯救大兵瑞恩那样，放下偏见和不满，不惜代价，把被遗弃在废墟中的爱情找回来。因此我们脱光衣服偎靠在床头进行了一次心平气和、坦诚相见和通宵达旦的长谈。这次长谈，主要是寻找造成我们婚姻不和谐甚至危机的根源。如果找到了病根，即使它是最顽固的史前细菌我们也得要把它一举歼灭。我们不可避免地说到了卢梭和《论人类不平等的起源》，没有异议，没有争辩，谈得很愉快，笑声从窗户溢出去飘散在京城的夜空中，我们仿佛找到了共同认可的答案，又仿佛什么也没找到。我们觉得疲惫不堪。第二天一早，她一醒来就对我说，我们离婚吧。于是，我们离婚了。离婚后，我听从宋仁的指引，辞掉教职转行当了记者，和宋仁一起共事。但很快发现，我不适合干记者，宋仁比我能跑，胆子比我大，点子比我多，看问题比我深刻，在圈子里打滚了多年也没有出头，而我生性羞怯，缺少激情，断然成不了一名出色的记者，很快，我投奔到了一家师兄经营的影视公司，成了一名签约编剧。在影视领域，我如鱼得水，身心获得了巨大的自由，我的才华和激情一下子喷发出来，几年间完成了一部又一部的影视剧本，而且每一部都成了各大电视台的热播剧。我的知名度和物质条件也以几何级数的速度提高，毫无疑问，我实现了人生价值。而前妻的处境出现了激荡的变故，一落千丈，走向了穷途末路。她的父亲因以权谋私、贪污受贿东窗事发，身陷牢笼，她哥哥的生意是依仗父亲的权势才得以生存，父亲一倒，覆巢之下岂有完卵，公司顷刻之间土崩瓦解，为了躲债和逃避法律责任流亡国外。祸不单行的是，前妻供职的公司突然裁员，本来就专业不对口的前妻成为首批被裁的对象。岳父几乎所有的违法所得都给儿子投入公司运营了，为了给父亲减轻罪状，前妻四处筹款退赃。可是，人一倒台，便是众叛亲离，世态炎凉，都唯恐躲避不及，谁理会你？我感觉到了前妻的孤立无援和绝望，有一天，她给我打了一个电话。

“你借给我一百万，我父亲就可以少坐十年牢，他那样的身子怎能在狱里待那么长的时间？”她在电话里低声下气地说，也许觉得分量还不够，她把手机递给女儿，女儿替母亲用恳求的语气说，爸，你救救外公吧……

老实说，我痛恨贪官，不可能拿自己的血汗钱去给一个贪官赎罪，如果我的钱多得没地方花，我可以多给穷了一辈子的父母和亲戚一些，让他们到城里从容而体面地喝一回星巴克、吃一次麦肯基和住一宿五星级宾馆，或者捐给家乡修建公路和学校，给孩子们每天一瓶牛奶。况且，我并没有一百万。我拒绝了前妻的请求。

“我爸不是贪官，他是被别人陷害的，是政治斗争的牺牲品……”前妻断然道，“这个世界真他妈的不公平，真正的贪官一生平安，清官、好人竟然不得好下场”。

“法律是公平的，正义是平等的，你父亲到底怎么样，其实你心里什么都清楚。”我对她说，如果你父亲是一个清官被冤枉了，不说是区区几个钱，就算搭上身家性命我也要把他救出来，因为他毕竟是我的岳父，我跟你离了婚，我一样称他岳父。

前妻没有再说什么，此后沉寂了好长一段时间。从女儿的口中得知，前妻天天在外头跑关系，请人吃饭，给岳父原来的下属送礼，而岳母不合时宜地瘫倒在床，需要前妻照顾。“我妈都快疯掉了。”女儿说。但前妻的努力没有得到回报，岳父一审被判二十年，甚至超出了她的预期。强悍的前妻在现实面前终于弹尽粮绝精疲力竭。我对她说，你照顾好你母亲和女儿吧，你父亲的案子让我接手，或许有转机。我愿意帮忙，是因为我女儿。我不想让她误以为我是一个六亲不认的人。我能够帮忙，是因为宋仁为我引见了京城最有名的律师，而且我出得起价钱。事情果然出现了转机，二审改判十一年。律师说，估计他只需要在牢里待上五六年就可以出来了，甚至更早。那天前妻哭着给我打电话，说了一些感激的话。她在电话那头情绪激动，语无伦次。我知道她受了太多的委屈和羞辱，一辈子也无法将它抹去。为了放松一下，我对前妻说，过去的事情就算了，生活仍有继续——我们聊聊《人类不平等的起源》吧？

想不到前妻异常敏感，突然在电话那头大声吼道：“你变成了拯救者和施恩者，你现在觉得我们平等了吧？不，你应该比我高一等才对，我现在一无所有，连乞丐都不如！你在得意是吧？你应该得意，世事难料，时运总会逆转，你终于得到了梦寐以求的平等——你现在终于可以居高临下地和我谈论《论人类不平等的起源》了！”

我确实有点小得意，但远没有前妻所想象那样。她误解我了，我也无从解释，但她从此跟我没完没了。常常是，半夜里我被她的电话吵醒，接着是劈头盖脸的质问。

“你现在睡梦都得意了吧？卢梭告诉你，你现在跟我平等了，彻底平等了！”

“你再也用不着自卑、委屈、压抑了，你有心理优势了，你现在是不是站在世界的顶峰上俯视众生呀？”

“你起来呀，不要睡啦，我们继续谈谈《论人类不平等的起源》，如果你愿意，我们可以用法语争论。”其实，我们都不会法语。

开始的时候，我以为她只是发泄一下情绪，缓解一下压力，慢慢就会回到正常状态的。但想不到的是，她变本加厉，一个晚上可以打二三十次电话，也没有什么，就是反复说着上述的问题。事情往不可思议的方向发展。

“方娜，请你诚实告诉我你的真实意图到底是什么？”我不厌其烦地问她，想弄清楚情况，“是钱吗？是怨恨吗？是想复婚吗？”

“都不是，就只想跟你谈谈卢梭。”前妻不紧不慢、不愠不火地说。

与其说是我被前妻折磨，倒不如说是被卢梭折磨。我的新女友不堪其扰，摔门而去，再也没有回来。无论我怎样劝慰，前妻都要在夜里给我打电话。我终于愤怒了，骂她，她却在电话那头笑，笑得挺瘆人的。有一天，宋仁给我电话，忧心忡忡地说，我今早在地铁里看到方娜了，那样子不对劲，她说正在致力于一个伟大的事业，就是把全世界的贪官一个个都揪出来，让他们都得到报应——她手头上就有厚厚的告状材料，涉及到全国数十个市长，说要到纪委、检察院、全国人大，我一看呀，她的材料全是从网上弄来的，无凭无据，全是妄想猜测之言，你是不是……

我突然意识到了什么。

我随即去看望岳母，见到了前妻。她疲惫、憔悴和苍老得厉害，头发也斑白了，眼神躲闪，表情木讷，我几乎不敢相信她是我的前妻。

“你说我爸是贪官，应该坐牢，好，就算我爸是贪官，他坐牢了，他罪有应得了，那么是不是所有的贪官都被关进牢去才算平等？”前妻对我说，“对，就为了平等。”

我不想跟她争论这个问题，我说，我不是来争论平等不平等的。

“那你来干什么？”前妻傲慢地质问我，“你难道觉得平等问题不值得争论了吗？还是开始觉得我不配跟你谈论平等的问题了？”

女儿边劝边把前妻推出门去。

“为了救她父亲，她受了太多的苦，精神出问题了，你要理解她。”岳母对我说，“我让她去看精神病医生，她死硬不去，还骂我神经病。她比她爸还固执，不听劝。”

临走前，女儿拉着我的衣袖说:“爸，我求求你，你一定要救妈妈！”

此后的很长一段时间里，我想方设计医治前妻。我请了北京最好的精神病医生给她治疗，她却跟医生大谈人类不平等的起源，谈卢梭，根本不给医生提问和发言的机会，医生不堪其烦，摔门而去。为了说服她配合医生治疗，我甚至许诺，等病情有了好转，我便和她复婚。

“我没有病，我不会和你复婚，但我要和你谈人类不平等的起源……”她依然不紧不慢地说。

我实在是无可奈何。但更糟糕的还在后头，我时不时会接到全国各地公安机关或维稳中心的电话，“方娜是不是你的妻子？”当我回答是时，那头便厉声命令让我马上过去领人。原来，她到了别的城市公开搜集该市市长贪污腐败的证据，被控制起来了。如果不是别人一眼便看出她的精神有问题，后果会严重得多。结果我得马不停蹄跑到那个城市去把她带回京城，然后推心置腹、不厌其烦地和她谈心，抚慰她，让她安静下来。但第二天，女儿电话里告诉我，妈妈又不见了。很快，我又接到了来自另一个城市的厉声命令。我不能这样整天疲于奔命，我不去领她了。我告诉那边的人，她是精神病人，你们看着办吧。

有好长一段时间，前妻渺无音讯，不知所终。女儿焦急地对我说，爸，你得把妈妈找回来，她在外面很危险的，你不去找她，我自己去找。女儿才十一岁。我只好赶赴江苏某市的一所拘留所，交了不菲的罚款并写下保证书，保证不再让她到江苏添乱，才把前妻带回来。虽然保证书上写的如何如何坚定，但我根本无法保证她不再惹事。然而，也许她在拘留所里吃了一些苦头，前妻害怕了，答应不再乱跑乱动了。回到京城后，她果然不再乱跑，也不再从事“揪”贪官的“平等、正义事业”。

“我终于明白了一个道理，”前妻靠近我的耳边阴阳怪气地说，“只有在你身边才安全。”

前妻率女儿回到了我的身边。我对女儿说，我只是为了方便照顾你妈才重新在一起的，并不意味着复婚——你妈也不会跟我复婚。女儿说，你们对我是不公平的，我跟别人的女儿不平等。“怎么不平等？你要什么样的平等？”我惊讶地问。女儿没有回答，她知道我是明知故问。

跟前妻重新生活在一起简直是一场噩梦。她每天都缠着我，问这问那，谈这谈那，实在无话可说了，便说，你先别烦，我们谈谈人类不平等的起源……精神病医生说的，我的前妻患了“平等偏执症”。她跟着我一起外出，经常跟别人计较“平等”的问题，诸如：说话的平等、走路的平等、穿着的平等、讨论平等时的平等……在拥挤的地铁上，她要把坐在座位的人一一拉起来：“我站着，你们也得站着才算平等。我凭什么比你们低一等——不过也不一定我站着就比你们低一等，但是我就是要你们跟我一样站着……”诸如此类，让我窘迫和尴尬不已。

“凭什么让我跟在你的屁股后面？”前妻一把将我拉住，走到我的前面。

“凭什么你可以安静地坐在桌前写作，而我只能无所事事？”当我写作的时候她将我从椅子上拖起来。

我终于忍无可忍地呵斥她："你究竟要干什么？"

"我要平等！"前妻歇斯底里地叫道，目露凶光。

听起来很荒谬可笑是吗？是的，我也觉得不可思议。但在我的生活中，"平等"问题变得无处不在，无孔不入，像不散的阴魂纠缠着我，变成一个大问题。毫无疑问，前妻已经严重影响了我的工作，思绪紊乱，心力交瘁，我的剧本毫无进展。公司已经劝勉、警告过我多次了，甚至给我下了最后的通牒，不按时交剧本就解约、换人。现在新人辈出，而且过去红极一时的金牌编剧都在等米下锅，竞争异常激烈。前妻、岳母、女儿的生活都得靠我，而且开销很大，还得供房，我的那些老本像迅速融化的冰山一块块地变成水消失了。我得拼命挣钱。女儿也明白利害关系，对我说，爸，你别管妈了，你去工作吧，如果你不工作，我们一家可全完了。

于是，我来到了菊溪镇。

虽然暂时摆脱了前妻的纠缠，但我还是担心她，担心躺在病榻上的岳母。我已经留下一笔钱给宋仁，让他定期送给我的前妻。然而，我经常梦见前妻站在我的床前，没完没了地问跟我经常思考的相似的问题，如果没有卢梭，这个世界会怎么样？我们会相识吗？我们又会分道扬镳吗？人类真的越进步就越堕落吗……

有一天黄昏，我正在楼上写稿。楼下有人拍门。我赶紧下楼开门。

原来是李瑞士。

"我们谈谈《论人类不平等的起源》吧。"李瑞士说。他嘴里的酒气扑面而来。

好的。我说。很久没有人跟我谈了。

我们沿着河畔往南走。夕阳的余晖照在我们的身上。山上传来归林暮鸟的鸣叫。残菊的淡香随着河水流淌。远看小镇像一幅来不及着色的水墨画。

“你想知道现在我心头的怒火怎样燃烧吗？”李瑞士压制着自己的声音，低沉地说，“好几天了，我都快憋死了。我得找个人好好说说话。”

我惊讶地停下来，看着他。他的脸红通通的，像一只火球。

“有人出卖了洪先生！”李瑞士说，“宋仁是什么东西我最清楚，他怎么能看得出洪先生抄袭？他哪能写出如此有学术水准的文章？”

我早就对此感到了疑虑。一个非专业人士，宋仁确实无法察觉洪先生的抄袭行为。如果那么容易发现，二十多年来在那么多专业的眼睛挑剔下早就被发现了，哪等到现在才被宋仁发现？

我不说话。李瑞士也没有主动往下说。似乎是想说但又不太愿意说，样子很纠结。一个挑水浇菜的农妇远远地招呼李瑞士：“李大富……”李瑞士只是不耐烦地向她做了一个“去”的手势。

我等待他往下说。看得出来，他有一肚子想说的话。

“告诉你吧，在这个世界上只有我才能发现洪先生抄袭的蛛丝马迹！”最后一抹暮色见证了李瑞士的狂妄与自信。

我故作惊愕。

“早在二十年前我就发现了洪先生的抄袭行为，他抄国外的著作，抄得很隐蔽，很小心翼翼，也很巧妙。当年，我是把他的著作当成权威和经典来崇拜的，有些精彩华章我能大段大段地背下来。”李瑞士当即便背诵了一段，“后来我在洪先生的书房里读到了一些法文书籍，觉得一些论述很亲切，似曾相识，后来我反复研读，从字里行间发现了一个惊天秘密，那就是洪先生的著作存在抄袭痕迹。当时我很迷惘，洪先生在我心目中的形象一落千丈。但我谁也没有告诉这个秘密，也没有当面揭穿洪先生。在那次众所周知的沙龙上，就是因为心有芥蒂，很不爽，我才和洪先生进行了一次针锋相对的激烈争论，事后洪先生似乎是觉察到了我对他著作的质疑。有一次，他在书房里和我进行了一次单独的谈话，内容就涉及到他的名作《论〈论人类不平等的起源〉》。他说它是他人生的基石和生命的血液，不容别人玷污它……我明白他的意思，我向他保证，他永远是我的恩师，卢梭是我们共同的生命，在这个争名夺利、人心叵测的世界上我们师生要同舟共济、相依为命。”

李瑞士走在前面，说话时腰板挺得直直的，手舞足蹈，气势如虹。

“直到我面临着被学校开除的最后时刻，我也没有拿这个秘密要挟洪先生。宋仁应该告诉过你，实际上是洪先生把我开除的。”李瑞士说到“洪先生”三个字时语气是庄重的，“我从没有向谁求饶。倒是洪太太跪求过洪先生，让他放我一马。但洪先生推脱说是学校的决定，跟他没有关系，相反，他多次跟校方争取对我宽大处理。洪太太知道洪先生撒谎。你不了解洪太太，表面上她只是一个温顺、纤弱的女人，实际上她的性格要比她的外表倔强、坚韧得多。我离开学校后，不久她便和洪先生闹翻了。我无法理解的是，她为什么如此痛恨洪先生。后来她来到菊溪镇，向我诉述洪先生对她的种种折磨。”

只有说到这个时候，李瑞士才对洪先生稍有不恭。

“洪先生为了从肉体和精神上控制洪太太，做了很多不齿的事情……就像现在我和你一样，那天黄昏我和洪太太沿着菊溪一直往南走，走到尽头又回来，她要我想办法摆脱洪先生对她的控制，要离婚，要经济和精神补偿。那晚，我不记得她倒在我的怀里哭了多少次，我也哭了，并因此做了一件至今仍悔恨不已的事情。”李瑞士狠狠地跺了跺脚，“我给了洪太太一份洪先生抄袭的证据，宋仁那篇所谓重磅文章中大部分内容跟我给洪太太的证据毫无差别，简直是活生生地抄袭了我。当时洪太太答应过我，这份证据只作为摆脱洪先生的武器，绝不会拿去损害洪先生的声誉。她达到了目的，摆脱了洪先生，去了瑞士。但令我想不到的是，时隔那么多年，洪太太还是把洪先生出卖了——她违背了自己的诺言。”

但洪太太怎么会跟宋仁联手呢？

“宋仁小时候便具备了狗仔队的潜质，当年我和洪太太在河畔散步，他竟暗中跟踪了我们整整一个晚上。尽管他根本就没有听清楚我们在谈论什么，但他肯定听到关于洪先生抄袭的只言片语。他一直挖空心思要在京城出人头地，高人一等，他等了二十年，终于捕捉到了一个好机会。”李瑞士对宋仁既鄙视又痛恨，“但没有洪太太的帮忙，宋仁绝对没有这个能力……”

“关键是洪太太。”我说，“你给了她最危险最要命的武器。”

“我回到菊溪镇，是因为我要履行自己保守秘密的承诺。但我还是把秘密告诉了我最信任的人——苏玉兰……其实二十年来，我一直提心吊胆的就是这个事情，总觉得它是一颗定时炸弹——当时从洪太太的哭诉中我应该知道她内心深处对洪先生的痛恨是不会因时间而消失，她等洪先生达到了名望的顶峰甚至在他老无所依的晚年，釜底抽薪，猝不及防地给了他致命一击，世界上最残忍的事情莫过于此。”李瑞士痛惜地说，“洪先生膝下无儿无女，现在更是孤家寡人，跟河对面正在钓鱼的老头有什么两样？”李瑞士指着河对岸枯坐在石头上钓鱼的老头说，“一个五保户，文革时呼风唤雨，人见人怕，他怎么想到晚年如此凄惨，靠钓几条鱼明天到菜市场卖掉换几个酒钱，几乎天天如此，行尸走肉，苟延残喘，实际上是在等死——不过，晚年的卢梭也是在塞纳河边上孤独地发呆、等死。一个人只有死到临头才能与世界平起平坐。其实，人就是这样，否极泰来，乐极生悲，幸福和痛苦相生相克，正如爱与恨，生与死，没有谁能独享其一，只有这样才众生平等。”

我想到了前妻和狱中的岳父，还有乡下的老父老母，不禁深深地叹了口气。

“你在幸灾乐祸？”李瑞士突然质问我。

“不是，还不至于。”我赶紧解释说，“洪先生罪不至于如此。”

“那些记者写的都是狗屎！都是在落井下石！洪先生有很多自己的思想，他比那些没有抄袭的所谓著名学者有思想得多，深刻得多，他们根本不懂，洪先生是当代中国最接近卢梭的思想家！”李瑞士说得斩钉截铁，不容置疑，“没有他，中国人根本无法真正读懂《论人类不平等的起源》。抄袭？他只是顺手牵羊拿了别人的一些衣服穿在自己的身上，但骨肉血液依然是他自己的。宋仁懂什么，宋仁被别人利用了，中国真正有思想的人本来就少，他却像红卫兵一样疯狂地斩杀了一个！如果他还有良知，他就应该采访我，我会给洪先生一个公平的说法。现在，洪先生和那些不学无术却掌握话语权的人是不平等的，一群乱吠的疯狗会把一头失去了舌头和牙齿的狮子咬死——宋仁就是一只冲到最前面的疯狗。”

我无法附和李瑞士。因为我不同意他的说法。

“卢梭说，人类的进步史就是人类的堕落史。可是，我只看到人类的堕落，却看不到人类进步的痕迹。”李瑞士突然提高嗓门，几乎是呼喊着说，“这是一个沦丧的时代，一个不知廉耻的时代！一个散发着腐臭的时代！一个急剧堕落的时代！纵使卢梭再世也无法改变！”

原先声称自己并不愤世嫉俗的李瑞士终于完成了一次压抑了多年的宣泄，痛快淋漓，声嘶力竭，仿佛要让全世界都听见。他走到了我的前面，越来越远。我故意放慢了脚步，或者说，我根本无法跟上他，有时候，夜色将他吞没，有时候，他又清晰地出现在我的眼前，无论我怎样躲闪，他激愤的声音都震动着我的双耳。

整个晚上，李瑞士像押解犯人一样牵着我，一直走到了河的尽头，返回镇上的时候，已闻到河对面传来的鸡鸣。他仍意犹未尽，一直将我送至宋仁家门口。

“你怎么会住进一个狗棚？”李瑞士鄙夷地往屋里吐了口痰，“这是一个左派幼稚病患者的家。”

我进屋去了，快速洗了澡，刚要睡下时却隐约听到楼下传来哭泣的声音。从窗户往下看，一个人坐在街道旁边的电线杆下，背靠着电线杆，在昏暗的灯下呜呜地抱头痛哭。尽管哭声很低沉，但穿透力极强。

“是李瑞士李先生吗？”我轻声地问。显然是明知故问。

李瑞士向我摆摆手，让我别理他的意思。可是我还是下楼去，走到他的身边，坐到电线杆的另一边，陪他聊多一会儿。

“其实我比谁都痛恨抄袭！”李瑞士比刚才平静了许多，声音压得很低，但依然言词激烈，“作为一个学者，抄袭比娼妓还可耻！你愿意拜一个娼妓为师吗？你愿意待在娼妓身边吗？”

我笑了笑，不知道如何直面他的问题，“抄袭本身就是不平等的……”我想说的是，“一个终生研究人类不平等起源的学者怎么能做出对其他人不平等的事情来呢？”

“平等是什么狗东西！”李瑞士说，“一钱不值！男盗女娼！”

显然，李瑞士还在宣泄。

我说，人非圣贤……

“卢梭也犯过错误，也有过丑闻……”李瑞士争辩说，“但三百年后我们仍然爱他。”

“那你为什么哭了？”我问。

“我是替他人难过。”李瑞士早已经停止哭泣。

洪先生是咎由自取。李瑞士不会知道，在晚年，在抄袭丑闻还没暴露之前，因为性格霸道、固执、古怪和刻薄，洪先生在圈子内的口碑已经一日不如一日，他身边的人甚至他的朋友对他也颇有微词。

说实话，我不喜欢这样的人，刻意为他辩护，我做不到。

李瑞士说：“全世界都唾弃他了，连家都不能回了。”

李瑞士的担心不是多余的。在中国尤其如此，谁会给一个身败名裂的丧家之犬提供庇护之所呢？接下来的事情肯定是：大学将他解聘（也许是他自己辞职），所有有他参与的课题组都将他的名字剔除，一切学术机构将他拒之门外，再也没有研讨会邀请他参加，同事和昔日的朋友表面上给他安慰但心里再也瞧不起他，家里的保姆可能已经收拾行李准备离开，邻居背后会对他指指戳戳……他的景况要比昔日的右派难堪得多。

我沉默不语。我不知道自古以来有谁在身败名裂后还能过上好日子。

李瑞士也沉默了一会儿，忽然问，你知道华伦夫人吧？我笑笑道，岂能不知？

“你知道卢梭当年为什么不娶华伦夫人？”李瑞士说。

我不知道，想了想说，也许是因为她是有夫之妇吧。

“非也，是因为华伦夫人并不可靠。”李瑞士说。

我对此没有研究。但在我的想象中，华伦夫人是一个完美的无可挑剔的女人。

“如果连女人都靠得住，人类就没有不平等了——卢梭跟华伦夫人是不平等的，我跟洪太太也是不平等的。”李瑞士揩了一把鼻涕，苦笑道，“但我跟洪太太乃君子之交，发乎情，止乎礼，从没发生过性关系，可是他们不相信，你也不相信，谁相信呢？连我自己也不相信，可是事实就是这样——事实与谎言是不平等的。女人，怎么能靠得住呢？”

我们既然谈论到女人上去了，我便跟他说到了前妻。

“连女人也需要平等了！”李瑞士突然轻蔑地哈哈大笑，“她们不已经平等了吗？你告诉她们，卢梭是靠不住的，平等也是靠不住的。”

这一笑，竟把静谧的菊溪镇唤醒过来。老鼠和蝙蝠做最后的撤退。

李瑞士又安静了一会儿才说：“你不要取笑你的前妻，也不要取笑我，更不要取笑卢梭。在这个世界上，在任何时候、在任何地方跟任何人谈论平等都不丢人。我们坐在街头谈论平等可笑吗？只有那些永远熟睡的人才可笑。你仔细听听，鼾声、磨牙声、咳嗽声、啼哭声、呻吟声，这些声音才可笑！可是，这个世界可以不谈论平等，但不能没有这些声音，这是庸俗、可悲的起源——万事万物我们都可以找到它的起源。”

李瑞士还说了很多话，说着说着竟睡着了，我也睡着了，直到两只狗把我们分别舔醒。我睁开眼睛，发现很多人围着我们哄笑，笑声一下子将菊溪镇沸腾了。

这天下午，当我到钟表修理店要告诉李瑞士洪先生已经从法国回京的最新消息时，他却不知去向。他的老婆爱理不理地说，李大富出远门了。去哪里了？我愕然。二十多年来他都没有离开过菊溪镇，现在却出远门了。

“去北京上访了。”她说，“镇政府要扩大马路，要拆钟表修理店，说这店属于违章建筑，乱搭乱盖，非拆不可。二十年了没有人说它违章，现在说它违章它就违章了。拆了店，我们就得回家种地，李大富早就要回家种地了，我不愿意。妈的，凭什么他们住镇上我们回家种地？我宁愿死在马路上也不回家种地。”

我还想告诉李瑞士的是，宋仁同意回来采访他了，准备就洪先生与卢梭跟他进行一次彻底的长谈，并保证把李瑞士的谈话原原本本地发表。这样一来，李瑞士会迅速成为媒体红人，命运也许立即发生改变，“洪流抄袭事件”将再起波澜甚至峰回路转，毫无疑问，宋仁还将再火一把，一些不为人知的秘密都会成为娱乐版的头条。

“天安门也是违章建筑，他们为什么不拆？”李瑞士老婆质问我。

这肯定是一个伪问题。她也不会期待我给她答案。我发觉修表店墙上的钟都修正为北京时间。

我准备离开时，李瑞士老婆叫住了我：“喂，听说你是京城来的知识分子，你们读书人谈论了那么多公平平等，你说说看，这个世界有公平有平等吗？”

这是一个一言难尽的问题，不比人类不平等的起源简单。我一时不知道如何回答。

“我相信有。”她说，然后拍拍双乳，“都在老娘这里，左边是公平，右边是平等。”

没有李瑞士的菊溪镇是不正常的。镇上的人都已经习惯了李瑞士的奇谈怪论和古怪性格以及给人带来的欢快的生活，仿佛是，李瑞士在，菊溪镇就在，李瑞士走了，菊溪镇将不复存在，至少给人不适和不安。于是，三五成群的人，闲不住的人，在钟表修理店前来了一茬又一茬，打听李瑞士什么时候回来。“李大富不回来了，去瑞士找洪太太了。”李瑞士老婆豁达地说，“他都等了二十年，我再不给他自由，你们要说我不近人情了”。本来这句话应该由闲人们说出来的，却被李瑞士老婆抢先了，他们便觉得再拿洪太太说事已经失去乐趣。没有李瑞士，又不值得说洪太太，李瑞士老婆的大乳房成了他们争相取笑的对象，他们也不直接取笑，只是指桑说槐，一语双关，暗藏玄机，像乡俚遮遮掩掩掩的黄段子，虽然被草草地包着却一点即破，引发一阵哄然大笑。李瑞士老婆早已经不耐烦，动用扫帚将乱哄哄的人轰走。好几天过去了，仿佛过了许多年，钟表修理店逐渐变得冷冷清清，只有墙上的挂钟证明李瑞士曾经存在过。而李瑞士不在镇上竟直接影响了我的创作，心里空荡荡的，突然找不到状态，甚至出现幻觉，仿佛前妻老在楼下敲门，开门一看什么也没有，脑子里乱糟糟的，剧本进展缓慢，心里掠过阵阵的焦虑和慌乱。

又一天下午，我浑浑噩噩地穿过闹市，走过拱桥，来到钟表修理店。正好有一帮人在神秘兮兮地说着什么。我表现出了常人的好奇，他们压低声音对我说，菜市场那边刚来了一个穿旗袍的女人，身材高挑，胸佩珍珠项链，手戴玉镯，拎着一个黑色坤包，穿高跟鞋，皮肤雪白，样子很优雅，说是京城来的，要找李瑞士。我们乍一看，她挺像洪太太的，但走近一看，又不太像，照道理，那么多年过去了，洪太太不会还那么年轻呀，难道洪太太整容回来了？她找李瑞士，认不得路了，东张西望，迷迷茫茫的，不如当年清醒了，我们又不敢告诉她李大富住哪里了，我们怕她缠死李大富——看她那样子，就是要把人往死里缠那种。

我半信半疑，以为是闲人们取乐的方式，便说，洪太太早已经找不到来这里的路了。洪太太怎么会来这里呢？

此时，李瑞士老婆正好回来，对着我们嚷道，菜市场那边又来了一个穿旗袍的女人，要找李瑞士，神经病，什么李瑞士？我告诉她，菊溪镇没有李瑞士，李瑞士早就死了。

“她不是洪太太吧？”他们说。

“我不认识什么洪太太。”李瑞士老婆不屑地说。

大概是傍晚，赶集的人都散去了，我在楼上琢磨剧本，忽然楼下传来沉闷的敲门声，然后是叫唤我名字的吼声。我赶紧从窗口往下看，一个女人正在擂门，我“喂”了一声，那女人抬起头，我看清楚了，是前妻，她竟然找到这里来了！

接下来的事情被镇上的一些人看到了。前妻抓着我的衣领一把将我拉倒，用她的江苏方言大声地谩骂我。

“你这个臭编剧，别以为混得人模狗样了，可以在京城里混饭吃了，成上等人物了，便嫌弃我这个丧家犬，我警告过你了，即使躲到地狱我也要把你揪出来！”前妻恶狠狠地指着我骂道，转而问，“李瑞士呢？你以为李瑞士能解救你？你以为宋仁是在帮你吗？你被宋仁利用了。宋仁安排你哄骗李瑞士到北京去，宋仁就可以挖到更多的新闻了……”

我没有哄骗李瑞士。是他自己要去北京的。

前妻说，你知道宋仁为什么不结婚不谈恋爱？他迷上洪太太了，他还是屁孩的时候只见过一次洪太太就迷上了，一辈子也无法自拔。他给洪太太发了很多肉麻的情书，还飞到瑞士去纠缠洪太太，肯定跟那个老妖精上床了，否则人家怎么可能告诉他一个天大的秘密？——洪流占有苏玉兰，他恨洪流，这一点和苏玉兰是一样的。这个小人，为了虚名竟然不择手段，畜生不如，他早就不是原来的宋仁了，他的下一个目标就是你，他已经掌握你和姓童的那个著名女导演有一腿的证据，她有丈夫，也有女儿，你凑什么热闹呀？

前妻一副咬牙切齿恨铁不成钢的样子，劈头盖脸地训斥我。我无须争辩，我的脑子里迅速闪过自己身败名裂后的情形。然而，前妻所不知道的是，我正在偷偷地学习法语，在孤独漫步的时候，我经常想象自己在钢琴的伴奏中用法语大声朗诵《论人类不平等的起源》的情形。我还有一个更加热血沸腾的设想，就是要写一部《卢梭与华伦夫人》的话剧，北京人艺早就邀请我合作打造一部经久不衰的话剧，我想是时候了。我恨不得中断手上的剧本创作，马上回到北京去跟北京人艺商讨合作细节，与人艺进行一次平等的艺术合作。这些年写的那些电视剧虽然使我名利双收，但我突然发现它们一钱不值。为金钱写作是不平等的，我却为了金钱出卖了自己的才华，那不是等价交换。我要写一部与自己的才华相称的戏剧。我的才华需要平等。我迫不及待要动身的时候，前妻却拉住了我。

"你不喜欢世外桃源吗？我就陪着你，我不走你就不能走。"前妻说，"像你当年一样，我也需要平等。"

现在我已经没有时间争论平等了，我只想逃离此地。

"差点忘了告诉你，女儿已经能背诵《论人类不平等的起源》！"前妻突然阴森森地说，"用的是法——语。"

我想挣脱前妻抓我的手，但她像绞绳一样死死地缠着我，让我动弹不得。从前妻癫狂的眼里我看到了狰狞。我无法离开。风光旖旎的菊溪镇此刻变成了一座地狱。

镇上的人都知道我是北京来的编电视剧的，见到我都笑嘻嘻地问我，大作家，又编了什么好故事呀？正在编呢。我说。"那你前妻……"他们吞吞吐吐的。

"她要等李瑞士回来。她没见过怪人，总想见一见。"我说的是实话，她要跟李瑞士讨论人类不平等的起源。

是三天后，宋仁突然出现在菊溪镇，两只手分别拖着两个一大一小的行李箱。整个人失魂落魄的，异常沮丧，满面尘埃，像一个逃难者。对我说，我回来了。

我小心翼翼地问，你是回来采访李瑞士?

不是。宋仁说。我已经不是记者了。

我吃了一惊，怎么回事?

新闻出版局以莫须有的罪名迅速吊销了我的记者证！宋仁气愤难当，我想借洪流抄袭事件的声势，乘机将另一个涉嫌抄袭的学术权威拉下马，扩大战果，为学术界争取一个平等民主的学术环境，但想不到，我撞到了枪口，踩中了地雷，倒在了通往正义的路上。我有什么过错?如果不是他们，我肯定能获得今年新闻界十大杰出人物，可是，权贵们将我绞杀了，这个世界真黑！你知道吗，我才被吊销记者证，报社便连夜将我除名，我还接到不知道来头的人打来的警告电话，要我马上滚出北京，永远不准回头！我被这个世界驱逐了。

看来宋仁的记者生涯真的走到了尽头。宋仁脱下衣服，让我看到了他身上的瘀伤。"这是被不明不白的人打的，要不是跑得快，连命都保不住——我评估过了，菊溪镇才是世界上最安全的地方，我再也不离开这里了。"惊恐从宋仁的眼里一闪而过。

我想安慰宋仁。宋仁摆摆手制止了我。他很疲惫，只需要休息，不需要安慰。

"被开除了活该！伪君子。"前妻冷嘲热讽，"宋仁，现在你可以和李瑞士平等地谈论人类不平等的起源了——但你不配。"

"我已经找到了答案！"宋仁说。

前妻满脸鄙夷地看着宋仁："每个人都说找到了答案，但没有一个答案是对的。我的答案也是错的，这个世界什么都是错误！我们都在捉迷藏呢。"

前妻的精神看上去更恍惚了，脸上的皱纹和斑痕越来越多，那身不合身的旗袍显得不伦不类的，身上散发着难闻的酸臭。

“她天天拿刀缠着我，要我告诉你的去向，我心烦意乱的，便告诉了她。”宋仁在说我的前妻，“我以为她不会找到你的，菊溪镇那么偏僻，连地图上都找不到，她竟然找到了。”

前妻呸了口痰，朝宋仁说，我现在开始怀疑是不是你告发了我父亲，然后假惺惺地请律师救他……

宋仁摆出一副无辜相，也不和前妻争辩，把我拉到一边，意味深长地说，“现在我真正羡慕李瑞士了，甚至开始忌妒他了。世人皆醉他独醒，他不属于世界，世界却在他掌握中！”

老兄，不要太悲观，你也不是第一次遇到挫折。我说。

这是最后一次了。宋仁说，从此以后，不会再有挫折。

前妻每天都要拉上我到钟表修理店去坐上大半天，说是等李瑞士回来。李瑞士老婆对我们很不客气，说我们逃难到菊溪镇，想连累李瑞士，要我们别在她家瞎等。

“我家李大富平平安安过了二十多年，都有孙子了，你们就别害他了。”李瑞士老婆说。

前妻说，我们哪里是在害你家李大富，相反，是李大富害了我们。

我家李大富怎么害了你们呀？你们血口喷人，要谋财害命，大家快来给我家主持公道，他们要我家破人亡、株连九族……李瑞士老婆撒泼了，跟前妻争吵起来。镇上的人跟着起哄，说是“假洪太太”跟李大富老婆争风吃醋了。我尴尬得不知道如何收拾局面，倒是宋仁一声断喝将李大富老婆给镇住了。

“严相凤，你一个杀猪的，撒什么野！”

李瑞士老婆愣了愣，抱着她的孙子转身走了。前妻气势汹汹地要跟上去理论。我一把拉住她。我的面子从京城一直丢到了菊溪镇，已经够了。我斥责道，人家严相凤到底是一个善良的乡下女人，你凭什么京城来的就欺负人家呀！

我准备收拾东西携前妻离开菊溪镇。但前妻死活不愿意。你想怎么样？我吼道。

“要走，你自己走！我不拦你了！你自由了！”前妻说。

你要留就留吧，我可管不了那么多。那天，我要走的时候，有人来楼下大声叫我，你还不快去劝架，你前妻跟李瑞士争吵起来了，看样子还要动手打架，菊溪镇很久没看见女人打男人了，大城市的女人果然不同凡响啊。

李瑞士已经回到菊溪镇！

我匆匆赶到钟表修理店。李瑞士果然回来了。前妻已经停止了和李瑞士的争吵，或者说，李瑞士懒得和她理论，但他的左手臂上有明亮的抓痕。前妻的高跟鞋和坤包被扔到了一边，身上那紧巴巴的旗袍显得过于累赘，这是前妻第一次穿旗袍示人，那不习惯和别扭程度只有她自己知道，但她不会知道她的样子看上去让人觉得可笑，简直是东施效颦。

李瑞士正搀扶着一个老头走过马路，往河畔方向走去。前妻气吁吁地追上来，我用严厉的眼神警告她，甚至恶狠狠地挥起拳头才把她暂时镇住了。

无论如何明天我也要离开此地。我要向李瑞士告别。

“你看看，我像洪太太吗？”前妻摆出一个优雅的姿势，“这样吧，我们做个公平交易。如果你说我像洪太太，我就心甘情愿跟你回去。”

我很不耐烦地吼了一声：“像！你简直就是苏玉兰！”那老头原来耷拉着的头突然抬起来看了看我，并卑谦地向我笑笑。我也向他点头致意。满头白发，一脸倦容，双手不住地颤抖，走路不稳，嘴巴像关不牢的水龙头口水直流。李瑞士双手搀扶着他的双臂，小心呵护着，一小步一小步艰难地往前走。

“他是谁？”我问。

李瑞士轻描淡写地说：“是我父亲，走失了二十年，在外面受尽了苦头，我把他找回来了。从今天起，我什么事也不干了，就陪着他，让他安度晚年。”

宋仁急匆匆赶到，看到了老头，样子异常惊愕，目瞪口呆，仿佛看到了外星人。等李瑞士和老头走远了，他才喃喃地说：“那个老头就是洪流！前几天我还在北京见到他！”

经宋仁一说，我忽然觉得那老头似曾相识。如果他真是洪先生，与那时相比，他已经完全变了一个人，气宇轩昂、风流倜傥、名士鸿儒的派头在他身上荡然无存，孤独，无助，枯瘦，暗淡，猥琐，生命之火渐熄，与河边钓鱼的那个鳏夫没有两样。

前妻心满意足地站到我的身边，双手挽着我的胳膊，温顺贤惠得宛如初恋。宋仁若有所思地搂着我的肩头说，兄弟，你先不要离开，我们放下一切身份、偏见、是非观、价值观和私心杂念，竹林之中，河畔之上，一壶清茶，几颗星光，不管江湖庙堂、世间纷扰，跟洪先生、李瑞士平等地、心平气和地谈谈卢梭，谈谈《论人类不平等的起源》。

“就像谈唐诗宋词一样。”宋仁道。

我同意了。

附注：卢梭（1712—1778）出生于瑞士日内瓦一个钟表匠的家庭，是18世纪法国大革命的思想先驱，启蒙运动最卓越的代表人物之一。成名前曾在年轻貌美的华伦夫人家长住;《忏悔录》前半部大都是卢梭对华伦夫人的追忆和忏悔。卢梭的名作《论人类不平等的起源》是法国大革命的灵魂。在本书中,卢梭指出人类每向前发展一步,不平等的程度就加深一步。该书阐发了卢梭的政治哲学思想,是一本充盈着智慧的书。它的每行,都渗透着作者苦苦的求索,从各个角度逻辑清晰地阐释为什么人类的进步史就是人类的堕落史。

2011 年 7 月 12 日一稿

2011 年 8 月 3 日二稿

载《小说月报·原创版》2011 年第 6 期

驴打滚

我们的同事兼朋友马朵朵先生向来是一个善良的好人，这个无须论证，因为所有的人都是这么说的。本来，我们都不必要为身边存在这样的一个好人而忧心忡忡。可是，我的另一个同事，同时也是马朵朵的朋友闵良知先生并不这样看，因为他发现马朵朵近来很不对劲，有做恶人的冲动。

“他可能要干掉鹿小茸。”闵良知先生看上去忐忑不安的，甚至忧心如焚。

鹿小茸先生不是我们的朋友，因为他不是马朵朵的朋友。一个连马朵朵都憎恨的人，大抵不是什么好东西。鹿先生不是我们化学系的，而是中文系的，中文系也就罢了，他却不合时宜地是一个诗人。现在是什么时候了，我们以为诗人已经绝迹，实际上在生活中也并不多见，但听说还有一个诗人顽强地存在着，像远古时代的微生物（或曰细菌），本来也没什么，只是令我们如芒在背的是，中文系就在化学系的旁边，两栋小楼一衣带水唇齿相依，那个诗人就像一头臭不可闻的驴站在我们的身边。闵良知先生对诗人的偏见近似固执，好像所有的诗人连李白杜甫都曾经是他的杀父仇人一般。他说，驴放屁也会分行，诗人和驴有什么区别呢？很显然，我们是不会跟驴成为朋友的，连心地善良、与人为善的马朵朵也不会。但话说回来，我们也并非尖酸刻薄到拒人千里之外，如果驴只朝着樱花和江水吟唱，我们是不会多管闲事的，甚至还会像向地铁卖唱者致意那样给它适当的尊重。然而，它却不自量力地对我们的朋友马朵朵先生不恭敬，并不止一次地把他得罪了。绵羊是不会咬人的，兔子也不会，但世界上哪有那么绝对的事情？闵良知先生说，这一回马朵朵生气了，要杀人了。

问题的严重性超出了我们预想。那头蠢驴要大祸临头了。

那天我和闵良知先生走在玄武湖的边上，沿着城墙一直朝南走。我们的中间，当然像平常那样夹着马朵朵，他瘦小的身躯像豆腐干一样被我们夹得像被劫持。玄武湖本来不属于我们的，只有秦淮河才属于我们三个人。但秦淮河是我们讨论学术的地方，这次我们商讨的不是学术，而是杀人，不能让即将发生的血案玷污了秦淮河的高洁。马朵朵身材矮矬，却声音激越，喉咙里像安装了几个麦克风。

“这鹿小茸还活着，我却忍气吞声，苟且偷安。我对自己感到失望。他让我受了奇耻大辱，这是众所周知的，我应该杀了他。”马朵朵根本不顾及隔墙有耳，对来来往往的行人熟视无睹。然而，他的话已经惊吓到别人，他们不再信任我们深度的眼镜和斯文的外表，惶恐地躲避。我们的朋友马朵朵先生一生中除了恶骂过自己，从没对别人说过气话、粗话、硬话、恶话，他的嘴里只有豆腐没有刀子，可是现在他要拿起刀子了。

“我真的会杀了鹿小茸，绝不能宽恕。我已经四十多岁了，是做一件有意义的事情的时候了。在此之前，我只不过是一具学术僵尸。”马朵朵说。

顺便说明一下，我们的朋友马朵朵先生二十六岁便获得了哈佛大学化学博士学位，回国多年，在学术上成就非凡，早已经成为化学领域内的权威，是我们这所著名大学的博导和学科带头人，如果不出意外，他今明年内将成为中国最年轻的化学院士之一。除此以外，令人称羡的是，他父母双存，妻子漂亮贤惠且才华横溢，是有名的先锋实验剧作家；女儿在钢琴界声名鹊起，曾在维也纳金色大厅作专场表演……

“你将失去一切。”我和闵良知试图平息马朵朵的冲动。冲动是诗人的专利，我们化学系的人不跟他一般见识。我搂着他的左肩，闵良知搂着他的右肩，像兄弟一样，当然也像绑架。

“与杀掉鹿小茸相比，这些算得了什么呢？”马朵朵狠狠地做了一个咔嚓的手势，果断，坚决，痛快，干脆利落，像大革命时期的将军。瞬间，仿佛血飞溅到了城墙，血水迅速升高了玄武湖的水平面。我们面面相觑，觉得此时此刻的马朵朵不可强劝，不可逆其意志，否则他会将我们排除在知己队列之外——能成为马朵朵先生的知己，使我们沾了许多光彩，也长了见识，因此，我们不可能自绝于他。我们支支吾吾地说，鹿小茸该杀，可是杀了他以后呢？

“这是一个极大的烦恼。你们忧虑的正是我的困境——这也是人类生存的困境——自由与束缚的冲突。”马朵朵已经在想这个问题，说明他蓄谋已久，“我可不想束手待擒，坐以待毙。像所有的杀人凶手一样，出于求生本能，我必须逃跑，哪怕在逃跑的路上被击毙。特别像我这种有身份有地位尤其是高智商的人，不可能坐在审判席上丢人现眼，更不可能让绞绳套在我的脖子上，或温顺地等待子弹穿过头颅。

逃跑是我唯一的选择。但现代社会的警察要比古时候的捕快厉害得多，逃跑并非容易的事情，况且在这方面我并不比城市角落里的小混混更内行。不过，我相信只要准备充分，加上我的天分，从天罗地网中逃脱也是有可能的，因为无论天衣多么强大，总会给聪明而勇敢的人留下脱逃的缝隙。”

我们部分地赞同“缝隙说”。按照宇宙学家们的学说，时间和空间都存在着无数的“缝隙”，即使一块铁块也是有缝隙的，更不用说我们生活的空间。关于宇宙，昨天还是前天，马朵朵还着重地引用了天才物理学家霍金先生的理论说道，宇宙正在无限扩大，而且，宇宙之外还有宇宙，时间和空间无穷到连诗人都无法想象，这说明了一个问题，即使在一个无穷小的空间里，聪明的人也能找到生存的天地。

“我早就开始观察蟑螂，看它们怎样在危机四伏的环境中得以生存。它们就是利用了缝隙生存，因此它们比人类更早来到地球，也将比人类更晚一些灭绝。世界上到处都是形形色色的逃亡者，他们在刀锋上行走，在缝隙中生存，那是另一种生存状态，却并不见得比正常的生存状态坏，我们痛恨或同情他们是因为我们不理解他们，就像别人不理解我为什么非要杀鹿小茸不可。理解一个人，你得理解他的生存意义。”我们的朋友马朵朵在说服我们，而不是我们在说服他。

如果你们愿意为朋友两肋插刀，就应该帮助我远走高飞。马朵朵说，不过，如果你们因害怕成为同谋、从犯而离我而去，我也无话可说，祝你们像往常一样幸福、安全。

结果并不意外，我们被我们的朋友马朵朵先生绑架了。

事实证明，史上有过太多阴谋和杀戮的玄武湖不适合思考。发生多次的南京大屠杀都是从玄武湖开始的，在那里我们像被杀气腾腾的兵匪围困，想不出任何逃亡的可行方案，往往是一方刚提出构想，便在另两个驳斥下漏洞百出，结果互相发现彼此在这个方面是多么弱智。我们只好迁怒于玄武湖，回到常常使我们灵光闪烁的秦淮河。从此以后，我苦思苦想的不再是学术，而是脱逃术。每天黄昏，我们三个在秦淮河边散步，把脱逃术上升到学术高度加以研讨。这条河对我们意义非凡，因为它环境幽静，穿越古今，适合思考杀人技巧和逃亡法则。再顺便说一句，与马朵朵相比，我和闵良知先生虽然稍逊一筹，但亦非等闲之辈，在化学领域都是佼佼者，我和闵先生合作的论文曾多次上了《自然》《科学》等杂志的头条，论成就和影响我们迟早也将是中国科学院院士的有力竞争者。我们现在是马朵朵的左膀右臂，化学界将马朵朵、我、闵良知并称为“秦淮三杰”，或“秦淮河边的三驾马车”。三个臭皮匠尚能与诸葛先生等量齐观，何况三个准院士？

休闲锻炼时间，只要都在南京，我们几乎风雨不改，穿老北京布鞋，一身运动装，不带通信工具，从大学侧门出发，步行到秦淮河有半个小时的路程。在这半个小时里，我们往往一言不发，严肃得像公众场合的高官。穿过喧嚣，到了河畔，我们沿着河岸往西，先是听马朵朵对逃亡的种种设想，然后我们挑刺，寻找漏洞和破绽，提出假设，再充分论证。为了开阔眼界，借鉴古今中外的逃亡经验，我们还剖析从网上或电影上得来的千奇百怪的逃亡成败案例，给马朵朵启发。我们的目的只有一个，就是集中我们的聪明才智让他的逃亡方案天衣无缝，无懈可击，换句话说，他干掉鹿小茸后，成功脱逃，警方永远无法找到他，他能在无处不在的“缝隙”中逍遥法外。

当然，这一切都在绝密中进行，即使是秦淮河上的鬼神也不会知道我们在谈论什么。

经过半个多月的雕琢，被我们命名为“秦淮计划”的马朵朵脱逃方案趋于完美，我们可以负责任地向他保证，它能使你远走高飞。

然而，我和闵良知先生均非茹毛饮血之流，我们也像尊重马朵朵先生一样尊重每一个生命，哪怕对方是一头驴或一个诗人。我们希望马朵朵能在最后时刻放弃他的血腥行动，让鹿小茸苟且活在世上。

我说："不值得为一头驴铤而走险。"

闵良知先生也劝道："杀一头驴，你修行了十三年的佛性将毁于一旦，都快得道了，何必呢？"

"替天行道的事情，佛祖也干过。"既然马朵朵固执己见，那我们就为他祝福吧。

如果马朵朵先生把杀死鹿小茸的想法深埋心底，然后神鬼不知地付诸行动，鹿小茸死了，最后不知道凶手是谁，就成了令警察蒙羞的无头案。众所周知的原因，化学家杀人的方法要比其他人士更丰富更隐蔽，凭马朵朵的智商应该能做到杀人于无形。问题是，我和闵良知先生已经知道了他对鹿小茸动了杀心。这样，如果鹿小茸真的死于他杀，我和闵良知先生会守口如瓶吗？不能，明知而不说，这不符合法治精神和正义准则，也不符合我和闵良知先生作为知识分子的良心。我们肯定会向警方提供信息，马朵朵先生便不能脱离干系。况且，马朵朵先生说，他要在大庭广众之下旗帜鲜明地杀掉鹿小茸，只有这样才能给世人一个交代。但他杀了人后并不想马上被捕或被警方击毙。他得逃命，而且不让警方抓住，这个案子拖得越久影响越大。在证据确凿不可能洗脱罪名的情况下，马朵朵先生要想得以逍遥法外，只有逃亡，躲藏。

如果你了解南京，就发现要逃离这个城市并非易事，即使你逃离了南京，也未见得万事大吉。出了中华门或中央门，甚至离开了机场或火车站，你还会感觉到草木皆兵四面楚歌，因为周边几乎全是大城市，众所周知，对一个逃犯来说，城市是最危险的，因为警察和监视器无处不在，通缉令张贴到古老得早已经让人遗忘的小巷和渡口。然而，对像马朵朵先生这样的知识分子，除了在城市生活外别无选择。马先生没有经历过上山下乡，既没有刀耕火种的技能，更没有在黑煤矿下生存的能力，甚至连洗衣做饭的基本家务活都让他的弱势原形毕露。那他只能在城市里开始他的逃亡生涯。我们一致认为，虽然南京是一座防备严密、天网恢恢的城市，但并非没有漏洞，正如前面所说的，空间是无限的，以前的南京主城区面积4730.74平方公里，人口密度2.81万人，建筑物56万幢，地下通道1289条，防空洞38个，桥梁涵洞786个，地下出租屋12万间，招工来者不拒的黑工厂367间、建筑工地1300处，假证办理从业人员500余人、整容美容院351家，听说还有专为逃犯而设的地下避难所。我们坚定不移地认为，马朵朵先生其貌不扬，扔到人群里像一滴水掉进了大海，偌大的南京城足以藏得下一万个马朵朵。因此，“秦淮计划”的第一条明确指出，“逃犯”要绝地逢生，就必须认同霍金先生的宇宙学说，承认空间的无限性。这一点马朵朵先生已经确认，因为他历来是霍金先生坚定的支持者。好像前面或者以前我们也已经说过，凶手逃离现场甚至远走高飞都不足为奇，很多普通人都可以做到，连稍一慌乱便找不着北的闵良知先生也拍着胸脯说，他也能做到。那么，也就是说，马朵朵先生不必担心杀了鹿小茸后逃离现场或藏匿的问题，他考虑的重点是第二条，怎样在警察和熟人的眼皮底下生存，甚至还从事他酷爱的化学研究工作。“秦淮计划”的第二条非常关键，也就是说逃亡者必须熟悉和掌握“蟑螂生存法则”。所谓蟑螂法则，简单地说，就是“夹缝生存理论”加上“下水道寄生法”。蟑螂这个古老的物种，它在险象环生、极度肮脏的环境中求生存的经验值得马朵朵先生借鉴。马先生也表态，蟑螂能做到的事情，他也能做得到。

“秦淮计划”是我们三人共同完成的作品，它太有创意太完美了，可以用天才的构想来形容，我们恨不得马上投给《自然》或《科学》杂志，他们也许会破例刊登这篇看似与学术无关但实际上是一篇能极大启发人类智慧的学术论文，当年谁又把爱氏的相对论当作一篇传统意义上的学术著作？

我和闵良知先生都以为，马朵朵先生不会丢下如日中天的事业和让人眼红的名利，他的杀人计划和逃亡计划都只不过是纸上谈兵，泄一下愤，或给单调的生活平添一些乐趣而已。然而，有一天他非常认真地跟我和闵良知先生说：“你们掌握了我的一切，我可以相信你们吗？”

这是一个他早就应该警觉的问题。

我说，我可以让你相信，我以人格担保，绝对不会供出“秦淮计划”！

闵良知说，为朋友两肋插刀，我宁愿成为你的同犯！

还有什么可说的呢，风雨同舟，与马朵朵先生共存亡！

附录：1.《秦淮计划》总纲（略）

2.《秦淮计划》详细方案（略）

对于鹿小茸，我和闵良知先生是同时认识的，我对鹿诗人的所知并不比闵先生多多少。大概是“秦淮计划”出炉前的半年前，或许更早一些，从浦口校区回主城区的校车上，我和闵先生坐在一起，马朵朵坐在我的前头，我和闵先生低声地猜测本年度的诺贝尔化学奖花落谁家，马朵朵对这类话题兴致不高，一个人看窗外的风景，杂乱无章的建筑，沾满尘埃的树木，田野里饿得发慌的鸟群，险象环生的公路。那时候，校车还不把学生与教授分开，满满的一车人，教授们在学生面前都不好放开说话。一路上有些沉闷。在过长江大桥的时候，突然有一个瑞典的留学生从座位上站起来向所有的人发问，这个留学生是女的，身材和面容都代表了欧洲的水平，后来听说是历史系的研究生，名叫让·沙娜，她的导师是德高望重的柳叶海老先生，他正端坐在车头的第一个位子——如果戏剧系的蒙晓芳女士不在车上，那个位子永远是留给他的。

她一本正经地问道："你们中国人为什么把男人的生殖器称作鸟？"

众人皆惊。继而引起一阵哄笑。车里的气氛顿时变得热烈，但接下来是异常的尴尬。因为那瑞典女留学生还站在那里等待答案，而车上没有谁给她回答。柳叶海老先生耳朵不好使，不知道大家在笑什么，但应该猜得出来，是他的学生在提问。

"沙娜，你问什么问题？"柳叶海老先生也充满了好奇，随即戴上了助听器。

"中国人为什么把男人的生殖器称作鸟？"问题被重复了一遍。哄笑再起。柳叶海老先生窘迫得无地自容："我不回答，与我专业无关，谁要回答谁回答去。"随即生气地摘下助听器，不理会车内的事情。

显然，这个问题还轮不到化学系的教授回答，生物系的人回答也不合适，医学院的教授也推辞，说那是中文系的活。说实话，虽然他们学富五车，但未必能利索而体面地回答这个问题，因为它跟文学有关，是形象思维，是一个比喻句。车上有我们认识的四名中文系的教授，包括古文字学泰斗韩少平老先生，学界新锐郭颐文，文学批评家方仁义，二十年后或许问鼎诺贝尔奖的小说家银邦克。韩老先生一向严谨，此时正襟危坐，当没听到一样，孤傲得像一只仙鹤；郭颐文先生近年疏于学术，频繁客串于电视选秀节目，名气很大名声却不太好，尽管以他雄辩的口才足以将芝麻大的小问题瞬间化作乌有，但看到恩师韩老先生不发一言，他也只好微微一笑；银邦克先生或许觉得现在跟瑞典人套近乎为时尚早，他高筑城府，明哲保身，沉默不语；只有近年大声疾呼“良心批评”的方仁义先生挺身而出，当仁不让，勇挑重担，要为中文系争口气。他回答说，男人的生殖器，从形状上看，像鸟，仅此而已。然而，这个答案虽然又引起一阵哄笑，而且有一定道理，但不足以使让·沙娜满意。她争辩说：鸟是有翅膀的，而男人的生殖器只有羽毛。方先生在更轰隆刺耳的哄笑中下不了台，颜面尽失。那些对中文系有成见的人士开始冷嘲热讽，甚至与人为善的马朵朵先生也说话了，他投井下石地说，全皆欺世盗名之辈。方仁义先生不高兴了，你凭什么说我欺世盗名？马朵朵先生意识到说错话了，但那天他跟平时不一样，有点反常，说话特别尖刻。

“我不仅仅说你！”马朵朵顶了方仁义一句。

“那你是骂整个中文系啰？”方仁义先生引蛇出洞。

“你可以这样理解。”马朵朵说。显然这不是他的本意，但他的话显然把中文系都得罪了。

方仁义兄终于从刚才的尴尬和激愤中解放出来，因为他可以和韩老先生等人同仇敌忾了。

我们都在为马朵朵先生担心。因为吵架不是马朵朵的强项，况且以他的口才远不能舌战群儒。

“我同意马先生的观点，中文系就是乌合之众，就是欺世盗名的鸟人！”车后排座位上有人说话了，“我是中文系的副教授鹿小茸，我也是一只鸟，但我跟你们不一样。”

众人皆惊。他是被忽略了，因为他永远孤傲地坐在车尾巴的角落里，不与任何人说话，长发披肩，脸如马面，嘴唇薄得让人担心，鼻梁与国情不符地高耸着，容易挑起别人一拳打过去的冲动。我们都懒得跟他打招呼，因为在此之前我们都不知道他的名字，马朵朵还以为他是搭载顺风车的小商贩。

中文系起了内讧，个中复杂性在此暂且不提。那天在车上中文系的教授们吵得面红耳赤，后来德高望重的韩老先生突然觉醒，迅速出手平息了内讧："祸起萧墙啊，你们还吵什么鸟！"顿时鸦雀无声。但他们的沉寂给了让·沙娜再次发难的机会：

"中国知识分子遇到丑恶和不合理的事情不敢拍案而起，往往说'不关我鸟事'，你们的鸟不是鹰，是鸵鸟。现在我终于印证了这个事实，中国知识分子只善于窝里斗和争名夺利，而没有责任担当，根本不能成为中国的良心！中国人老是为不能获得诺贝尔奖而觉得憋屈，但鸵鸟怎么配得上诺贝尔奖呢？"

中文系的教授欲站起来反驳这个留学生的无礼和恶意，但又被韩老先生劝阻："让别人说去吧，咱们中文系不蹚这浑水——反正我们中文系不争诺贝尔奖。"

然而，鹿小茸先是放了一个响屁，然后嘲笑着说："谁说中文系不争诺贝尔奖？银邦克先生不同意，我也不同意。但你们不是中国的良心，我是！"他啪一声撕裂衬衣，露出左胸膛，指着心脏说："中国的最后一颗良心在这里跳动，呼之欲出。"

虽然鹿小茸的表演迎来了无数的鄙夷和蔑视，但让·沙娜却向他鞠了一躬："我先向你鞠一躬，但你得用事实证明你是。"

"我的存在就是证明。"鹿小茸先生气势如虹。

这场因鸟而起的争论戛然而止。我和闵良知先生都看得出来，瑞典人是有备而来，也可以说是蓄谋已久，故意在众人面前让教授们丑态百出。闵良知先生一直庆幸当时没有抢答，否则出丑的不仅是他，还有化学系。

然而，瑞典女留学提出的经典问题被本校师生在酒余饭后奉为“让·沙娜之问”，还被添枝加叶地增加了“中国人为什么总与诺贝尔奖无缘？”的内容，后来我看到N大学的校史研究专家把它与著名的“钱学森之问”相提并论，在外头津津乐道。至于“让·沙娜之问”意义有多大，中国知识分子是不是鸵鸟，这些问题我们都懒得管，因为洋溢着自由光辉的大学里面永远充斥着无聊和没完没了的争论或是非，为这些东西浪费掉一分钟时间都是愚蠢的和得不偿失的。但校车上发生的“鸟”事件的意外收获是让我们认识了鹿小茸先生。

开始的时候，我们对鹿小茸先生充满了尊敬，因为他关键时刻为我们的朋友马朵朵的失言面临的危局挺身而出出手相助，还为此不惜得罪了中文系的所有教授，包括保安、设备维修工、收发室的交通员、厕所清洁工等。我们也好奇于最高学历只有聊城师范学院本科毕业的鹿小茸先生怎样在中文系清一色的博士和海归中立足，鸡立鹤群，反差巨大，难道说中文系额外承担起保护和圈养诗人这类珍稀动物的义务来了？后来椐闵良知先生考证，情况是这样，“旺鸡蛋”（注：鸡还在蛋中，不鸡不蛋，南京风味小吃）嗜食者鹿小茸先生是国内著名诗人，虽然国际影响与北岛尚有一定差距，但与北大清华的牛×诗人们是半斤八两之别，是著名的“下半身”派诗歌的代表人物和集大成者。又虽然鹿小茸先生的名声并不是很好，离过三次婚，与七个女人同居过，还传出过“换妻”的丑闻，但不能像要求化学实验数据那样要求诗人的生活作风，不疯癫，不狂狷，不放浪形骸，不醉生梦死，哪还叫诗人？中文系的博士教授们纵使再看不惯此兄，也得容纳他，用中文系的话说，虽然我们也不喜欢狼，但在一群羊的身边安放一匹狼，有助于生态平衡和保持危机意识。问题是，鹿小茸先生是狼吗？在马朵朵看来，他不是。

马朵朵在广州路一家格调高雅的西餐馆宴请鹿小茸。我和闵良知作陪。为了给晚宴增加庄重感，马朵朵先生携夫人出席。我们对马夫人十分熟知，她是中国驻美国前文化参赞的女儿，母亲是国内著名的小提琴手。马夫人是一个剧作家，即使你对中国话剧多么陌生，也应该知道享誉国际话剧界的《午夜地铁》，她就是该剧的作者。马朵朵就是在美国观看《午夜地铁》时认识了马夫人。听马朵朵描述，《午夜地铁》在美国异常受欢迎，在纽约一连演了 13 场，马朵朵每场必到，看到第八场的时候，他已经能背下剧中所有的台词，第九场时，他听出了一个演员的口误，以为是剧作者修改了台词，他觉得没有原来的好，散场后就径直去后台找剧作者，便认识了马夫人。此后的好多天深夜，马朵朵都约她到时代广场，站在广场的中央仰望星空。马朵朵告诉马夫人，这是世界的中心。马夫人说，在我心中哪里都是世界的中心。马朵朵对这句话印象深刻，觉得她的思想像她的剧作一样深邃，而自己显得肤浅。在离开美国的最后一天，马朵朵吻了马夫人，是白天，在时代广场。那天马朵朵刚好获得了哈佛大学的博士学位。我和闵良知也无法理解，漂亮的马夫人为什么接受了相貌平平的马朵朵。后来我们从马夫人的说话中看出了端倪。她看中的是马朵朵对爱情的纯真，像一个孩子，而才华和身份都不是主要的。我们常常说，马夫人对中国的贡献不仅仅写出一部经典话剧，还为祖国从美国手中抢回来了一个化学博士——一个将来完全有可能填补中国诺贝尔奖空白的人。鹿小茸先生昂着高贵的头颅姗姗来迟。他不仅带来了一阵久不洗澡导致的体臭，还带来了一首刚刚写完的诗。马夫人超凡脱俗的气质显然惊呆了鹿小茸先生，还使这个有些猥琐的诗人突然精神抖擞，完全不顾及我们的辘辘饥肠，要把这首《致爱情》的诗献给马夫人。还没等马夫人来得及反应，他便当即亢奋地朗诵起来：

…………

愿我的爱情像一只鸟
不仅只有羽毛，还长出翅膀
绕树三匝，无枝可依
只能在女神的裙底下辗转缠绵！

此诗洋溢着赤裸裸的溢美之词，极尽阿谀奉承之能事，对一个女人的美貌与才华赞美得如此铺张奢华我还是第一次见到，虽然不能粗暴地将它称为艳诗，但比艳诗有过之而无不及，令马朵朵更不能接受的是，此诗并非巧合，而是早有预谋，专为马夫人而作。平心而论，诗写得不错，鹿小茸先生也非浪得虚名，但在大庭广众之下，在诗人几乎绝迹的世界里接受一次诗的洗礼并不是荣幸的事情，旁人怪异的眼神和服务员嘲讽的脸色让我们觉得难堪。我和闵良知先生按捺不住，几次要动筷子夹菜以暗示鹿小茸先生赶紧结束朗诵。但我们发觉鹿小茸先生并不把我和闵良知及马朵朵还有旁人放在眼里，他的眼里只装着马夫人。马夫人穿着藏青色旗袍，银色耳环大而得当，看起来比以前更具大家闺秀的气质。马朵朵三次让服务员给各位倒酒，试图以此提醒鹿小茸先生该坐到饭桌前了。而马夫人却颇有风度地听鹿小茸把诗念完。

“这是献给马夫人的诗。”鹿小茸再一次强调，“世界上没有几个女人配得上我的献诗，马夫人是其中之一。”

马夫人微微一笑说，鹿先生很有才华，朗诵也颇有天赋，可以到话剧团试试身手。

鹿小茸眼睛发亮，开始一改过去的孤傲和沉寂，像泄洪一样打开心扉，对自己的才能夸夸其谈：大学一年级时我演过《雷雨》，二年级时演过《等待戈多》，三年级时扮演过哈姆雷特，四年级我当导演排演我自己创作的剧本《死亡是爱的一种方式》，但我的才华更多地在诗歌领域，他们说我像里尔克，我觉得更像兰波，但如果说我像切·格瓦拉也许更准确一些……

马夫人优雅地说，其实我觉得你像金斯堡，也有点像波德莱尔……

鹿小茸说，虽然我不喜欢这两个傻×，但我还是感到非常荣幸。

接下来的时间，纯粹是诗人鹿小茸的个人诗歌朗诵会，从《嚎叫》到《恶之花》，从里尔克到博尔赫斯……亢奋起来的鹿小茸先生手舞足蹈，口沫横飞，狭窄的餐厅无法满足他狂狷般的表演需要。我们除了佩服和妒忌鹿小茸先生的记忆力和表演艺术外，还为我们完全成了局外人而沮丧。由于担心他的心理承受能力和对设宴的懊悔，我和闵良知不得不不断向马朵朵敬酒。然而，马朵朵先生的气度要比他的酒量大得多，他自始至终没有表现出一点不耐烦和醋意来。马夫人不愧是外交家的女儿，在一个疯子面前也能表现出彬彬有礼、虚怀若谷的风范，还不时给鹿小茸轻轻鼓掌，大度和淡定得像中世纪欧洲的贵妇人。

"像驴打滚。"马朵朵凑近我的耳朵笑嘻嘻地对鹿小茸的表演做出了评价，"不过也挺有趣。"

鹿小茸先生并不是永动机，他终于像一头超负荷奔跑的驴，累了。但酒菜都已经被我们喝光吃光，马朵朵先生并没有继续上酒和加菜的意思，更重要的原因是，马先生晚上有一个讲座，马夫人得修改一个剧本，我和闵良知要回到实验室去发现可能存在的新大陆，我们都起身告辞。鹿小茸先生肚子空空的，更没有尽酒兴，对服务员嚷道："能给我来几只旺鸡蛋吗？”

话音刚落，对“旺鸡蛋”有着本能反应的马朵朵哗啦一声呕吐了，把刚才吃下去的全倒了出来。鹿小茸不解道，旺鸡蛋是好东西……

马朵朵在我和闵良知的搀扶下落荒而逃。

鹿小茸对远去的马夫人说：我将在学院迎新晚会上再次朗诵《致爱情》，这首诗将很快传遍全世界。

闵良知讥讽说，一头驴要走遍全世界不太可能，因为驴出了中国就不太受人欢迎，然而，一头驴朗诵的诗要传遍全世界是可能的。后来，《致爱情》被鹿小茸先生在晚会、宴会、课堂、研讨会、学术论坛、校园的小树林等各种场合反复表演，终于传诵开来。而真正走向世界的是，鹿小茸先生的朗诵视频和音频像牛皮癣一样张贴到各大网站，引起了无数天生喜欢猎奇逐臭的网民围观。但他们热爱的不是鹿小茸先生的诗，而是献给的对象——马夫人。他们挖地三尺，终于找到了不同时期、不同场合、不同表情的马夫人的照片，果然引起了更大的围观，对马夫人品头论足，从脸容到胸脯，从额头到鼻梁，从牙齿到脖子，从嘴唇到脚趾，从仪态到肤色，煞有介事地推测她的婚姻生活乃至性频率。我的一个远在加勒比海多年从未关心过祖国兴衰的朋友突然打电话给我亲切询问，听说你们学校的马夫人——康香小姐貌若天仙、宛若皇妃？虽然相隔千山万水，但我的朋友声音依然热得发烫；还有一个肯尼亚的化学同行，黑胖子，先后给我发了十七次电子邮件，恳求我帮忙让我们的学院给他发邀请函，此兄十分坦诚，就是希望一睹马夫人的真容……闵良知先生也接到类似于此的恳求，他像我一样断然拒绝，以表达对朋友马朵朵的坚定支持，并为他分担忧愤，共度时艰。而我们的朋友马朵朵先生早已经被潮水般汹涌而至的纷扰搞得焦头烂额，不堪重负。关于他的消息和传闻在坊间和网上此起彼落。那些对马夫人想入非非的好色之徒通过马朵朵家的窗台或门缝往里张望，每天都有长枪短炮般的摄影工具对着教舍9号楼3单元。短短一个月，马朵朵先生收到了无数封“马朵朵转康香小姐”的信。马先生在世俗中的知名度已经远远超过在神圣的化学界，但在世俗中，他是作为康香的丈夫而存在，好像是，如果有一天他不再是康香的丈夫，他的知名度、关注度甚至存在的理由都将瞬间即逝。显然，在专业领域雄心勃勃的马朵朵无法消受如此庞杂、不邀而至和无孔不入的纷扰，他想躲藏起来，不回家，不上课，不参加学术研讨会，不出席任何会议，不接受任何宴请，不与父母女儿之外的任何人交往，不上网，不打开邮箱，不接受来路不明的信函，不接听陌生和可疑的电话，除了跟我和闵良知在秦淮河边散步外，不到其他可能引起不快的地方，不谈论与化学无关的话题……但马朵朵最终发现无处可藏，似乎是，陌生而庸俗的眼睛无处不在，时刻盯着他，让他不自在，哪怕他拉下实验室的窗帘将光线遮蔽，也无法阻止穿透力特强的风言风语。马先生变得狂躁了。

然而，更让马先生窝火和忍无可忍的是，鹿小茸像一只蟑螂随时随地伺机接近马夫人。无论马夫人的戏在哪里演出，他都会坐在离舞台最近的地方，并耐心地等到剧组全体成员出来谢幕，他会绕过演员和导演，把一束康乃馨送到编剧的手上。有时候，他守在马夫人所在的南京青年戏剧团的门口，一看到马夫人出现便张开无数条腿扑上去，给她递上一束廉价的玫瑰。有时候，在马朵朵家的楼下，在夜深人静连鸟都已经沉睡的晚上，或连鸟还来不及醒来的清晨，鹿小茸先生就张开喉咙歌唱《致爱情》，将昨晚做实验到半夜才躺下的马朵朵惊醒。有一次，马先生正在跟马夫人做爱的时候，鹿小茸先生突然站在对面的楼台上对着马先生的卧室朗诵诗歌。马先生怒发冲冠，赤着身子走到阳台上对鹿小茸先生破口大骂，还对着鹿小茸先生抖动蔫萎了的生殖器。鹿小茸先生对马先生的举动根本不屑一顾，在谩骂声中把诗朗诵完，然后扬长而去，绝不纠缠。有一次，鹿小茸在学校的小树林里举办诗歌朗诵会，来自五湖四海的对爱情有着强烈渴求的诗人云集在那里，诗人数量第一次超过了树木，地上撒满了诗歌的垃圾和酒瓶。围观者来了去了一茬又一茬。每一个诗人都朗诵了一遍《致爱情》，有深情款款的，有歇斯底里的，有虎啸狼嚎的，但怎么看也像一群驴在狂欢或悲鸣。马夫人应邀出席坐在树林中间的石凳上，像一尊女神被诗歌和渴望爱情的驴群包围，她神态自若，保持着合适的矜持和孤傲。最后，他们表演了《午夜的地铁》里的片段，以此向马夫人献媚，马夫人以微微一笑将所有的暗含着交配乞求的狂乱化为乌有。马朵朵深入驴穴，藏在槐树的背后目睹了那些疯子令人作呕的表演，他几次唤来保安，请保安驱逐这些流氓分子和性饥渴之徒。

“他们在大庭广众之下朗诵关于乳房、性交、肛门、精液的诗歌，比男盗女娼下流一百倍，扫黄打非的来不及管，你们为什么不管？”马朵朵质问保安科长。

但令马朵朵想不到的是，保安科长竟然是前诗人，当保安前在县报发表过诗歌，现在成了鹿小茸的崇拜者，理直气壮地拒绝执行马朵朵的命令。

“诗人都被逼躲到世界的角落里去了，你还要怎么样？”保安科长大义凛然地反诘马朵朵，“你心里容得下整个世界，怎么就容不下诗歌呢？”

马朵朵第一次感受到了时代扭曲的力量。怪不得那么多声音在批判道德滑坡，连诗歌都这样了，还有不坍塌的吗？

马先生找到了行将退休的中文系主任霍友邻先生：

"兄弟我本来对你们中文系没有成见，但自从你们养了一头驴以来，严重影响了学校的声誉和本人的生活工作秩序。如果你们舍不得一头驴，那么请你们把它圈养起来，别让它出来践踏庄稼和半夜吓人。"

霍老先生是个明白人，知道马朵朵所指，可是他并不同意马朵朵把他手下的一个副教授比喻为一头驴："马教授，你指鹿为驴，可见你对鹿小茸先生的误解之大远远超出了人与驴之间的差距，驴是不懂得爱情的，但鹿小茸先生需要爱情，他爱慕马夫人是他的自由，兄弟你是见过自由女神的，你一向叫喊自由和民主，但你为什么不能给鹿小茸先生自由和民主呢？"

"霍主任，你老昏头昏脑看不出鹿小茸是一头地地道道的驴，但你不能纵容他，否则你跟一头老秃驴又何异？"马朵朵先生毕竟是学化学的，不懂得修辞，致命的是他的直性子，冒犯霍老先生了。霍老先生年少成名，早被公认为学界泰斗，担任中文系主任已有二十年之久，地位无人能撼动，虽然早已经秃顶，但从没有人敢当面以"秃驴"讽之，马朵朵竟犯了忌讳。好在霍老先生向佛已久，宠辱不惊，更无怒气，对马先生之言报以宽容之笑："兄弟我跟鹿小茸先生说过了。我对他说，人家说你是一头驴，马夫人是一匹马，驴跟马不能在一起，因为驴跟马交配生下的是骡。骡就是怪胎，马夫人怎么会接受一个怪胎呢？但鹿小茸先生说不在乎，他说骡有骡的好处，骡不见得比马差到哪里去，彼此彼此。他就是一头犟驴，我拿他也没有办法。"

"你们是一丘之'驴'！"马朵朵听不出霍老先生的话是什么意思，不敢跟一个老谋深算的老头有过多的交锋，嘟囔了几句便拍马而去。其实，马朵朵对中文系的指责是多余的，而且有点冤枉了中文系。因为鹿小茸在中文系早已经成为害群之"驴"和众矢之的，没有人能容忍一个背经离道、放荡不羁的“下半身”派诗人。我们首先弄明白什么叫下半身诗歌。闵良知向银邦克先生讨教过。银邦克说，你读过恶俗浅薄的、赤裸裸描写生殖器、性交、淫乱的分行文字吗？如果你读过，恭喜你，你已经不幸成为下半身诗派的读者了——时代堕落得太快，下半身诗派已经登堂入室，在高校里攻城略地占山为王了。文学本无罪，何必互攻讦？本来嘛，诗人和小说家是一丘之貉，但听说小说家银邦克与他形同水火，因为鹿小茸也对诺贝尔文学奖虎视眈眈，欲抢在银邦克的前面前往瑞典皇家文学院领奖。银邦克说，中国文学还没强大到在十年内两次问鼎诺贝尔奖的地步，因此，他把鹿小茸先生当成了最大的对手。诗人和小说家的争斗就像一头驴与一匹马的比赛，胜负已定但过程异常可笑。中文系没有人站在鹿小茸一边，因为鹿小茸先生跟银邦克先生处理可能即将到手的诺贝尔奖金的方式不同，他说不会拿出半分钱请他们吃一顿，而银先生愿意跟他们平分，就像平分那些轻易到手的课题经费一样，甚至他可以一分不拿，慷慨与吝惜日月可鉴。

闵良知提醒马朵朵，其实此事跟其他人没有关系，关键看马夫人的态度。如果一只鸡蛋严丝合缝光滑和坚硬得像一块鹅卵石，你会担心区区苍蝇吗？

马夫人和马朵朵先生在事业上各有追求，感情很好，相敬如宾，我和闵良知先生都没见过他们吵架，倒是他们夫妇经常为闵良知夫妇劝架。有一次，闵良知被他的夫人操着扫帚从教舍 3 号楼七单元一直追杀至大学生活动中心，闵良知先生抱头鼠窜，混在学生堆中试图脱逃，但失道寡助，时刻渴望婚外情的闵良知得不到学生的庇护，闵夫人在万军中直取上将之首，将闵良知打翻在地，要将他致命一击，在千钧一发之际正好马朵朵和马夫人拍马赶到才帮他脱险。人高马大的闵良知怎么就不是老婆的对手呢？难道闵夫人正是传说中的柔道高手或跆拳道黑带？在对待夫人的问题上我也捉襟见肘，我夫人跟闵夫人一样有强烈的女权意识，争吵时绝对不轻易服输，乃至鱼死网破。我跟我夫人打架的时候，马夫人和马朵朵也挺身而出，将愤怒的公羊和发泼的母羊分开。知识分子打架和猪狗打架毫无二致，一样丑态百出，但那是必须的，我和闵良知先生都是俗人。马朵朵本来也是一个俗人，性格率直还有些急，喜欢钻牛角尖，一急起来经常暴风骤雨，连我和闵良知都害怕。但马夫人真有吞吐日月的胸怀，从不和马朵朵顶撞，而是以柔克刚，能瞬间将一头发疯的公牛驯服，那是母性的力量。因此，马朵朵将她与维纳斯相提并论是有道理的。与我和闵良知对异性有非分之想不同的是，马朵朵从不接近其他女性，不会与她们有多余的往来。因此他们夫妻都全力以赴地爱着对方，像两块死死相吸的磁铁。鹿小茸先生不自量力地横插进来，犹如以头撞墙，除了增加笑柄外，能得到什么呢？我对闵良知先生说。闵良知先生赞同我的说法：蜉蚍撼树，螳臂当车。但问题在于，马夫人并没有急于拒绝鹿小茸先生。

马夫人不是一般的女性，在对待男人的问题上她比其他女人游刃有余得多，像一个外交官一样不会轻易跟别人脸红脖子粗，她永远是一副淑贤和落落大方的样子，男人们对她赞美，她只是微微一笑，对她损贬，她绝不跟你计较，对那些传言和关于她或马朵朵的绯闻、是非，她总是不屑一顾。可以这样说吧，她是我们化学系乃至整个 N 大学的夫人楷模。从她对待鹿小茸先生的求爱态度上就可以看得出她的气度和风范。鹿小茸每一次给她送花的时候，她都会微笑着接过去并真诚地说声谢谢，让你破费了，但除此之外再无多言。每次听到鹿小茸先生给她朗诵《致爱情》的时候，她并无做出反感和厌恶的表情，而是从他身边款款而过，并向他点头致意。如果她正好和马朵朵先生在一起，她会对鹿小茸说，你下次能不能换一首新诗？审美疲劳啊。鹿小茸先生回答说，一首诗可以改变世界，更多的诗会毁灭世界。马朵朵代夫人回敬说，你说得有道理，因为如果化学家不出手相助，垃圾也是可以毁灭世界的。马朵朵本想说些更尖刻的，但马夫人及时制止他，不让他失态、失言、失气度。

“你不能对诗人太残忍。”马夫人规劝马朵朵，“这个世界如果没有诗歌，我们将变得很可怜。”

马朵朵不能苟同夫人的说法，就像不同意少了驴动物园就不存在的说法一样，但他知道夫人之所以没有断然拒绝鹿小茸的自作多情，是出于对珍稀动物的怜悯。为了打消马朵朵的忧虑，马夫人用了一个浅显的连化学家也能听明白的比喻，诗人的爱情像母驴撒尿，来势汹汹，去势更汹汹，撒完便完，当膀胱的尿涨了，又会重新找一个地方撒去，驴绝不在同一地方撒两次尿。马朵朵半信半疑，找到了生物系的教授请教。生物系的教授说，他们都在研究生物工程，不研究驴很久了，因为驴的习性太顽劣，简直无法改良——驴跟驴交配生出来的依然只是驴；但驴跟马杂交嘛，生出来的竟叫骡了，像橘逾淮为枳，无奈也。马朵朵不甘心，专门请南京市畜牧兽医局的两位权威专业人士吃饭，讨教，得到的结论是：如果有一个地方值得撒两次尿，无论走到哪里，驴都会回头找到那个地方。马朵朵无端沉重起来，忧心忡忡。他多次善意地提醒夫人，驴之所以蠢，是因为它可以无数次往同一个茶壶里撒尿。马夫人明白马朵朵的意思，但不愿意跟鹿小茸先生了断，哄他到别处撒尿去。她觉得她跟鹿小茸的关系像两个没利益瓜葛的邦交国那样很正常，纯洁得就像两盆清水，即使混在一起仍然只是一盆清水而不可能变成污泥浊水。马朵朵急了，却不敢跟马夫人争吵，因为他知道，即使争吵也不会改变马夫人的观点和处事方式。因此，他才动了杀戮之心。

“杀了他，一了百了，就像多年前那起校园分尸案一样。”马朵朵说。他所说的分尸案是指五年前一个年轻的女教授被奸杀后尸体被分成三百六十五块分别寄给了三百六十五个陌生人的事件，轰动一时，虽然惊动了公安部，动用了一切手段，但至今仍无法破案。这个案件曾经成为我们制订“秦淮计划”的重要参考。

于是，我们一起密谋，才有了干掉鹿小茸的杰出方案。

从日常的言行举止看得出来，马朵朵随时都可能要动手了。

“杀一个人跟做一次实验是一样的，成功和失败都有价值。”马朵朵说。可是他很久都无法集中精力放在实验上了。

马朵朵心起杀念令我们忧心忡忡。但我们对这颗濒临爆炸的炸弹束手无策。炸药是诺贝尔先生发明的，马朵朵说过，每个人都有可能成为炸药桶，诺贝尔本人就是一个炸药桶，每年以发放奖金的方式爆炸一次。马朵朵要爆炸了。

“如果马朵朵逃亡了，”闵良知说，“我们这个实验仍将继续下去，那篇论文也将完成，只是马朵朵的名字没必要再出现在论文的作者里，你知道的，逃亡者不需要荣誉……”

我明白闵良知先生的意思，他是跟我协商，如果理所当然的第一作者突然消失了，那么这篇有可能引起轰动的论文应该谁是新第一作者？我，还是他闵良知？

这是一个问题。我很在乎这个。因为也许这篇论文就能使我功成名就流芳百世，甚至将我送上瑞典那个举世瞩目的领奖台。我犹豫着。闵良知先生看得出我的纠结，无奈地说，最好马朵朵不要逃亡，这样的话，我们就无须重新讨论署名先后的问题了。

我的愿望也正好如此。因为我和闵良知先生必须依靠马朵朵的声望和才华才有可能站在世界之巅。诺贝尔奖有个规定，同一个奖项，至多可以有三个获奖者，而且，三人同时获奖已经成为趋势。

事情终于往好的方向发展。

这一天晚上，马朵朵和夫人正要上床睡觉，有人敲门。马朵朵打开门一看，竟是鹿小茸先生，一股淡淡的“旺鸡蛋”的味道迎面扑来。

“正好，”马朵朵倒退回来，远距离对鹿小茸说，“我，我夫人正要跟你谈谈。”

鹿小茸先生头发乱七八糟的，身上的夹克皱巴巴的，浑身臭味。

“夫人，我是来告别的。”鹿小茸忧伤地对马夫人说，并不响应马朵朵要求谈谈的倡议。马夫人穿着性感的睡衣，曲线柔和，像母羚羊那样散发着馥郁的清香。

“你要去哪里？”马夫人关切地问，并示意鹿小茸坐下来。马朵朵觉得屋子里没有适合鹿小茸坐的地方：“你还是站着吧，说完赶快离开。我们得休息了。”

“你知道我经常游走四方。我的四方指的是世界各地。”鹿小茸悲壮得近似烈士，“现在，我要到伊拉克去，美国入侵伊拉克，我要去帮助伊拉克人民。”

马朵朵差点儿没有笑出来，但马夫人笑了，笑得大方得体、恰到好处，赞赏、激励，充满柔情。

“这是我的护照和签证。”鹿小茸掏出一个本本，果然是他的护照和伊朗使馆发的签证，“我先到德克兰，然后想办法潜入伊拉克。伊拉克的诗人朋友会给我提供枪支弹药。”

马朵朵说，这是一个好办法，也许多了你一个帮手伊拉克就能战胜美国。

鹿小茸激情地说，陀思妥耶夫斯基说过，美能拯救世界。爱情诗是最美的事物。诗歌是我最重要的武器，我准备在巴格达中心广场举行一场和平与爱情诗歌朗诵会，到时将会有一千个诗人和一万名伊拉克民众同时朗诵我的《致爱情》，声震云霄，情动波斯湾，唤醒沉睡的木乃伊，所有的士兵，无论是美国的，还是伊拉克的，都会暂时放下武器聆听，他们会被爱感动，化干戈为玉帛，战火纷飞的战场变成歌舞升平的友爱之海……

马夫人始终微笑着，没露出任何轻蔑和讥笑的神色，像一尊女神，让鹿小茸先生心潮澎湃。

"缪斯引领我们前进！胜利属于我们！"鹿小茸先生振臂说。

马夫人起身送客，抚了一下鹿小茸的肩头叮嘱说："要小心点，但愿你的伊拉克朋友能给你提供防弹衣。"

"我不需要防弹衣，那是懦夫的衣裳。"鹿小茸先生说。

马夫人说，防弹衣，穿总比不穿好。

鹿小茸先生突然生气了："我不需要！你见过诗人穿防弹衣吗？让诗人穿防弹衣跟强迫他舔驴屁股一样是种侮辱！"

马夫人笑了，既然这样，不穿也是可以的。

"我不但不穿防弹衣，我还将祈求子弹穿过我的胸膛，让我在最爱……的时候死去。"鹿小茸慷慨激昂地说完，然后头也不回地走了。

马朵朵暗暗地窃笑，但被马夫人看出来了。

"你不应该鄙视一个有正义感的人。"马夫人说。

"我不但没有鄙视他，还恨不得送他一支枪。"马朵朵终没能够控制住自己，狂笑不止。

几天后，鹿小茸先生从伊斯兰堡打电话向马夫人报喜："我终于到达中转站，正跟伊朗伟大的导演和诗人阿巴斯·基亚罗斯塔米先生在一起，我终于当面称赞他的杰作《樱桃的滋味》和《橄榄树下的情人》，那是两部可以与我的诗歌相提并论的电影。"

马夫人惊喜地说，是吗？真好！

"你还记得那个到处找人将他埋葬的男人吗？你还记得哈山跑过一大片橄榄树林追正要回家的塔荷莉吗？"鹿小茸兴奋地喊叫着，像一头驮着红衣女人从高原上走过的驴。

马夫人被鹿小茸调拨得也跟着兴奋起来："是吗？真好！1997年，不，1998年，我和阿巴斯先生在戛纳电影节上见过……"

"他用波斯语大声朗读了我的《致爱情》，你听……"电话里传来一个浑厚的声音，听起来是波斯语，虽然马朵朵听不懂，但从节奏就可以听得出来，是朗读诗歌。此时的诗歌跟化学一样是不分国界的。

"中伊两颗最巨大的心脏终于碰撞在一起！"那头驴意味深长又铿锵有力地说，"……明天，也许是后天，我将乔装打扮成穆斯林战士择机潜入伊拉克，与伊拉克人民一起并肩作战，伟大的真主和伟大的阿巴斯都将与我在一起！"

马夫人挂了电话，对马朵朵耸了耸肩说："我也喜欢阿巴斯。"

马朵朵迫不及待地打开电视，选定中央电视台国际频道，听张召忠先生解说如火如荼的海湾战争。那些装备精良训练有素的美国大兵正跟在坦克的屁股后面涌入巴格达。那些坦克，看起来像一头头任人摆布的驴，但比驴跑得快。街头除了断垣残壁还有尸体横躺，奔跑的逃亡者找不着方向……巴格达在急剧沦陷，那些钢铁制造的驴快要到达市中心。电视镜头再次转到总统府的记者招待会现场。萨达姆政府的新闻发言人萨哈夫先生镇静自若地对记者说，萨达姆总统还与我们在一起，局势还在掌握之中。马朵朵也确信，萨达姆能支撑到鹿小茸先生的到来，一个中国下半身派诗人能拯救这个即将再次沦陷的文明古国。

此后的几天，马朵朵一边密切关注伊拉克的局势，一边焦急地等待鹿小茸先生的消息。可是，伊拉克局势不断恶化，号称铁壁铜墙的共和国卫队与美国军队一触即溃，作鸟兽散，很快总统府换了主人。尽管萨哈夫先生依然镇静自若地对记者说局势还在掌握之中，但连马朵朵都相信了伊拉克政权灭亡的现实，因为美军在巴格达找不到萨达姆。与萨达姆同时失踪的还有鹿小茸先生。鹿小茸先生从不用手机，也不写博客，平时就难以捉摸他的行踪。马夫人担心鹿小茸的处境，在家里坐卧不安，手机一响就以为是鹿小茸打来的，但鹿小茸杳无音讯。

马朵朵迈着轻松的步伐和我们漫步在秦淮河畔，欢声笑语。我们不再谈论杀人或逃亡方案。现在想起来，那些方案多么可笑，还多么多此一举，它浪费了我们谈论学术的精力，甚至拖延了我们获得诺贝尔奖的时间。在这里我可以负责任地说，中国虽然还没有学者获得过诺贝尔奖，但请你们相信，我们一直在努力——连中文系的人都说胜利在望了，诺贝尔奖离我们还会远吗？

闵良知说，鹿小茸肯定会死在伊拉克，校方很快会接到中国驻伊大使馆的关于鹿小茸被流弹击中身亡的通知。

马朵朵也是这样想的。“只是时间问题，”马朵朵像政治家那样有信心，像哲学家那样有深意，“时间会帮我们解决烦恼，包括生老病死。”

秦淮河恢复了她的妩媚和曼妙。这是生机勃勃的夜晚，河畔灯光闪烁，南京城金碧辉煌，根本看不出这里曾经发生过多次大屠杀；透彻的天空显得苍远而宁静，即使在伊拉克，如果鹿小茸先生还活着也应该能看到洁白如雪的月光。

美军开始清理战场，清除那些顽抗分子和潜在威胁。鹿小茸生死未卜。马朵朵三番五次到校办打听有没有中国驻伊拉克使馆的电文。校办的人告诉他，暂时还没有。“你们知道鹿小茸在伊拉克吗？”马朵朵问。校办的人回答说，不知道。马朵朵对此回答很不满：你们不是声称要保护濒危动物吗？为什么就不关心它的安全？马朵朵的责难是没有道理的，因为校办确实已经动用一切手段，但仍无法查知鹿小茸先生的下落。

“难道确认一个人的死亡有那么难吗？”一向善良温和的马朵朵厉声质问校办的人。但校办的人觉得他是猫哭耗子假慈悲，对他冷眼相看：“死讯不需要确认，它会不请自来。”

这就是大学里的衙门作风，即使你是一个诺贝尔奖获得者，在这些小吏面前也得低头。

“你们不能找伊朗的阿巴斯吗？”马朵朵语气尽量温和地提醒校办的人。

“阿巴斯也下落不明。”校办的人说，“连中国驻伊朗大使馆也找不到他——还好，这次美国没有轰掉中国大使馆。”

“看来那头蠢驴在劫难逃了。”马朵朵自言自语道，“我们就当他已经死了吧。”

然而，就在美军在提克里特抓获萨达姆的第三天，鹿小茸突然出现在马朵朵的家里。

那天晚上，马夫人听到了微弱的敲门声，打开门一看，她惊叫起来：鹿小茸！

马朵朵正在洗澡，连衣服也来不及穿上便跑出来，看见一个头发蓬乱满身炮灰散发着尸臭的人站在门口，马朵朵好不容易才认出这个消瘦得如同木乃伊的人便是鹿小茸。看得出来，是一个从战场归来的人。

马夫人情不自禁地上前给了鹿小茸一个拥抱。鹿小茸木讷地站着一动不动，像惊魂未定，又像是傻了。

“我战败了。这是我的滑铁卢。”鹿小茸说，“我刚到达巴格达战争便结束了。我未能阻止巴格达的沦陷，我的诗歌还没朗读便被美国人驱逐出境。但我把《致爱情》贴到了美军的坦克上，让它们减少了杀戮，它们果然停止了炮击。爱情和诗歌能使炮弹安分地待在炮筒里。但仅此而已，我还是一个战败者，我不配接受你的拥抱。”

说完，鹿小茸先生要转身离开。马夫人拉住他，你坐一会儿……活着回来就好。马夫人眼里早已经饱含泪水，像两朵雨后的海棠。马朵朵失望至极。

“我无颜见你。”鹿小茸对马夫人说，“我是一个多么无用的人，跟中文系那些沽名钓誉的驴没有区别。”

马夫人要安慰他，但鹿小茸执意不留，毅然走了，留下一屋子臭味。

马朵朵一下子蔫在沙发上。美国的炮弹宽恕了一个疯子。那一刻，他鄙视美国。

从第二天开始，马朵朵故态复萌，实验室里经常无端响起摔试管和金属材料的声音。秦淮河边又响起了激愤的叫骂，弥漫着杀气腾腾的气氛。

似乎是，马朵朵要重新启动他的“秦淮计划”了。

然而，奇怪的是，自从鹿小茸从伊拉克回来之后就再没有纠缠马夫人。鹿小茸的沉寂比他对马夫人的纠缠不休更令马朵朵揪心。因为他看不见对手，看不见的东西才具有可怕的力量，使得马朵朵常常心神不宁。终于有一天，马朵朵先生光顾古老得像欧洲城堡一样的中文系大楼，感到有些荒芜和沧桑。鹿小茸先生的办公室在五楼东边尽头，对面是厕所，门口堆满了来不及清理的垃圾，快餐盒、鼻涕纸、鸡蛋壳、旧《诗刊》、撕毁的诗集、扔掉的信封和女人的裤袜，弥漫着“旺鸡蛋”的腥臭。门牌上挂着“世界先锋诗歌研究所”。马朵朵捂着鼻子敲门，很长时间没人开，正要离开时鹿小茸光着身子站在门口。

“欢迎光临‘世界下半身派诗歌研究所’。”鹿小茸说，“系办的蠢材把我的牌子写错了，先锋不等于下半身——你知道下半身吧。”

屋子里脏乱得如同垃圾场，臭不可闻。鹿小茸收拾好折叠床，从一箩筐乱七八糟的衣服中好不容易才找到一件干净的穿上。墙壁上贴满了诗歌和曾经获得过诺贝尔文学奖的外国诗人的照片。

“我想和你谈谈。”马朵朵说。语气冷若冰霜。

“我也想和你谈谈马夫人。”鹿小茸说，“坦白地说吧，我很喜欢她。”

“但她不喜欢你。我已经警告过你，不要干扰我的婚姻家庭生活。”马朵朵说，“你知道我不是特别能忍耐的人。”

“所以我得忍耐。我们总有一方需要妥协。”鹿小茸说，“怪只怪世界上只有一个康香。”

“如果你不知难而退，也许会发生流血事件。”马朵朵说，“你完全明白我的意思，也听出来我是认真的。”

鹿小茸冷笑着说：“我从来都不怕流血。在伊拉克我用我的身体堵截过美军坦克。”鹿小茸露出他胸膛上的一个伤疤，圆圆的，跟坦克的炮眼大小相当，“只要美军一开炮，我就灰飞烟灭了。”

在气势上，外表并不强悍的马朵朵落了下风，面对一个疯子显得束手无策。

“你听说过‘秦淮计划’吗？”马朵朵的话冷得像冰碴。

“没听说过。”鹿小茸说，“跟诗歌有关吗？”

马朵朵说，跟诗歌无关，但跟你有关。

鹿小茸莫名其妙：“要喝茶吗？”马朵朵摇头。“咖啡？”还是摇头。

“给你朗诵一首诗吧。”鹿小茸先生从废纸堆里翻出一张皱巴巴的纸。

我不需要诗歌。马朵朵冷冰冰地回答。

鹿小茸先生颇感失望，突然悲愤和绝望地说，连一个化学家都不需要诗歌了，我活着还有什么意义！

马朵朵说，只有中文系还在养驴。

“马先生对诗人充满了傲慢和偏见。既然你把诗人比作驴，那么，你见过驴打滚吗？”鹿小茸说。

马朵朵真没见过驴打滚，甚至从没见过真正的驴，只从书本上知道“黔驴技穷”“卸磨杀驴”。驴打滚仿佛是一种食品的名称。

鹿小茸突然躺在地上，在狭窄的地面上来往打滚，身上沾满了污秽之物。鹿小茸滚到了马朵朵脚下，马朵朵无处可避，只好退了出去。

“这就叫驴打滚。”鹿小茸满口尘埃和垃圾，要让马朵朵见识驴打滚。但马朵朵走远了。

马朵朵的焦虑与日俱增。他终于忍不住问马夫人，你不会爱上鹿小茸吧？

马夫人正坐在沙发上看阿巴斯的诗集《随风而行》，没有抬眼看马朵朵。

“我会吗？”马夫人把问题交回给马朵朵。

“不会。”马朵朵说。

马夫人不再作声。她的新剧本《赶往巴格达》已经完成初稿，明年准备在美国曼哈顿首演。

“你听说过‘秦淮计划’吗？”马朵朵板着脸问。

没听说过，是不是与南京大屠杀有关的计划？马夫人仍然没有抬眼看马朵朵。

不是。马朵朵说。但差不多。

马朵朵打听鹿小茸近期都在忙什么。有人告诉他，鹿小茸一直在埋头写诗，写炮火纷飞的巴格达，还忙于向联合国和海牙国际法庭递交要求公正对待萨达姆的请愿书。但他的努力还是没有好结果。萨达姆被送上绞架，脑袋被戴上黑罩，像一头驴被蒙住了眼睛，世界一团漆黑，绝望得让人呕吐。马朵朵目睹了这一令人战栗的镜头，当萨达姆脚下的木板突然断开，马朵朵禁不住心脏一缩，发出“呀”的一声惊叫。这比枪毙更惨不忍睹，马夫人自始至终不敢看，那会让人做噩梦。

“那一刻，我真希望没有发生，真希望鹿小茸当初能阻止这一切。”马朵朵说，那一刻，马朵朵先生有着兔死狐悲的伤感，第一次期待诗歌能拯救世界。但马夫人对萨达姆的下场嗤之以鼻，她压根就不关心伊拉克和萨达姆的命运，却对美军坦克充满了兴趣，在电视画面上仔细辨认坦克的型号和外壳上的涂装以及一些细微的装饰。

“你是在寻找鹿小茸的《致爱情》吧。”马朵朵冷冷地说，“他压根就没有贴到美军的坦克上去。”

“或许他是用墨水写上去的。”马夫人说，“有什么不可能的呢？十年前谁会料到萨达姆会被吊死？”

“那首诗对你就那么重要？”马朵朵忍不住了，跟马夫人摊牌。

“诗歌对这个世界很重要。”马夫人不置可否地说，“你想想，如果在炮火纷飞的战场上，在冰冷的坦克上看到一首诗，一首关于爱的诗，多么激动人心！它不能阻止战争，但能减少杀戮。”

“幼稚！荒唐！不自量力！”马朵朵感到妻子不可理喻，此时他才觉得学校把一个诗人养起来的原因是因为他们跟马夫人一样也是热爱幻想和心灵幼稚的人。马朵朵感到了孤独，那是智者的孤独。

康香已经出轨了。马朵朵说。

闵良知反对他的猜测，无凭无据的怎么能冤枉马夫人呢？

她的心已经贴到了鹿小茸的胸膛。肉体是否出轨倒不是最重要。马朵朵说。一首诗阻止不了战争，却毁了我的爱情。

闵良知劝慰说，事情并没有坏到那种地步，局势还在掌握中。

我赞同闵良知的判断。

“不，我要下手了。”马朵朵严肃地说，“我的判断比你们准确，因为她是我的老婆。”

我们知道马朵朵先生对马夫人的爱像大海一样宽阔、汹涌和深沉，没有任何东西能取代马夫人在他心目中的位置，即使诺贝尔奖也不能。说通俗一点，如果失去马夫人，马朵朵宁愿死一百次。这才是问题严重性的所在。对能否说服马朵朵放弃“秦淮计划”我和闵良知毫无把握。他的固执既成就了他在化学界的地位，也使他的个性和生活变得充满不确定性。因此，我和闵良知先生除了尽力劝阻马朵朵不要冲动和鲁莽之外，还得告诉鹿小茸先生：现在你危机四伏，生命随时可能会被结束。

我和闵良知约鹿小茸先生在新时代咖啡馆坐了一个下午。

鹿小茸先生没有跟我们谈诗歌，也没有炫耀他的伊拉克之行。他在沉思，一直没动面前的那杯咖啡。我们谈什么呢？我跟闵良知先生对“下半身派”诗歌一窍不通，对现代诗的鉴赏水平还停留在“有的人已经死了/有的人还活着”的层次上。驴唇不对马嘴，我们不敢对诗歌多言。那就直奔主题吧。闵良知先生说，鹿小茸先生，我们的朋友马朵朵先生制订了一个秘密计划，名曰“秦淮计划”，他跟你提过，是针对你的，充满了危险性，虽然你能在伊拉克侥幸脱逃，但未必能躲得过“秦淮计划”，虽然我不能吓唬你说，你已经死到临头，但危险正无限逼近。我附和说，我的朋友马朵朵先生是为了爱情不计后果的人，一根筋，死倔，杀人的事情也能做得出来，关键是，他已经动了杀念。

鹿小茸先生没有回应我们，反而问起了另一个不是我们专业领域的问题。

“驴有罪过吗？”

我和闵良知面面相觑。

“我问的不是宗教问题。”

闵良知张嘴要回答，但话到嘴边又强咽回去。

那让我回答吧。我说，驴没有罪过，折磨驴的人有罪过。

鹿小茸再也没有吭声。因此我们不知道他对我的回答是否满意，也无从得知他是否意识到死期将至。

闵良知认为，这次咖啡约会没有瞎忙，至少已经将危险的信息送到了鹿小茸的内心深处。

“我察觉到了鹿小茸的手在颤抖。”闵良知在回路上对我说，“当初在绞架前萨达姆的手也是这样颤抖的。”

有一天，闵良知在北京参加学术研讨会，突然接到一个电话，说南京N大学刚刚发生一起凶杀案，一个教授用手术刀将另一个教授的喉咙割断，光天化日之下提着一颗脑袋往秦淮河方向逃奔，那血一路滴在中山路上，像一条散落的红丝带。闵良知当即中止了正在进行的精彩发言，心急火燎地给我打电话。我正在给学生上课，介绍本年度诺贝尔化学奖获得者的学术成就。

“出大事了，你知道吗？”闵良知惊慌得语无伦次，“未征求我们意见，他就鲁莽实施秦淮计划了！”

我撒腿就往教室外跑。外面的气氛看上去很紧张，午后的阳光重重地压在地上，行人的脸色凝重，步伐像逃命一样快。我拉住刚好经过的中文系教授银邦克先生。他走路很匆忙，很快，我差点一把将他的左臂膊拉脱臼了。

“出大事了？”我问。

银邦克先生揉着疼痛的臂膊，不满地说，什么大事？除了诺贝尔奖，这个世界还有什么大事？

看来小说家银邦克先生对刚刚发生的凶杀案并不知情。他埋头走路，步伐急切，仿佛正在赶往瑞典的路上。

我想给马朵朵电话，但怕泄露了他的行踪。此刻，他的手机肯定被警方监控着。而且，我的电话他不得不接，一接电话就影响了他逃跑的速度，我的惊恐或许还会影响他实施“秦淮计划”的周密性和镇静性。

校园里听不到警笛的尖叫，除了篮球场上传来的吆喝，没有更多的声音。我给校办打了个电话：“学校里是不是刚刚发生了大事？”

“是呀。”一个女人的声音，可能是郭美艳，也可能是张晓娴，听上去激动人心，“我们的校长刚刚当选为省 ××（此处听不清）的副主席！”

我给马夫人打电话。马夫人正在苏州修改剧本。

“出了什么大事呀？”马夫人平静地问，“你能让我把剧本修改完再说吗？今天晚上就可以修改完了。”

我说，那到了晚上再给你电话吧。

“你代我向你夫人问好呀，我都半个月没见着她了，她的黑眼圈消失了吗？”无论什么时候马夫人说话都八面玲珑又善解人意，“过几天我携几只阳澄湖大闸蟹给她补补身子，到了我们这种年纪的女人，都得补补。”

我往中山路跑。中山路上没发现血迹，可能是被太阳蒸发了。一只头颅能有多少血啊，洒到几公里长的路，太阳一晒就没有了。我跨过隔离带正要往北走，一辆红色法拉利差点将我撞飞。一个小脑袋探出来，对我破口大骂。我仔细一看，你不是萧小山吗？那脑袋愣了愣：方老师呀，失敬失敬。萧小山把车靠到一边，让我上车。

萧小山是马朵朵的学生，南京市一个房地产集团公司董事长的儿子，在校时就没正经读过书，整天要找我下围棋，学习成绩奇差，被马朵朵训斥过无数次。

我去秦淮河。我对萧小山说。

你想去美国也成，我送你去。萧小山说。话没说完，车已经飞翔起来。

你知道马老师出事了吗？我说。

出什么事？萧小山说。

“他杀人了。”我说。

“他终于杀人了？”萧小山笑嘻嘻地说。

我说的是真的。

我没有说不相信呀。

那你为什么笑？

好玩呗。

…………

秦淮河边上没有马朵朵，也没有警车。寂静得如同梦境。

我们来一盘围棋如何，三年了，现在你未必能赢我——如果我输了，这辆车归你。萧小山坐在河畔的长椅上，向我挑战。

也许我也需要一辆法拉利。我跟萧小山下棋。从午后一直下到黄昏，杀得难分难解，直到马朵朵的电话打进来的前一分钟，我终于将萧小山的一条大龙围住，他几乎没有逃生的可能。我在想象着我开着法拉利回家时老婆目瞪口呆的样子，如果她对红色不感兴趣，我可以改为银色。然而，此时马朵朵的电话打进来了。

"你在哪里呀？"马朵朵急切地问。

这个问题本来是我先要问的。

"我们到秦淮河散步去。"马朵朵说，语气像平时那样不容商量。

我已经在秦淮河。我问他，没发生什么事情吧？

马朵朵兴奋地说，事情发生了……在下午的实验中我有重大的发现，肯定是属于世界上的第一次发现。

电话持续了五分钟，这五分钟里，一辆几乎已经到手了的法拉利得而复失。萧小山成功脱逃，反败为胜。作为失败者，我得向萧小山交出三年前的"王者"牌。这是我身上最尊严的东西，它证明我是N大学的围棋之王。我沮丧地给闵良知先生打电话："事情已经发生，一切无可挽回！"

事实上，什么事情也没有发生，我却白白丢失了百万宝贝。

又事实上，今天确实发生了一起如闵良知描述的凶杀案，但地点是D大学，凶手是医学院的教授，死者是他的情敌。凶手没有逃往秦淮河，而是逃往长江，提着别人的头颅跳到了江里，当时没有警察追他，甚至没有人注意到他，目击者说，因为他手里的头颅太小，头发遮蔽了脸，以为他提的是一只面具或木偶。既然他跳到了江里，水面没起波澜，那就当什么事情也没发生过。

马朵朵没有激动多久就被自己否定了，那次实验发现的东西根本就不是重大发现，只是一个假象，一文不值。都白忙了一场。

此后的日子反倒风平浪静。原因是，鹿小茸还在埋头写诗，因为银邦克又出版了一部长篇小说，他的前两部刚刚在英国出版，获得了很大的成功，被提名“布克奖”。更令鹿小茸睡不着觉的是，瑞典皇家文学院马悦然先生正着手将它们翻译成瑞典文。鹿小茸先生称他的下一部诗集首发式将在瑞典皇家文学院举行。这部诗集的书名已经定为《致爱情》，爱情是不分国界的，甚至不分阴阳界。诺贝尔奖金文学奖需要爱情。届时拟邀请首发式的国际知名人士包括所有还活在世的获得过诺奖的诗人、各国著名持不同政见的作家，或许还包括美国总统。总之，一定要在声势上压倒银邦克。马朵朵似乎也在跟鹿小茸较劲，钻图书馆、泡实验室的时间明显比我和闵良知加起来还多，我们的共同研究的课题由他承担了大部分工作。我和闵良知有点过意不去，而且我们已经跟不上他的思路和步伐了，那我们就多为他的生活分担一些责任吧。因此，我和闵良知努力寻找马夫人不会爱上鹿小茸的证据。比如说，我们通过一些小恩小惠买通了马夫人单位收发室的老沈，让他留意马夫人都收到什么信件，有没有字体像鸟爪的寄信人。闵良知每天都装作办事的样子悄悄混进中文系大楼，看收发室分发信件，凡是鹿小茸的信都要辨认一下字迹，看是不是马夫人的手笔。结果还比较乐观，他们没有书信往来。闵良知甚至跟踪起马夫人来，剧场、茶馆、咖啡馆、西餐厅、半坡村、夫子庙、莫愁湖、燕子矶、奥体中心、先锋书店、紫金山等等，凡马夫人独自出入的地方闵良知先生都悄然尾随而至。她会过各式各样的人，包括男人，但没有鹿小茸。

马朵朵如释重负，一副沉重的枷锁终于解除了。

“今后，谁也不要跟我提‘秦淮计划’了，无聊，幼稚，极端主义。”马朵朵说。

马朵朵确实过上了一段风平浪静、心安理得的日子。

这段日子也许很长，也许很短，这样的日子我们都没有太在意。搞化学研究的都知道，实验室一日世上已千年。时间风干一切，掩埋一切，淡忘一切。

然而，有一天早上，马朵朵还在梦中，那个“旺鸡蛋”嗜食者便敲开了他的家门。马夫人睁开惺忪迷离的双眼迎接鹿小茸先生。

鹿小茸先生长发披肩，背着行囊，穿着军靴，一副出远门的装束。

“巨著已经完成，伟人还须锻造。现在，我听从内心的召唤，要向阿富汗出发了。”鹿小茸先生说，“朋友，再见，这是最后的告别！我已经拟好我的《墓志铭》……巨著和伟人将在正义的战火中获得不朽！”

马朵朵从温暖的被窝里跳起来时，鹿小茸先生已经离开。马夫人怔怔地看着门口。马朵朵说：“我明明听到了驴的声音……”实际上，他是闻到了“旺鸡蛋”的气味。

马夫人裹紧身上的睡衣对马朵朵说：“其实你可以多睡一会儿。”

马夫人单薄的睡衣无法遮掩丰满柔媚的乳房，因为没戴文胸，那两只粉色奶头得到了久违的自由似的，像火焰在跳动。

一向沉迷于实验室的马朵朵开始关心国际时事，对基地组织和伊斯兰教产生了兴趣。办公室，在他坐椅对面墙上居住了数年的居里夫人终于被一幅阿富汗地图取代。他跟我们谈论的话题转移到了阿富汗混乱的局势、崇山峻岭、错综复杂的部落和宗教，半月之内他竟成了阿富汗问题专家，他在地图上标出了136个本·拉登可能的藏身之处。其实，我们都知道，马朵朵心里是估算着“巨著和伟人”什么时候“在正义的战火中获得不朽”。

但“巨著和伟人”的锻造比想象中漫长得多。鹿小茸先生自从与马夫人告别后便音讯全无，既没有他还活着的消息，也没有他已经“不朽”的噩耗，反常的是，他也没有兴奋地打电话给马夫人报告他在阿富汗的情况，大概是因为他还没有找到阿富汗诗人的缘故吧。他还会不会把诗歌贴在美军坦克的屁股后面？马朵朵觉得会。他还会联络阿富汗的诗人举办诗歌朗诵会，如果他还活着的话。马朵朵想象一头驴在崎岖苍凉的阿富汗深山中跋涉穿行的图景：“看鹿小茸走路的姿势简直就像一头直立行走的驴。”马朵朵笑道。闵良知善意提醒，不要人身攻击，不要污辱动物，驴虽滑稽却能忍辱负重，没有驴人类也没法走到今天。马朵朵不以为然，轻薄地说：“黔之驴而已。”但马朵朵异常关心鹿小茸的安危，因为马夫人也很关心。

“他已经葬身阿富汗。”马夫人强忍住悲痛说，“昨晚我梦见他死在一条干涸的河床里，一颗子弹穿过了他的左胸膛，他仰面倒下，洁白的诗稿散落在河床上，流沙正轻轻将他掩埋。”

马朵朵假惺惺地劝慰马夫人：“那只是梦，阿富汗不相信梦。”

“你得帮我证实梦的虚实。”马夫人说，“鹿小茸是我们的朋友，如果他死了，我们得为他举行追悼会，他值得悼念。”

马朵朵试图联系到阿富汗的诗人，但隔行如隔山，我们都不知道哪个阿富汗人会写诗，况且，我们与阿富汗人素昧平生。闵良知咨询了中文系诸君，他们也不认识阿富汗的诗人，但银邦克告诉闵良知，有一部著名的小说《追风筝的人》，后来改编成电影，风靡一时，小说作者就是一个阿富汗作家，叫卡勒德·胡赛尼，他也许有自己祖国的诗人朋友。只可惜，卡勒德·胡赛尼已经成为美国人，生活在曼哈顿，舒适而自由。马朵朵想通过美国的朋友找到卡勒德·胡赛尼先生，让他通过阿富汗的朋友查找一下鹿小茸的下落。但美国朋友问马朵朵先生:“你站在哪一边？”马朵朵斩钉截铁地说，我站在你的祖国一边。美国朋友颇为失望地说，很遗憾，我们政见不同，我没法帮助你。

马朵朵很无奈，又请在联合国难民署工作的朋友帮忙，但依然没有人伸出援手，他甚至动身前往上海会见泰晤士报的一名记者，请她帮忙，她答应了:“即使鹿小茸先生被流沙埋葬了我也能帮你找到。”

那一天，马朵朵从上海兴致勃勃地赶回到家里，发现夫人不在，她书房里的电脑还开着，桌面上有一张字条：

“朵朵：当你看到这张字条时，我已经在去巴基斯坦的飞机上。祝我一路平安吧。”

马夫人娟秀的字迹像子弹一样穿透了马朵朵的心脏。电脑显示屏上是马夫人已经登录的电子邮箱，上面是她与鹿小茸先生三百二十八封的通信。当然，日期是两三个多月前，那时候鹿小茸先生还没有去阿富汗。显然，这些秘密邮件是马夫人故意让马朵朵看的。她觉得是该让马朵朵知道的时候了。

马朵朵随便看了其中的几封邮件，便被马夫人对鹿小茸炽热的爱压迫得无法喘息。他们早已经是一对爱得死去活来的恋人。但他们爱得很痛苦，因为马夫人只是爱，还没有和鹿小茸发生过性关系，没有性的爱是痛苦的，他们的痛苦像受难的耶稣那样撕心裂肺。马夫人坚守住了底线，这让绝望中的马朵朵稍感欣慰。

我和闵良知看到了失魂落魄的马朵朵是在马夫人远赴巴基斯坦后的第三天。他把自己关在实验室里三天三夜。当他打开门的时候，我们看到他整个人都像变了形，惊魂未定，目光呆滞，孤立无助，如果他说他刚刚杀了人我们绝对相信。

“我应该怎么办？”马朵朵问。

“我们一起想办法吧。”我和闵良知一时也无法想到好的办法。

“我想去巴基斯坦。”马朵朵说。

我和闵良知断然否决了他的想法。

“一个女人去追求她的爱情，被遗弃的男人在她身后穷追不舍既于事无补，又尊严尽失，何必呢？”闵良知说，“你唯一要做的事情，就是等她迷途知返。”

马朵朵觉得闵良知所言有理，但又于心不甘：“我们不是还有‘秦淮计划’吗？”

闵良知笑了：“秦淮河离开南京就不叫秦淮河了。就像鹿小茸离开中国就不叫鹿小茸而叫国际主义战士。”

马朵朵瘫软在楼梯的台阶上，像一堆烂泥无法扶起来。

在马夫人突然不辞而别的不太短的时间里，马朵朵先生做了四件不同寻常的事情。

第一，给新当选的美国总统奥巴马写了一封信。据说信写得很长，从化学研究为人类进步做出的巨大贡献说到核武器与世界和平，然后是阿富汗局势与中国的关系，能源与环境，战争与人性、文明的冲突与融合等等，他直截了当地质疑美军的作战策略和作战能力，甚至动用了奥巴马先生并不懂的诸如“窝囊”“笨卵”“傻帽”等词语，以及南京方言“蠢得一逼”，“如果不能歼灭他们，你们至少不要让他们把诗歌贴在坦克的屁股后面。”他还将标出了136个本·拉登可能的藏身之处的地图作为附件一起寄到了白宫。马朵朵说，这是一封可以载入世界史册的信，多少年后你们的子孙可以在美国国家博物馆的醒目位置看到它。

第二，竞选校长。我们的校长还没有死，甚至任期尚没结束。校长还高高在上，马朵朵先生便秣马厉兵，明目张胆地窥视校长宝座。他已经将竞选声明和竞选纲领发表在他的博客上，引起了校内外的轰动。我们的系主任曾找他谈话，劝他收回声明，说是一时冲动闹着玩的等等，以挽回影响。但遭到了马朵朵的拒绝，他还建议校长竞选要采取全校师生投票产生的直选方式。系主任非常恼火，但不好对马朵朵有冒犯之言，转而批评我和闵良知，责怪我们知情不报，以致让一个对政治一窍不通的学者闹出了荒唐事，让兄弟大学和其他系笑话。对于此事，我和闵良知虽然有燕雀焉知鸿鹄之志的疏忽，但马朵朵说他是突发奇想还来不及跟我们商榷，因此我们完全不知情，怎么能责怪我们呢？系主任很快对我们的过失做出了制裁，我们的研究项目经费被紧急削减了三分之一。马朵朵一气之下，揭发系主任跟一名女研究生私通引起了轩然大波，系主任灰头土脸地到处辟谣，他的老婆大闹化学系，和那名女研究生扭打成一团。真是乱七八糟。

第三，宣布“解雇”我和闵良知先生。理由是我们名义上是他的助手，实际上对他的工作毫无帮助，对他甚至是一个累赘。他要将累赘割除才能轻装前进。这件事情我和闵良知始料不及，因为在任何人看来，我们都是牢不可破的“铁三角”，是黄金组合，即使不是三驾马车，也是马车上的三只轮子，而且成功近在咫尺，他一脚把我们踹掉，既不合理也不近人道。我想不通，不知道在哪里得罪了马朵朵先生。但闵良知劝我忍气吞声，忍辱负重，因为我们和马朵朵先生确实并无不可调和的矛盾，或许这只是他的一时意气，很快会改变决定，重新召集我们归队，天才必然有其独特的个性，我们断不可与其斗争，常人与天才的斗争往往是常人获胜，但会导致天才的凋谢。我们都是爱护天才的人。

第四，成立秘密的“冲刺诺贝尔奖三人组”。从名称上就知道这个小组使命崇高，而且应该列入“机密”范畴，但我们还是知道了名单上没有我和闵良知，而是马朵朵、银邦克和物理系的萧萧鸣。他们制订了集体冲刺诺贝尔奖的“长江计划”，有纲领，有计划，有经费，近期正在争取从学校的蓝图上升为国家战略，据说如果升格成功，每年可以得到巨额的经费支持。还听说，踌躇满志的银邦克先生正在草拟即将在瑞典皇家文学院颁奖会上的演讲词，这也有一定道理，因为银邦克先生的英文水平确实不成，面对那么庄严的大场面，他总不能说曲高和寡的中文吧。但也有人反对他在那种神圣的场合说英文，而应该把中文独一无二的优美、高贵和准确展现在全世界面前。大江健三郎一篇《我在暧昧的日本》演讲便使汉语的“儿子”——日语赢得了世界文坛的尊重。大江能做到的事，银邦克为什么做不到？

真是世事纷扰，众声喧嚣，使人无法安静。闵良知先生走在寂寥的秦淮河畔，无法掩饰浓烈的失落感，但他不谈化学，也不谈马朵朵，只谈诗歌。

“其实，我也喜欢鹿小茸的《致爱情》。我能背出来。”闵良知对着潺潺流水，果然能背诵出《致爱情》，抑扬顿挫，感情饱满。

我禁不住轻轻地为他鼓掌。

“这个世界真的需要诗歌。”闵良知说，“我有点想念鹿小茸先生。”

我看得出来，其实，他还有点想念马夫人。

我早就看出闵良知先生对马夫人动过心，就是鹿小茸先生在餐厅里第一次给马夫人朗诵《致爱情》的时候，马夫人楚楚动人的样子让闵良知产生了一瞬间的迷乱，他看着马夫人，一不小心走神了，向马朵朵敬酒时错拿了我的酒杯，还将烟灰缸当成了味碟。

马朵朵与我们渐行渐远，我们不再一起散步，一起聊天，甚至无缘见上一面，他似乎是在故意避开我们。实验室是他的实验室，我和闵良知进不去。化学系大楼里鲜能听到马朵朵的声音，他的办公室门也是紧闭的。他的研究生也找不着他。他显得异常神秘起来。

直到有一天，传来九个中国公民在巴基斯坦被基地组织绑架的消息，马朵朵才出现在我们的面前。我们有些生疏和隔阂了。

“你们也听说了吧，他们是中国桥梁工程师，是在与阿富汗不远的边境被绑架的。”马朵朵说，“但又不全是，有一个女的混在其中，且女的身份不明。”

“不会是马夫人吧？”闵良知惊慌地问。

“我也正在通过外交部和公安部核实。”马朵朵说，“我一直没有她的消息。可能她要通过巴阿边境进入阿富汗寻找她梦中的河床。”

闵良知说，有最新的消息吗？

“绑匪要三百万美元赎金。巴基斯坦方面正在营救。”马朵朵说，“但很危险，绑匪经常收了赎金后将人质杀害。”

闵良知显得异常焦虑，关切地询问近来马夫人是否跟马朵朵联系过，有什么线索。马朵朵说，没联系过，音讯全无。“我们一起去巴基斯坦吧。”闵良知说。我表示支持。但我们去巴基斯坦能帮上什么忙？马朵朵否决了我们的提议。巴基斯坦是中国最铁的盟友，除了相信他们别无选择。对于远在千里之外的异国，我们无能为力，但马朵朵愿意跟我们商量，说明他对我们恢复了有限度的信任。

“你们的支持对我很重要。我孤立无援，我不被理解，我走投无路。”马朵朵绝望地说，“一切都比你们想象的艰难。”

我们不明白马朵朵想说什么。当然，马夫人“叛逃”对他打击甚大，这个我们能理解。但除此之外，他显得强势呀。在校长的干涉下，系主任撤销了对实验室削减经费的决定，学校正在张罗为他申报国家科技进步奖。化学系主任更适合担任后勤处长，校长已经向马朵朵暗示，像他这样的栋梁之材应该挑栋梁之担；而校长之位，先由校长暂且替他占着，时候一到，便会交给他。现在系主任还没有离任，他已经在系里发号施令，甚至对校务说三道四。

尽管外交部和巴方已经竭尽全力，通过正常和非正常渠道与绑匪谈判，但巴基斯坦中国公民绑架案解决得出乎意料的艰难。直到案发第五天，绑匪才答应释放那名女人质。凤凰卫视最先播放了女人质获释的画面。

“果然是她。”马朵朵表情怪异地说。闵良知如释重负，狠狠地在我的肩头拍了一巴掌。

三天后，马夫人悄然回到了南京。她没有直接回家，而是在金陵饭店住了下来。据追踪而至的记者透露说，与她一起回来的还有一个乱发披肩、面黄肌瘦的年轻人。毫无疑问，这个年轻人就是鹿小茸。

马朵朵躲在实验室里。我和闵良知劝他放下架子，拉下脸皮，去饭店迎回马夫人。如果他不主动，她就变成了鹿夫人。

我不去。马朵朵坚决地说。她要回家，她认得路。

我们反复劝说也无法打动马朵朵。

“那我替你去接她回家。”闵良知自告奋勇说。

马朵朵没有反对。闵良知来到了金陵饭店十七层，敲开 1723 房。

只有马夫人一个人。经此一劫，惊魂甫定的她，花容失色，憔悴不堪，额头和臂膊上还有伤痕，眼神没有了往日的妩媚，但她穿着吊肩式粉色裙子，戴着铜色大耳环，高雅、雍容华贵的气质仍在，即使她坐在空旷的角落里，仍然是房间最明亮的存在。

“怎么是你？”马夫人故作惊讶。她坐在椅子上，给闵良知先生倒上了一杯咖啡。

“马朵朵先生委托我接你回家。”闵良知先生说，“马朵朵先生正在做一个重要的实验，走不开。”

马夫人沉默了一会儿，叹息道：“不知道我家阳台上的那盆海棠枯萎了没有。”

“你女儿很关心你，在法国每天给她爸打几个电话，你应该向她报平安。”闵良知说。

“刚才我已经告诉过她。下周她在凡尔赛有一场演出，如果可能，我想去看看。”马夫人说。

“我帮你提行李，车在下面等着我们。”闵良知先生热心地说，“我先告诉马朵朵先生，说你半小时后到家，今晚我们为你接风洗尘。”

马夫人猛然站起来，有点粗暴地阻止了闵良知：“你别打电话，也别动我的行李箱。”

闵良知吃了一惊，把手机放进口袋里：“好的，不急……我们先聊聊，先聊聊。”

闵良知先生竭尽全力也没能说服马夫人回家。马朵朵早已经预料到了结果，平静地说，没什么，真的没什么。

“我也没看到鹿小茸，事情也许没有你想象中那么糟。”闵良知说，“马夫人是有道德底线的……关键是，他们还没有发生性关系的机会。”

闵良知试图论证他的观点，但马朵朵说，没什么，就算发生了性关系也没什么。

闵良知对马朵朵的豁达大度感到不妙。因为马朵朵不是豁达到那种程度的人。闵良知建议我去劝劝马夫人。我说不去，但可以让我爱人去。我爱人见到了马夫人，结果也是无功而返。

“问题不在马夫人身上，而是在马朵朵身上。”我爱人明察秋毫。

马朵朵并不接受我爱人的劝告。我只好再次劝马朵朵，你亲自去接马夫人回家吧。

马朵朵断然拒绝了我的建议，斩钉截铁地说：“没有女人，人类同样会进步！”

闵良知安排了马朵朵和鹿小茸的一次历史性会面。时间：下午。地点：新杂志咖啡馆。生怕发生不测，我和闵良知在相隔不到三米的厢子，密切关注他们的一举一动。

鹿小茸先生神态自若，枯黄而蓬乱的长发没有诗意，但写满了沧桑和磨难，与过去的形象不同的是，鼻梁上横贴着创可贴，说话的时候能清楚地看到他的本就不整齐的牙齿如今又少了一颗门牙。闵良知评论说，那颗门牙像受尽了屈辱的女人终于逃亡了，再不会回到他的嘴上。

我们无法听清马朵朵和鹿小茸说话，不知道究竟在谈论什么。马朵朵喝了一杯又一杯的咖啡，而鹿小茸一口也没有喝。他曾说过，只有在写诗的时候才喝咖啡，天才诗人兰波也是这样。庆幸的是，整个下午新杂志咖啡馆风平浪静，连马朵朵也没有闹出什么乱子来。暮色降临时，马朵朵起身主动跟鹿小茸握了握手，然后离开。鹿小茸这时候才引用了陀思妥耶夫斯基的关于普希金的演讲对马朵朵说：“顺从吧，骄傲的人，首先摧毁你的傲气！”但马朵朵还是傲慢地消失在咖啡馆的尽头。

鹿小茸从我们身边走过时，微笑着向我们致意。闵良知多此一举地起立与鹿小茸握手，当他的手收回来时，发现多了一样东西。是一张信笺。信笺上头印着一行红色的波斯文。信笺洁净，中间只写着三行诗文：

祝福我的爱人

在别人的床上幸福

……安全

这三行诗不是鹿小茸先生的原创，我记得是多年前一个叫花枪的诗人写的，我曾抄录在笔记本上给自己的心灵疗伤。

晚上，在实验室里，我们试图从马朵朵嘴里知道一些他和鹿小茸谈论的内容，但是一无所获。我们无法理解他为什么对此秘而不宣，也不理解他为什么冷落马夫人。

三天后，马夫人离开了南京，飞往法国，从此再也没有回来。

据我们所知，在马夫人离开南京前的一天晚上，马朵朵曾在金陵饭店门口徘徊片刻。他的两个女研究生无意中看到了他。她们不知道导师为什么要在那里惆怅独徘徊，拉着他要他进去喝酒，他好不容易挣脱了，逃之夭夭。

不久后，马朵朵突然醒悟似的，对我说，那天闵良知到金陵饭店劝马夫人回家，实际上他说了相反的话，在她面前献尽了殷勤，鹿小茸比他光明正大，他比鹿小茸更可恶！我质疑道，闵良知先生不是这种人吧？马朵朵说，你不知道金陵饭店里藏着多少秘密和阴谋，闵良知的脑袋瓜子相当于十个金陵饭店！

金陵饭店是南京最好的饭店，马夫人曾经在那里住了数天。关于它，我就只知道这些。化学家往往把自己并不知道的事情统称为秘密，把自己没有直接参与的事情都误为阴谋。闵良知是一个值得我们共同信赖的朋友，尽管他有很多小毛病，尽管他暗地里喜欢马夫人——我也喜欢马夫人——这根本算不上问题，就像我们都喜欢居里夫人一样。

我们经常庆幸马夫人是马朵朵而非其他男人的夫人。

算了吧，兄弟。马朵朵感慨地说，幸好我们还有化学。

既然如此，事情终于可以告一个段落。

鹿小茸先生仍然留在N大学，但由于我们所不知道的原因，诗集《致爱情》无限期推迟出版。出乎意料的是，听说马朵朵将他列入了秘密的“冲刺诺贝尔奖三人组”，本来应该改作“四人组”，后来听说银邦克先生不屑与鹿小茸先生为伍，主动退出了，结果还是“三人组”。但据闵良知调查，情况不是银邦克所说的那样。前段时间诺贝尔文学奖评委马悦然先生公开了一些秘密，其中有一条与中国作家有关，说大陆某小说家给他寄去小说集的同时也给他汇去了美元。这是一则让中国作家在世界文坛丢脸的丑闻。虽然马悦然先生没有说破是谁给他寄美元，但坊间猜疑四起，有人暗指风头正劲的银邦克。银邦克大喊冤枉，老羞成怒，为洗脱强加在他身上的污蔑之词，宣布从此不再参与文学圈子的一切活动，不参评任何奖项，即使诺贝尔奖砸到他的头上也拒绝接受，显示了正气凛然的决断和决裂。而此时，诗歌与小说的地位产生了逆转。几乎与马悦然先生同时公布秘密消息的是，诺贝尔文学奖委员会前任主席卡耶尔·艾斯麦克在上海和中国诗人交流时说“中国有世界级的诗人”，并且透露了一个内部机密：诺贝尔文学奖的评委们“已经在关注，并且正在阅读他们的作品”。这给中国诗人注入了一针兴奋剂。由此看来，中国诗人距离诺贝尔奖的距离估计比小说家更近一些，因此马朵朵跟校长说，鹿小茸从过去诗歌只关心上半身发展到关注下半身，从而开辟了一个诗歌的新时代，使他成为了世界级的诗人。校长对马朵朵“举贤不避仇”的胸襟和气度感到吃惊并大为感动。因此我们可以轻易理解鹿小茸先生为什么补了银邦克留下的空缺。

从阿富汗回来后，地球上仍然战火纷飞，鹿小茸先生却突然没有了拯救世界把诗歌张贴到坦克屁股后的热情。我们的理解是，他怕死。听他说，在阿富汗的时候，他差点被美国的阿帕奇直升机炸死。还有一个秘而不宣的秘密，鹿小茸在阿富汗曾经被美军俘虏，还被关禁了几天，但他口袋里的诗歌救了他，关键是，口袋里除了诗歌没有别的，连一把刀子也没有。两天前，一个塔利班分子曾送他一颗炸弹，但他嫌它太笨重扔掉了，幸好扔掉了。美军对诗人还算仁慈，没有送他到俘虏营，而只是勒令鹿小茸限期离开阿富汗。就在他离开阿富汗前往巴基斯坦边境的时候听到了中国工程师被绑架的消息，而且他看到了被绑架者的照片，马夫人赫然其中。据鹿小茸自己吹嘘说，是他通过与塔利班的关系率先救出了马夫人。

"你们不知道，塔利班里有我的诗人朋友！"鹿小茸先生说。

但没有几个人相信鹿小茸所说。人质的获释完全是外交部努力的结果，跟鹿小茸没有丝毫关系，至多他只是在一旁看了热闹，还恰好身无分文，便冒充马夫人的亲属什么的跟着她的屁股回来了。

对于国人的不信任，鹿小茸很不以为然。他发起了"诗歌美化城市"，曾经尝试将诗歌张贴到南京的大街小巷，但刚进行即被禁止，城管的理由是：禁止诗歌污染城市。在城管看来，诗歌跟汽车尾气是一样的，喷出来自己好受却让别人受苦。鹿小茸才在电线上张贴了几首诗，便被城管抓到，罚他清洗了半条青岛路的"牛皮癣"。鹿小茸觉得委屈和无奈："我在坦克屁股上张贴诗歌，美国大兵也没有罚我清洗坦克。"为此，他创作了一首谩骂城管的诗，张贴到城管大队办公楼前，结果别人将他痛打了一顿。据校办的人透露，自从鹿小茸从阿富汗回来后，先后已经有五部门十七批次的人来对他进行了调查、约谈、诫勉，看上去后果很严重。后勤处埋怨说，单此项就额外增加了十五万元的接待费。校方要对他动真格了：今后如果再给学校增添麻烦，即使是诺贝尔奖获得者也要驱逐出门。马朵朵为鹿小茸被警告和威胁愤愤不平，好像被警告和威胁的是他本人：“我真不明白，偌大一个学校曾经容下了数十个汉奸，怎么容不下一个未来的诺贝尔奖获得者！”

他所说的汉奸，那是许多年前的事情，那时候，日本人还占领着南京。

有一天，在湖南路上突然有人拍打我的肩头：“兄弟，装作不认识我啦？”我仔细端详了一番，才从他的闪亮的门牙得到启发，原来是鹿小茸先生。他的披头散发剪掉了，胡子也剃了，装上了一颗金色门牙，一身黑色唐装，精神焕发，但显得更加精瘦，唯一不能改变的是他身上年久不去的“旺鸡蛋”臭味。鹿小茸把我控制在马路中间，与我闲聊一些芝麻蒜皮的事：“我再也不吃‘旺鸡蛋’了，身上的臭味都是过去遗留的，现在我洗心革面了。”由于我们阻碍了交通，那些行人和车上的人对我们怒目而视，鹿小茸不管他们，好像有说不完的话，但没有一句与诗歌有关，也没有一句与马夫人有关。

“不赴阿富汗啦？”我说。

“算啦，不去了，诗歌拖了我的后腿，诗歌将我束缚在祖国大地上。”鹿小茸说，“我跟诗歌妥协了，下半身死了，但我的上半身还要吃饭。”

“我没记错的话，你说过要在南极举办诗歌朗诵会，对企鹅朗诵《致爱情》，融化千年古冰，这个想法不错，明天有一艘南极科考船从南京下关码头出发，你不跟随前往？”我说的科考船是真的。

“装不下了。”鹿小茸说，“这个世界已经装不下诗歌了。”

“世界装不下诗歌并不重要，重要的是你心里要装得下整个世界。”我说，“说实在的，我蛮喜欢诗歌的，包括你们的下半身派……”

“从此以后，我再也不写下半身诗歌了。”鹿小茸说。

“怎么说变就变呢？”我说。

鹿小茸跟我说话心不在焉，馋眼看一个美少女从身边款款而过，唐突地喊了一声：“爱人。”

那少女回头惊愕地看了鹿小茸一眼，鹿小茸笑呵呵地说，我叫的就是你。少女突然震怒道：“爱你妈的×。”

鹿小茸若无其事地说，我也爱我妈的×。那少女骂了一句神经病便走了。我的脸火辣辣的，生怕那少女就是我们学校的学生，哪一天坐在我的课堂里。

“我们谈到哪里了？”鹿小茸又拍了一把我的肩头，另一只手扬了扬手中的手机，“我开始跟世界妥协了、沟通了。”

“我们谈到……有没有马夫人的消息呀？”我说。

“没有。她在这个污秽的世界消失了。”鹿小茸说。

“你不追求她了？”我笑道。

“算啦，不管她了。镜中花水中月。”鹿小茸无奈地说，“只可惜她没有成全我，让我在最爱她的时候死去！”

“只有永恒的诗人，而没有永恒的爱情。”我惋惜道，“可惜呀，马夫人，多好的一个女人。你们在巴基斯坦发生了什么事情呢？一回来便形同陌路，以致让她远走他乡。”

鹿小茸摇摇头，长长地叹息一声。没有了长发虚张声势，他的头显得特别小，像一只倒置的小葫芦。

“不谈感情。多不合时宜呀。”鹿小茸叼起了一根烟，嘘了一声说。

我们的谈话戛然而止。鹿小茸才意识到我们阻塞了交通，赶紧往边靠，而我往另一边躲，很快我们互看不到对方。等行人和车都过完了，他也消失在对面。因此，这是我和鹿小茸先生的最后一次谈话，尽管此后我经常能在湖南路看到他在那儿闲逛，有时候他俯着身子，跟一个烧羊肉串的维吾尔族姑娘瞎扯；有时候，他在避风塘餐馆一个人自酌自乐；还有时候，他跷着双腿坐在街头的长椅上看报纸，还自个在笑。

有一次，闵良知气冲冲地告诉我，他看见鹿小茸搂着一个妖艳的胖妇在秦淮河东张西望，像乌衣巷里的觅食的鸟。

"那女人玷污了秦淮河！"闵良知生气地说，仿佛秦淮河是他家的一样。

我说，那个"妖妇"是不是鹿小茸先生的新女友？

"她只是鹿小茸诗歌里的一个感叹号！"闵良知不屑道。

马朵朵先生一直没有等到美国总统奥巴马的回信，感觉事情不太圆满，自然有些沮丧。系主任调到后勤处当处长了，比在化学系的油水更足，他的只有初中学历却在图书馆享福的老婆比过去更丰乳肥臀，也不跟丈夫吵闹了。只是马朵朵先生迟迟未见提拔，申报国家科技奖也没见结果，甚至铁板钉钉的院士居然也没有选上。"长江计划"申请升格为国家战略的事情也没有下文，听说是因为有人抗议说那是骗取国家科研项目经费的伎俩，马朵朵对"蜀道难"感慨万端。至于竞选校长的事情早已经被人忘记，他自己也从没再提起。令闵良知失望的是，马朵朵最终没有重新召他和我归队，我和闵良知也各自开辟自己的研究领域，"秦淮三驾马车"最终分道扬镳，秦淮河畔星光暗淡，重陷沉寂。

让我们意外的是，马朵朵和鹿小茸先生的关系迅速升温，成为一对良友知己。他们经常从朝阳门登上南京古城墙。一个化学家和一个诗人像一匹马跟一头驴在暮色中并肩行走，指点江山，欢声笑语。他们在谈论什么呢？

闵良知经常跟他的留学海外的学生联络，似乎是在打听马夫人的情况。有一次，我在实验室的门外见到他喜形于色地跟谁通电话。

“请你代我向康香老师问好！”在他挂电话前说了最后一句。

康香过去是马夫人，现在依然是马夫人，因为她跟马朵朵还没有离婚。

“她的话剧《赶往巴格达》在曼哈顿引起了轰动！她不仅是编剧，还是导演！”闵良知兴奋得手舞足蹈，比发现了新元素还要兴奋。

“她的才华不容置疑。”我说。

“她的女儿马元元在剧中担任了一个重要角色，也很成功。”闵良知说，“她有这样的一个女儿太幸福了。”

闵良知也有一个女儿，但智商和天赋都不高，还没成年便经常在酒吧夜不归宿，他根本管不着。“有时候我恨不得杀了她！”他说到女儿曾经绝望地说。

闵良知尝试将马夫人在美国的近况告诉马朵朵，但又觉得多此一举，马朵朵对自己夫人的近况难道不知道吗？即使马夫人本人不告诉他，他的女儿也会告诉他嘛。但闵良知还是亦步亦趋地跟在马朵朵的身后，笑呵呵地说，你不祝贺马夫人？

“祝贺她什么？”马朵朵装作吃惊地说，“她嫁给外国人了？”

闵良知说，不是，她的话剧在美国首演取得了成功！很快会在全世界取得成功！

“是吗？我怎么不知道？”马朵朵轻薄地说，“我也不想知道。你说的是话剧？我对话剧早就没兴趣了。”

闵良知自讨没趣，既感到失落，又暗自得意。几天后，在半夜里，我突然接到他的电话："我正在纽约歌剧院看话剧《赶往巴格达》，你听听观众经久不息的掌声……"电话里果然传来雷鸣般的掌声，还有夹杂着操英语的议论声。

"康香出来谢幕了。"闵良知激动地说，"我要跟她合影……"

通话戛然而止。

我觉得闵良知有点疯狂。

两天后，闵良知出现在我的办公室，神情没有我想象中那么飞扬，相反，还有几分沮丧。

"那是一部专为某人而作的话剧。"闵良知说，"与我们无关。"

这是意料之中，单看剧名就知道。闵良知一脸醋意，何必呢？

"我要离婚了。"闵良知说，"我跟一头骡实在过不下去。"

这是我第一次听到闵良知把自己的老婆贬损为"骡"。我一想到了骡的样子就发笑。

"你笑什么？"闵良知说，"你不相信？"

我说相信，可是马夫人毕竟还是马夫人，而且可能永远都是马夫人。

我没有说我要娶她，鹿小茸追不到的，我更追不到——你把我当什么人？闵良知无辜得以为我什么也不懂。

"我给你带回来了一件小礼物。"闵良知递给我一张照片，"康香的签名照。"

马夫人在剧院谢幕时的照片，背面有她的签名。她依然是那样落落大方，端庄秀雅，富有东方韵味。

但我不需要。我把它退还给闵良知。

"你这是什么意思？"闵良知以为是我不愿意与他分享快乐，实际上是认为我不愿意与他分担风险。

“她是马夫人。”我反复强调了这一点。

一个月后，闵良知果然离婚了，房子和车子及女儿都给了前妻，他自己在湖南路的一个旮旯里租了一间民国时期的破旧房子安了新家。与离婚前不同的是，闵良知喜欢上了喝酒，像和尚爱上了女人一样令他不能自拔。有好几次晚上喝了些酒，他竟然找不到回家的路，要打电话给女房东让她引领才能回到家，而很快就传出他借酒壮胆调戏又老又丑的女房东的消息。有时候，实验室里没酒，他竟然用酒精勾兑水喝，差点儿把自己喝死。然而，正如炮火不能吓阻诗人一样，酒同样不能阻挡一个优秀化学家前进的步伐。闵良知抢在马朵朵之前发表了一篇关于“核糖体的结构和功能”研究的最新成果的论文，在化学界引起了热烈反响，令马朵朵大为光火。

“这是趁火打劫！这是公驴干母猪，乱套了！”马朵朵气急败坏地破口大骂。

我也觉得闵良知有些不够厚道，这个课题本应该是我们三人共同研究的，虽然已经分道扬镳，但我们做了大量共同研究，他不能将成果窃为己有呀。损失最大的当然是马朵朵，这已经意味着他现在所做的研究基本上前功尽弃。除了激愤、悔恨，马朵朵觉得可疑的是，闵良知怎么会在那么短的时间内就得到了相关的实验数据？而且，闵的分析怎么会跟他的推理如此相似？马朵朵仔细勘察了他个人实验室和电脑及办公桌，感觉到被人动过，就连他的椅子上也残留着那个人的影子。马朵朵马上报案，但派出所说，你的实验室和办公用品完好无损，没有什么可查的。马朵朵说，闵良知入室盗窃！警察说，那得有证据，你的电脑和实验仪器都没有他的指纹。马朵朵马上想到了实验室的监控录像，可是要调出来看的时候才发现它已经年久失修，蛛网都厚厚地把它包裹起来。马朵朵一下子枯蔫了。

闵良知先生有意躲避我。但我抓住了一次机会将他逮住。

“马朵朵很生气。”我说。我也很生气。

“你们可以告我的，现在学术也可以上法院论理的。”闵良知变得厚颜无耻，“马朵朵也可以主动跟我谈合作嘛，现在我的研究走在他的前面了。他还神气什么呀？是他先把我们抛弃的，你不怪他，我可咽不下这口气。”

可是我并没有得罪你呀，闵良知先生。

“你是受害者。我可以补偿，你可以当我的助手，我们合作，谁说我们就不能获得诺贝尔奖？”闵良知说。

我说，我再也不跟谁合作了，我已经开辟新的研究领域。实际上，我正在考虑改行，我的一个学生在昆明办了一家大型化工公司，邀请我去当总工程师，不仅给我高薪，还承诺给我巨额科研经费，关键是，这个项目是世界首创，前途广阔，我可以技术入股，占公司 10% 的股份。下个月，我就打辞职报告。

就在这个月的最后一天，康香回到了南京。她率她的《赶往巴格达》剧团准备在南京举行国内首演，海报已经张贴满 N 大学的醒目之处。南京的主流媒体对康香等主创人员进行了全方位采访报道，对该剧在美国取得的成功也做了大肆渲染。本来我对话剧兴趣不大，但闵良知喜冲冲地送了两张票给我：“兄弟，不容错过。”

“你不给马朵朵送票？”我略带嘲讽地说。

“还有鹿小茸，我都送了。”闵良知慷慨地说，“今晚，我请康香吃饭，下个月，她就不是马夫人了。马朵朵终于提出离婚诉讼。”

那天我没有去看话剧《赶往巴格达》，因为那天晚上闵良知的老婆把我缠住了，罗列了闵良知数十箩筐的罪状（或者叫罪恶）：从不做家务，从不教育女儿，从不关心老婆的乳房（她患乳腺增生），从不在老婆需要的时候跟她做爱……虚伪、做作、势利、自私、粗暴、利欲熏心等等，其中最罪恶深重的是，他竟然效仿鹿小茸给康香写了三百首诗。那些诗，有的是模仿徐志摩，有的是抄袭聂鲁达，更多的是改写自鹿小茸的《致爱情》。那些诗，肉麻，自作多情，每一句都散发着性交的渴望。

"一条最后一次发情的老公狗！"闵良知的老婆用一句精辟的话结束了那晚的控诉。等她说完，那边的话剧已经散场。这是我缺席的原因。

然而，就在这一晚，发生了一件震惊南京的大事：著名化学家马朵朵在N大学校园的一条幽静的林间小道上被袭击，头部受重伤，生命垂危！

我是在半夜得到的消息。马朵朵是在《赶往巴格达》首演结束后被袭的。听说，首演盛况空前，激动人心，所有的观众都被一个凄美的爱情故事所感动，没有一个观众不落泪，甚至有人看见闵良知在剧院里号啕大哭。

我赶紧赶往鼓楼医院看望马朵朵。但他在重症室里，除医生外谁也进不去。走廊外站着不少带着哀伤面孔的人，有我们的校长、原化学系主任，还有其他同事。康香和她的女儿坐在长椅上，相互偎依在一起。我走上前去，向她们打招呼。康香抬眼看了我一眼，说了声谢谢。我不好多言，退出了众人的视线。

第二天，我便知道了全部的真相。

原来，那晚在剧院里号啕大哭的闵良知被坐在旁边的观众嘲笑了。

"你又不是鹿小茸，你哭什么呀？"

一语惊醒了矫情人。闵良知仿佛才明白，这部戏是以鹿小茸为原型，作者对他倾注无限深情，那是作者与鹿小茸的爱情颂歌，他闵良知确实只是一个局外人，一个为别人爱情喝彩的人。这是闵良知痛苦和疯狂的根源。

一场爱情悲剧刚刚落下帷幕，另一场现实悲剧悄然开始。

人尽散去，闵良知在剧院外头遇上了马朵朵。马朵朵手里捏着票，却一直没有进剧院。此时的闵良知要与马朵朵一笑泯恩仇。

“你还记得‘秦淮计划’吗？”闵良知拉住马朵朵说。

“你想干吗？想干掉我吗？”马朵朵故作警惕地说。

“我们干掉鹿小茸！”闵良知阴险地说，“如果刚才你看了戏，你也会干掉鹿小茸。你为什么不敢看戏呀？”

马朵朵说，我看了，我心里看了一百遍……

闵良知说，那你还等什么呀？要不要叫上方昌吉？

方昌吉是我的名字。马朵朵说，我在等我女儿元元。

闵良知突然大喝一声：“你还等什么！”

马朵朵发现闵良知目露凶光，不像是虚张声势。他有点害怕了。

闵良知搀扶着马朵朵上了的士，回到了N大学校园。马朵朵要回家。闵良知说，你怎么能回家呢？马朵朵不能回家，鬼使神差地听从了闵良知的指使，给鹿小茸打了一个电话。大概是十分钟后，鹿小茸来到了这条偏僻的林荫道。此时，闵良知手中抓住了一根坚硬的木棒，躲在黑暗里。

鹿小茸睡意还在，问马朵朵，有啥急事？

马朵朵说，你没看《赶往巴格达》？

鹿小茸说，没看。我对过去的事情没有兴趣。我告诉你吧，那些东西都是假的，我从没到过巴格达，连伊拉克也没有到过，当然，也没到过阿富汗，可是你们都相信了，是康香最先发现了我的秘密，所以她恨我……

鹿小茸的话一下激怒了闵良知，他从黑暗中斜冲出来，举起木棒往鹿小茸砸去。马朵朵一把将鹿小茸推开：“快跑！”木棒重重在砸在马朵朵的头颅上。鹿小茸还没看清袭击者的面目撒腿便逃，高度近视的闵良知在追赶中掉了眼镜，看不见没入黑暗中的鹿小茸。但闵良知并不解恨，对着马朵朵的头又砸了几下，然后逃之夭夭。

好一会儿，惊魂未定的鹿小茸带着保安和警察返回案发现场，将马朵朵送往医院。警察从闵良知遗留下来的眼镜断定了此案的凶手。警察全城搜捕，可是闵良知不知所终。

如果马朵朵永远不醒来，那么只有我知道，闵良知已经启动了“秦淮计划”。那意味着，警察很难将他捉拿归案，而且，我将面临着生命危险。但我不能将“秦淮计划”告知警察，因为我是它的缔造者之一，它会使我身败名裂。况且，我说出“秦淮计划”，警察也未必能抓到闵良知，因为它严密得连我们也无法找到破绽。

好在，马朵朵很快就摆脱了危险。他只是脑震荡，只有少许内出血，并非想象中那么严重。康香和马元元都忙于话剧的演出，《赶往巴格达》在南京连续演出了十七场，场场爆满。因此，她们很少到医院来探视。马朵朵格外孤独，只住了一个星期便吵嚷着要出院，如果不是女儿安抚他，他在医院一秒钟也难待下去。在这期间，我去医院探望过两次马朵朵。第一次是去看看他的生命能否继续下去，第二次是去和他谈谈闵良知，这一次，当然只有我们两个人在说悄悄话。

“也许我们能找得到闵良知。”我说，“秦淮计划再严密也是我们制订的。”

马朵朵反对我泄露天机：“让他永远逃亡吧，祝愿他快乐、幸福、安全。”

鹿小茸成了惊弓之鸟，生怕闵良知在半路上将他截杀，躲在办公室里不敢出门，甚至不允许送外卖的人进门，他从门缝把钱给外卖的人，等脚步声走远了才敢开门，小心翼翼地取饭，然后关上门狼吞虎咽。

有一天夜里，妻子起来小解，突然惊叫一声。我猛跳起来，抄起床头的钢管，戴上头盔，虚张声势地喊："闵良知！我跟你拼了！"冲出房门，妻子惊恐万状地说，卫生间里有一只耗子！我家好多年没出现过耗子了。

"你看清楚没有，是耗子还是人啊？"我举起了钢管，严阵以待。

"只是一只耗子……不过，看上去像人。"妻子语无伦次。

我重新检查了一遍门窗和下水道，觉得不可能有人进来才放心地脱下头盔。

妻子说，昨天我在楼下好像遇到了闵良知，他浑身脏兮兮的，好像从下水道钻出来的。我惊讶问，你不会看走眼吧？妻子犹豫了一下："我……好像是梦里见到的。"

半个月后，马朵朵出院了，精神焕发，兴致勃勃地来给我一家饯行。我要远赴昆明，投身实业。马朵朵劝我留下来与他继续做研究："没有闵良知，我们的研究会更纯粹。"我婉拒了他。

"如果可能，你还是把闵良知找回来，冰释前嫌，再次牵手，他是一个蛮有才华的人。"我握着马朵朵的手说。

马朵朵想了想说，这是一个好建议。

大概是半年之后，闵良知还是杳无音讯。马朵朵说，他曾经多次去寻找闵良知，但一无所获。但我和马朵朵都知道，他还在南京，可能变成了耗子，也可能变成了蟑螂，在那些缝隙中苟且偷生。马朵朵和康香离婚了。康香跟北京的一个诗人兼出版商结了婚，听说在诗人丈夫的运作下她已经被提名角逐诺贝尔文学奖。马朵朵问我是否知道那个诗人。我说，这个世界上我只知道一个诗人，那就是鹿小茸。鹿小茸已经变得神经错乱，经常在湖南路当众表演“驴打滚”，严重影响了学校声誉，终于不适宜待在N大学，但N大学并没有将他赶尽杀绝，而是安排他到一个偏远的分校当图书馆管理员，他只上了几天班便不辞而别乃至销声匿迹。我终于认为，世间再无诗人，诗歌再也无从谈起。大概又过了两个月，有一天，我接到一个国际长途，原来是马朵朵从美国打回来的，他出国了，在曼哈顿一所化学研究所工作。

“先当几年访问学者。”马朵朵踌躇满志地说，“等成大事了再回去，到时地位才更高，这也叫曲线救国。”

在美国的马朵朵有两种业余爱好。第一，喜欢上街示威游行。有时候他手持“驴”旗支持民主党，有时候手持“象”旗支持共和党，政治立场很不坚定，他只把上街游行当成了一种娱乐和健身活动。他发了几张参加示威游行的照片给我，有一张是被警察踢倒在地上的照片，“好爽，好发泄！就像一次驴打滚。”有一张，他额头上缠着红布在白宫的草坪上抗议美国的金融政策，手里抓着的鸡蛋随时准备扔出去，手持盾牌和警棍的警察在一旁虎视眈眈，“好酷，好刺激，就像大象发情”；还有一次，他给我发来了一张他与奥巴马握手言欢的照片，下面依然写了一行字：“就这样吧，我终于和美国讲和了。”

“兄弟我在美国什么都好，只是缺少一点点爱情。”马朵朵感慨美中不足，但听起来爱情对他并没有那么重要和迫切。

远在他乡，我们都想念秦淮河，想念N大学，想念实验室，想念梧桐树，想念古城墙，也想念闵良知。

“南京，就靠他守护了。”马朵朵意味深长地说。看起来，他对仍下落不明的闵良知已经心无芥蒂，毕竟，那并不算什么血海深仇。

他从没主动提起过鹿小茸。只有一次，我提起了。

“他是一个懦夫和变节者！”马朵朵在美国那一边吼道，听起来像咆哮。从此以后，我再不敢提起鹿小茸，就当他已经死了。

不可逆转的是，马朵朵跟我的联系逐渐少了，他的音讯也逐渐趋无。很久后的一天，在报纸上无意中看到一则与他有关的消息：著名化学家马朵朵实验数据造假令美国蒙羞。从此我再也无法联系上他。

好像所有认识的人突然间都消失了，我顿时觉得无比孤独，像黄土高原上一头无家可归的驴。

2011 年 11 月 20 日初稿

载《江南》2012 年第 3 期

送口棺材去上津

一

母亲吩咐我送口棺材到上津去。因为她听说那里有一个人快要死了——或许明天就是死期。母亲早年答应过他，他死后，她会送他一口最好的棺材。母亲说，我说到一定会做得到。她说话的时候对着瓦蓝色的天空，仿佛她是跟天上的鬼魂对话。就快断气了，她还这样说，只是没有力气把话送到瓦蓝色的天上去了。但她终于等到了这一天。仿佛她已经等待了一百个世纪，没有比这个等待更漫长的了。母亲生怕这个漫长的等待白费，紧紧地抓着我的衣角，三番五次地恳求我说，你一定得为我完成对他的承诺啊，这是我一生中最后要办的一件事了。我要出门了，她还舍不得放我离开。我只好狠狠地掰开她枯死了的手，像跟一个倔强的孩子争抢糖果。

我说，母亲，请你放心，无论路途多么遥远，我都能办到。

母亲说，如果你不如期把棺材送到上津，即使身体全部腐烂掉，我也不会死，你看，我还留着一口气，这是在等你回来。看得出来，她的身体确实正一小块一小块地死去，从头发开始，头发落光了，然后是牙齿告别了牙床，乳房瘪了气，手脚变成了枯柴，整个脸都崩坍了，腐肉和床板粘在一起。我为她打开窗户，让潮湿的风滋润一下她干枯的身体，我不期待它能长出嫩叶，只求能缓慢一点死掉。

我说，母亲，我要出发了，再不出发，恐怕会来不及。

母亲的嘴唇还在剧烈地翕动，肯定是在喋喋不休，不知道她究竟还有多少话要说。

可我管不了那么多啦。在这个凉快的清晨，我出发了。为此，我可准备了三个多月的时间。万事俱备了。我戴上了小草帽，抬头看看天。瓦蓝色的天空像大海一般壮美。马车足够坚固，那匹皮肤黝黑毛发稠密的德保矮马也足够强壮，像一只威风八面的麒麟，朝着山坡下雪亮的道路嘶叫了两声，一副踌躇满志的样子，宛如正准备千里征战，不待我挥鞭，它已经高高扬起前蹄，带起一阵寥寥的尘埃。我对它十分满意，它值得我信任。

漆黑的棺材装在马车的车厢里，像黑夜一样肃穆。构造它的木板是柳州上等棺木，褐色的外表，非常结实。父亲在世的时候就已经做好了，尽管父亲在它身上花了不少心血，但在他死后母亲还是请方圆百里最好的工匠花费了一百天的工夫，精雕细刻，做了这口最好的棺材。村里几乎所有的人都用内行的手摸过，没有不说好的，啧啧称赞的声音装满了空荡荡的棺材。

“无论谁躺在里面，都不会说它不好。”他们拍着胸脯向母亲保证。母亲相信，这肯定是世界上最好的棺材。她不愿意留给自己，竟送给另一个人。乡亲们都说，能躺在这样的棺材里，早死两年也愿意。我知道他们是在恭维母亲，或者说是在赞叹母亲的高风亮节。此去上津有好几百里地，隔着好几个县，那儿对我来说十分神秘，像遥远的天边。我要把棺材送到天边去。他们晓得此行千辛万苦，因此还沿路为我送行，好像不放心我似的。

送棺材的人啊，
你是穿州过府积德行善啊。
你去的是空的地方啊，
遇到庙宇要烧香啊，
见到鬼神要恭谦啊，
逢见纸做的人马也要打声招呼啊，
遇到达官贵人要懂得躲让啊，
遇到披麻戴孝的队伍要懂得恸哭啊。
太阳落山，到处都是邪气，要找个干净的地方躲避啊。
跋山涉水过桥赶路要循着狗声鸡声走啊，
到了主人家不要贪恋锦衣美食啊，
一定要快去快回啊
休得耽误死者入土亡灵升天啊
…………

这些忠告我都记住了。我挥了一挥马鞭，风声、马蹄声和马车发出的有节奏的吱噜吱噜的响声便淹没了一切。我的眼睛紧紧地盯着前方，比马看得更远，我知道马车跑得比行人快，比普通的马车快，也比那些独自蹬自行车的人快，但不知道身后的尘埃是否遮蔽了别人的视线，是否像战场上的硝烟一样弥漫。按规矩，我不能回头看，以致走了很长的时间也不知道我离家到底有多远。

前面有很多岔路，像女人的头发那么多。我记住了，一直往东南走。饿了，我便啃一块杂粮煎饼，渴了便喝几口水。防水布袋里的煎饼能吃上好几天，溪涧里的泉水取之不竭。黄昏，我就找一个能躲避风雨的地方悄悄地落脚，连狗也不惊动。马就在附近自由地寻找最好的草，天亮了，吃饱了夜草的马轻轻地回到我的身边，用嘴唇拱我起床。马的喉咙里咯咯地响，我听得出来它是想说：

“路还长着呢，继续走路呀！”

于是，我迎着晨光，往东南走。一路上，穿越了壮族、苗族甚至仫佬族聚居的集镇和村落，或几间孤零零的房子。我记住了，自己是一个送棺材的人，能躲避便躲避，要有卑怯的样子，要做足一切应该做的礼数。也就是说，一路上我几乎没有遇到太大的麻烦，因为没有谁刻意刁难我，甚至连狗也不让我难堪。只是在经过一个瑶人的村庄时，被一群少年用土块袭击，我倒不觉得自己身上中了几块疼痛难忍而有什么大不了的，即便左脸中了袭击红肿妨碍了视线也没什么，只是马因为受了惊吓而狂奔起来，我失去了驾驭能力，马车在不平的路上颠簸，差点要坠落悬崖峭壁。我狼狈不堪的样子令顽皮的孩子们发出得意的笑声，直到被那些在山上干活的大人厉声喝止。可是仁慈的大人们并没有比孩子更懂得马的习性，他们善良但又肆意地取笑我的马，说它矮小得像一头毛驴。我的马生气了。我看得出来，它真生气了，闷闷不乐地走路，连头也不愿意抬起来。因此，很长的一段路程，我什么也不想，就哄马开心，为了让它破涕为笑，我甚至承诺从上津回来后给它娶一房妻子，生男育女。

当我的马重新愉悦起来，我袋子里的煎饼快吃完的时候，我们已经到达一个叫石村的地方。这是母亲叮嘱我的，石村是我的必经之路，我可以在那儿补充干粮。那儿有人会给我照顾。她似乎能预料到一切。为了补充粮草，我早就希望到达石村了。

这个村庄的名字是雷电告诉我的。

那天下午像是酷暑的天气，越往南方酷暑来得越早，因此越往南方马越来越少。窄小而崎岖的马路热气腾腾，仿佛着了火，那些飞扬的尘埃也是烫人的。我不断地给马喂水，马喘着粗气，身上的皮肤似乎烧着了，发出阵阵腐臭味。我正需要找地方与酷热的世界划清界限，太阳突然躲藏起来，一阵飓风刮过，马车摇晃了一下，差点翻过去，我紧紧张抓着马缰绳。当飞沙走石停止下来，天突然暗淡无光，乌云层峦叠嶂地压过来。道路消失了。马开始惊慌，嘶叫起来。我的心里也兵荒马乱的，扬起马鞭，逃也似的往前赶，在大雨降临之前，我得找个地方躲避。但我们跑得没有大雨快，雨水劈头盖脸地砸到马车上，把棺材的面板敲打得比锣鼓还响。大雨蒙住了马的眼睛，车轮在泥泞的路滑行，我不得不从马车上下来，走到前面，牵着马，如履薄冰。旷野无人，连躲避风雨的茅草屋也没有。幸好，穿过雨幕我看到前面有一个村庄。当我们走近村口的时候，一个闪电让我看清了石牌上村名：石村。但是中间隔着一条河，河水暴涨，桥被刚刚冲垮。村庄在对面若隐若现，像什么也没有。我只好沿着一条山路往前走，希望能遇到一座没有垮掉的桥。可是越往前走，山路越陡峻，到了最后，连山路也被冲垮，终于无路可走。我想穿过一片杂芜的树林，马意识到了危险，止住脚步，任凭我怎样哄它，它也不愿意往前一步。我只好选择回头。而正在此时，一股山洪从山上轰鸣着冲下来，打了马一个趄趔，马车失去了平衡，顺着山洪滚下去，马被马车拖累，挣扎了一下也失去了控制，结果人仰马翻，一起滚下山脚。如果不是几棵高大的漆树把马和马车拦住，它们会一直滚到河里。我来不及放开马绳，山洪把我冲了个晕头转向，失去了重心，像一只滚球摔下来。幸好慌乱中我抓住了一把树枝，在悬崖上停止了翻滚。马自己挣扎着爬了起来，并在山洪的不断冲击中站稳了脚跟。马车仰面横亘在两棵树之间，棺材则夹在一根树丫上摇摇欲坠。我的右手破了皮，流着血，血在水里不是红色的。我的小草帽被水带到了河里，像一个溺水的孩子一会儿便消失得无影无踪。我徒劳地大声呼喊。但呼喊声比不上山洪的轰鸣和雨水的喧嚷。黑暗笼罩着大地，闪电是黑暗中惊恐的眼睛。

尽管如此，我并没有绝望。我想，母亲肯定已经料到我会遇上坏天气。其实，每一个送棺材的人都会遇到不同的困难。母亲说了，送棺材的路上遇到的磨难越多，将来躺在棺材里的人越有福气，到了地府里受的苦会越少。因此，我是在替死者减少罪罚，我所受的一切苦头都是值得的。我和马并肩站在雨中，马冻得发抖，但它没有胆怯和放弃的意思。洪水也并没有比我们更有耐心，黄昏将至，雨停了，光明复现，山洪也停止了虐肆，我的呼救声终于传到了石村，村民们拿来绳索和竹竿，撑着船来到了我们的身边。我们获救了。

我被人抬上船后就昏死过去，第三天中午醒后我才知道，我中了风寒。身上穿着崭新的衣裳，受伤的手臂被包扎得严严实实。村民们围在我的身边，没有一点忌讳的意思。

“看你风尘仆仆的，你从哪里来送棺材往哪里去呀？”

“我从胜利县来，到上津去。”

“哪里的上津呀？”

“瓜县。”

“你走了多远啊！累死了几匹马啊！”

“我的马，是德保矮马，别看它身躯矮小，却可日行千里夜行八百，累不死……”

“那至少会把人累死。”

我轻轻地笑了笑：“都走了十三天了，我一点也不觉得累，我天生就是马夫命。”

有人还为我的车轮子和马车的木板子担心，但就没为棺材担心过，因为他们也看得出来，牢固的东西是经得起考验的。

“谁……升天了？”

“一个叫洪峰的人——我也不认识。”

“谁死了都不奇怪，奇怪的是，你为什么千里迢迢送口棺材到瓜县？”

“你是说，我还没到达瓜县，他的尸体早已经腐化。”

“可不是吗？”

“他还没有死呢，不过，快了。所以我得快马加鞭，要不来不及了。”

“事主可是重要的人物？”

“听我母亲说，他是太平天国皇帝洪秀全的后人。”

“呵呵，我们这里是石达开的家乡，我们都姓石。你应该知道石达开。”

我听说过石达开。听母亲说过，她祖上有石达开的部将，后来跟石达开逃至四川，并战死在那里。母亲还说过，贵县的石村是我此行的必经之路。这里山清水秀，风光旖旎，稻花飘香，鸡鸭成群，孩童喧哗。我突然觉得很亲切。他们也对我刮目相看，给我塞满了吃的东西。

“我知道洪峰，他不是洪秀全的后人，洪秀全没有这样的后人！呸，他配！”一个白发老妇从人群里钻出来。看上去她有我母亲那么老了，整个脸像一只被啃光了肉的核桃，一股老人味扑面而来。

“一个浑蛋、骗子，这么好的一副棺材给他可惜了，像金盒子装咸鱼，暴殄天物啊。”老妇双眼冒着凶光，双手在颤抖。

我说，我母亲可没有这样说过他。虽然我不知道这个人是谁，但不应该是个十恶不赦的人。

“1959年，他差点儿被枪毙了。他想建国。他一辈子都在说谎。”老妇说。旁人似乎终于明白，啊，原来说的是那个洪峰！

“他是中华文武国的皇帝。”他们哄堂大笑，“一个疯子。”

“他不是疯子，是一个浑蛋、骗子。”老妇厉声纠正他们，“他比刘邦还要狡诈。”

他们突然沉默不语，是不想说话。他们怕这个老妇。但我知道这个村庄的人都听说过洪峰，或者略知一二，至少比我知道得多。

“我们那里有句俗话说，进了棺材再也没有好人坏人。”我说，“坏人也有权躺进棺材里。”

众人似乎都赞同我的观点，但不敢明说。老妇用手摸着横亘在旁边的棺材，一个劲地替它叹惜：“多好的一副棺材！我怎么就没有这么好的一副棺材？”

我抬头往门外看见了一个熟悉的面孔。一棵枝繁叶茂的桃树上正挂着一只鲜血淋漓的马头，显得特别醒目。马头耷拉着，正对着我，它的嘴巴仍然在翕动，仿佛是在向我求救。我看出来了，那是我的德保矮马。它被宰杀了，身首异处，不见躯壳，只剩下一只头。我突然醒悟，刚才我吃的正是它的肉。我顾及不了送棺人的礼仪，暴跳如雷。

“你们为何杀了我的马！你们真该千刀万剐！我恨不得将你们统统送进棺材……”

他们平静地安慰我：“它的右腿骨折了，五脏六腑都已经碎裂，伤势很重，活着都很痛苦，甭说替你拉车。”

昨天我看不出马有什么不妥，也许它真的受了内伤，但昨天它仍和我一起倔强地站立在山洪中，它紧紧地咬紧牙关，尾巴向上竖起，像旗，它的腿像四根柱子钉在泥土里，泥土被刷掉一层又一层，它的腿越陷越深。它的腿毛都被刷光了，身子满是泥浆，看上去是一匹泥塑的马。这匹马，是我母亲骑着驴，亲自到德保县城的马市场挑选的，买回来的时候才是一匹小马犊，走路还不很平稳，母亲倾注了大量的心血饲养它，它就像母亲的另一个儿子，我的一个兄弟。如果母亲知道我吃了它的肉，她肯定会生气的，比吃了她的肉还愤怒，会勒令我吐出来，并跟随她念三天三夜的《大悲咒》。

“我们分吃了畜生的肉，它就永生了，比我们活得更久。你看，它的眼睛仍然睁开，说明它还活着，要看着你平安到达上津。”他们说得很虔诚，一点也没有轻浮和亵渎的样子。我相信他们这里有这种风俗习惯，也有这种信仰，正如我相信人死后会以另一种方式重生一样。

“可是我还得送棺材到上津……”

“我们为你准备了一匹更好的马。”

一个十岁左右的孩子拉着一匹马来到我的跟前，亲自把马绳送到我的手上。是一匹白色的公马，体形高大，双腿修长，看起来十分健壮。那孩子拿走我的马鞭，用警醒的口吻对我说：“我们的马从不需要鞭子。”

可是，没了马鞭，我便不会赶马。我说，就像没有撑船家就不会撑船一个道理。那孩子还是不愿意还我马鞭，一个汉子，也许是他的父亲，从孩子的手里夺回马鞭，送到我手上。

“我们还改造了一下你的马车，以适合这匹马拉。”

这匹马是他们送给我的。我为刚才的鲁莽向他们表示了歉意。

“甭客气，你给那个叫洪峰的人送棺材，相当于是我们送的，你在完成你母亲的嘱托，却也是为我们效劳——按道理说，无论如何，他也是我们的兄弟。”

我明白了。我向他们告别。但那个老妇似乎不愿意让我离开。她挡在我的面前说，姓洪的终于要死了，虽然我恨他，但死者为大，你说得对，坏人也应该有一副棺材——我妒忌的是他配不上这副棺材。

我不想知道洪峰更多的情况，那不是我要的，我的任务是早一点到上津去，然后早一点回到母亲的身边。我给马套上马车。他们已经给棺材擦拭了一遍，因为看不到一点被山洪袭击过的痕迹。

我离开了村庄，穿过遮天蔽日的竹林，沿着一条青草遍布的大道，一直往东南方向走。这匹马果然是一匹好马，走起路来比德保矮马稳重，步伐也迈得大一些。而且有老马识途的素养，不用我扬鞭，它便知道该加快速度了。更令我吃惊的是，不用我指挥，它前进的方向总是正确的，好像它不是离开，而是在回家，对一切事物都了如指掌，在陌生的南方引领着我。它真是一匹好马。

大约走了好长的一段路，我才觉察到后边有人在唤我。回头一看，原来是老妇在追赶我。她拄着拐杖，步履蹒跚，但走得很急，随时随地都可能会摔倒。我赶紧勒马，等她。她肯定有什么话没有对我说完。

她跟上来了，来不及喘息，拉住我的衣袖，像出门时母亲揪住我的样子。

“你母亲叫什么名字？”老妇问。突然一阵咳嗽，从嘴里吐出一口痰。

我告诉了她我母亲的名字，等待她的反应，可是她沉默了，好像她在想一则深刻的问题。

你在思考什么？我说。

我从不思考——只有死了的人才有时间思考。老妇争辩道。

你认识我的母亲？我说。

我已经三十年没有你母亲的消息了，老妇说，她肯定也想知道我是否还活着——你母亲从没有提起过我吗？

我说，没有。

确实，母亲没有向我提过她，母亲并没有跟我提起过太多的人。因为她认为我不是去探亲访友的，而是送棺材的。

如果说到上津，说到洪峰，你母亲应该提起过我——虽然我不愿意和洪峰这个人的名字一起被人提起。老妇说。你母亲真够慷慨大度，竟然给洪峰送一副这么好的棺材。

我母亲是一个慷慨的人，她一辈子都很慷慨。按道理说，她早就应该忘记一个三十年前的人了，但她没有忘记，至少她还把他的死放在心上。我母亲确实是这样的人，如果答应了别人做哪一件事，她宁愿花掉一生的时间。我们村里的乡亲用了很长的时间才能理解她的为人处世哲学。可是，这是母亲的事情呀，我并没有必要寻根问底，再说，还有不短的路程，还得快马加鞭，把在路上耽搁的时间补回来。

你等等，等我把话说完你再走，等我说完你就不会再走了。老妇说，洪峰配不上这副棺材，如果你母亲觉得应该让它物有所值的话，应该把它让给我——我也快离开人世了。如果这样的话，她就能让儿子免遭更多的劳苦，让他早一点回家——去上津毕竟还有很长的路。

我断然拒绝了老妇的非分之想，并扬起鞭要打在马屁股上，但老妇挡住了我的手腕，鞭子悬在空中："这匹马不需要鞭打，它知道你心里想什么。"

我说，我得快马加鞭了，洪峰正等着我，也许他快咽气了。

老妇夸张地吸着空气，大声而信誓旦旦地说，是的，他快咽气了，我都能闻到他身上的腐臭味，还有，我也闻到了你母亲身上的腐臭味，风把他们的体臭送到我们的身边，你使劲闻闻，腐败的身体……

我使劲地闻了闻，确实有一股浓烈的腐臭味，可是，显而易见，是来自身边的这个老妇。两只乌鸦从村口一直跟随着马车，在我们的头上超低空盘旋。母亲说过的，不要管它们，只有神灵才忠诚地追随着你。

我想摆脱她的纠缠，但知道那是不道义的。我重复着说，我要继续赶路了，还有很长的路，还要穿过三个县，得快马加鞭。

老妇说，如果你听我说完，你会停止前进的。你母亲根本就不应该让你受这种活罪，她大概是老糊涂了。

那你上马车说吧。我说。我想，等她说完会有另外的马车把她拉回头的。

老妇笨拙地爬上马车，就坐在我的旁边。她肥大的黑色裙子把我的大腿都罩住了，事实上，她臃肿的身躯已经占领大部分驾驶区，看上去，马车是由她来驾驭的，我只是一个陪衬而已。

“我要说的话比路上的沙子还多，即使到了上津，我也说不完。”老妇略带兴奋地说，“现在我们可以走了，如果速度快一些，晌午我们便能到达旺月镇。”

二

“你从哪里来的？我们可是从没见过你呀？”

“我从荷花镇过来的，荷花镇，大盐商阙海洋……我晕船，坐不得船，本来要自己骑马过来，但姐妹们都劝我，她们说，你不能骑马了，那路多难走啊，如果你骑马去上津，人不掉下来，你肚子里的孽种也会掉下来。因此，我自己走路过来，花了快两天的时间。”

“哎呀，看上去你怀孕很长时间了，走那么长的路挺不容易呀，你哪来那么大的胆子。”

我腆着高高的肚子……其实那时候还没有那么高，才三个月，我穿着厚厚的松蓬的衣服，让人一眼就能看出我是一个孕妇。那天我说了假话，其实我不是完全走路到上津的，从横村到狗庄，一个赶马车的让我坐到了马车后面，颠簸了大半天。刚到上津的时候，很多热心和好奇的人在路口缠住我问这问那，不是因为我是孕妇，后来听她们说，是因为我长得漂亮，打扮时尚，一个孕妇也能穿得那么时尚，这得在大城市才能看到。

“你到上津找亲戚？谁家是你的亲戚呀？从荷花到上津可有上百里路，你的男人怎么放心让你一个人走那么长的路？”

“我是来找我的男人的。”

他们惊愕地面面相觑。他们肯定还对我涂脂抹粉好奇，那天我的脸应该很苍白，是因为饿。

“洪峰，洪峰是我的男人。”我告诉他们。洪峰并不在他们中间。

他们哄然大笑。他们觉得很荒唐。我也是。我为什么会找到上津来呢？

上津地处三县交界，依山傍水，河道交错，往南就是粤界了，顺水而下，一两天便能到达广州城。但那里很封闭，四面环山，但名头很大，因为店铺多，很多客商要到他们那里做生意。上津其实很小，弯弯曲曲几条街道，临河却有一排排的店铺，米行、布行、药铺、山货铺、颜料店、篾器店、咸鱼店、杂货铺，但那天几乎没有什么顾客，冷冷清清的，破烂的街道上也没几个人，连河道里也看不到船的影子，倒是成群的鸟在瓦房顶和树枝上飞来窜去。

他们把我带到河边，对着河湾处大声地呼喊洪峰。一个人从水草深处探出头来，往我这边眺望。我估计他就是洪峰。这么冷的天气，大冬天，他还在水里游泳？

“你女人和你儿子来找你了。”他们笑嘻嘻地对洪峰说。

“是王冠兰吗？”

王冠兰是你母亲的名字。那时候，洪峰已经有一个女人，但还没有过门，就是你的母亲。

“不是，是另一个女人，她带着儿子来看你了。”

我小声地提醒他们，肚子里的不一定是儿子。

“她说不一定是儿子，也可能是一个千金。”

我对他们说，我快饿死了，如果我饿死了，首先饿死的是他的孩子。

“她说她快饿死了，孩子也快饿死了。”

洪峰看到了我，狐疑着游过来。他来到了我的跟前，身子还浸泡在水里，他的身子变成赤黑，牙齿咯咯地响，像急疾的马蹄声。我顿时有了怜悯之心。

“你是洪峰吗？”我问道，其实我已经认出他来，只是不敢肯定。

“你是谁？”他问我。

围观的人哄然大笑。

这不能怪他。因为此前他只见过我一次。

我对他说，你上来吧，上来说话。我想弯下身子拉他一把，可是我连腰都弯不下了。一弯腰便要掉到河里去。我直着身子向洪峰伸出手去，意思是让他上岸来。

“他不会上岸的。”有人告诉我说，“因为他的裤子还没有干。”

他们指着河对岸的一棵桑树说，太阳照到那儿了。桑树上果然有两三件衣服，其中有一条裤子，被舒张得很开，平铺在桑树上，微弱的阳光无力地趴在上面。

“现在他只剩下三件衣服了。”

“他不是少爷吗？财主洪钟的儿子。”我惊慌地问。因为我听说过，洪钟有十二间店铺，只有一个儿子。

“他早就不是少爷了。现在是大爷，河里的大爷！”他们在洪峰面前放肆地说笑，我知道他们说的也许是真的。

洪峰说话的声音都颤抖了。瘦削的脸，吊儿郎当笑着，像一只螃蟹。

“我不认识你。”他仰起脸，牙齿不断地打架。

“你先上来再说成不成？”我急了。艰难地跪在地上，伸手去拉他，但他把手缩回去了。

“你不告诉你是谁我就不上来。”他固执地说。我看清了，他没有穿内裤，赤裸裸的，我身后有两三个妇女，对此见怪不怪的，一点害羞也没有。我也不觉得害羞。

“我是荷花镇的叶芳。”我说。这个名字对谁都应该陌生。

“我不认识你，在荷花镇，我没有亲戚，连熟人也没有一个，那里像是另一个国家。”洪峰说，“我倒想建立另一个国家，但不是荷花镇。”

这是我第一次听到洪峰说要建立一个国家。我根本不当一回事。

“三个月前，你和陈达球、李白柱到过一次茶花镇。”我说。

“三个月前，我在上津还有十二间店铺呢！”洪峰说。

“你们三个，上了荷花红荷院……你们睡了我……”我说的是事实，“现在我的肚子大了，药材铺的黄先生替我算了算，孩子肯定是你们的，冤有头债有主，全镇的人都叫我来找你。”

洪峰惊讶地往水里扑了几下。众人发出了尖叫。午后的小镇喧嚣起来。

“你凭什么找我？你为什么不找陈达球、李白柱？”洪峰挺冤枉似的。

“我找过他们了，他们都是挑夫，穷光蛋，养活不了我们母子。”我说的是真的，“他们说你有钱，在荷花镇有十二间店铺。”

众人又是一阵哄笑。

“可是我现在什么也没有了，我养活不了你们。”洪峰说，“我还有一个老婆，下个月就要过门了，我家只剩下一张床了。”

洪峰沮丧地潜到水里。水很黑。大伙等着洪峰浮出水面，可是等了一刻钟仍不见他的影子，觉得没趣，各自散去。我却饿昏在岸上。

等我醒来的时候，我躺在一间很小很暗的屋子里。洪峰说，这里是他最后的一间房子，是用作娶王冠兰的新房。可是，这间屋子是在河岸临时搭建的，像牛栏一般简陋，风从四面八方吹进来。屋子里没有生火取暖，但还剩下一些米。我闻到了饭香，顾不得那么多，抄起饭碗就揭锅。一锅饭就这样让我一口吃光了。

“你怎么那样能吃？你一个人吃掉了三个人的米饭！”洪峰要抢我的饭碗，“等一会儿，王冠兰要来，她也要吃饭。”

我还觉得饿。我说，洪峰，你能不能再做点饭，我还能吃掉三碗。

洪峰说，没有米了，你要吃到陈达球、李白柱家吃去。

我不说话了。

“你凭什么说肚子里的孩子是我的？”洪峰问。

我说，那天干得最起劲的是你……

洪峰说，胡说八道……你吃了饭可以回去了，今天洪武药铺的伙计驾马车去荷花镇，你跟他一起走。

我说我不走了，我就要你家住，把孩子生下来，我都快三十了，也得结婚了。

你吃那么多，我养活不了你。况且，我还有一个未婚妻。洪峰说。

你要我走，也得让我把孩子生下来再走。我说，在荷花镇，我没有立足之地了。

其实我是哄洪峰，我是要留下来，我再不找个男人养活我，我很快就会死掉了。

几年前我得了馋痨，整天饿，怎么吃也吃不饱，我爹妈养不活我，把我赶出家门，我才到荷花镇谋生。只要给我吃的，我什么都干。那时候，我想自己都快饿死了，还计较什么呢？我爹说，除非你嫁了一个财主，否则没有人能养活得了你。我以为洪峰是我的依靠，但洪峰那时候真的是穷困潦倒。他的十二间店铺是他父亲留下来的祖业，还有四百亩地，却被他挥霍一空。他父亲还在的时候，他就是一个败家子，在荷花镇和大盐商阙海洋的儿子斗富，叫店家用灯芯草煮牛肉给他吃。灯芯草多轻呀，见火一燎就没有了，可是煮一锅牛肉得要慢慢熬，结果他一顿饭就吃掉了二十亩地。但家产主要败在赌博上。他赌博赌得可疯狂了，一天可输掉几十亩地。他父亲留下来的四百亩地，不到两年便没有了。听说他输得最惨的是三个月前，一夜之间输掉了十二间店铺。

后来洪峰自己说的，输掉十二间店铺那一次不算赌博，是送个顺水人情，虽然输掉了十二间店铺，但他很快就会有一支军队。有了军队，他就可以在上津建立一个国家，不同清皇帝的国家，跟太平天国也不相同，跟中华民国也不一样，类似“梵蒂冈”——我也不知道什么叫梵蒂冈，听说是国中国，只有小拇指那么大。洪峰说呀，我是洪秀全的后裔，我的老祖宗都能建国，我为什么不能呀？况且，这些地方都曾经是老祖宗的地盘。

他很早就疯了。他的父亲也是疯死的，因为洪峰一夜间输掉了二十亩地，他就疯了，跳到河里淹死了自己。

关于兵匪，我母亲说过的。母亲说，那时候的兵匪比较猖狂，曾经扫荡过几次上津。每一次扫荡，几乎都要洗劫一空。

洪峰说，他要有一支军队，有了军队，谁也不敢到上津来撒野。他想组建一支军队，向镇上的人募捐，可是没有人相信他。谁相信一个败家子呢?

后来听他说的，从荷花镇回来的第二天，上津来了一支军队，说是李宗仁的人。那天下着瓢泼大雨，他们就驻下来，镇上的人都害怕当兵的，早早就把大门关上了。倒是洪峰腾出他的十二间店铺，让他们住，还要管吃呀。带头的是一个团长什么的，说他的祖上是太平军的一个将军，跟石达开称兄道弟。洪峰茅塞顿开，说自己是洪秀全的后裔。于是，看上去两人惺惺相惜，相见恨晚。其实，鬼才知道洪峰跟洪秀全有什么瓜葛，那是第一次他听说跟洪秀全有关系，上津的人从没听他的父亲甚至祖辈和洪秀全有关系，顶多就是同一个姓氏。洪峰为讨好当兵的，天天给他们好吃好喝的。他以为大雨一停当兵的就会离开。第二天雨停了，他们并没有离开的意思。到第五天，洪峰支撑不下去了，逐家逐户地去敲门，请求他们资助。

“这支军队是我们自己的，你们应该支持点。”洪峰说。

“每支军队到了这里都说是自己人，可是没有一支军队保护过我们。”上津的人都聪明了，把贵重物品都藏得严严实实的。

洪峰开始为难了，向当兵的说，我家里没有什么吃的了……

带兵的说，兄弟，这是你们的部队、子弟兵……

洪峰说，即使是我自己家的部队，我家里也没有什么吃的了。

带兵的说，兄弟，你不是还有十二间店铺吗？

洪峰说，我就只剩下这十二间店铺了……

带兵的说，兄弟，这样吧，我们赌一下，要是我赢了，这十二间店铺就充军费了，要是你赢了，这支两百人的军队就是你的，从此以后跟随着你，听你吆喝。

洪峰说，我倒是很想有一支自己的军队，可是……

带兵的说，兄弟，这很公平，我们的军队不再像旧军队那样欺压百姓，巧取豪夺。

洪峰想了想，痛苦地说，当年祖上洪秀全的第一支军队也许就是赌来的……

他们是在广场上赌的。玩扑克牌。黄昏，从水路上来了许多外地的客商，是来等待洪峰输掉十二间店铺，然而从当兵手里买过去的。上津的有钱人也从最隐蔽的角落里摸出大把大把的银元，公开谈论十二间店铺的优劣和价值……广场上围着很多人，水道、街道上也水泄不通。但只能远远地看，或者是听，因为当兵的不让他们靠近。

那一次赌博，听说惊心动魄，像过地狱的桥。洪峰好几次差点赢了，但最后竟莫名其妙地输掉了，至今谁也说不清楚究竟输在哪里。带兵的站起来，对洪峰说，本来我们不应要你的十二间店铺，但我们害怕你下一次输给别的军队，兄弟，肥水不流外人田……当兵的把他的十二间店铺卖掉，带着满满一袋子银元往北走了。不过，带兵的很近人情，他对洪峰说，兄弟，这支军队从此以后也有你的一份，你什么时候需要，随时开赴上津。

从此以后，洪峰穷困潦倒，连落脚的地方都没有了。他父亲才死不到五年，他就把一个好端端的家给败完了。他有四百亩地、十二间店铺的时候，洪峰是方圆数百里最阔绰的人，出手大方，出门前呼后拥，多么风光！连当官的见到他都得点头哈腰地称他少爷，听说县太爷竟替他点过烟。自从输掉十二间店铺后，上津的人就不把他放在眼里了，把他当成了一个笑话，像对待疯子一样将他呼来喝去。他整个人也变了，变得唯唯诺诺，嬉皮笑脸的，跟一个下人差不多，连狗都怕了。但他爱吹牛的毛病一辈子也改不了。他经常到原来属于他的店铺十二间店铺去串门，对上津的人说，我的军队在哪里哪里又打了胜仗。那得意的样子，就像自己是决胜千里的三军总司令一样，可店铺的新主人对他不屑一顾，开始还给他一些烟抽，一杯茶水喝，后来连坐都不给他坐了，甚至门都不让他进。

“看来，我要命令我的军队开赴上津了。”洪峰嬉皮笑脸地对那些蔑视和怠慢他的人说。

可是，没有谁相信他能请来一兵一卒。后来，我才明白，洪峰大冬天的在河里游泳，不是自找苦吃，那叫卧薪尝胆。他把野心藏得很深，他们都看不到。

洪峰答应让我留下来。条件只有一条：要吃饭，自己找去，而且，我还要管他的一日三餐。

“这很公平。”洪峰说，“因为你败坏了我的名声。”

三

那天黄昏，我见到了你母亲。应该说是她先见到了我。她错愕地问我，你是谁？我说，我从荷花镇过来的，我姓古。她觉得我不应该随便躺在洪峰的床上。洪峰出去了，好几天没有回来，屋子里只剩下我一个人，我累了，困了，躺一下有什么不妥？

我说，洪峰是我的男人，这里便是我的家，我这是躺在自家的床上。

你母亲不动声色，进屋子里平静地收拾东西。屋子太乱了，如果我不累，我也会收拾。我忘记问她是什么人了。是她告诉我的，她说她叫王冠兰，洪峰的未婚妻，本来下个月就要嫁过来了，如果你愿意嫁给他，很好，我爹正愁该如何解除这门婚约。

我说，你也看到了，我怀孕了，那是洪峰的孩子，洪峰已经允许我把孩子生下来，孩子好歹得有一个父亲。

你母亲盯着我的肚皮看了很久，一动不动。但她的脸色始终没有变。她不愧是大家闺秀，镇静得像一个男人。而且，她长得也挺好看，挺白的，挺有涵养。她是读过书的女人。后来我才知道，你母亲是一个药材商的女儿，你的外公要不是死于广州战火，她也不至于远嫁给你的父亲，一个没出息的棺材匠。

我看到了，你母亲带来了一袋子米。

你母亲拿过一张椅子，坐在门口中间，也不说话。我知道，她是在等洪峰。她肯定要洪峰亲口承认他和她要解除婚约了。

你母亲一直等到第三天傍晚，洪峰才从河道上回来。我和你母亲在河岸上等他。他带回来了一个老头子，说是一个布商，经常跟李宗仁做生意，军装用的就是他的布。老头子下了船，看到我和你母亲，动手动脚地要摸我们的腿看是否粗壮。你母亲一脚踢掉老头子的手。老头子吃了一惊，掉头问洪峰：

“你说的是哪一个呀？”

洪峰指了指我。老头子对我说，那就是你了。

原来洪峰要卖掉我。钱他已经收下了。

老头子身后还有两个胡子拉碴的大男人。一个手里抓着绳索，一个拿着棍子。

老头子用鸡爪般的手摸了摸我的肚皮，笑呵呵地说，看来，我很快要做父亲了。

我不敢吱声。你母亲倒替我出头，斥责洪峰："你怎么能卖掉她？你凭什么卖了她？"

洪峰说，你不要管这事，我需要钱……

你母亲说，你拿了别人多少钱？我赔给你！

洪峰说，你赔不了的……下一次，也许我会将你也卖掉！

你母亲当时很气愤，但没有跟洪峰吵，而是和老头子说道理："洪峰拿了你多少钱我赔你。人你不能带走。"

老头子很倔："男人之间的事情不是钱的问题。你们女人不懂。"

你母亲说："她肚子里的孩子是洪峰的……"

老头子说："我买下来就是我的了。"

你母亲说了很多维护我的话，但没有用处。洪峰开始和老头子谈论买卖你母亲的价钱了！

我是一万个不愿意跟老头子走的。但我无力反抗，被拖上了船，连夜离开了上津，被带到了石村。我成了老头子的第三房妾，老头还没等到我的孩子出生便病死了，我也没有再嫁人，守了五十多年的寡。说到好处，那就是那老头子千方百计治好了我的馋痨。因为他害怕我把他的家产全吃光了。你也看到了，现在我子孙满堂，可是没有一个姓洪的。

后来的事情，你母亲没跟你说起过？洪峰把我卖掉的第二天，他一把火把自己的房子烧了，然后自己驾着一条小船离开了上津。几天后，你母亲在她家里突然迎来了一帮恶棍，说来接收她家的财产，因为她家的财产被洪峰贱卖了。账簿上画着洪峰的押。你岳父刚去世便遭到如此厄运，你母亲肯定气疯了……

你知道洪峰拿着这笔钱干什么去了吗？

我不知道。母亲没告诉过我。

他投靠李宗仁去了，在军队里买了一个小官，但他受不了苦，从李宗仁手里要了几杆枪，带着十几个不兵不匪的人回到了上津，说是李宗仁派他回来管辖上津的治安，开始有人不相信，暗暗派人去打听，可是第二天他们就看到去打听的人的尸体浮在水面上，脑袋被砸得稀巴烂。从此以后，洪峰在上津成了恶霸，欺男霸女，听说连镇长的小老婆也睡过。他不仅强行收回了他的十二间店铺，还欺行霸市，强收保护费……不到三年，洪峰又成了上津最阔的人，他手下的人竟有三百之众，都穿着李宗仁军队的军装，俨然成了一个军营。直到有一天，洪峰宣布建立上津国，李宗仁才派来三千军队，把他的虾兵蟹将收拾干净，把他的国旗焚烧一空。

洪峰建立上津国是一场闹剧。他肯定是疯了。可是，那时候他真搞了一个轰轰烈烈的上津国成立盛典。听说洪秀全的后裔要建国了，人们从四面八方赶来看热闹。那天上津人山人海，河道上堵满了船，天空上飘满了彩旗，七七四十九头狮子，锣鼓喧天……洪峰穿着奇异的礼服，离开巨大的枣红色的龙椅，站到广场高高的平台上，像模像样地宣布上津国成立了……那天，我也从石村赶到了上津——还有比我赶更远的路来参观的。我带着孩子——我告诉孩子，你看，坐在台上的那个人，那个宣布自己是上津国总统的人就是你的父亲！孩子问我，他跟蒋总统哪个更厉害？

实际上，大伙不称他总统，而唤他皇帝。蒋总统就是中国的皇帝，要么跟袁世凯一样，要么跟溥仪一样，反正都一样。

洪峰当然没有看到我。我也不愿意让他看见。我的孩子倒想去喊他爸爸，拼命地要挣脱我，要跑到他那里去，我没有同意。我说，孩子，即使别人怎样叫你杂种，你也不能管一个疯子叫爸爸。

“那蒋介石也是一个疯子吗？”孩子诘问的声音悦耳而清晰，我暗吃一惊，赶紧捂住他的嘴巴，离开了人群，悄悄地走了。

就在洪峰宣布成立上津国的第三天，李宗仁的军队便风驰电掣地开进了上津，把上津围得水泄不通。他们来到上津才知道，其实不必要派三千军队过来，杀鸡焉用牛刀，三百就绰绰有余了。但洪峰竟然能从天罗地网中逃掉了，像鬼一样消失了。直到半年后李宗仁在南京当了代总统，他觉得李宗仁没有闲情逸致追究他了才回来。他一回到上津，便吹嘘说：

“我和李代总统达成了谅解，我管上津，他管全中国……”

四

晌午过后，我们到达了旺月镇。镇上似乎比路上还热，好像要下雨了。马车的车轮子冒着烟。旺月镇冷清清的，街道上没有什么行人，只有几只张着嘴喘气的母鸡在太阳下找吃的。一个中年妇女从房子里探出头来看到了我们，嘟囔道：

“这天气真热死了人。”

马需要喝水和凉快。但无处可歇脚。

老妇突然没有了继续说话的兴致。她焦虑地说，我要回家了，你把我放下来，我要回家。

你累了吗？她说累了，早就累了。我把她放下来。她的头发着了火似的发出一阵阵焦臭。

我不愿意说他了，到我死那天我也说不完——等我说完，你就觉得他配不起这口棺材。老妇说，他配不起！

我担心老妇。她说你不必替我担心，猪贩子石家英每天黄昏都会从旺月镇赶回石村，他也有一辆马车，我就在路口等他。

她伛偻着身子，拄着拐杖，缓慢地穿过马路，突然回头对我说，前面就有一棵榕树，树下有一个人等着你，你只要帮她读一遍情书，她会给马一盘子水喝——她还没有老成朽木之前，那些男人只需读一遍情书就可以上她的床。

我远远一看，前面果然有一棵大榕树。但转头再看老妇的时候，早不她的踪影，像瞬间蒸发了。

大榕树下果然有一个人，又是一个老妇，她就靠着树根睡觉，鼾声如雷。应该是马的气味让她醒了过来。

我说，大妈，吵着你了。

这个老妇看到棺材大吃一惊，猛然站起来慌乱地后退，退到了一堵断垣残壁的角落里："晦气，晦气！你给谁送棺材来了？你让我看到了死亡！"

我说，我要到上津去的，路过这里，想借口水喂马，你看，马没有水便要死了。

我叫韩秋子，你就称我韩秋子。老妇骨瘦如柴，说话的声音像恐龙的尖叫。但头发梳理得很整齐，眉毛也被精心修整过，因为涂脂抹粉，脸面显得异常苍白，鲜红的嘴唇把我吓了一跳。

我跳下马车。韩秋子叫我靠近她。我走过去，她从怀里掏出一封信，发黄的信封，民国时期的邮戳，是从上津寄来的。她用涂抹着红色指甲油的双手捧到我的跟前，几乎遮住了我的双眼。

“你替我读一遍，我给你一盘子水。”

我确实需要一盘子水。

“你轻一点……信纸像我的头发再也经不起折腾——可是，洪峰已经折腾了五十二年。你看，我的头发都快光了。”

是的，韩秋子的枯黄的头发已经稀疏得像冬天里的落叶梧桐，只剩下乳鸽般的头颅。我轻轻抽出信纸，快速地看了一眼落款，令我惊讶的是，竟是洪峰写给她的信。我开始读了。韩秋子喝令：“响亮一些！在我面前你不能省力气。”

我大幅度提高读信的声音，仿佛要让镇上所有的人都能听到。这是一封年月比字数还多的情书。写得很肉麻，通篇都是信誓旦旦却华而不实的暧昧之词。信纸很破旧了，上面沾着千姿百态的手指痕迹，散发着和马涎沫气味一般的口水腥臭，说不清楚多少人朗读过这封情书了。

韩秋子出奇入迷地倾听着我的朗读，脸上溢满了甜蜜和满足，像一个怀春的少女。我读完了。

“送棺的，你再朗诵一遍，我会给你两盘子水。”韩秋子说，“你相信我，我曾经送过一个丐子十斤米。”

我说，我在石村耽搁了一天，不能再耽搁了，傍晚我得赶到下水镇，明天黄昏，我便能到达上津了。实际上，我只需要一盘子水。

韩秋子有些沮丧，粗野地从我手上把信收回去，小心翼翼地折叠起来，装进信封，藏进衣袋子里。嘴里不断地咳嗽，像一个有肺病的人。

“你急着去上津干什么？”韩秋子嘟囔道，又胆怯地远远瞟了一眼棺材，“你是把死亡带到上津去”。

我母亲说的，一个人弥留之际看到自己的棺材，能多活上几天。我解释说，有的人甚至还能起死回生。你不必要害怕，棺材是吉祥物。

韩秋子说，我听出来了，你是王冠兰的儿子，你是给洪峰送棺材去的。

我说，是呀。可是她是怎样知道的?

“你母亲答应过送他一口棺材。五十年过去了她还记得，她的记性真好。”

我母亲是一个虔诚的佛教徒，已经吃了三十多年的斋。

你急什么?洪峰又不是你父亲——他做不了你父亲，有人说他是冬天里在水里游泳把鸡巴冻死了，瞎扯，是他跟婊子叶芳睡过觉后再也不能做男人的——你肯定见到了叶芳，石村的叶芳，一个比我丑陋百倍的女人，你看到她了。

我说，是的，她是我母亲的老熟人。

韩秋子说，呸，她只是一个婊子!可是你母亲是我一辈子的敌人，五十二年来，洪峰心里想的只有你母亲，否则他早来找我了。

我对此一无所知。母亲只叮嘱过我，路上不要轻信那些风言风语，不要纠缠那些尘世中的是是非非，那些东西就像飞扬的尘土，你是一介马夫，要专心致志地赶路，不要让尘土遮蔽了你的双眼。

“你再读一遍他写给我的信，你就知道他本来是要来娶我的。可是，他没有遵守诺言，最后还是娶了你母亲，这就算了，可是你母亲离开他后，他应该来找我的。”

韩秋子又摸出信来，我婉拒了她。她突然意识到了要履行给我一盘子水的承诺。她做出说话算数的样子。

“你跟我来吧。”

她咳嗽着，领我走进榕树后面的一条小巷子。巷子弯曲、悠长，两边是破旧而低矮的房子，路面上全是黑色的瓦砾和打碎了的瓶瓶罐罐。小巷尽头往里拐，是一间青砖和石块堆砌的小阁楼，门窗已经破得不成样子了，那些枯藤都成群结队地窜到房子里去。

韩秋子告诉我，这是她的家。她让我跟随她进去。屋子里很阴暗，有一股冷气和霉臭扑面而来，里面除了一些杂物几乎没有什么像样的摆设。她带我上了二楼。二楼的地板摇摇晃晃的，快要倒塌了似的。她推开了一间房门，里面有了一些摆设：一副小茶几，一只梳妆台，一张民国时期流行的新式床。床上整洁地摆放着一张红色的丝绒被，床前有两双鞋，一双枣色女布鞋，另一双是黑色男皮鞋。韩秋子轻轻地弹了弹蚊帐上的灰尘，然后警惕地检查了一下修补过多次的木窗户。

“这是我和洪峰住过的房子，他喜欢睡在床的里面，蜷缩着，像一个小孩。”韩秋子掩饰不住她内心的骄傲，“我每天晚上都要抱着他，哄他，驱散蒙在他身上的惊怕”。

韩秋子以为我不相信，竟脱掉鞋子，轻轻地躺到床上去，靠着床沿躺好，把沾满尘土的被子盖在身上，然后翻过去，脸朝床面里，双手抱着什么似的，嘘了一声，便喃喃地说话……

她是在跟一个人说话，但我听不清楚她在说什么。我无所适从。我说，我的马……

她被打断，有些生气。但她似乎懂得不是我的错。她把身子转过来：

“我们就这样通宵达旦地说话，我说我在旺月镇的显赫家世、别人怎样赞叹我的美貌，他说他的建国大业……他卧薪尝胆、深谋远虑……他的上津国……我弄不明白他想建立什么样的上津国，可是他有宏图大略，尽管上津国是一个火柴盒的国家；他壮志未酬，李宗仁的部队要将他斩首示众，即使将他斩首他仍是一个国王——一个国王在我的怀抱里谈论他的国家，我被他迷住了，我愿意替他生十二个孩子，我要让最小的孩子接替他的王位。”

好一会儿她还没有下床的意思，我说，我只需要一盘水……

韩秋子不满地从床上下来：“你，你一点雄心壮志也没有，就只想要一盘水，你不想知道你母亲和洪峰的事情？”

尘归尘，土归土。我不想知道。母亲四十一岁嫁给我的父亲，棺材匠冯三泰，第二年生下了我，从此以后从没离开过家乡。我知道这些就够了。

“你母亲根本就反对洪峰建国，骂他疯子，百般阻挠。洪峰一气之下把你母亲轰出上津……”

韩秋子说，有人说，洪峰建国是你母亲告的密，但我不相信，因为那时候方圆数百里都知道这件事，官府有什么理由不知道呢？

“洪峰建国失败后，一个人连夜逃难，他先是逃到了石村，但叶芳不敢收留他，还要去报官，那个老婊子！他无处可逃，来到旺月镇的时候他都筋疲力尽了，靠在大榕树下喘息。大清早我看到了他，他快渴死了，向我索要一盘子水。他说，只要我给他一盘子水，就封我为贵妃……我把他带到了家里，给了他十盘子水。”韩秋子说，“他在我家躲藏了半年，我陪了他半年。我父亲那时候已经瘫痪在床，拿我没办法，骂我说，你怎么能收留一个疯子？我说，洪峰不是疯子，他是一个国王——他在我的心目中就是一个国王。他走后给我写了一封信，这是这封信，虽然我不认识字，但看到信的人都告诉我，他会回来娶我。我等着他来娶我，从民国五十五年等到现在，都等了五十二年。”

“你为什么不去找他？”我脱口而出。

“我的祖上曾经当过崇祯皇帝的侍郎，我的外祖父当过南洋的拿督，我的家族在旺月镇很有身份，我是大家闺秀，我得让他带着浩浩荡荡的队伍来娶我！”

我觉得她太过矜持甚至于顽固了。而且，我第一次听说大家闺秀从没读过书，连情书也不会看。

“不过，我也想过放下身段，厚着脸皮去找他。1949 年，新中国成立了。因为洪峰造过国民党的反，共产党说洪峰当初成立上津国就是革命行动，因此没有找他的麻烦。洪峰会答应你母亲跟共产党合作，不再提上津国的事情，你母亲回到上津，跟他过了一阵安逸的日子。可是，到 1958 年，你母亲又离开了洪峰。跟着洪峰，你母亲受过很多苦，因为她伺候的是一个国王，不像一个皇后，倒像一个仆人……1959 年春，我本想去上津找他，可是他很快便被抓进了牢狱。因为他对新中国不满，公开宣称要恢复上津国，人民政府说这是反革命，公安局把他抓走了，本来要枪毙他的，但听说有人找到了证据，他真是洪秀全的后裔，政府就免了他一死，可是一年后，又有人推翻了证据，说他的老祖宗根本不姓洪，要重新枪毙他，都快押上刑场了，可是这一次他又逃脱了死刑，因为所有的医生都证明说，他是疯子，因为他连面包和粪便都分不清楚了，把粪便当面包啃。人民政府不会为一个疯子浪费子弹，监狱也不愿意让疯子浪费他们的粮食，1961 年洪峰从大新监狱回到了上津，孤家寡人，生活都不能自理了，分不清楚饭菜，把自己的粪便塞进嘴里……听说他曾经有过十二个妃子，可是她们都躲避得远远的，隐名埋姓，跟自己的男人生男育女，谁也不愿意跟他沾上关系。我不嫌弃他，我愿意照顾他，可是他不愿意娶我——这个老不死，肯定忘记我了，我最不能原谅他的就是这个。”

…………

“他以为自己真是一个国王，那些送他吃的人，见到他也得行君臣之礼，向他鞠躬，否则他不吃你的东西。你见到他，你也得向他鞠躬，否则，他死也不会要你的棺材。”

我走下楼来，在楼后的荒芜的院子里找到一口井，迅速地打了一盘子水。

“你真没有耐性。”

我说，我的马快渴死了。

“你一点也不关心你母亲的前半生……”

“我母亲说那些都是尘土……”

“她自己才是尘土！”

我端着一盘子清水走出去，沿着小巷子往外走。韩秋子尾随着我，喃喃地说着慢点慢点。我才担心她摔跤呢。她朽木一般的身体，一摔跤，会摔成瓦砾般的碎片。我顾不上那么多了。我的马远远便闻到了水的气息，嘶叫一声，兴奋得高高地掀起前蹄……我把水放在马的面前。水异常干净，马也能看到自己在水中的倒影。喝足了水的马恢复了生气。我说，我得走了。

“我也快死了，这一辈子再也等不到那个老疯子来娶我了。你把我带到上津去吧，虽然我从没听说过大家闺秀会下贱到送货上门，但我管不了那么多了，我再也不能等了。”

我说，我不能带你去上津。但我为什么捎了叶芳那么长的一段路，因为马是她们的，她又那样蛮横，我根本没有办法拒绝她。我还向韩秋子解释了一番不能带她去上津的理由，可是当我要把空盘子还给她的时候却不见她的身影。我便把盘子放到榕树根下，然后跳上马车。刚才还滚烫的坐垫凉快了许多。榕树的叶子开始轻微摆动。风从上津的方向吹过来，有了一些湿润的气息。我扬起马鞭，在空中划了一下，发出啾的一声。马迈着轻快的步伐，重新启程。

五

傍晚的时候，我到达了下水镇的边上，抓不准是否到镇里去。马车的一只轮子的车胎漏气了，车架子也出现异常，必须修补。但镇里应该没有水草。马要吃草。我犹豫了一会儿，决定自己修补车胎，加固车架子。马就在一条河的岸边上吃草。棺材板面上满是灰蒙蒙的尘埃，掩盖了它黑色的光泽。我用一根木头把马车的右侧撑起来，笨拙地拆卸车轮子。四周传来了烦躁的蛙鸣和狗吠，让我感觉到离家很远了。我担心母亲。我恨不得日夜兼程，马上赶到上津，然后马不停蹄地赶回到母亲的身边。

幸好，明天傍晚就能赶到上津了。那个叫洪峰的人收到母亲送给他的礼物，他的脸上会不会露出惊喜的微笑？我会记住他的所有表情，回去向母亲报告。

我突然听到了咳嗽声。开始我以为是来人了，抬头四顾，却不见人的踪影。我还以为是撬轮胎的声音，但放下撬子仍然能听到一声仿佛来自地府的咳嗽声。我警惕地看了一眼棺材，才发现不知道什么时候捆扎棺材的绳索已经松松散散的，棺材盖也不怎么严实，明显地被撬动过了。我推开棺材的盖子，往里一看，果然是她。

她仰面平躺在棺材里，双腿并拢，双手交叉放在肚皮上，一动不动，满面死寂，像一具尸体。毫无疑问，咳嗽声是她发出来的。

我气急败坏，粗鲁地敲击着棺材：“你怎么会躺到里面？你快起来！”

我忘记了不能在异乡生陌生人的气。我真生气了。

韩秋子张开了双眼，吃力地侧过身子，双手抓棺材的墙壁，却抓不紧，啪地摔躺下来，好一会儿，才攒足力气，双手撑着身下的木板，艰难地爬起来，把头伸出棺材外，不紧不慢地说："终于到了上津，我该出去见他了——本来应该是他来见我的。"

我说："什么上津？才到了下水镇。"

韩秋子四下瞧了一眼："还不是上津？那你叫醒我干什么！"

我刚要说话，她竟又躺下去了。我伸手去抓她，她突然发疯，咆哮如雷："别碰我！我要到上津去！"

那少见的凶悍把我吓了一跳。我要辩解，她吼道："你不带我去上津，我就死在棺材里，即使腐烂也不出去……你应该让我和洪峰死在一个棺材里，这么宽畅的棺材，能躺得下两个人……"

韩秋子突然哭了，不断用头撞击着木板，啪啪的声音穿透棺材，在原野上回荡。那匹疲惫的马回过头来，不解地看着它的车子，嘴里叼着一把草。

母亲告诉我，不要错怪自己的马，即使是老马，也有迷茫的时候。

母亲，我也迷茫了。母亲告诉过我的，除了洪峰，不能让别的人躺到棺材里去。况且，我没有责任把一个与此无关的人带到上津。因此，一整晚，我都靠在马车的轮子上生着闷气，露水把我的衣裳都弄湿了，清晨的时候我才睡了一会儿，梦里发现自己仿佛已经到了天堂，鲜花和阳光一样多的地方，见到了我想见的人，我的表妹，她依然是那么漂亮，像年轻时候的母亲。她似乎在吻我，把我的嘴角都吻遍了。我睁开眼睛，原来是吃饱了夜草的马，它像往常一样把我叫醒了。我猛地爬起来，推开棺材的封盖，叫了几声韩秋子。晨光中，韩秋子仰面冲着我笑，嘴巴张得很大，脸上的笑容堆积如山，但那笑容是僵死的，像倒伏的麦穗。我把头伸进去大喊了几声，回声把我的耳朵震痛了，她还对着我笑。我这才意识到她死了。

韩秋子的死给我增添了麻烦。我把她送到了派出所，两个民警想把她从棺材里弄出来，但她的身体像和木板连在一起了似的，无法将她和木板分开，民警很沮丧，把不满转移到我的身上，因此把我拘留下来。还不到中午的时候，韩秋子的亲属，大约有七八个人，来到下水镇，把我堵在审讯室里。他们开头十分客气，没有把韩秋子的死归咎于我，仿佛她的死跟我一点关系也没有，事实上，我也不应该负很大的责任。

“但是，她死在你的棺材里，说明她不需要我们为她准备房子——我们的意思是说，你把这口棺材留给她就成了。”

这是他们需要我承担的唯一的责任。民警觉得他们是有道理的，因此，我可以选择用棺材换取我的自由。

我跟他们解释了我不能拿棺材来作为交易的道理。当然提到了洪峰。

“我们可以送给洪峰另一口棺材——下水镇也有棺材铺，而且手艺也不见得就比你们的差……”他们说，“你可以把它送到上津交差”。

他们觉得对我已经仁至义尽了。但我不能按他说的那样做。我坚决地拒绝了他们的要求。他们当中有人当着民警的面揍我。我的脸肿了，嘴巴和鼻子流着血。我的眼睛看不见对方，他们要把我往死里打，我感觉到自己快死的时候，民警才把他们赶走。可是，他们走之前，把棺材砸散架了，满地狼藉，韩秋子终于从棺材里出来，被他们用一张草席卷起来，然后被一个五大三粗的人放在肩头上，一窝蜂地消失了。最后我才发现，我的那匹马也被他们打瘸了一条腿，它正在伤感地舔着自己的伤口。

我把那些板块交给下水镇的棺材匠，为了证明自己并不比我家乡那边的工匠差，他们花费了很大的心血，才把那些受损的板块重新组合起来。摆在我面前的是一口完美无缺的棺材。这些工匠们不仅用高超的手艺证明了自己，令我惊叹的是，他们还用最短的时间治好了我的马，让那条瘸腿又能跑起来。虽然如此，我还是比原计划迟到了两天到达上津。

六

我的马车走进上津时已经是晌午。上津异常安静，连风也纹丝不动。上津的景致跟叶芳描述的差不多，几十年来没有什么变化，只是河里早没有了船只，河堤上残留着洪水过后的垃圾。一棵不知名的树上挂着一只巨大的蓝风筝，看上去像一面旗帜。有寥寥几间房子被粉刷一新，像几个即将上台表演的老妇。

我沿着一条河岸的道路往房子稠密的地方走。河水很黑，跟低矮的瓦房一样。瓦房绵延好长一段，争相比着谁更破旧，有些房子腐朽得经不起轻轻一碰了。道路铺的是颜色各异的大理石，也夹杂着普通的石头，都很光亮，马车在上面走得很顺当，瘸腿的马走得一点也不吃力，似乎是，即使它只有两条腿也能在上面健步如飞。一路上，我能看到一排排的店铺，阴暗而简陋，冷清清的，我的马车发出的声响也不足以提起倦怠的店员们的精神。他们大概是需要午休的，我来得不是时候。我停在一间茶叶店铺前，要向一个伙计问路。但我首先看到了一张讣告。

讣告就贴在店前的青砖墙上，风雨已经把它变成残篇断简，但从模糊的字迹中我还是能弄清楚，这是洪峰的讣告。

讣告上写道，上津国皇帝洪峰昭告天下，寡人将于某年某月某日驾崩，臣民们要做好国葬的准备……讣告的落款是洪峰，发布的时间是一个月前。按照讣告，他已经于十天前死亡。我想知道，我是不是已经来迟了。我向茶叶店的伙计叫了一声，他却突然向我泼了一盘子水。水肯定不是干净的，我躲闪开了，水泼到了马头上，我听到了水落在火炭上发出的声音。

伙计并不打算向我道歉。我主动向他说了声对不起，打扰了。

伙计说，你不是唯一一个给洪峰送棺材的人。我惊愕了一下。伙计说，这个月洪峰已经收到五口棺材了，他家里的棺材已经堆积如山，不过，看上去还是你这一口最结实。

我告诉伙计，如果不是一路上经过了一些折腾，你看到的这口棺材色泽会更好，也没有那么多的疙瘩……

伙计抬眼看了一下讣告，那是老疯子宣布自己的死期，每年都要发布几次，张贴得到处都是，我们都懒得撕掉，因此，外头的人都觉得上津弥漫着死亡的气氛，不过，我真能闻到死亡的气味了。

我说，他还活着？

我不知道，伙计冷冰冰地说，只有他张贴自己的讣告的时候我才能看到他。老疯子走不动啦，都老成那样子了，连张贴自己的讣告都没有气力了——可是，他死了吗？谁告诉你他死了？

此时，从店铺的角落里走出另一个人，光着上身，着一条花短裤，背驼得厉害，因为太阴暗，看不清他的脸。说话的声音很苍老，但很威严："刚才我还看到他，他坐在高高的龙椅上，我以为他死了，可是当我告诉他，皇上，我给你送猪腿肉来啦，就放在龙椅脚下……他的手指轻微地动了一下，证明他还没有死。"

伙计低声地告诉我，说话的人是洪峰的第六任宰相，但连他也不敢随意靠近老疯子。我欣慰地感谢了告诉我信息的人。我立马要谒见洪峰，完成使命，然后赶回家去。母亲正焦急地等待着我。

“你不能带着马去见他，因为你的马不会叫他皇上，他会震怒……”

我知道了。

“你一个人见不到他。他已经好多年不接见普通臣民了。而且，晌午已过，他今天谁也不见了。”

我只好在这个宰相的家里住下来。宰相叫洪泰。他本来不是宰相，是老疯子在他67岁的那年封他的，从此上津的人就这么称呼他。本来他不怎么搭理老疯子的，但被称为宰相后不得不尽一些责任了。平常，是他照顾老疯子的起居，至少不让他活活饿死。

“我见过你的母亲。”洪泰说，“你母亲根本不是皇后——大清江山改姓后哪里还有皇后？但上津的人都把你母亲当作皇后来尊敬。她是一个好女人。”

我实在不想在上津打听更多关于母亲的往事，母亲说了，那些都只是飞扬的尘土。

“老疯子折腾了一辈子，你看，上津并没有繁荣昌盛，相反，由于荷花镇的兴起，上津慢慢衰落，现在的店铺都门可罗雀，十几天看不到一只船……你看，洪峰的十二间店铺，我这一间是，往前第三间的豆腐店也是，前头还有几间，都衰败了。你母亲还在的时候，上津不是这样的，你母亲还在的时候，上津丰衣足食，她自己也能经营，把洪峰输掉的十二间店铺盘了回来，如果老疯子不折腾，上津过得很好，你母亲在上津也过得很好。”洪泰说，“……你母亲还好吗？”

我说，我母亲快不成了，所以我必须尽快回去。

“本来我要跟你说说上津的——你母亲时代的上津。可是那至少得花上两天的时间。你别看上津小得容不下你的马车，但它的故事、它的秘史比一个国家的还要多！”洪泰说，“你本来应该知道一些的，因为这里也是你母亲的上津。”

我说，我母亲说的，世间的一切都只不过是飞扬的尘土……

洪泰是一个不错的剃头匠，年轻的时候走南闯北，给李宗仁剃过头。敢在李宗仁头上动刀子，所以一直很得洪峰赏识，但他年轻时从没有效忠过洪峰，还对洪峰不屑一顾。现在他已经儿孙满堂，早已经不给人剃头了。

洪泰领着我走了一遭上津。这里本是一个很好的渡口和商埠，可是现在已经很破落，四处散发着腐败的气息。这天晚上，我见到了很多人。似乎是上津的人全来了。他们说，王冠兰终于派她的儿子来看看上津了。看得出来，洪泰现在是上津威望最高的长者，他们见到他总是要向他鞠躬，小孩子还得跪拜在他的脚下。那些与我素昧平生的人，总要把我和我母亲联系在一起，她们提得最多的是我母亲，仿佛我母亲跟他们有着千丝万缕的关系一样。可是我母亲都已经离开上津快六十年了，从没有回来过。

“她是上津唯一的皇后……”她们这样评论我的母亲。

从他们的穿着打扮看，他们不应该再会以虔诚的语气提起这些早已经化为尘土的称号，但他们一整晚都提着那些陌生的名词，这一切我无法理解，因此，我早早就当着众人睡着了。我的马应该睡着得比我更早。

在寂静的梦里，我仿佛还提醒过那些滔滔不绝秉烛夜谈的人：“我母亲说的，这一切都只不过是飞扬的尘土……”可是，那些说话的人并不以为然，反驳了我说的话，我刚要和她们争论，却有一个我熟悉的声音替我辩护了。她们顿时安静下来。她说话的声音很圆润，也很洪亮，还有几分威严。

“我回来了。”她说，“可是，你们当中的很多人我都不认识了。”

她们争先恐后又诚惶诚恐地自我介绍。

“我知道你，你是李红莲的女儿。那时候老疯子封你的父亲洪金全为宰相，害得你父亲被政府镇压了，后来死在安南县监狱里。”

“我也知道你，你是洪亮的儿子，刚土改的时候出生的，你父亲管你叫‘三亩地’，因为你家刚分得了三亩地。你母亲参加‘四清’半夜回家的路上遭到旧地主洪福的袭击，清晨被发现死在河里。洪福害怕再次被镇压，跑来投靠老疯子，商议推翻上津人民政权，重建上津国。我把洪福轰出门外，但老疯子听信了他的花言巧语，要恢复上津国，结果害了自己……后来查明，洪福是国民党特务，他妄想有一天李宗仁回来，在上津东山再起——可惜呀，即使洪福不死，他也等不到那一天了。”

有一个男人从人群里站出来，自报家门说，我就是洪福的孙子。众人哈哈大笑，笑得很友善，没有一点鄙薄的意思。

“我真是洪福的孙子。”那男人较真地说，“但是我的父亲洪虎是好人，我也是好人，我的儿子洪儒也是好人，他现在在北京读大学，要准备出国留学了。我经常给老疯子送好吃的，他说将来要封我官爵，我说我不要，他很生气，他生气我也不能要……”

她们笑得前俯后仰，但她只是直了直身子，很淡定的样子。

她们笑完后，擦掉眼角上的泪水对她说：“老疯子一直叨唠着你，他说，如果王冠兰回来，上津国就统一了，就像一个国家了。你终于回来了！你回来了，他们也会回来，所有的人都会回来的。”

“这一切都只不过是飞扬的尘土……”她轻轻地笑道，宁静而谦和。

我听出来了，说话的人是我母亲。她来到了上津。她就盘坐在我的身边，一只手抚摸着我疲惫不堪的身体，另一只手我看不见，好像消失了。她一点也不疲乏，精神抖擞，满面安详，身上没有一颗尘埃，看不出来她经过了千辛万苦的跋涉，仿佛她一直都待在上津，像主人一样。

我抬起手来寻找母亲的另一只手，可是总是抓空了，最后连她抚摸我的那只手也不见了。我异常紧张，猛然从床上跳起，黑暗中什么也抓不住。她们早已经烟消云散、灰飞烟灭，像寂静一样空。往窗外，我看到了我的那匹马，在庭院后面，好像它也被刚刚惊醒，正仰望着夜空，对淡雅的月色充满好奇。

我知道，是母亲来催促我快点回去了。

清早，在洪泰的带领下，我驱着马车转了几条街道，爬上了一个山坡，来到一座古屋的外面，看得出来，这是一座祠堂，红墙黑瓦，古木遮蔽，青苔满地，比宫殿还要阴森。我把马留在一棵榕树下，爬上高高的石阶，出现在我的面前是一扇坚厚而高大的木门，都被风蚀成千沟万壑的样子了，应该有数百年的历史了吧。门虚掩着，从门缝里我能看到里面摆满了纸做的兵马，浩浩荡荡，队列整齐，那熟悉而神圣的死亡气息扑面而来，铺天盖地，让人昏眩。我只需轻轻推开门，便能看见坐千军万马之中、龙庭之上的洪峰。我想，他肯定是，骨瘦如柴，污头垢面，比朽木衰老，像一尊破落山庙里的佛像，头顶缠满了蛛网，却依然装得傲慢而威严。

洪泰先从侧门进去通报了一下，然后悄悄地退出来，对我说，你可以从正门进去见他了，但你不能在他的面前提起你母亲说的话“这一切都只不过是飞扬的尘土”，因为每一颗尘土对他都很重要。我明白了。我本来就不打算对他多说什么。母亲告诉我的，见到这个人，一定要客气，向他赠送礼物的时候应该像他赐予我们礼物一样，我们要对他顶礼膜拜，感恩戴德。

我郑重其事地整理了一下衣带，仰起头，高高地举起双手，深深地吸了口气，要推开那扇沉重的门了。

2009年5月初稿于南京

2009年7月二稿于玉林

载《江南》2009年第6期

喂饱两匹马

查旦狠狠地掏出一把草，抬头看查旺。在呼啸的寒风中只能看到弟弟白色的背脊。查旺的整个身子都伏在地上，脸像倒扣的屎盘子深深地埋在雪里，表明他还活着的是他胡抓乱刨的手——他的手已经插进深不可测的地下，不经意间猛地掏出一把草来。查旦看得出来，弟弟比自己还卖力，便叫了一声“查旺”。查旺很不情愿地拨出头来，吐掉嘴里的雪泥，憨憨而又狡黠地说：

“哥，我的手伸到女人的裤裆里去了。”

查旦看看身边比查旺少得多的草堆，羞愧地笑了笑：

“我也是。”

兄弟二人重新潜入雪中，天地间再也看不到他们的头。

查旺所说的女人和查旦所想的不一样。是两个不同的女人。前年，他们兄弟随父亲查富汉驮货到城里的时候，在林家药材铺闻到了一个年轻女人的气味。她是少老板的媳妇，就叫陈菊，才过门几天，她就站在兄弟二人的前面，穿着薄薄的松垮垮的上衣，可以看得见黑色的文胸和细嫩的肌肤，但最吸引人的是她身上的气味，跟马的气味有天壤之别，与药材味也不搭边，查旦说是檀香味，查旺说是玉兰花香，或许只是中草药的气味。查旦说我们说的都不对，是薰衣草的气息，那些草肯定是种在她身上的某个部位，而且是新鲜的草，枯萎了就不是这种气味了……兄弟二人跟在父亲和马的身后，低声地争论了一个下午。查富汉喊了他们几次，他们竟然浑然不觉，因此知道兄弟二人是在想女人了。查旦向往的女人在前年夏天就跟着他的心来到了万丈塬，像影子一样附在查旦的身上，让他魂不守舍，他家仿佛从此就多了一个人。查旺劝查旦，林家药铺的老板娘是天鹅肉，我们都不能想了，要想女人得想别的。查旦说，没有别的女人，我就想她。查旦心里有了女人，查旺多少有几分嫉妒，觉得自己心里无论如何也得装一个。环顾左右，实在没有什么女人值得他日思夜想的，便勉强把三年前来过万丈塬的一个女记者悄悄塞进自己的心里，装得严严实实神神秘秘的，虽然连她的名字一时也想不起来，似乎姓王，也可能姓方，却使自己浑身充满了力气。查旺说不出那女记者有什么好，像说不出天上的月亮有多好一样，但在他所见过的女人中只有她能和陈菊势均力敌，把她安放在心里就觉得自己没有输给查旦，查旦有多充实他就有多充实。但兄弟二人都明白，他们心里装的都只是一个影子，连雪花都比她们实在，因此他们都想找一个实在的女人，过实实在在的日子。

“喂饱两匹马，就叫爹把我们的女人都买回来。”查旦说，“她们也该回来了。”

查旺说，好。又深深地吸了口气，猛地把头扎进雪里，像一条潜水的鱼，游向无边的大地深处。

大雪封山时节，草都藏到他妈的肚子里去了，查旦兄弟得像狗一样刨开雪，像挖掘金条一样，把草一根一根地掏出来。掏出来的当然是枯草，秋天还没结束这草就枯黄了，带着雪水，如果没有雪水，草就是干草。马宁愿吃干草，也不愿吃从镇里买回来的饲料。干草只是干了，但没有死，一到春天就会复活，因此它还有生命，那饲料就不同，没有一点草的气息，像死羊肉一样。

“哥，这次还喂不饱，就宰了两匹畜生。”

查旦笑了笑：“那你就等于杀了爹。”

查旺说；“我才不杀爹。”

查旦说：“看来我们一辈子也娶不上女人了。”

查旺说：“再不给我娶女人就让爹杀了我算了。”

兄弟二人掏的草像山一样高了，都堆放在手推板车上。查旦兴奋地说，这车草，可以喂饱一群马了。查旺也觉得，世界上再也找不到另外两兄弟在冰天雪地里能一天找到那么多的草。

此时，兄弟二人看到一个人从山坡那边走过来，他们想知道这么寒冷的天气谁还出门？那人走近了，掀开沾满雪花的布帽，向他们打招呼：“你们找那么多的草干什么呀，草又不是金条”。

是韩老亨。查旺说，我家的马吃得多——它们吃的是草，拉出来的是金条就好了。韩老亨对查旺说，我刚从你家回来，你爹说，你们家的两匹马整天饿得团团转，它们都骂人了，骂你们兄弟是畜生咧。

韩老亨说话的时候是笑着说的，嘴唇上全是雪花，好像被雪堵住了嘴，吐出的话却一点也不干净。

查旦说，你家的来香就是一匹小母马，你要用一匹小母马换我家的两匹公马，韩老亨你才是畜生！

韩老亨突然生气了，你怎么能骂人？本来我对你爹已经松了口，可是你这一骂，就算拿十匹马来也换不走我家的来香，明年一开春，我就让她嫁给王三月！

查旦说，王三月是个短卵巴！

韩老亨说，嫁个太监也比你们兄弟强，连两匹马也喂不饱，你们还不如贺壮飞家的两头病骡子，我呸！

韩老亨走的时候还喋喋不休的，查旦张牙舞爪地对着他的背骂。查旺说，哥，别理他，我们继续找草，我们要找更多的草。傍晚，兄弟二人把更多的草运回马厩，那两匹马像看到了救命草一样，前腿飞翔起来，要突破栏栅扑向他们兄弟。兄弟二人来不及喂草，它们便怒发冲冠，长嘶不止，似乎是在骂妈，而且听得出，它们果然像韩老亨所说一直在骂妈。

查旺不满地说："你们怎么能骂人？"

查富汉说："你们要是喂不饱它们，它们要吃人了！"

"这一次，我让你们狗日的吃个够！"查旦说。"狗日的吃饱了，我们兄弟就有女人了。"

这两匹马吃草不像其他的马，它们不是啃，是风卷残云，用不到一个小时便将多得连马厩也放不下的草一扫而光，还要吞噬查富汉伸进去的手，把查富汉吓得跳将起来。兄弟二人吃了一惊。查旺说，应该饱了，或许饱了也是这个样子。

"你们问问两匹马，饱了没有？"查富汉说。

查旺真的问了："你们到底到饱了没有？"两匹马像两个欲壑难填的饿狼，前脚掀起，仰天长嘶。查旺争辩说，它们都拉了五次屎了。查富汉说，我不管屎，我只管它们饱不饱。

这些天来，兄弟二人几乎把万丈塬可能有草的地方都找遍了，运回来的草一天比一天多，但马似乎一天比一天能吃，草越多，它们便更能吃，它们好像是在跟兄弟二人做着一场游戏，又像是进行着一场没完没了的战争。游戏和战争的结果是一样的，兄弟二人累得快死了，两匹马仍然没有被喂饱。这一次，兄弟二人彻底泄了气。

查富汉拿给兄弟娶媳妇的钱买了两匹马。

两匹马是夏天快要结束的时候才来到他们家的。是杨百度马场卖掉的两匹种马，并非老了，而是品种不好，有更好的种马将它们淘汰了。那天兄弟二人随父亲翻越两座山到千里坡那边买马。那边的马好，天生就是跑山的，驮的货物比普通的马可多一倍，即使跑上几天的山路也不会腿软。原来他们家有两匹马的，一匹去年春天掉下悬崖死了，连背上的货物一起被水冲走。另一匹马老得不成样，但还指望它春天能干点活，可惜它熬不过去年冬天，查富汉破开老马的肚子，发现里面空荡荡的，连草的味道都闻不到，气得骂了他们兄弟一顿，骂他们白白饿死了一匹马。

"总有一天，你们也要让我白白饿死！"

赶了一辈子马，怎么能忍受没有马的煎熬？兄弟二人见识了父亲没有马的颓废和焦虑，他们家因为没有了马整个万丈塬的人都瞧不起他们。他们天天躺在山路的岩石上，嚼着青草，看别人赶着马吆喝着消失在密林和白雾深处。查富汉跟他的伙计说，春天没有马，就像光棍汉看着别人跟女人亲热一样难受。母亲死后，查富汉已经把马当成了自己的女人，连死两匹马让他悲伤得像冬天的孤鸟，整日都听到他的哀鸣。查旺想，如果有了新的马，他们一定要把马养得膘肥体壮，让父亲的心冰雪消融，整个万丈塬都能听到他嘶哑而雄壮的号叫。春天的马匹贵，买不起，终于熬到了秋天，查富汉跟十二个亲朋好友借了一些钱，把马买了回来。这是两匹高大健壮的公马，一黑一白，腿异常有力，连尾巴也比别的马粗壮，作为种马不成，但驮货物绝对能干。查富汉已经考核过，已经证明它们是万丈塬最能驮的，他从没见过那么有力气的马，再出多一倍的价钱买它们也值得，因为到了春天，它们能把一山的山货运送出去，跑一趟比别的马跑两趟还赚钱。两匹马雄赳赳地回到万丈塬的那天，塬上的人对查富汉刮目相看，愿以五匹甚至更多的马和他交换。如果成交，查富汉就拥有了一支令人羡慕的马队，这是他多年的梦想啊。

但查富汉骄傲地说，即使给我一支军队也不换。

人们失望地给他泼冷水，查富汉，即使是皇帝骑过的马也不值得那么多的钱，何况只不过是马场淘汰的种马。

查富汉心里有数，但凭别人怎样说，他也不后悔。只是查旦并不喜欢这两匹昂贵得离谱的马，对父亲嘟囔说："如果用这些钱买女人的话，可以买回来两个了。"

前几年查家芳给儿子买了一个四川的女人，也就花了一匹马的价钱，现在那个女人都生下了三个孩子，大的都背着书包上学了。只是近些年政府"打拐"打得严，再也没见过人贩子的影子，万丈塬男人的结婚问题一下子严峻起来。

查富汉胸有成竹地说，有了这两匹马，女人便会跟着马屁股的后面走进我们的家门，像蚂蚁一样成群结队。

然而，等了整整一个夏天，又等了满满一个秋天，从来没有一个女人踏进过他们的门槛儿，连一个母性的蚂蚁也没有。兄弟二人实在等不下去了，失去了耐性。

在大雪降临后的第二天，兄弟二人忍不住向查富汉提出了要女人的要求。

"我们什么都不要，就要女人。"兄弟二人说，"有了女人，你让我们做牛做马都成；没有女人，我们连人也不愿做了。”

查富汉像一个老迈的皇帝，终于看到了儿子们逼宫的一天。他有理由生气，却也理解儿子的要求，因为到了这个年龄，即使是马也要交配了。

但查富汉想不明白：“我们家有了那么好的两匹马，一到春天，银两便会哗啦哗啦地掉进我们的口袋，为什么没有女人走进我们家门？”

兄弟二人把瓶子里的酒喝完了，查富汉也想明白了。原来万丈塬连马都比女人多，捏来捏去，只有韩老亨的女儿还没有男人。但她是一个瞎子，从一生下来眼睛就没睁开过，世界从来就是一团漆黑，以为天堂就在万丈塬，还分不清楚草和草的区别，因此也肯定看不到人和马有什么不同。

“一个瞎子，她怎么能摸得到我们家的门槛儿呢？”查富汉说，“我让韩老亨把他女儿送到我家里来。”

查富汉说罢便走。兄弟二人喝完第二瓶酒的时候，查富汉回来了。

韩老亨说了，他的女儿不贵，就两匹马。

两匹马值多少钱？韩老亨心里清楚，但他敢要这个价！

“他就要我们家的两匹马。”查富汉说，“他想谋财害命。”

兄弟二人幸灾乐祸地笑。

“你们笑什么！”查富汉悻悻地说，“我们不要他的女儿，让他的女儿嫁给马，让马干死她！”

“没有商量了吗？”查旦嘻嘻哈哈的，“她好歹还是个女人啊。”

韩老亨并不跟查富汉讨价还价，因为出得起两匹马价钱的还有好几户人家，他们先于查富汉来探问了，王三月愿给五匹马。

“如果我的女儿哪怕能睁开一只眼睛，那至少值十匹马。”韩老亨说。

没有草料，两匹马在马厩里饿得直打转，快要把绳索都绞断了。查旦兄弟要喝第三瓶酒了。他们要一次喝完柜子里所有的酒。那是一个冬天的酒。酒气呛着马了，它们要踢他们，但够不着。

查富汉吼道，马快要饿死了，你们得找草去。

查富汉没有想到冬天来临前便买到了马，因此家里没储备草料，别人有草料，但人家都有马，刚够自家的马过冬，不卖。

兄弟二人纹丝不动。他们碰了碰酒瓶，又猛喝一口，并把酒气喷到对方的脸上，眼睛都被迷糊了。

“喂饱两匹马，就给你们娶女人。”查富汉说。他在跟儿子谈判。

“你用什么给我们娶女人？”查旦疑虑地说。家里已经拿不出值钱的东西了。

“拿我的命换！”查富汉说。他是认真的。说话的语气已经告诉他们，查富汉下决心了。兄弟二人怔了怔，看到父亲的脸上果然有两个女人，左边一个，右边一个。喂饱两匹马，女人便从父亲的脸上走下来。

兄弟二人扔掉酒瓶，猛地从地上弹跳起来，争着去找草。

“你们只能去一个。”查富汉说，“喂饱两匹马用不着两个人，也不能两个人，你们中的一人要跟着我干其他活。”

冬天虽然不用驮货物，但还是有干不完的活。

查富汉说，如果一个男人连两匹马都喂不饱，就代表着不能同时养活两个人，也就是说，他还养不起女人——你们什么时候能单独喂饱两匹马，就什么时候给你们娶女人。

喂饱两匹马。这个条件并不算苛刻，兄弟二人愉快地接受了。

最能干活的马必定是最能吃的。最先发现这两匹马喂不饱的是查旦。他从早上出发，一直到傍晚，找回来的草满满一马厩，但一会儿草便被席卷一空，取而代之是一堆散发着热气的马屎。查富汉看到马厩里的草被马吃得一根不剩，肚皮还瘪得像个空皮球，把手放到它们嘴边，它们还张开血盆大口要啃他的手，还摇着头跺着脚，甚至还恶心地嘶叫，就差不开口说话了。查老九说，看样子，它们还差一半还没有饱。

查旦委屈地说，这两匹畜生不像平常的马，一边吃一边拉，像没有底的袋子，无论装多少也装不满。

查富汉怒斥查旦，你怎能称呼自己家的马叫畜生！

查旦折磨了几天，草一天比一天找得多，但马却一天比一天能吃，像两个永远填不平的窟窿，查旦泄气了，让查旺试试看。

“我把女人让给你了。”查旦对查旺说。

查旺早就摩拳擦掌了。他比查旦起得更早，雪还没有下停他就出发；他去的地方比查旦还远，都快到千里坡的地界了。查旦每天回来两次，因此找的草比查旦多两倍，而且一天比一天多。照此下去，查旺就要把两匹马喂饱了，查富汉就要给查旺娶女人了。查旦不明白查旺从哪里找回那么多的草。有一天，他跟踪查旺，发现查旺像一匹野马一样在雪地里奔跑、翻腾，好像他要找的不是草，而是女人。查旦拉住查旺说，你不能太拼命伤了身子。查旺看得出来，查旦是有些妒忌他了，这反而使他更努力。然而，无论查旺找到的草再多，也没法把两匹马喂饱。两匹马的食量随着食物的增加而双倍增加，查旺感觉到自己累得快不行了，第八天，他终于病倒。那一天，兄弟二人突然明白了父亲的“险恶”用心，对父亲说，一个人永远也喂不饱两匹马，你是想让我们永远娶不上女人。

查富汉背过脸去，隐蔽而诡诈地笑了笑，那你们兄弟合力把两匹马喂饱，喂饱了，规矩照旧。

这是父亲最大的让步和照顾了，如果再不能把两匹马喂饱，那也怪不得父亲。兄弟二人又憋足了一口气，查旺还没等病好，便向着雪地深处奔去。

然而，即便是兄弟二人多少努力，像得了暴食症的两匹马还是喂不饱。查旦像输掉了一场豪赌的赌徒，气得要把两匹马宰了，看看它们究竟有多少个胃，那些胃究竟有多大。查旺想到了一个办法，给马喂药，一种能控制食欲的药，城里人称之为减肥药。贺壮飞家的叶子就是吃了减肥药，每餐饭只吃一点点，肚子老是不饿，后来干脆不吃饭，医生说那是得了厌食症，叶子现在瘦得皮包骨像一根柳条，好几天也攒不够出一次门口的力气。贺壮飞不准女儿再吃减肥药了，把药藏了起来。查旺静悄悄地从贺壮飞那里买回了那堆叶子吃剩的减肥药，和鸡蛋拌在一起，倒进水桶里，给马灌了下去。傍晚，兄弟二人运草回来，请父亲在一旁观看、考核。他们相信，这一次，马肯定要饱了。但事与愿违，两匹马看上去比过去更饿更能吃了，本来要花掉一个时候才能吃完的草，半个小时便吃完了，还将双腿掀起架到栅栏上，大有要吃人的架势。

喂了减肥药的结果是，两匹马食欲不减反大增，经常饿得它们彻夜嘶嚎，把整个万丈塬都吵醒。兄弟二人越来越不服气，越来越不相信世界上没有喂不饱的马。

可是，这一次，他们服气了。他们相信，他们家的两匹畜生一口气能吃掉世界上所有的草！

第二天，查旺告诉查旦，韩老亨的马厩里有很多的草，本来我不想偷的，但爹向他借草时韩老亨不仅粗鲁地拒绝，昨天还幸灾乐祸地骂了我们，我便决定要偷了。查旦说好，韩老亨的草最该偷。韩老亨家的储备草最多，他家只有一匹母马，而且那匹母马正在发情期，吃得少。草就在马厩里，偌大的马厩除了那匹瘦瘦的母马就是草了，这些草可以应付一匹马两三个冬天。天还没亮，兄弟就出发，把板车停在远远的山坡拐角外，用雪藏匿起来。他们悄悄潜入马厩。查旦一看，妈呀，原来万丈塬的草都藏在这里了。兄弟二人像走进了金库的盗贼，慌乱得见草就捆。那匹母马显然是受到了惊吓，发出了一声嘶叫。

“谁呀？”马厩外走进来一个人。

她便是韩老亨的女儿来香。一个名字远比容貌漂亮的女人。她听到了有人偷草的声音。

“谁在草里睡觉？”

来香看不见，侧耳细听。兄弟二人不作声，把草放在肩膀上从她身边轻轻地走出去。

“你们可不能在我家的草里拉屎！”来香警告说。但查旦兄弟已经走远。

两匹马对这些偷来的草特别来劲，先是用鼻子闻，然后用嘴去舔，兄弟二人当时不明白，这草没有什么特别的香味，又不是女人，有什么好舔呀？但这些草管用，两匹畜生嚼得很慢，啃得温文尔雅，还舍不得边吃边拉屎，眼看着就要喂饱了，草再多那么一些就好了。

他们要偷更多的草。

为了喂饱一次马，为了报复韩老亨，他们恨不得一下子全部搬空韩老亨的草。中午，他们趁着风声趋紧，把自己扮成雪人再次潜入了马厩，但来香正好在马厩里。兄弟二人犹豫了一会儿，蹑手蹑脚从她的身边爬过去，躲在草堆里，静声屏气地看来香。

来香的脸长长的，俨然是一副马脸，腰显得短而粗壮，一点也不漂亮，而且，那双看似明净的眼睛却是瞎的，简单地说，就是一个瞎子。但她已经很像一个女人，有巨大的胸脯和硕大的屁股，和那匹发情的母马一样，突然使兄弟二人着了迷。来香一边喂马，一边给马梳毛，那母马的乳房红彤彤的，后来兄弟二人发现，来香的乳房跟母马一样，也是红彤彤的，像两堆火。母马吃得少，老是撒尿，心不在焉，还不断抬头往查旺兄弟这边瞧。来香骂马，瞧什么呀，那边又没有畜生！查旺得意地笑了笑，查旦没有笑，只是死死地盯着来香的胸脯。来香喂饱马就走，也带走了兄弟二人的心情，他们惘然若失地躺在草堆里胡思乱想，直到下午，自己的肚皮饿得像个空草包，他们也没有偷草，从马厩里出来，一声不吭，拉着空荡荡的板车回家。查富汉看到他们颗粒无收，正要咆哮，查旦兄弟却骑着马，挥鞭而去。

他们牵着两匹马偷偷地闯进了韩老亨的马厩里。他们想，与其偷草，不如把马拉到这里，要吃多少就有多少，这一次，绝对能把它们喂饱。

两匹马一闯进马厩，并没有狂啃那些比雪地里掏出来好吃得多的草，而是疯狂地扑向那匹母马，还恨不得前腿变成一双手，紧紧地抓住母马不断躲闪的尾巴……兄弟二人坐在高高的草堆上，看自己的马在马厩里胡作非为，各自的脸上一下子变得红扑扑的，燥热得像被铁烙着了。此时，来香警惕地走了进来。她那双灵敏的耳朵听得出马厩里多出了两匹马。三匹马在她面前转来转去，两匹公马脚步雄壮有力，轮流在母马的身上蹭来蹭去，母马发出低低的呻吟。来香羞涩得不知道怎么说话，不断地重复着一句话：

“怎么能这样？怎么能这样？”

兄弟二人浅薄地捂着嘴，不让自己发出声音。但查旦一不小心从草垛上滑落下来，刚好掉到了来香的脚下。

来香惊叫：“怎么能这样？怎么能这样？”

来香的惊叫惊动了离此不远的韩老亨，他沉吟了一声，怎么回事？来香正要再次发出惊叫，查旦慌乱中捂住了她的嘴巴。来香拼命反抗，掰开了查旦捂她的左手，查旦另一只手马上又捂上。来香一口咬住他的中指，查旦啊呀一声惨叫，在松开受伤的手之前查旺支援的粗掌正好补了上去。查旦忍住痛，一翻身把来香完全压在自己的身下。兄弟合作得相当漂亮，来香动弹不得，喉咙里发出唔唔的声音，好像在说话，但谁也听不清楚她要说什么。令兄弟二人如释重负的是，韩老亨没有走进来。

如果他走进来就好了。

如果他走进来，来香就不会出事了。

傍晚，雪光已经暗淡，寒风却更加热烈。查富汉满腹狐疑把手放在两匹马的嘴唇边，它们竟连舌头也懒得伸一伸，仰着高贵的头颅，一副酒足饭饱的样子。查富汉奇怪地又试了几下，甚至给它们一把草，它们也不屑一顾。草槽里的草放得整整齐齐的，散发着冷气。

“这一次，它们确实是饱了！”查富汉满意地说。

兄弟二人突然兴奋起来，大声呼叫：“我们终于可以娶女人了。”

查富汉无可奈何地说，是该给你们娶女人了。

这话突然引起了查旦的疑虑：“爹用什么给我们兄弟娶女人？”

查旺也想到了这个问题。我们家债台高筑，就只剩下两匹马，马不是女人。

“我说过的话就算数，即使把我的老命搭上。”查富汉说。

兄弟依然将信将疑。

“你们两个人才喂饱两匹马，因此只能娶一个女人。”查富汉说。

到底让谁先娶？兄弟二人煞有介事地争吵起来。

查旦说："从现在开始，我一个人也能喂饱两匹马。"

查旺当然也有同样的把握。兄弟二人再次争吵起来。查富汉相信他们能单独喂饱两匹马了，不能再敷衍他们了。但他也为兄弟二人谁先娶女人而为难。韩老亨就是这个时候闯进来的，腰带上插着一把猎刀。但他脸上的表情比任何时候都要沉静和蔼，好像是来借东西来了，以致查旺兄弟没有看出有什么不对。

韩老亨哈着寒气装作心平气和地说，富汉呀，跟你商量些事咧。

查富汉说，今天，我家的两匹马终于能吃了一顿饱，能吃饱就好，原来的东家卖马给我的时候反复叮嘱，这两头畜生会使性子，冬天不给它们吃饱，到了春天就倔给你看，死活不肯给你干活，也就是说，记仇，畜生也会记仇啊——你跟我商量什么事？

韩老亨说，我想今天就牵走你的两匹马，我等不到明天了，反正我的马厩也空阔得很，还待得下两匹马。

查富汉莫名其妙，我什么时候卖马给你了？这两匹马是我们一家的衣食父母，多少钱也不卖，皇帝老子要也不卖。

韩老亨说，你放心，明天我就把来香送过来。

查富汉更为惊诧，我，我没有答应让你女儿做我家的儿媳妇呀，我答应了吗？我想通了，虽然查旦兄弟都要娶女人了，但你家的来香根本不值两匹马！

韩老亨说，你问你的两个畜生，要不要娶来香？

查富汉看看两匹马，突然顿悟，转身看查旺兄弟，你们哪个要娶来香？

查旦、查旺面面相觑，心里都在战栗。

韩老亨提高了嗓音，不是哪一个，是他们两个！我要他们两兄弟一起娶来香……

查富汉震惊，你是什么意思？

韩老亨说，你的两个儿子连两匹马都喂不饱，肯定养活不了两个人，自己的女儿嫁给他们中的任何一个，我都不放心……

查富汉小心翼翼地争辩说，可是，他们今天已经能喂饱两匹马了。

韩老亨强压着怒火说，对呀，说明他们合作得不错，终于有能力养活一个女人了，所以，我才愿意让女儿嫁给他们两个！

查富汉说，你也知道，天下间没有人做这种见不得人的事……

韩老亨说，你们两个畜生已经做了见不得人的事——我都不计较，你查富汉嫌弃什么呀！

查富汉终于明白了发生什么事情。查旦要张嘴辩解，韩老亨突然从腰间抽出一把雪亮的猎刀，露出汹汹气势，猛地往马厩的栏杆狠狠地砍了一刀，两匹马大受惊吓，嘶叫着腾空而起，马蹄带起的草料和马粪随风飞扬。

两匹马，三个人。

往镇上的雪路上，查旦在前面，不时回头看来香。来香在马背上紧紧地抱着查旺的腰，查旦几次要让来香回到自己的马上，但开不了口，一直到了镇上的一间照相馆前，查旦才匆匆跳下马，跑到查旺马前，从查旺的背上抱下来香。查旺也从马上跳下，呵了几口寒气，抬头看了看照相馆。来香双腿软绵绵地站不稳，查旦要扶她，她却紧紧地倚在查旺的身上。查旦有些不悦，用手搀她，她没有拒绝，三人一并走进了照相馆。

照相馆的老板懒洋洋地围着火炉烤火，对他们的到来既怀疑又好奇。

查旺说，我们照相。

老板说，大雪天照什么相呀？我的照相机都冻僵了，打不开盖子啦，春天再来吧。

查旺羞涩地说，我们等不及了，我们要结婚，得拍个结婚照。

老板苦笑，大冬天结啥婚？查旺羞涩地说，老板你就帮帮忙，我帮你把照相机焐暖和……查旺掀起自己的衣服，要把照相机放到肚皮。老板赶紧制止他，不要动我的照相机！嘟囔着把双手放在炉火上烤了一会儿，确信暖和了能按快门了才站起来，拿起照相机慢吞吞地走到柜台前，你们先交钱。

查旦交了钱，老板领他们走进摄影室，吆喝他们坐到照相机前。

来香坐到了板凳中间，查旺坐在右边，查旦犹豫一会儿，只好坐到了左边。查旺提醒来香，眼睛要正对着照相机。来香不知道照相机在哪里，查旺说，你的耳朵靠近我的耳朵就好了。查旦也用自己的耳朵靠近来香的耳朵。三对耳朵都在一条线上，查旺说，老板，可以照了。

老板从摄影室里走出来，气呼呼的样子，喂，你们究竟是谁结婚？

查旺说，是我们。

老板问查旺，是你跟这个女人？那另一个凑什么热闹？

查旦说，我也要结婚。

查旺解释说，是我们兄弟娶一个女人，要登记结婚了。

老板茅塞顿开，却又惊诧莫名，两个男人同时娶一个女人？妈呀，大雪天碰鬼了。问来香，你一个女人怎么能同时嫁给两个男人呢？

来香说，他们两个人才能喂饱两匹马，我爹说了，说明他们两个人合起来才能养活一个女人。

老板说，你怎么能把自己当成一匹马？

来香争辩说，我不是马，我没把自己当马。

老板气急败坏的样子，我不跟你说，反正你们给了钱我就拍照，坐好！

快门很快就按下了，一道白光闪耀，三人的耳朵都摄到了照相机里，从耳朵看不出他们的幸福，两个小时后他们拿到相片，兄弟才各自看到了自己脸上的羞色和喜悦，来香似乎也看到了自己，脸红得像着了火。老板告诉他们，如果你们到民政所能领到结婚证，我退钱给你们。兄弟二人将信将疑，牵马来到民政所。

查旦站在门外，推查旺先进去，查旺不愿，抓住门框。来香比他们都勇敢，钻到他们的前面，对屋里嚷：

“我们要结婚登记。”

民政所的老头瞪了他们一眼，进屋来呀。进了屋，查旺先是递上两本户口本和三张身份证，然后从查旦手上接过结婚照，小心翼翼地放在桌面上。

老头子问了跟照相馆老板同一个问题，你们究竟谁跟女方结婚？

兄弟二人不愿解释，让来香回答。来香说，我跟他们结婚，他们两个人娶我一个，跟过去两户人家合作买一匹马是一样的道理。

老头子并没有生气，也许他什么新奇的事都见多了，他做了耐心的解释，法律规定一个女人不能同时嫁两个男人，人跟马不一样，法律不管马的事情。

来香说，一个男人养不活我，他们两个人才能养活我——我自己愿意嫁给两个男人。

老头坚定地说，谁愿意也不成。

来香说，虽然我看不见你，但我知道你的心黑，故意让我们结不成婚。

老头要生气了，我给成千上万的男女发放过结婚证，我让谁结不成婚了？

来香还要争辩，门口外有几个人看着他们莫名其妙地笑，兄弟二人硬拉着她往外走。

来香挣脱他们的手，怕什么，结婚又不是男盗女娼、作奸犯科，有什么可丢脸的！

镇子不大，他们一年要来好几趟，熟悉得很，但雪天里行人很少，店铺开门的也不多，林家药铺却开着。他们又来到了这里。少奶奶陈菊远远就看到了他们，大冬天的你们送什么货来啦？查旦愉快地回答，不是送货，是来看你来了。来香奇怪地想，查旦怎么突然间变得油腔滑调了呢？屋子里暖和，两匹马也要进来，但查旺不让它们进，它们固执地把头往里伸。陈菊也不介意，只是惊讶地看来香。来香大方地说，陈菊是吧，查旦经常说到你，今天都叫了十次你的名字了，好像你是他的什么人似的。查旦赶紧说，她是我们的媳妇，我和查旺要结婚了。陈菊当然有理由惊愕，你们三个结婚？查旦说是的。查旺也说是。陈菊笑弯了腰，露出白白的脖子和脖子上雪白的项链，笑得样子挺好看的。查旺说，我们兄弟都没有觉得有什么不好，你笑什么呀？那恭喜你们啊，陈菊说，你们思想够开放的。

查旺说，我哥喜欢你，你又不肯嫁他……

哎呀，查旺你说什么，我都嫁人了，冬天一过就计划生娃了，再说，即使我还是黄花闺女，也不会嫁到万丈塬去，那地方连马匹都难养活。查旺要争辩，陈菊说，不说这些了，你们有了两匹高头大马，明年春天，你们得早一点把头批山药送过来，带着雪水的山药最好，我给他们最高的价钱。

查旦说，好咧，你跟你爹说一声，有空到万丈塬去，我爹要跟他喝酒，我们结婚了，我爹高兴。

陈菊说，我爹跟我男人到县城去了，我男人病了，老毛病。

来香听不怪陈菊说话的哆气，要走。查旦说多待一会儿，大雪天这里暖和。来香不管，气呼呼地拉着查旺往外走。来香要让兄弟二人都告诉镇上所有的人，他们和她结婚了。兄弟二人也觉得应该这样，虽然民政所没有给他们结婚登记，但只要大家认可就成了，他们的爹妈也没有结婚登记呀，但没见过谁不把他们当夫妻。兄弟二人一人牵一匹马，查旦走在前面，来香就坐在查旺的马上，孤独地行走在撒满了厚厚积雪的街道上，每到一间他们认得的店铺，只要开着门，或虚掩着门，他们都忐忑不安地把头探进去，抹掉脸上的雪，嘴里喘着热气，客气地告诉认得他们的人，我们结婚了。那些人来不及惊讶，他们已经走到了另一间店铺。当确信镇上认识他们的人都已经知道他们与来香结婚的消息，他们才返回万丈塬。

领不到结婚证是韩老亨意料之中的事情，他想到了一个办法，请小学的薛校长誊写了一份结婚契约，就说天地为媒，日月为证，马年马月马日马时查旦、查旺和来香结为夫妻，幸福美满，携手白头云云，往契约上贴上了他们的结婚照，然后查旺兄弟、来香、双方家长和公证人薛校长签名画押，最后用玻璃镜框把契约框住，这就是结婚证书。韩老亨觉得，这样的结婚证经得起大伙推敲，比官府发的还可靠、管用。查富汉堆着笑容也说是。第三天是黄道吉日，两家就张罗婚礼。当然不宜大张旗鼓，但也不能草草了事，程式是不能少的，叩拜天地，禀告祖先，然后请亲朋好友吃上一顿。简单是简单了一些，但由于天寒地冻大伙也就原谅了他们。万丈塬的人们刚开始觉得一个女人同时嫁给两个男人不可思议，但听说在非洲是最平常不过的事情，在中国云南、四川还有这种的习俗，据博古通今的薛校长考证，早在唐宋时期，万丈塬就曾经有这种婚姻，乾隆年间塬上还有一个女人同时嫁给四个男人，生了十八个孩子，按族谱推算，洪亮、贺壮飞、陈冠军一脉甚至薛校长本人都是她的后人，既然如此那也就不足为奇。

“现在的城里，男人有三妻四妾，女人就不能有两个丈夫？”

薛校长说得在理，大伙也就释然，反正时代在进步，思想在解放，什么样的事儿都要见怪不怪。受此启发，一些父母思路豁然开朗，宴席还没有散，人们便盘算着自己的儿女婚姻大事。只是查旦在叩天地的时候突然不愿跪下来，韩老亨看得出他有些后悔。查富汉说，查旦你快跪下去，他往查旦的屁股踹一脚，查旦这才不情愿地跪在地上，但叩拜的时候远没有查旺卖力，他只是点了三下头，比见到一个陌生人还欠礼仪。查富汉不断在查旦的屁股上踹，督促他必须像结婚的样子。但韩老亨觉得查富汉踹得很勉强，有气无力的，而且查富汉的脸上也鲜有笑容，看来他对这桩婚事并不像想象中那么欢天喜地。韩老亨估计是查富汉舍不得他的两匹马，多好的两匹马啊，如果是我的我也舍不得送人。但我的女儿毕竟是一个女人啊，换你两匹马有什么可心痛的，心痛的应该是我，还轮不到你查富汉。

洞房夜让兄弟二人遇到了尴尬的难题。来香在屋子里等到了下半夜，兄弟二人却还蹲在马厩里，那两匹马对他们似乎一下子失去了热情，屁股对着他们，轮流放着马屁。查旦首先打破了沉默，他叹息了一声，要骂马。但骂什么呢，两匹马除了放屁，没有什么值得骂的，况且它们的屁只是响亮，并没有臭，甚至还带着草香。查旦想了想，不骂马，对查旺说，你先进去吧。查旺愣了一下，哥，还是你先进去，你是哥，理在你一边。查旦说，我得让着你，情在你一边。兄弟互相推托，谁也说不服谁，查旦只好用最古老又最简单的办法，抓阄。结果他自己输了。查旺还是不愿进去，兄弟二人就点火烘暖，在马厩里背靠背地蹲了一夜。第二天一早，他们就去找薛校长，请他给他们想办法。薛校长想了想，给他们编了一个特殊的“课表”，像他给孩子们上课一样，哪天语文、哪天数学，一周下来编排得一清二楚。薛校长说，因为语文比数学重要，也就是说，语文是哥，数学是弟弟。因此，课表在他们的手里就变成了：语文代表查旦，数学代表查旺。星期天学校没有课，那就按学校的规矩办，星期天得让来香休息。薛校长还解释说，学校里的老师少，又是代课老师，不能天天到学校来，通常是，星期一是语文课，星期二是数学课。今天恰好是星期二，当天晚上，查旺心安理得地睡到了来香的床上。查旦想，如果课表早一点编好就好了，早一点编好的话，昨晚新婚夜就是他睡在来香的床上，现在他只能蹲在窗外喝酒，顺便倾听屋子里的声音。来香的耳朵灵敏，听到了窗外查旦的喘气，就压低声音对他说，查旦，外面冻咧，你早点回去睡吧，明天还要找草呢。查旦阳奉阴违地应了一声，喏。然后喝上一口酒。到了查旦睡到来香的床上，查旺也像哥哥一样蹲在窗外，但他不喝酒，他学会了抽烟，他父亲一个星期的烟让他一个晚上便偷抽完了。来香同样能听到查旺喘气的声音，她也跟他说同样的话：查旺，外面冻咧，你早点回去睡吧，明天还要找草呢。查旺阳奉阴违地应了一声，喏。然后重新点上一根烟。

韩老亨来要马的那天，来香突然变得六亲不认。她对父亲说，我是查家的人，马也是查家的马，谁都不能带走了。韩老亨吃惊地说，哎哟，你怎么能吃里扒外？你怎么那么快就忘恩负义？按照我跟查富汉的协议，从你嫁进查家的第一天起，两匹马就是我的了，现在我是来要回自己的马的。来香堵在马厩的门口，不准父亲进去。

没有两匹马，他们兄弟养不活我。来香说。

韩老亨生气地说，你们家的事我管不着，马是我的，我一定要带走的……

查富汉把他拉到一边，安慰说，等到时机成熟，我把马给你赶过去。韩老亨狐疑地盯着查富汉，你们是不是合谋整我？我告诉你们，马是我的，我一定要带走！

但来香双手、双脚张开横卡在门口，死活不让父亲走进马厩，韩老亨一时没有办法，骂了一通便走了。令韩老亨想不到的是，当天晚上，来香竟然潜回娘家，把母马也带走了。当他气急败坏地追到查富汉家时，来香正在马厩里给母马梳毛，两匹公马正温顺而热烈地舔着母马的屁股。

来香闻到父亲的声音，扔掉梳子，跑出来，堵在马厩的门口，对父亲说，你的母马跑到我家里了，没有她我家的两匹马喂不饱，她跟着我嫁过来，马厩也像一个家了，因此我们就有了两个家。

韩老亨气呼呼的，要操起木棒揍来香，查富汉劝阻他，来香不是要你的马，我家的两匹马也是你的，只是我们帮你养着，开了春，马就可以赚钱了，赚来的钱也是你的，你就像过去的马帮的帮主，只给我们一点雇佣费就成了。

来香说，爹，你身体不好，你养不活三匹马，但他们兄弟有的是力气……

来香的眼睛盯着父亲，韩老亨觉得她突然不瞎了，风吹乱了她的头发，胸膛高耸，满面红晕，一副成熟女人的样子。韩老亨犹豫了一会，脸色也慢慢变暖，狠狠地警告来香一家：马比你爹的命还值钱，也比我的命值钱，你们得把马喂饱……你们不能忘记，三匹马都是我的，母马下的娃是我的，马粪是我的，甚至马屁也是我的。

来香对着远去的父亲说，草料留在你家马厩里也没有用，明天一早，我叫他们兄弟全搬过来。

第二天，来香果然领着兄弟二人不顾韩老亨的恶骂把她家马厩里的草料全部运了回来，但这些草料并不能供三匹马吃多久。来香说，我爹要我们把马喂饱，我们就不能让它们饿着，如果我爹发现马吃不饱，他肯定要把马全要回去。来香的意思是说，现在不是两匹马了，而是三匹，你们兄弟还得像过去那样到雪地里找草。于是，兄弟二人每天推着木板车，到更远的地方找草。

但查旦兄弟找草的热情远没有先前那么蓬勃，但也不敢怠慢，找得还很卖力，只是彼此不怎么说话，他们心中只剩下两个愿望，一是春天快点到来，二是把草装满板车早点回家。春天并不像他们所愿望的那样，想早点到来就早点到来，春天有春天的节奏和权威，该到的时候才到，那他们每天只能实现另一个愿望。他们也确实做到了，一早出去，才到晌午就回来了，满满的一车雪，去掉雪剩下的就是草。来香用手掂量掂量，嘴里嘀咕着说不满意，但脸上露出了笑容，抱草进马厩的时候还说一声，天寒地冻的，你们也不容易——酒已经温好，你们喝几口暖暖身子。兄弟二人觉得受到了表扬，心里甜滋滋的，各自倒了一碗酒，站在来香身边看着她喂马。来香喂马的动作和姿势很令兄弟二人着迷，他们都情不自禁地靠近她，想亲她，但兄弟二人看到对方的时候便显得尴尬，都只好悻悻作罢。来香说，我知道你们想什么，但你们得按课表来，我爹说了，一个晚上不能同时跟你们两个人睡，对我的身体不好，也不卫生。

有一天，查旦跟查旺商量，能不能跟他调整一次。那天晚上来香是属于查旺的。查旺说，为什么呀。查旦说，我特想那个了，下次到你特想，我也跟你调换。查旺说，要是我们都正特想呢？查旦说，怎么会呢？查旺不想跟查旦辩论，跟他调换了。第二天晚上才知道，查旦欺骗了他，因为来香来月经了，这一晚来香只准他摸奶子，不准做其他事情。查旺觉得吃了亏，发誓今后再也不跟查旦调换了。可是，过了不久，查旺要去一趟千里坡，从马贩子张家新那里要一副旧驮鞍，到了春天自家的马就可以用了。路途并不十分遥远，但父亲嘱他要走走几家亲戚和看看借钱给他家买马的朋友，这样就得在那里过上漫长而孤寂的一夜，而按课表，这一夜应该是查旺在来香的床上度过，待他从千里坡回来，却轮到查旦睡到来香的床上。也就是说，他去千里坡这一晚便白白缺了一次课。查旺犹豫了好一会儿，才啜啜嚅嚅地向查旦说，明天我要去千里坡了，明晚得在姑表家睡一宿……查旦开始并不理睬查旺，实际上是不满他去千里坡，你去千里坡，明天我就得自己一个人找草，我一个人要干两个人的活，你还要跟我调换课表！查旺说，那么我跟爹说，让你去千里坡。查旦不干，但妥协了，当晚查旺便钻进了来香的床上。查旺开始明白，他们兄弟得彼此理解，互相合作。

春天该来的时候就来了，雪开始土崩瓦解，草从隐蔽的地方露出来。查旺兄弟看着那些千呼万唤不出来的枯草狠狠地骂娘，原来他妈的躲在逼里去了。枯草很快被新生的嫩草掩盖，兄弟二人再也不用找草、挖草，只需把马从马厩里放出来就成。但春天的马是没有多大自由的，歇了一个冬天，它们还吃不上一口新鲜的嫩草便必须干活了。这不，马还来不及伸伸腰，来请他们家驮山药和其他货物的人便络绎不绝。天还没有亮，查富汉便给两匹马安装上驮子，到了东家，给两马装上满满的货物。

东家有些担心，你的马能驮那么多东西吗？

查富汉说，我的马……其实是韩老亨的马，驮五六百斤不成问题，而且还跑得比其他的马还快。查富汉为证明所言不虚，大喝一声，喳！可是马纹丝不动。查富汉往两匹马的屁股上各抽了一鞭，马还是不动。东家说，也许超载了，汽车超载了还跑不动呢何况是两匹马，你不能贪大求多。查富汉不信，又抽了几鞭，马只是抖动了几下身子，还没有往前跑的意思。查富汉意识到自己可能是求财心切，听信了马贩子的话，过高估计了两匹马的驮力，便尴尬地给马卸下部分货物，跟普通的马驮得差不多，但马还是不动，查富汉来了恶火，狠狠地抽打马的屁股，在空中啾啾地响的马鞭落在马屁股上便变成了啪啪地响。马的屁股上布满了蜘蛛网似的鞭痕。马终于向前移动了几步，查富汉以为它们要上路的时候，它们却停下来了。东家首先发现了问题的所在：

“查富汉，你们不能责怪马，是你们把它们喂得太肥了，肥得都跑不动了。”

查富汉仔细一看，如梦初醒，两匹马果然膘肥体壮的，浑身是肉，像两头等着千刀万剐的肥猪，那马头肥大得像河马，快抬不起来了。查富汉想，我们千辛万苦把你们喂得那么好，你们应该加倍回报才是，怎么能跟我们倔呢！查富汉看不惯这种忘恩负义的狗东西，抬脚狠狠地踹马的屁股。想不到的是，发怒的黑马后腿往回狠狠地蹬了一脚，正好踢在查富汉的阴处。大伙先是听到一声骨折的声音，然后才是查富汉的一声惨叫，轰然倒地，不省人事。

兄弟二人赶到的时候，查富汉已经躺在东家的床上发出苟延残喘的呻吟。韩老亨也来了，暗地里庆幸自己没有亲自赶马，安慰查富汉说，这两匹畜生，就永远留在你们家，你们也不要急于为我赚钱，一年漫长得很，急什么呀！查旺看到父亲痛苦不堪的样子心里也难受，要操起木棒揍马。查富汉不允许，揍不得，那不是我们家的马……马都肥得像猪了，哪里跑得动啊，你们先给马减肥去膘，你们岳父说了，赚钱是一年之计，我们也不急于一时。

查富汉还是心痛自己的马，提醒兄弟二人，春天是春天，冬天是冬天，到了冬天，你们还得喂饱两匹马。

两天后的夜里，查富汉竟死在自家的床上。兄弟发现的时候，他已经像一匹老死的瘦马，四肢僵直，身子往后弯曲，死得一点也不痛快。兄弟把丧事办得简单得有点草率，噩耗还没来得及传出山外丧事便已经结束，因为他们急于做另一件事情。

兄弟二人合力给两匹马的嘴佩戴上一个铁罩子，目的就是不让马吃草。马看到鲜嫩的草，嗅到它的芳香，却吃不到，自然十分烦躁，在塬上来回跑动，横冲直撞，气喘吁吁。兄弟二人和来香就分别坐在三个不同的方位，防止马往山外逃奔，并看着马一点一点地瘦下来。数天后，两匹畜生终于恢复了冬前的体形，而且更加健壮，那力气能驮走一座山。

兄弟二人正式接过父亲的班。接的第一批货物是王三爷的山药，是要运到镇上的林家药铺去的。还有其他人托运的东西，一并装到了马背上。兄弟二人往马背装上了比上次更多的货物，两匹马却没有怠慢的意思，只轻轻吆喝一声，便迈着轻盈的步伐出发了。前来观察的韩老亨终于放下了心，对来香说，我老了，管不了这两头畜生，查富汉死了，这个家轮到他们兄弟做主……你得管住他们兄弟。

兄弟二人把山货按不同的主子逐个分送，嫩笋送李家店，干肉送张记收购部，皮毛送米氏制衣店，到供销社为陆海军买了玉米种子和肥料，路过邮政局的时候帮郑邮差携带半袋信件到万丈塬，那是一两个月的邮件了吧，其中有一封是给他们父亲，是多年不联系的表叔从上海寄来的信，索求治腰椎间盘突出的草药。农业银行的信贷员冯大光在街道上拦住兄弟二人，说你们是万丈塬来的吧，你们告诉王三月，这两个月再不还清贷款，我要抄他的养马场了。王三月五年前贷了一笔扶贫款办了一个养马场，养了几十匹阿塞拜疆良种马，但由于气候和技术的原因，马养得萎靡不振，病快快的，本来是要养成高头大马的，却瘦弱得比不上驴，这个冬天里又白白饿死了好几匹，王三月发话要当成肉马宰杀，但靠卖马肉那笔贷款恐怕永远也还不了了。兄弟二人把话领了下来，表示一定原原本本地塞到王三月的耳朵里，又到几处取了别人托拿的东西，最后才把山药送到林家药铺。

陈菊问查旦，你爹不来啦？查旦说，我爹死了。陈菊叹息说，好好的怎么说死就死了呢？查旦说，出了点意外。陈菊说，可是，我只相信你爹……幸好你们多了一个女人，但一个瞎子怎么也比不上你爹。查旦说，怎么比不上呀，我爹生不了孩子，不能跟我睡一个被窝。陈菊嘻嘻地笑，你也尝试女人的味道了吧，那还得感谢你爹，如果没有你爹，兴许你们兄弟一辈子也不知道女人的好。查旦说，不是，我们感谢这两匹马，它们为我娶女人，今后，我们还得靠它们养活一家子，就像你们得靠药铺养活一样。陈菊不解地说，你们都睡在你们女人的床上吗？查旦说不是，我们有课表，乱不了——课表你懂吗？陈菊还有很多好奇的事，但查旦不能一下子告诉她那么多。兄弟二人要走了，陈菊给他们结了账，说，你们告诉万丈塬的人，今年只有我林家药铺是按老规矩，一手交货一手给钱，你们把那里的山药都驮到我这里，我会给你们好处。查旦小声问，什么好处呀？陈菊听出了暧昧，把查旦凑过来的头往外一推，你想什么好处？学你弟弟正经点。查旦说你老公的病好啦，陈菊说，快了，动了刀子就会好了。查旦把山药放到铺的墙角里，陈菊给了他钱，他数也不数，塞进怀里要走，陈菊喊了一声，等一下，好像少了十元。便笑嘻嘻地往查旦怀里塞了一张十元：

“我以为你像你爹一样，每次都要把钱捏着数上三遍。”

兄弟二人在要给来香买点什么礼物的问题上发生了分歧。查旦想给来香买服装、头饰，要把来香打扮得像陈菊一样，让万丈塬的一些人后悔当初不用十匹马换来香。查旺不同意，他说不出陈菊有什么好，像个妖精，少老板娶了她后，身体就没好过，再说，来香是个瞎子，穿得再漂亮她自己也不知道。查旺要给来香买好吃的，新疆葡萄干、宁夏枸杞、山东黑枣、四川葵花、福建蜂蜜、广东罐头，有了好吃的她就会开心。查旦反对，零食一吃就上瘾，而且容易发胖，看看我们的马，胖了连路都走不得——况且，我也不想跟一头肥猪睡在一起。兄弟争论的结果是什么也没给来香买，闷着头回来了。

来香除了照料那匹胖乎乎的母马，便是给兄弟二人做饭、洗衣，反正就是做一个居家的女人该做的一切，一个瞎子竟然也能把家里家外收拾得干干净净。其实来香哪里像一个瞎子，她心里有一百双明亮的眼睛，哪里脏了，兄弟二人哪件衣服破了，她都“看”得一清二楚。春光无限的塬上，闲妇们经常聚在一起，说各自的男人，或说别人的男人。来香虽然看不见，但能听得见，她不能让别人说自己的坏话。然而，嘴巴在别人的嘴上，别人说什么你管得着吗，而且她们故意说的，把嗓音变一下，来香便分不出是谁在说话。有人问她，一个女人伺候两个男人，你受得了吗？你更喜欢他们中的哪一个？来香知道她们想说什么，她真分不清楚他们兄弟到底有什么区别：

“我从来没有把他们兄弟当成两个人，我觉得他们长得一模一样的，嘴巴、鼻子、胳臂都一样大小，说话、动作都一样，他们就是一个人，只不过是分开两半生活就变成两个人了，我对他们就像对待自己的两个奶子，没有亲疏，一视同仁……”

“他们跟你做爱的动作也一样吗？”

来香反问说，你男人跟你做的动作也不可能天天一个样吧？来香想想，他们兄弟确实是连动作也差不多一个样，爬上她的肚皮上就变成一匹马，双手抱着她的头，双腿像藤条一样缠住她的大腿，粗野、热烈、贪婪、凶悍，但短暂。来香怀疑他们是约定的，还有接吻，他们都是先吻一下她的眼睛，似乎要使她的眼睛张开，让她看到他的狼相。完事以后，他们都要在她的肚皮上睡觉，睡熟以后，顺着她的身子滑下来，倒在一边，然后用手捏着她的奶子睡到天亮，天亮后，都不多停留，穿起衣服就走，匆促得像要逃命。来香想，他们肯定是有约定，但他们究竟有多少事情是约定了的呢？如果细想起来，表面简单的生活隐藏着太多的秘密，即使有十双看得见的眼睛也无法看透。

"有兄弟同时跟你睡在一起的时候吗？他们……"

来香生气地说，他们是我的男人，我想怎么睡就怎么睡，你们管不着。

她们其实也知道"课表"，但课表也有不科学的时候呀，男女之事用一张课表怎么能约束得了的？她们有太多的疑问，但来香像外交部的发言人一样，常常避而不谈。因此，对她们而言，关于兄弟二人的生活有很多谜团和猜测，兄弟二人听到一些流言，有些他们没有听到，但这似乎没有影响到他们的心情，课表像一部家庭宪法，谁都自觉遵守着，他们相信春天是一个蓬勃的季节，那些流言蜚语比草还长得快，但谁也没空去理会，因为他们的活多得干不完，因为到了冬天一切都会冰冻，包括这些没完没了的闲话。

兄弟赚的钱越来越多，他们全部交给来香管理，来香除了交给父亲一大部分外，其余的便私藏起来，她把钱存放在马厩角落很隐蔽的地方，她看不见，别人也休想看得见，甚至连想也想不到。来香说，这些钱是攒起来还债的，还清了债，就攒更多的钱起房子，买更多的家具。

来香想的和他们兄弟想的其实都一样。只是令兄弟二人想不到的是，来香和母马同时怀孕了！

怀孕的母马再也不让那两匹公马碰它，来香修了一道栏栅把母马和公马分开。天一黑，怀孕的来香便把门一关，兄弟二人谁也进不了她的房间，她对他们说，假期了，你们自由了。漫长的假期突然来临，墙上课表的运行也就戛然而止，像冬天提前到来，又像时间突然停止，兄弟二人面对闲散的鸟群、苍茫的群山和无边的寂静显得无所适从，每天回来总是习惯地往墙上看看，该轮到谁，谁便在来香的房间门槛呆坐一会儿，抽完一支烟，直到来香再三催促，他才默不作声地离开，回到自己的房间去。有一次，兄弟二人蹲在来香的房间门口，小声地说话，来香听得出，他们是在想象，快要出生的孩子会像谁多一点，他们还商量着给孩子取一个好听吉祥的名字。但他们不认得几个字，查旺说，如果爹还活着就好了。他们爹会取名字，他们兄弟的名字就很好，差不多是万丈塬最好听最吉祥的名字了。来香掩住笑，屏息静气地听他们究竟给孩子取什么名字。他们磨磨蹭蹭地商量了好长时间，月亮都困了，远处的鸟声也倦了，微风轻轻地吹动着来香的窗帘。最后是查旺突发灵感，兴奋地叫了一声，就叫查马。

查马好呀，跟马有关，生活都跟马有关。查旦沉吟了一下，那就叫查马。

“不对，应该叫查二马。”来香突然大声说，说完掩嘴而笑。

兄弟二人面面相觑，好一会儿才转过脑筋来：“确实应该叫查二马。”

母马生下马驹的第二天，查二马也出生了。马驹是一匹枣红色的小母马，查二马是个白胖胖的男婴，都一样精灵可爱。一个家庭，一下子增加了一匹马一个人，突然热闹和喜气了许多。兄弟二人把喜悦掩藏在各自的心底，把马鞭挥在空中，比赛着谁揪得更响。但令兄弟尴尬的是，来香教儿子叫唤他们的时候，不知道怎么称呼，究竟叫谁爹呢？来香也觉得是个问题，陷入了思考，她一张嘴说话，就确定谁是爹谁是叔了。兄弟二人也默不作声，心里都希望二马叫自己爹。来香"看"着兄弟二人，似乎把他们的心"看"得很清楚。

"儿子，从此往后，他们两个都是你爹。"来香说，"按年龄大小排列，一个叫大爹，一个叫二爹。小母马也有两个爹，有两个爹不丢人。"

很快，查二马学会了叫大爹、二爹。兄弟兴奋地把他捧在空中，一个吻他的左脸，一个吻他的右脸。查旺突然觉得，儿子只有右脸是属于他的，因为查旦的嘴巴经常占据着左脸。即使他一个人抱着二马的时候，也不想吻他的左脸，因为他觉得左脸是属于查旦的；同样的，查旦也没有吻二马的右脸，因为右脸是他留给查旺的。儿子只有一半是属于自己，查旺觉得别扭和不满足，想有一个完全属于自己的儿子。有一天，查旺对查旦说，哥，我比你更爱二马，你把二马留给我，让来香再生一个，下一个我让给你。查旦坚决不同意，你怎么知道我对二马的爱比你少？我让你把二马让给我你同意吗？查旺说不可能。查旦说我是兄长，我更有理由完全拥有二马。查旺有些郁郁寡欢，赶马的时候常常走神。查旦试探性地说，你可以另外找一个女人，另建一个家庭。查旺豁然开朗，现在他们手头阔绰了许多，可以想想原来不能想的事情了。

终于有一天，多年不见的人贩子王小忠又来到了塬上。听说是刚从狱中出来的，由于他劣迹斑斑，没有人再相信他，因此尽管他逢人便笑嘻嘻地摆出一副贱相，但还是没有谁愿意和他啰唆。他把查旺拦截在路上。

“听说你结婚了。”王小忠说。

查旺不情愿地回答说，结了。王小忠追根问底娶了谁家的女儿，聘礼多少。查旺不说话，但双脚也没迈开，被王小忠黏上了。

你不说我也知道，你们兄弟娶了一个女人，在热县，这是众所周知的事情，说不定记者很快来采访你们。王小忠说，不过，我不觉得两个男人娶一个女人很丢脸——现在中国男女比例失调得要紧，过不了几年，或许连我也得和别的男人享用同一个女人……这总比打光棍好，王三月的马比你家多，但也有可能打一辈子光棍，他那副熊相……

查旺说，你怎么一个人来到了万丈塬？

王小忠诡秘地说，我带来了一个女人，她还在镇上，我是来找买主的，不过，连王三月都不相信我了。

王三月被这个人贩子骗过，连自己王姓的本家都骗，谁还愿意相信王小忠？

查旺说，听说你刚从狱里出来。

王小忠说，除了干这个我不会做其他事情……

查旺说，你可以把她带到塬上，就算是一匹马，你也得让别人瞧瞧。

第二天，查旺兄弟的马驮回了一个女人，塬上的人都过来看。王小忠像介绍一匹马一样吹捧这个女人。不过，她虽然听说结过婚，还生过孩子，但看上去还很年轻，皮肤也嫩得像城里人，脸也好看，没有什么缺陷，只是大家像不相信王小忠一样不相信这个女人。王三月远远地看了一眼，好比一个一眼便看穿了骗局的智者，对这个女人和王小忠嗤之以鼻：

“像一只鸡……一只黄鼠狼带着一只鸡骗到塬上来了。”

一直到黄昏，那个女人也没有卖出去，她仍然坐在查旺的白马上不愿意下来，似乎是怕下了马就对她不利。王小忠口干舌燥，累得靠在树根下打盹，一觉醒来的时候，发现只剩下他自己和汹涌而至的夜色，用贵州方言呼喊了数声，得不到回应，惊慌地往查旺家跑。

查旺兄弟正在商量着一件大事，但他们做不了主，查旦走进房间去要来香抓主意。可是来香正在生气。她在生另一个女人的气。那个女人在屋檐下狼吞虎咽地吃饭，不时抬头看查旺。饭是来香做的，菜也是她留给查旺的，那女人吃就吃了，但竟然没有过来向来香致意。她肯定不知道这个家谁才是主人。

查旦从房间里出来，蹲在查旺旁边。查旺忐忑不安地探听来香的态度，查旦微微地摇摇头。此时，王小忠跑到他们的院子外，隔着栅栏看到那个女人，如释重负地停了下来，正为进不进去犹豫不决。查旦迎上去，也不跟王小忠说话，自个拿着刷子给马刷毛。王小忠想来想去，觉得还是要进去，查旦淡淡地说，等一会儿吧。

来香很久才抱着孩子从房间里走出来，问查旺，那个女人在哪里？

查旺让那个女人走到来香跟前。那女人有点怯意，想躲闪，但王小忠用眼神制止了她。来香摸了一下女人的头，知道她有多高，又捏了一把她的手臂，掂量她的力气。来香说，好是好，只是不知道价钱贵不贵。王小忠要上前跟来香说价钱，查旺推开他，喜出望外地抓住来香的手说，你同意了？来香说，钱你不用担心，可以从我爹那里借一笔钱，就当多买了一匹马。

来香果然走出门径直去向她爹借钱。韩老亨觉得不对，忧心忡忡又怒气冲冲地说：“查旺另立门户了，查旦一个人养得起你吗？他们兄弟还齐心协力去喂饱两匹马？”来香说，也不能因为这个让查旺委屈自己，男人的委屈比女人难受得多，况且，他们兄弟不是两匹马，我也不是马厩，我怎么能把他们圈死在我的身上？韩老亨还是不赞成查旺另起炉灶，但来香倔，反复劝导他，他也就没多阻拦，把钱借给了她。王小忠高兴拿了钱，数也不数，踩着夜色离开了万丈塬。

那女人觉得自己已经成为这个家的一员，必须开始干活了，便怯怯地去帮查旦刷马毛，查旦却阻止她，你不懂，你去洗澡吧，洗了澡，就睡觉去，左边那间房是查旺的，睡前叫他先挂上窗帘。

那女人洗了澡，自个钻进了查旺的房间。查旺却没有跟着进去，蹲在门外抽烟。来香也不理会他，早早就回房间哄查二马睡觉去了。查旦拿着结婚证走过来说，查旺，现在你有了自己的女人，我得把你的照片从结婚证上裁掉。他右手拿着剪刀，左手拿着结婚证。查旺看到了结婚证上三个人的合影，三个人身上还有零星的像碎纸一样的雪花，到现在还没有融化。

“那时候的雪真大，没天没地的，马厩的屋顶都让雪压垮了……”查旺自己对自己说。

“我真要剪掉了。”查旦说。

“那时候我们兄弟齐心协力把两匹马喂饱了，但爹根本不相信……”查旺说给查旦听。

查旦莫名其妙，也很不耐烦了：我这就剪，你帮一下，拉直，我来剪，不能剪歪了。查旺没有帮忙。查旦看着照片，发现查旺和来香靠得很近，几乎没有剪刀进去的空隙，但他还是小心翼翼拐弯抹角地把查旺剪掉了。照片上突然多了一个洞，显得不平衡，别扭，像一座房子塌陷了半边，甚至有点滑稽可笑。查旦把裁下来的“查旺”交给查旺。查旺不要。查旦说，那我收起来……从明天起，查二马就只有一个爹了！

第二天一早，查旦从来香房间里走出来，发现查旺坐在她的门槛上，歪歪斜斜地睡着了，口水流了一地，脸上到处都是被他拍死的蚊子和血迹，看样子他一整晚都坐在这里。查旦叹息了一声。来香知道查旺昨晚没有跟那个女人睡在一起，想叹息一声，却控制住了，查旦以为来香会说些什么，但她没有说，若无其事地抱二马出来从查旺身上跨过去。在院落里撒尿的二马口齿不清地喊了一声二爹，查旺就醒了，爬起来抢过查二马就吻，泪水把二马的脸变成湿漉漉的。

查旦失望地看着查旺，突然愤怒地把手中的尿布摔在地上。来香明白了眼前的情况，平静地说：

“今天帮何富国送货，你们顺便把那女人一起送走。”

查旺把查二马还给来香，看到满腔不满的查旦，自己也十分内疚，吃力地跟他解释。但查旦不听他的，转身返回来香的房间，抽屉被翻腾得啪啪地响。一会儿，把昨晚剪下来的查旺重新贴上去，结婚证又完整无缺地挂在墙头上，一点也看不出被剪过的痕迹。那张课表也被重新贴到了墙上的本来位置，只是被查旺擂了一拳，细看有些破损了。

这一天，查旺干劲冲天，把平时该由查旦干的活全包了。去镇的路上，兄弟二人一言不发，那女人坐在马上也不敢多说一句，因此，漫长的路上他们比天气还闷。到了镇上，把女人送走后，查旺花掉了半个月的零用钱慷慨地给查旦买了一包比红叶烟贵好几倍的玉溪烟，“哥，抽完了我再给你买第二包。”查旺讨好地说。

小母马一天一天地长大，二马喜欢得不得了，天天和它在一起，带它到塬上去找最好的草，小母马吃得饱饱的。每天回来，二马都骄傲地把母亲从屋里唤出来，让她摸摸小母马的肚皮有多鼓，肚子里装的不是水，可是塬上最好的草。来香总是满意地表扬儿子一番，然后把小母马送到它母亲的身边。

但是，有一天，二马气冲冲地跑回来质问母亲：

“我为什么跟他们不同？我为什么会有两个爹！”

来香吃了一惊，听儿子一说，明白了怎么回事，劝导儿子：“有两个爹不奇怪，我们家的马驹也有两个爹——所有的马驹都有两个爹，甚至有更多的爹——爹越多，疼你的人就越多，你看我家的小母马，是塬上最结实的小母马，比所有的马驹都漂亮，因为她是两个爹的孩子。”

二马半信半疑，查旦兄弟回到家后，他便缠着他们，很认真地问：“是不是所有的马驹都有两个爹？”

兄弟二人莫名其妙。二马很清楚地把别人的讥讽和母亲的解释复述了一遍，他们终于明白，儿子开始懂事了，也开始懂得怀疑了。查旺说，对。查旦也只好说对。二马竟拉着查旺的手：我要去王三月的马场，看那里的马驹究竟有多少个爹。已经是黄昏了，夕阳的余辉映在二马的脸上，看上去像是他的满腔怒火。

查旺说，我们不必要去王三月马场，冯贞桐家就有一匹小马驹，昨天刚生的，跟我们家的一样，也有两个爹……

可是二马坚持要看王三月的马场，那里的马最多，马驹也最多。

要翻越一座山才能到达王三月的马场。山路崎岖难行，二马走得趺趺撞撞的，但迈的步伐比查旺坚决，比查旺还快，恨不能马上到达马场看个究竟。一路上查旺不停地跟二马解释，世界上所有的马驹都不止一个爹，都有两个爹……查旺不相信，不断地催促查旺跑快些。

到了马场，夜色已经模糊了眼前的一切，马匹早回马厩了，马厩的门也已经关上，偌大的马场看不到一匹马在走动。

查旺叫了几声，王三月才从一个草棚里出来，看到查旺带着儿子，奇怪地问，是不是信用社冯大光又让你捎话来催还贷款了？你告诉他们，我的马都卖不出去，要怪就怪畜牧站，他们卖给我的种马是假的，不是阿塞拜疆的良种，只能当肉马卖，比猪肉还贱……

查旺说，我不是捎带口信来的，我带我儿子来参观你的马场……二马，快叫十月叔。

二马不叫："马在哪里？我只想看马。"

王三月打量了一下二马，一个好标致的孩子！王十月竟有点妒忌："我马场的马有什么好看的，我的十匹马也比不上你家的两匹呀，不过，我比你们有能耐，我一个人能喂饱十匹马！"

查旺知道王三月说的是什么，但不知道怎样才能让王三月暂时忘记过去了那么久的往事，他把王三月拉到一边，嘴巴贴着他的耳朵，把这次来这里的真正目的说了。王三月嘿嘿地笑了几声，有点幸灾乐祸地说："本马场确实是有两匹公马，但有三十匹母马，二十五匹马驹，都是它们生下来的。"

查旺失望地自言自语："应该有五十匹公马才对呀。"

王三月看得出查旺的沮丧，也察觉到了二马的失望，便过来跟二马说，马都睡觉了，你明天再来，明天我让你看到很多很多的马……

第二天，清晨的马场果然一下子冒出了许多的马，黑的、白的、黄的、枣红的，什么样的马都有。王三月让二马跟着他在马群中间穿梭，并和他一起数着马的匹数，先是数马驹，后是数母马，最后才数公马。二马数出来了，马驹二十五匹，母马三十匹，公马不多不少刚好五十匹！

王三月说："二马，你爹说得不错，每一匹马驹都有两个爹。"

二马很满意地点点头，脸上露出了灿烂而自豪的笑容。

趁二马去追逐一匹白色马驹的空隙，查旺不解地问，马场怎么一夜之间多了四十八匹公马？

王三月迟缓了一下才笑了笑说，我们连夜借了四十八匹公马，这可是借了三个马场和十几户人家才借全的，我们几个人忙了一整宿了……

查旺不知道说些什么感激的话，但这个人情总得报答，便说，如果冯大光再让我带口信向你催款，我就当没听见，畜牧站那几个人我熟，明天我就去帮你讨个说法，我替你狠狠地日死他们——谁叫他们用劣种马冒充良种马，使得你的马场产了一窝非骡非驴的马！

回到家里，二马兴冲冲地告诉母亲，一匹马驹果然有两个爹，虽然我不是马，但我有两个爹也是对的——妈，你有两个男人，不丢脸。

来香听到儿子那么懂事的一番话，眼泪竟从瞎了三十年的眼睛里流了出来，一只手搂着儿子，另一只手捂着眼睛，要把眼泪堵住，但泪水从指缝间渗出来，顺着手臂流到了二马的头上。二马说，那些只有一个爹的孩子就像少了一条腿，多可怜呀。查旺不说话，钻进马厩，帮来香把马厩收拾得干干净净，并开始筹谋即将到来的冬天。

冬天到来前的一天，母马突然病死了，小母马跪在它的身边不愿意离开马厩，二马伤心得哗哗大哭。韩老亨叫人把死马拉走，卖给千里坡的马肉加工店。韩老亨走之前，向来香要走了两匹马最近的收益。来香叮嘱父亲，要给马买过冬的草料。查旦兄弟平日忙不过来，没有给马准备足够的干草，别人有多余的干草，说好了，冯富国、李明新都愿意卖干草给他们。冬天如期而至，大雪用不了几个夜晚便把万丈塬覆盖，再也寻不见通往山外的路。原来放下了心的事情竟然成了大问题，那就是母马一死，除了小母马外，那两匹公马又不肯吃干草了，像刚买它们回来的那个冬天一样倔。查旦自作主张从汪洋家借回来一匹母马，模样还和原来那匹差不多，但并不受两匹马的欢迎，它们甚至发怒把它踢出了马厩。

兄弟二人只好像六年前那样，推起板车在塬上找草。那两匹马只吃雪地里扒回来的草。

“两匹畜生把我们玩贱了！”查旦生气地骂。

查旺知道查旦近来的心情和身体都不好，便说，哥，你回家休息吧。查旦夏天里淋了一场大雨，得了一次肺炎，痊愈后却留下了经常干咳的后遗症。查旦没有说什么，拍掉身上的雪，竟真的转身走了。查旺觉得不要紧，自己多干一个人的活就是了，只是自从查旺出尔反尔送走那个花钱买来的女人，查旦和他就不如过去那样和好、密契，他们要么经常吵架，要么就不说话，主要是查旦，很多事情都和查旺唱反调，查旺能让着他就让他，因为那次确实是自己错了。当然，他们争吵也没有用，在家庭的大事情上，最后总得来香拍板。来香也知道查旦对查旺买女人那件事耿耿于怀，但也不好激怒他，对他反而变得格外温顺，对他钻进被窝前不洗脚的小毛病也不忍指责。

查旺觉得，现在是补偿查旦的时候了，他决心这个冬天都不让查旦到雪地里找草，从此以后，他自己承担起喂饱两匹马的责任。因此，他每天起得很早，干得很卖力，像一头在雪地里寻找食物的熊，把雪刨得漫天飞舞。

这天天已经黑了，雪又下了起来，查旺却不见回来。来香反复交代过，不管找到多少草，即使一根草也没有找到，也必须在夜色降临前回到家里。来香心急如焚，吩咐查旦去寻找查旺。查旦走出门外，转了转便回来了。他说天地间都是雪，他一个人怎么能找到查旺呢？二马说，妈，我去找二爹。二马果然就一个人跑出家门，往雪地里奔跑。来香拔脚去追，才跑出不远便跌倒在雪里。查旦只好带着二马和来香，经过岳父家的时候，叫上韩老亨，还有好几个人，后来塬上的人都出动了，在雪里大声呼唤查旺的名字，寻找查旺的身影。可是，到了半夜，他们仍找不到查旺，连那架木板车也找不到。雪覆盖了一切，隐藏了一切。来香在雪里哭得死去活来，要不是查旦拉住她，她几次要往悬崖滚去，她说查旺一定是坠落悬崖了，要往悬崖下去找。二马喊破了喉咙，他说没有二爹，妈也活不成，他要找二爹。有人开导他，没有查旺，你还有一个爹呢。二马说，我本来就有两个爹，不能剩下一个爹，像人有两条腿，不能缺了一条。大家都称赞二马是一个懂事的孩子。可是，所有的人都断定，查旺肯定是凶多吉少，而且要等到雪融化了才能找到他的遗体，他们叹息着回家。

查旦没有太多的悲伤。这天晚上，他再次从墙上拿下结婚证，把查旺的照片裁掉，把那张发黄的课表撕下来，将它扔进垃圾堆，明天就和马粪混在一起再也找不着。

然而，快要天亮的时候，查旦感觉到有人在外面撞门，来香惊喜地从梦里醒来：

“查旺回来了！”

查旦打开门，门外果然站着一个雪人，雪光中看清了那人的脸，果然是查旺。

“哥，我到千里坡去找草了，找回了很多的草，足够让两匹马吃上两天了。”查旺颤颤地说，“白天我在路上碰上洪亮了，让他告诉你，我到千里坡去，他捎话了吗？”

查旦不置可否。他只是想，千里坡那么远，路那么难走，从那边带那么多的草回来，查旺肯定是疯掉了。来香喜极而泣，帮查旺打掉身上的雪，一把抱紧他，似乎是要给他足够的温度一下子让他燃烧起来。二马知道查旺回来，从床上跃起，兴奋地蹿到了他的脖子上：

“二爹回家，我又有了两个爹。”

来香对查旦说，你们兄弟今晚都睡在我这里吧，我们一家人该待在一起。

查旦趁查旺到厨房弄饭吃的时候，尴尬地从门角的垃圾桶里翻出那张皱巴巴的课表，重新贴到墙上，对来香说："今天是星期二，该轮到查旺了。"说罢，低着头回到自己的房间去，啪一声把门关上，旋即传来摔椅子的巨响，把查旺和来香吓得心惊胆战的，夜幕也被击破，天亮了，塬上的雪仍然白得让人心碎。

不知道从什么时候开始，来香变得病恹恹的，面黄肌瘦，整天觉得累，头重脚轻的，开始以为是劳累过度所致，查旺就不让她打扫马厩、不让她搬运马粪，总之一切重活都不让她干了，留给他回来后干。病是后来才发现的，有一次她突然晕倒在地。塬上的土医给她看了，说是肾出了问题，可能是严重肾亏引起的。一个女人侍候两个虎狼男人怎么能不出问题？他们暗地里议论说。土医说，来香还有妇科病，怪不得怀不上第二胎，你们最好马上去医院看看。来香不愿意，但查旺、查旦都要她必须去，兄弟二人硬是把她一把放到了马背上。就像当年去镇上照结婚照那样，他们三个人骑着两匹马出发了。

来香在镇卫生院检查了一个下午，得到的初步结论是：肾病已经相当严重。卫生院说再不及时治疗会死人，并建议马上送县医院。兄弟二人傻了。来香倒觉得无所谓：

"我的母亲早早就死了，我就知道自己也不会长寿，回去吧，死在塬上不丢脸。"

在回家的路上，兄弟二人悄悄达成了一致，砸锅卖铁，也一定要治好来香的病。

先是卖掉了两匹公马。卖马的事来香是绝对不会答应的，因为没有了它们这个家就运转不了，就没有方向了，希望就熄灭了。但兄弟二人和岳父商量，还是偷偷地把马卖给了王三月。王三月也不敢趁火打劫，对查旺说，钱就当是我借给你们的，你们什么时候还了钱，什么时候把两匹马带走，不过，借的钱是要利息的，因为这些钱实际上是信用社的钱。

来香首先追问两匹马的下落，兄弟二人支支吾吾地敷衍。来香很快就弄明白，两匹马是卖掉了，卖给了王三月。她要去马场向王三月要回两匹马，但被兄弟二人拉住了。来香恶狠狠地质问卖马是谁的主意。查旺说是他的主意，查旦说不是查旺，是他拍的板。来香痛心疾首地骂兄弟二人，正好韩老亨赶到，劝和说，马是我要卖掉的，人命总比马重要，如果人没有了，即使有十匹马又有什么用？来香说我不治病，我的命没有两匹马值钱。查旺说，两匹马不够，还要卖掉小母马。来香气愤地说，你要卖掉小母马，就连二马也当成一匹马一起卖掉吧。

那两匹马不见了，二马隐隐约约感觉到小母马也会有危险，就拼命护着小母马，吃饭就在马厩里吃，连睡觉也要搬到了马厩和小母马一起睡。查旺想法把二马和小母马分开，二马死活不从。

“我要跟小母马结婚。”二马说，“我跟小母马结婚，你们就不会把她卖掉了。”

“人怎么能跟马结婚呢？”查旺说。

“两个男人能娶同一个女人，人为什么不能跟马结婚？”二马说。他什么都懂，自己不懂的别人也告诉他了。

“可是，人跟马不一样，连牛跟马也差得很远。”查旺说。

“你们一直把我当马，我就是马了！”二马说，“我就是要跟小母马结婚！”

查旺想到了蒙和骗："二马呀，你现在还不能跟小母马结婚，我们先得把小母马送到其他地方，等你长大了，她就会变成女人回来找你，那时候你就可以跟她结婚了……你妈妈原来也是一匹小母马，你爷爷把她送给了外公，十八岁她才回来……"

二马将信将疑，去问来香："妈妈，你原来是不是一匹小母马？"

来香正生气："我是他们用两匹马换回来的，我像牲口一样嫁给了两匹马！我怎么不是一匹母马！我就是一匹母马，现在他们把我死马当活马医了。"

二马似懂非懂地相信了母亲的话，把小母马交给了查旺，心里充满了期待却又忐忑不安：

"二爹，将来它会变成什么样的女人回来呢？"

"肯定会是一个漂亮的姑娘。"查旺说。

"我要让它变成像妈妈一样的女人，我要让她生许多的小母马！"二马说。

三天后，查旺带着来香到达了县城，在县医院住了半个月。住院本来没有什么大不了的，但来香天天吵着回家，每天都要逼问查旺好多次，花了多少钱？还剩下多少？一匹马的钱花完了吧？那代表我活生生吃了一匹马，我怎么能生吃了一匹马呢……查旺说，钱花了，但马还在，马在王三月的马场，有了钱我们就可以赎回来。来香说，马不在自己家的马厩我总是不放心，那两匹马就是你们的老婆，你们怎么会让自己的老婆睡在别人的窝棚里？一会儿来香觉得不对，改口说，那两匹马应该是我的丈夫才对，我怎么能让自己的丈夫和那些又臭又骚的母马混在一起？诸如此类的话听一两遍也就够了，但来香叨唠得像电视里的广告，查旺也就有点烦。钱终于在来香的喋喋不休中用完了，来香一心痛，反而觉得病好了很多。医生不让她出院，因为病还没有好。来香坚决要查旺带她走："查旺呀，连小母马都让我活吃了，你为什么还不让我回家？"医生说，你这样的身体回去也没有用，干不了活，如果不治好，从此以后再也不能干活了。来香说，我有两个丈夫，我不用干活，在万丈塬我就是皇后，只有我是皇后。没有钱，在医院也赖不下去，查旺只好回来了，每天都煎草药给来香喝，病虽没有彻底痊愈，却也不见有更坏的征兆。

从县城回来后，来香就没有见过查旦了。她的父亲告诉她，查旦到了镇上帮人干活挣钱去了。来香问，帮谁干活？父亲没有告诉她。查旺却从别人口中得知，是给林家药铺陈菊干活。陈菊的丈夫在两个月前死了，就死在县医院里，她一个人撑不下来，需要帮手。反正马没有了，家里没有了收入，查旦出去挣点钱补贴家用也好。只是又过了两三个月还不见查旦回来，好像他已经忘记了万丈塬，忘记了墙上的课表。来香有些急了，叫查旺到镇上找他。查旺在林家药铺找到了查旦。查旦正和陈菊一起晒药，勤得像一个店小二。

查旺说，来香让我来叫你回家，她怕你把家给忘掉了。

"我不回塬上，我要跟陈菊结婚了。"查旦说，"从此以后，来香就只属于你了，这里才是我的家。"

查旺说，墙上的结婚证还写着你的名字，还有你的照片，你怎么能说跟别的女人结婚就结婚呢？

查旦说，你把我的照片裁掉，扔到马粪堆里去——照片剪掉了，我就不是来香的丈夫了。

查旺说，你不能这样……你至少得跟来香说一声……

陈菊担心兄弟二人会争吵起来，调和着不断地往查旺的口袋里塞糖果："捎给二马……下次带二马来，我想看看二马究竟有多好。"

来香不相信查旺的话，要亲自到镇上问一问查旦。但是，有人从镇上回来告诉她，查旦已经和陈菊到照相馆照结婚照，他看见查旦穿着一套挺直的黑西装，戴着红色的领带，头发油光发亮，满面红光，搂着陈菊照相。又过了两天，有人说，查旦和陈菊在兴隆酒家摆了数十桌的结婚宴，镇上大大小小的人物都请了，就没请万丈塬的人。连韩老亨也确认了查旦和陈菊结婚的事实，还在薛校长面前骂了一通查旦，还扬言说，查旦要是回到塬上他要亲手剁了他。事已至此，来香也就觉得不必要到镇上去讨嫌，但心里多少有些不平，要找地方发泄。

“我要给二马改名，不叫查二马了，改为查一马。”来香突然生气地说，“我们一家三口也能过，别人都是一个丈夫，我就不能只有一个丈夫！”

但没有人把查二马叫作查一马，几天后，连来香自己也不再叫儿子查一马，又叫回查二马了。

查旺一个人挑起了大梁，把这个家撑起来。他每天一早便爬到山的另一边，到王三月的马场干活。不仅能赚钱，还能天天看到原来属于自己的那两匹马。它们瘦了，病恹恹的样子，而且开始衰老了。王三月说，如果年底不还清借款，他就把马卖给千里坡的屠户，因为养的时间越长，它们身上的肉就越稀少越粗糙，就越不值钱。

查旺看着两匹马一天比一天消瘦，心痛不已。有一天，他终于鼓起勇气对王三月说，你把那两匹马借给我吧，它们还能驮东西，能驮东西我就能赚到钱，赚到了钱才能还你的借款。

王三月觉得有道理，便把马借给查旺：“这是我的马，你得想法喂饱它们，不能让它们饿死了，死了的马更不值钱。”

查旺拍拍胸脯，我一定能喂饱两匹马，我把它们当成我的儿子……

王三月打断他的话：“你得把它们当成你的两个爹！”

查旺把两匹马带回来，来香非常高兴，她把它们上上下下摸了一遍："确实瘦了——我早就说过，自己的老婆不能睡在别人的窝棚里。"她的手碰到了马的湿漉漉的眼眶，问二马："它们是不是流泪了？"

二马说，妈，它们流了很多的泪，嘴巴上都是泪痕，它们都把自己的泪水舔进肚子里。

"王三月，你这个老光棍，怎么能把我家的两匹马饿成这样？"来香哭了。双手抱着马头，心痛地对查旺说："你不是瞎子不明白，马吃不饱肚子比瞎子看不见东西还难受！从此以后，我们得对它们好一些，不能让它们回到王三月那里去了——不知道他怎样虐待它们的。"

两匹马重新回来后，似乎不再挑肥拣瘦，什么样的草都吃，来香的病似乎突然好了，浑身充满了力量，每天都带着二马去塬上找草，把最好最鲜嫩的草割回来，晚上给马吃。他们还未雨绸缪，准备过冬的草料。查旺经常把塬上的货物送到镇上去，一个人赶两匹马虽然辛苦一些，但很充实，也很满足。为了多赚一些钱，他本来要往马背上装更多的货物，但来香不许，怕把马给累坏了。结果，是来香首先累坏了自己，她又一次病倒了，不得不躺在床上，一时连下床的力气也没有。查旺只好经常放弃活儿，和二马一起割草。两匹马，两父子，经常出没在晨光暮色中。来香每天都攒足力气从床上爬起来，扶着门框在门口迎送他们，一家三口的幸福像阳光一样富足。

二马悄悄地对查旺说："我早就知道，一匹马只有一个爹，人也一样！你们骗不了我。"

查旺忍着笑，抡起巴掌轻轻地打在二马的屁股上。二马像一匹健硕的马驹，欢快地奔跑起来。

三年过去了。三年里，日子平淡、拮据而充实。半年前韩老亨突然去世了；查旺总算还清了所有的借款；二马上了学校，成绩优异，经常得到薛校长的表扬；来香的病一直不见好转，老是说自己活不长了，死就死吧没有什么可怕的，就是放心不下两匹马。两匹马已经到了暮年，能驮的货物越来越少，崎岖的山路开始欺负它们，有时连一个小坎小窝也过不去。查旺要帮忙，在后面推马屁股一把，但两匹马就有两个屁股，顾此失彼。这时候，查旺便自然而然地叫一声，哥，你到前面帮着推一把……查旺抬头才知道查旦并不存在，也就自个傻笑一下，这一笑，又觉得查旦就在眼前一般。来香说，查旺呀，你怎么还忍心让它们干驮活？如果它们是你爹你就不会这样了！查旺也就不让它们驮东西，但不知道今后能靠什么生活。来香跟他说了，让他到镇上给别人打工。但查旺否决了她的意见。他不能丢下病榻上的来香不管，其实他心里有了一些主意，像塬上的其他人一样到山上采些山货，能卖多少钱算多少钱，反正够过日子就成。先前塬上有人对来香说过，现在查旦有了钱，让二马去向他要，给你治病，病好了往后的日子才山高水长。来香不愿意那样，那不是自家的钱，我不能花，即使是自家的钱，我也舍不得花。那些人便暗地里怂恿二马，到城里去找你大爹要钱给你妈治病去。二马默默地想了一会儿，然后才坚决地摇摇头，好像是经过了深思熟虑似的。他们看到了二马的骨气。

查旦跟陈菊结婚后，便把药铺搬迁到了县城里，生意曾经一度做得很红火，查旦手头很阔绰，请那些乡党吃饭一顿能花掉上千元。在处境很艰难的时候，查旺也没有羡慕过查旦，因为他觉得那是在城里，如果他有一天也到了城里，也一样能过上好日子，只是他不愿意。他得照顾这个家，来香，二马，还有两匹老马。虽然两匹马不能为他赚钱了，但他还得天天喂饱它们，不能让它们挨饿，让它们像退休干部一样安享晚年。然而，查旺也并非不想念过查旦，有一次二马发高烧几天不退，查旺既忙于照顾来香，又要送二马到镇卫生院。在卫生院里，烧得稀里糊涂的二马拉着查旺的手说，还是有两个爹好，有两个爹，妈就不会一个人孤零零地待在家里了。

唯一让查旺感到不快的是，三年多了查旦从没有回过塬上——三年，即使是一匹走失的马也到回家的时候了。

关于查旦的消息都是别人从外面源源不断地带回来的。先是说陈菊生不了孩子，查旦经常到外面找女人，陈菊经常在药铺里和他吵架，砸东西，药撒得满地都是。后来说查旦染上了赌博，经常一夜之间输掉好几百块，欠了别人很多的钱，债主天天上门讨债，陈菊的家底快给他赌光了。去年年初还有人说查旦和陈菊离了婚，查旦被赶出了林家药铺，陈菊又结了婚，丈夫是一个高大威武的男人，有一次把上门来讨钱的查旦打得头破血流。到了年底的传言便是查旦因为盗窃一袋面粉蹲了大狱。近来又有人说查旦出来了，旧债主到处找他，他在城里东躲西藏……来香开始对这些传言无动于衷，后来忍不住叫查旺去核实。查旺其实也听到不少关于查旦的传言，只是半信半疑，他通过几个县城来的老东家，核实那些传言的可靠性。然而，查旦的真实处境比传言中的还要惊心动魄，三个月前，他的右腿被人打断了，没钱医治，伤口都养蛆虫了，传言的人说，蛆虫比两匹马难养多了……腿肉又不是粪坑怎么能养活那么多的蛆虫呢？传言还讥讽着说，查旦蓬头垢面的，看似电视里的丐帮，实际上只是个编外“巡警”，在县城里游荡，就差没向别人伸手了。

来香从床上滚下来，坐在门槛上呼呼地哭，要查旺带她到城里去，把查旦找回来，过几天就是大年了，他无家可归，我不能让他一个人留在城里——即使是一匹马，也应该有个家，我们不能让它流落在外面成为孤零零的野马。查旺说，大冬天的大雪都把山封了，路都没了怎么去县城？来香说，当年你们带着我去镇上领结婚证的时候不也是大雪封山吗？你们把我送到县城治病的时候也不是一样看不见路吗？查旺觉得不是一码事，想了想才说，那我一个人去把他找回来就是了。来香说，你知道你哥的脾气，他不会跟你回来的，得我去，你不带我去，我就爬着去！

二马自告奋勇说，我也要去县城，大爹断了一条腿，我就是他的一条腿。查旺想，顺便让二马到城里看看也好，他也该到外面见见世面了。

第二天清晨，他们早早便上了路。来香用厚厚的棉被包裹着病体骑在一匹马上，另一匹马驮着一拎草料，那是马的干粮。二马兴致勃勃地跑在前面，为母亲牵马。查旺殿后，伛偻着身子，不时抬头看天。雪又下得一塌糊涂，天地间，他们渺小的身影一次又一次地快要被湮灭，但他们一次又一次地露出来，像三条不时露出水面换气的鱼。

下午，快近黄昏了吧，他们终于到达了县城。县城里的雪可没有那么大，但寒风一点也不见得软弱。冻了一天，累了一天，来香快受不了了，摇摇欲坠。查旺赶紧把马停在一个商场门外，抱来香下来。来香走不了路了，查旺就背着她走进了商场，把她放在一条小板凳上。

商场里有暖气，热乎乎的仿佛是另一个世界。商场里没有几个顾客，只有几个正在抱怨天气的售货员。她们一下子跑过来，每张脸上满是同仇敌忾的愠色。

"你们干什么，医院在人民路，转个弯直走，到了尽头便是！"

查旺说，我们不是来看病的，我们从山里来，冻得不成了，借点暖气暖和暖和身子便走。

她们看到了来香被冻紫的脸和紧张得睁不开的眼睛，她们的愠色慢慢消失，变成了同情和怜悯。

来香说，我们来县城寻找丈夫，接他回去，他都三年不回家过年了。她说话的声音很弱，她是想向她们解释，恳求她们不要把她当成什么人而驱逐她。

“他不是你的丈夫吗？”她们指着查旺惊讶地问。查旺是那样亲热地给来香擦拭脸上的雪花。那些雪花仿佛已经嵌进了她的肉里，擦也擦不干净。一个售货员递给他一条新毛巾，查旺迟疑一下接过来，迅速把来香的脸擦干净。

“我有两个丈夫。”来香说，“还有一个孩子，两匹马。”

她们面面相觑，惊诧不已。

“我有两个丈夫，可是我一点也不觉得丢脸。”

她们微笑着安慰来香，我们不是那个意思，我们不觉得你丢脸，有两个丈夫有什么好丢脸的？如果都像他一样对你，即使有十个丈夫也不算多。她们看见了门口怯生生地站着的二马和门外的两匹马，向他们招招手。

“小朋友进来吧，里面暖和。里面宽阔得很，把两匹马也请进来。”

二马果然把两匹马也拉了进来。查旺要责备他，那些售货员说，不要紧，反正大寒天也没有顾客，再说，那两匹马也冻得发抖，还饿得不像马了——你们得把两匹马喂饱呀，你们看，它们怪可怜的，眼底全是泪……

查旺仔细一看，两匹马的眼角果然是湿漉漉的，但不一定是泪，只是它们确实是饿了，肚子像被踩了一脚的草包，腰也深深地陷了下去。查旺把草料从马背上放下来喂它们，但草太少，它们吃完了草还把嘴伸进垃圾桶里啃废纸。废纸怎么能当饭吃呢？

来香说，我们先找到查旦……找到了查旦，你们兄弟才有办法把两匹马喂饱。

从商场里出来，查旺他们找了好几个地方，都没有查旦的踪影。

县城虽然没有万丈塬辽阔，但楼房、道路和人多得无法分得清楚，查旺不知道往哪儿去找查旦，精疲力竭的时候他骂起了陈菊，骂陈菊的时候突然想起了一个人，便来到了县电视台的门口。

查旺在门外犹豫不决，马嘶叫了了两声，门卫从里面走出来，问他们带着两匹马到电视台干什么。来香抢着说，找人。你们要找谁？查旺苦思苦想，突然脑子里蹦出了一个名字：方草，我找方草。

查旺及时想起多年前到过万丈塬拍摄风景片的女记者叫方草，一个气质高雅漂亮爽快的城市女人。那时候他经常以她为梦想，对抗查旦心目中的陈菊。

查旺恳求了很久，门卫终于答应帮他打个电话给方草。

出乎意料的是，方草很快便从电视大厦里走出来。一个挺漂亮的女人，比陈菊好看一百倍，并且浑身洋溢着雍容华贵的气质。查旺几乎认不出她，只是对着她叫了一声“方记者”。但叫过便自惭形秽地缩在马屁股后面，装着给马整理鞍子。

方草奇怪地看着两匹马三个人，你们找我？你们从万丈塬来的？

查旺把头抬起，目光越过马鞍，对站在马对面的方草说，你喝过我家的茶，还骑过我家的马，那时候的马不是这两匹马……你很久没到万丈塬了。

方草掸掉毛大衣上的雪花，笑了笑，你们找我有什么事吗？

查旺说，其实也没什么事……

蹲在墙角的来香凑足力气对方草说，想请你帮找一个人，他叫查旦，我的另一个丈夫，在县城里不见了。

方草显然十分惊讶。查旺笨拙而躲躲闪闪地向方草解释，方草似乎明白了怎么回事，沉吟了一下，你有他的照片吗？

查旺从口袋里摸出他们的结婚证，结婚证上有查旦的相片。方草更惊讶于他们三个人的结婚照，但没有显露出来："我马上送到直播室，在电视上帮你们找一下。"

方草果然还是那么爽快，转身便往电视大厦里跑，但突然又回头对门卫说，陈叔，你给他们进屋子暖和暖和吧。门卫奉承地说，方主任放心，我还准备弄点东西给他们吃呢。

查旺领着来香、二马挤进了窄小的值班室，陈叔热情地端上开水，还有一些点心和饼干。但他的话很多，追问查旺怎么会兄弟二人同娶一个女人，日子怎样过。来香很不高兴，说受不了房子里空调的闷热，从值班室里走出来，牵着两匹马便走。

门卫知道来香生气了，追出来说，你不等方主任啦？

来香说我不等了，有人要等她就让他等好了——我知道她长得比我漂亮。

查旺明白来香是生他的气，赶紧领着二马从屋子出来，三人离开了电视台，漫无目标地走在夜色正浓的街头。

查旺看中了一间简陋的小旅馆，因为不仅便宜，后院还有一个废弃的猪栏可以拴马，他们不住房间，跟马都住进了猪栏。旅馆老板知道他们的来意，也就不收他们的钱，让人把猪栏的窗户都封固了不让风灌进来，还送给他们一堆烂棉被。来香让查旺想办法喂饱两匹马，查旺向旅馆老板要了一些剩饭和米汤给马吃，马自然没有喂饱，到了半夜便嘶叫起来，前后左右的灯光亮起来，仿佛整个县城的人都醒了，都嘟囔着哪里来了两匹马啊，马怎么会潜入城里来？来香觉得对不起大家，对着那些嘟囔的人解释说，马是我家的，我来城里找另一个丈夫，打扰你们了，如果我家的两匹马喂饱了，它们就不会吵嚷，但城里没有草，有草就好了……有个老头子不耐烦地说，你们往每张马嘴上掴两巴掌它们就不叫了！来香说："你们不是瞎子不明白，马吃不饱肚子比瞎子看不见东西还难受！”为了不让马嘶叫，来香没有睡觉，陪着马说话，她不知道有多少话要跟马说，喋喋不休的。查旺劝不了她，便和二马一起陪着她，一家三口披着棉被相互倚靠着，两匹马或许累了，又或许懂事，忽然不叫了，一左一右安静地跪在主人们的身边，用身体偎依着他们，相互取暖，这样，人和马都很快睡着了。这一觉睡得真香真沉，清晨大街上的喧闹也吵不醒他们，是方草把他们叫醒的。

方草真神通广大，竟能找到了他们。

方草欣喜地告诉查旺："昨晚我们的寻人启事才播出，便有观众打电话来说，经常在新街口电影院门口看到查旦，他很特别，又曾经是林家药铺的人，很多人都认得他……"

来香激动不已，胡乱地抓住方草："新街口在哪里？你带我们去！"

新街口冷冷清清的，到处都是雪，唯有电影院门前巨大的广告牌露出了花花绿绿的颜色和刚被擦拭过的痕迹。广告牌上是最新的电影海报，这种天气谁还看电影呢？查旺抬头看了一眼，却被电影海报吸引了，尽管看不清楚海报上的文字，但看到了灯红酒绿和耀眼的美女，他倒想进电影院去看一场电影，在县城里看一场电影是他多年的奢望啊。然而，很快，广告牌很快便被雪模糊了。扫兴之余，忽见一个人从角落里走出来，用一根长长的刷子把那些新雪刷掉，让那些美女的丰采再一次露展现在查旺的眼前。查旺注意到了，那个人的左脚是跛的，单薄的衣服破破烂烂的，胡子又长又乱……

"大爹！他是大爹！"二马突然叫道。

来香猛地从马上滚下来，跌倒在街道上。查旺责怪着去扶她。

"查旦！"来香大声呼喊。

"大爹在那边，广告牌那边！"二马认出来了，那个人确实是查旦。他是靠擦拭电影院的广告牌混一天两盒快餐饭。

查旦转过身来看到了他们，猛然扔掉刷子，拔腿要跑。

来香厉声喝道："你还能跑哪里！你究竟还要不要我们这个家？"

查旦被镇住了。二马跑过去，拉着他的手："大爹，跟我们回家吧。"查旦用脏兮兮的手搂了搂二马，良久才叹了口气："你都长那么高了。"二马说，为了到城里找你，一路上妈都摔了好几跤了。查旦掩饰不住满面愧疚，低着头，冻僵了的嘴唇不住地颤抖。

来香上上下下摸了一遍查旦，当摸到他的断腿时，她伤心地哭了。

二马说："大爹，你痛吗？"

"不要紧，不痛了。"查旦说，"我还饿不死。"

"怎么不要紧？我们这个家，还得靠你撑起来呢！"来香跺着脚说。

查旺把脱下的风衣披到查旦的身上："哥，这点伤我们回家再治，治好了我们还继续赶马。"

两匹马凑近查旦，用嘴拱了拱他。它们像两个风烛残年的老人，查旦能闻到马身上的老人味了。查旦张开双手，一把把两只马头拥在怀里。

查旺突然意识到方草的存在。这一切，都已经被躲在一边的方草和她同事的摄影机拍摄下来。

方草把话筒送到查旺的嘴边，让他说几句。查旺不知道说什么，愣在那里，眼巴巴地看着方草洁白妩媚的脸。方草有点失望，只好把话筒改送到来香的面前，摄影机像一只巨大的黑洞要把来香吸进去。

方草提示来香，找到了另一个丈夫，你心情怎么样，你随便说几句——我们正在拍你们的纪实片，让所有的人都知道你们的感人故事。

来香笑了笑："我们的故事不感人，但也不丢人，这是我们的家事。"

方草还想说什么，来香突然拉下脸责备查旺、查旦说：“你们兄弟愣着干什么，还不想办法把两匹马喂饱？你们看看，它们都饿成什么样子了——你们不是瞎子不明白，马吃不饱肚子比瞎子看不见东西还难受！”

查旺犹豫不决，左右为难。来香让查旦、二马牵着马往前走，很快拐了一个弯，消失在查旺的视线里。方草突然想起什么，从车上取出他们的结婚证，还给查旺。查旺觉得有些歉疚，对方草说“欢迎再到万丈塬”，说罢便拔腿追上来香他们。

查旦把马带到了菜市场，那里的菜叶扔得到处都是。那些买菜的人知道他们从山里来要回到山里去，纷纷从菜篮子里拿出一些青菜来给马吃，直到把两匹马喂饱。

查旦感慨地说，两匹马也变了，不再挑肥拣瘦，连烂菜叶都吃了。

第二天下午，他们回到了塬上。查旦把熟悉而陌生的家环视了一遍，那幅结婚照已经重新挂到了墙上，看上去还是原来的样子，好像从没动过，他的照片依然跟来香紧紧地挨在一起，轻轻一摸，竟纤尘不染。那张课表也还在，只是越发橘黄。查旺说，三年来，我一直遵守课表的安排，是哥你缺了三年的课。

查旦拍拍查旺的肩膀，兄弟二人的手紧紧地拉在一起。

很多年以后，万丈塬发生了一些变化，汽车能开到查二马家的门口，游客像赶集一样从四面八方会集到这里。而冬天，很少能见到雪了，那草呀，生长得乱七八糟的，多得数也数不过来。有一天，查二马领回来一个漂亮的姑娘。查旺的眼睛沾满了眼屎，他使劲地揉了揉，惊讶地盯着她：

“你是谁家的孩子呀？”

二马笑道，二爹，你忘记啦，她就是你当年送走的那匹小母马，现在变成一个姑娘回来了，我要跟她结婚啦。

查旺抬头望天，装出苦思苦想的样子，突然一拍脑袋，恍然大悟："对呀，就是小母马，送走了那么多年她也该回来了——你得带她去见见她的两个爹，它们都惦记了一辈子，天天跟我叨唠，甚至生我的气，问它们的女儿什么时候才回来，现在她终于回来了，快，快去告诉它们。"

马厩打扫得干干净净，角落里堆放着足够多的草料。两匹马看到二马，努力了好几次，但还是站不起来。它们确实已经老态龙钟，连毛都快掉光了。查二马对那姑娘说，你是它们的女儿啊。

姑娘小鸟依人，笑眯眯地撒娇说："查二马你胡说什么呀"。

查旦胡子和头发都一起过早地白了，正一丝不苟地给马刷毛。二马叫了一声"大爹"。查旦迟钝而略带羞涩地答应了一声，并迅速地把右腿缩回来，掩饰它的残疾。

"我要结婚了，大爹。"二马大声地说。

查旦笨拙地笑笑，打了一个咳嗽，继续刷马。

姑娘等不到查旦的祝福或起码的关心，有些失望。从马厩出来，二马兴致勃勃地跟姑娘说起了并不遥远的往事。

那时候，只要我的两个爹做错了事，母亲总是很生气，啰唆得像只鸭子，恨铁不成钢地抱怨说：

"造孽啊，我怎么会嫁给两匹马！"

每当听到这句话的时候，我的两个爹都偷偷地咧开堆满牙垢的牙齿，装着什么也没听见，向着相反的方向独自走开，而我像一匹天堂里的马驹，在万丈塬的雪地上撒腿飞奔，母亲好像看到了我像雄鹰一样飞翔，脸上的表情顷刻之间变成了喜色，比风还快，比雪还灿烂。

我热爱万丈塬。政府多次动员我们搬迁到我所不知道的地方去，很多乡亲都搬走了，连王三月都搬到海南去了，剩下来的人越来越少，但我们都没有同意搬家。离开这里，我的两个父亲就不知道怎样生活。特别是母亲，在弥留之际，她变得越来越敏感，听不得别人的半点闲言碎语，她的内心比雪还要洁净，比冰块还脆弱，一旦与她有关的秽语传进她的耳朵，她整个身体瞬间就会支离破碎。因此，塬上所有的人都夸奖她，称赞她的一生完美无缺，比谁都幸福。她们向我母亲告别的时候说，来香呀，虽然你黑的白的都看不见，但你得到的比我们都多。母亲听到这话的时候脸上就露出得意的笑容，满足得就像躺在一堆金子上面。但就是那两匹马，母亲总是放心不下，经常对大爹、二爹说："你们不是瞎子不明白，马吃不饱肚子比瞎子看不见东西还难受！"大冬天病榻上的母亲还叨唠着它们，一天好几次催着我的两个爹去找草，梦里也大声嚷着命令他们，把他们撵出门。我的两个爹呀经常是，答应着走出门去，对我母亲说，我们找草去啦。其实是，他们在门外随意溜达溜达，过了一些时辰便带着寒气装出气喘吁吁的样子回到母亲的床前，煞有介事地向母亲汇报："我们打草回来了，马也喂饱啦。"有时候母亲不相信，要二爹背她到马厩里检查，二爹只好背她，她便学着我祖父，伸手往马的嘴巴里放送，马只是轻轻地舔了一下，母亲便满意地说，看来你们没有欺骗我，是喂饱了它们。我的两个爹每天都要无数次信誓旦旦地向她保证，你放心，马喂得很饱了，给山珍海味它们也吃不下去了。我不担心两匹马，反倒担心母亲撑不到近在咫尺的春天。那时候，我每天都多么希望春天下半夜便来到万丈塬。

但是，母亲还是在春天到来的前一天离开了人世，离开前的最后一句话还是叮嘱我的两个爹："你们不要在我死后趁机偷懒，弄虚作假，到了阴曹地府我的眼睛就不瞎了，能看得见你们，你们一定要喂饱两匹马。”母亲去世好多年了，我的两个父亲也慢慢老去，在冬天里他们衰老得比风还急比马还快。每天，他们除了喂饱两匹马，什么事情也干不了了，经常坐在一起听听我送给他们的木壳收音机，晒晒太阳，给对方搔搔背，捏捏肩，平平淡淡的，心照不宣，有时相互间几天也不说一句话。不少的好心人都劝他们趁两匹马身上还有点肉卖掉它们，不再被它们拖累。但大爹、二爹早已经把两匹马当成自己的亲人了，舍不得让它们离开，更不用说卖给别人当菜马，那怎么办，就让它们慢慢老死呗。虽然我已经成了县电视台的台柱记者，连台长方草都夸奖我终于走出了万丈塬，出大息了，但大爹、二爹常常坐在马厩的边上语重心长地对我说：

“二马呀，你也得学会怎样才能喂饱两匹马。”

对我们这个并不辉煌的家族来说，喂饱两匹马便是人生的第一门必修课。他们的人生差不多就是从这门课开始的。从一场雪开始。

那时候，雪下得比现在还厚，连树都快要被淹没了，我的两个爹在雪里游来游去，看上去比两条鱼还快活。

后记

想写这样的小说始于在几年前发生在我县的兄弟俩合娶一妇的真实故事。好久了，只是不知道从何写起，怎样构建，关键是缺欠一个着火点。我期待着谁把我的激情点燃。恰好去年无意中看了著名导演田壮壮非典时期拍的纪录片《茶马古道——德拉姆》。影片里采访了一个与兄长共妻的年轻小伙子，望着燃烧着的柴火真诚感激嫂子教会他男人做的事情，“心里把她当作姐姐一样尊敬”。哥在外面打工，他在家和嫂子生活，兄弟感情很好。虽然只有寥寥几句话，只有一个镜头，就短短一两分钟，很多细节和内情无从得知，也没有更多的噱头，平淡得像生活，但足够震撼了我，我觉得里面应该有无比宽广的空间值得探究。因此，我马上构思《喂饱两匹马》。我把故事发生的地点隐去了，因为几年前就听朋友说，我们云南贵州四川等地也有两个男人同娶一个女人的现象，只是鲜为人知，或是两个男人达成了某种密契而已。这与传统的伦理道德无关，与人的生存哲学有关。有些现实我们甚至永远无法抵达，因此，我们不能用传统的伦理道德去看这个现象，更不能用简单的想当然的可信不可信去看待小说。《喂饱两匹马》看似荒诞，实满怀温情，充满了关怀和隐喻，我试图把它写成了一个寓言。

2008年3月于南京

载《小说界》2009年第5期